L'ÎLE DES CHAMANES

L'ÎLE DES CHAMANES

THRILLER

Traduit du coréen
par Choe Ae-young et Jean Bellemin-Noël

KIM JAY

Matin Calme

Ouvrage publié avec le soutien
de l'Institut coréen de la traduction littéraire (LTI Korea, Séoul).

Titre original : 섬,짓하다 (*Creepy Island*)
Couverture et maquette : Barbario
Photo : © Lœskieboom/Getty Images

ISBN 978-2-491-29009-2

www.matincalme-editions.com

1

MEURTRE PAR WWW.HEBDO-POP

(jeudi 10 janvier)

Les quatre murs de la salle d'interrogatoire sont peints en blanc. Il n'y a rien d'autre dans la pièce qu'une table d'une surface d'environ un mètre carré avec deux chaises. L'absence de fenêtre et toute cette blancheur impressionnent quand on y entre pour la première fois. Au cours du printemps de l'année dernière, alors qu'il était tout seul en train de cuisiner un suspect avec un tas de témoignages et des photos prises sur les lieux du crime, le lieutenant de police Kim Seong-ho* avait dû aller aux toilettes pour respirer un peu : il ne se sentait pas très bien, il était comme asphyxié par cette absence d'ouvertures. Lorsqu'il était revenu, ç'avait été la merde : le gars qui était à deux doigts de passer aux aveux avait changé de tactique et faisait machine arrière. Depuis cet épisode, il ne lâche plus jamais sa place au cours d'un interrogatoire. Non seulement il se retient d'aller pisser, mais il ne boit même pas la moindre goutte d'eau avant d'entrer dans la pièce.

Les auteurs d'un crime se démènent toujours tant qu'ils peuvent pour prendre le contrôle de la situation. Dans le face-à-face avec un enquêteur, ils crient très fort pour faire admettre

---

* En fin d'ouvrage, vous trouverez un glossaire récapitulant les noms des personnages.

leur innocence. Mais ce qui compte, c'est d'établir clairement si le policier garde l'initiative ou si le suspect le balade où il veut; c'est celui qui reste maître du jeu qui l'emportera. Si dès la salle d'interrogatoire tu as perdu la main, tu peux être sûr que tu n'arriveras à rien.

Kim Seong-ho défait le premier bouton de sa chemise blanche. Jusque-là, il a fait ce qu'il fallait pour maintenir la tension de bout en bout, mais à partir de maintenant il aimerait instaurer une ambiance plus cool, un ton vaguement complice. Le moment est venu de faire en sorte que l'autre se détende, en lui posant des questions faciles et quasi amicales après lui en avoir balancé des sèches et même brutales. Pour obtenir des aveux de la bouche d'un suspect en le caressant dans le sens du poil, il faut commencer par bien régler le niveau de ses émotions. Sans oublier qu'un sourire enveloppant une question vicieuse risque soit de donner l'impression qu'on est facile à berner, soit de susciter des réactions hostiles.

Le policier regarde son vis-à-vis en conservant un air impénétrable.

L'ado d'une petite quinzaine d'années assis sur la chaise en face de lui n'a pas encore dit un mot. Sous sa parka bleu marine, il porte juste un sweat blanc à col roulé. Il est fluet, il a une ossature frêle avec des articulations bien marquées aux poignets et aux doigts. Kim Seong-ho reste un bon moment les lèvres serrées à le fixer dans les yeux à travers ses lunettes sans monture, puis il prend la parole:

– On va d'abord parler un peu de tes copains, d'accord? Tu les vois beaucoup, ces temps-ci?

Yi Jun-hi garde la tête baissée sans rien dire, puis il se décide:

– Non, euh... Mais d'abord, vous pourriez pas me rendre mon smartphone?

Comme il tripotait sans arrêt son appareil, l'enquêteur le lui a pris et l'a enfermé dans le tiroir de la table.

– Je te le rendrai à la fin de l'entretien.

– C'était pas pour aller sur internet, je veux juste pouvoir écouter de la musique...

Le garçon est inquiet. Ça se voit : il a un pied qui bat la mesure et il n'arrête pas de serrer et desserrer les mains. Il finit par relever la tête, comme s'il voulait se faire une idée de l'humeur du flic.

— Tes copains, ils ne s'inquiètent pas pour toi ?

Le gamin lève un bras pour se gratter la tête :

— Ben, pour ça aussi, faudrait que je puisse aller en ligne pour me renseigner, vérifier comment mon histoire circule, ce que les autres en pensent...

— Si je comprends bien, tu les vois essentiellement en ligne, et pas trop souvent dans la réalité ?

— C'est ça, ouais.

— J'ai vu la photo qui ouvre ton portail de KaTalk* : c'était la photo d'un petit chien. Tu l'as mise là parce que tu aimerais en élever un comme ça ?

À cette question, le visage de Jun-hi s'est éclairé un bref instant :

— J'aimerais bien, c'est sûr, mais ma mère dit non. Parce que ça demande beaucoup de thune pour plein de trucs.

— Et sur KaTalk, tu échanges beaucoup avec tes potes ? Je veux dire par exemple avec tes copains de classe ?

L'ado répond d'un ton peu convaincu :

— C'est-à-dire... Quand j'entre dans un tchat, là où ils se demandent entre eux comment ça va, tout ça, ils font jamais attention à moi. Alors tant qu'à faire, je trouve que c'est plus cool d'échanger avec des mecs que je connais pas.

— Mais pour participer à un tchat, il faut être invité, non ? Alors comme ça, tes potes t'invitent sur un site puis ils font semblant de t'ignorer ?

— Ben ouais ! Pfou-ou...

Après ce léger soupir affichant une sorte de déception, il détourne les yeux vers les murs autour de lui. Le lieutenant passe alors à une autre série de questions :

---

* KakaoTalk (nom officiel) est une application gratuite pour téléphone mobile très répandue en Corée du Sud. En plus des appels et des messages, on peut partager divers contenus et informations, y compris des photos, des vidéos.

— Ça doit être agaçant d'être obligé de venir souvent au commissariat, comme maintenant ; elle en dit quoi, ta mère ?

— Elle a coupé l'abonnement à internet chez nous, en disant que tout ça c'était arrivé à cause du Web. Si je veux vérifier ce qui se passe, faut que j'aille dans les endroits où les mobiles peuvent capter gratos le wifi.

— Tu veux dire quoi, là ? Qu'est-ce que tu as besoin de « vérifier » ? Tu parles des pages d'Hebdo-pop ?

Il lui tend des tirages papier :

— Ces posts-là, c'est bien toi qui les as affichés, non ?

Dans cette liasse, il y a les échanges suivants :

http://www.hebdo-pop.co.kr/70238246

yijun98 - 20 décembre - 23 h 20

Faudrait qu'on punisse Ha Na-ri, la cyborg qui nous a dénoncés et ridiculisés. On se rassemble le soir de Noël et on fonce chez elle l'affronter en direct. Son adresse : 101, immeuble Nogwon, quartier Shinsa, arrondt. Gangnam. À 20 : 00, ce serait bien.*

==

celle-qui-fait-que-lire à yijun98

On emporte tous un outil et on se retrouve à la station Shinsa, OK ?

==

jupappa à celle-qui-fait-que-lire

Un peu plus tard, STP, moi je bosse et je dois attendre la fin de mon job. Pr l'arme, y aura toujours qqn qui aura qqc comme un bistouri, non ? Pour égratigner les exploits du chirurgien esthétique ! kk [= rires]

==

perds-pas-la-boule à yijun98

Si Ha Na-ri nous dénonce encore une fois, on ira tous ensemble la rencontrer au commissariat de Gangnam pour témoigner contre

---

* En Corée, on appelle « monstre chirurgical » – ici rebaptisé « cyborg » – une personne défigurée par un excès de chirurgie esthétique.

elle bien d'accord, et on demandera une compensation financière d'au moins un million de wons chacun, elle doit être pourrie de fric, cette nana!*

==

juppolove99 à perds-pas-la-boule

Voilà sa photo: elle a vraiment une tête de cyborg qui appelle des coups sur la tronche, non? Comment on pourrait se retenir, là? Le principal, c'est qu'elle soit chez elle.

==

raide-dingue à juppolove99

T'en fais pas pour ça, une cyborg, où tu veux qu'elle aille?

==

Il y a des dizaines de messages comme ça, accompagnés de la photo d'un immeuble, d'un plan du quartier et de la photo de la nommée Ha Na-ri. Au lieu de regarder le policier, Jun-hi garde les yeux fixés sur le mur derrière lui. Kim Seong-ho balance le paquet de feuilles imprimées sur la table.

Le garçon reste cinq bonnes minutes devant ces tirages papier du site Hebdo-pop sans rien dire. Il finit par se décider:

— Tout ça, là, c'est en train d'être enregistré? Si ça se trouve, y a peut-être un objectif de caméra caché dans un des murs? Moi je croyais qu'ici on n'enregistrait que quand c'étaient des suspects? Et même j'ai vu sur internet que ça se fait seulement pour les cas de violences sexuelles... Sans compter que vous m'avez pas demandé mon accord!

Le policier secoue la tête:

— On est dans cette pièce parce qu'il ne reste plus aucune salle spéciale disponible pour interroger selon le protocole. Et puis il faudrait d'abord que je fasse appel à un collègue pour pouvoir enregistrer. Mais toi, au fait, comment tu as trouvé l'adresse de Ha Na-ri? C'est un de ceux qui fréquentent Hebdo-pop qui te l'a refilée?

---

* Soit environ 800 euros.

Le voilà maintenant revenu au cœur de l'affaire. En commençant par des points tout simples, car s'il posait des questions comme « Pourquoi tu as fait ça ? Pourquoi tu as posté ce message ? » ou des trucs de ce genre, c'est sûr que le garçon s'enfermerait de nouveau dans le silence.

— J'ai eu son adresse IP en échangeant des mails après qu'on s'était engueulés sur KaTalk, et j'ai trouvé où elle habite sur un site où on peut avoir la vraie adresse de quelqu'un simplement si on peut fournir son IP.

— C'est vraiment sûr que tu ne la connaissais pas du tout avant de la découvrir sur Facebook ?

L'enquêteur s'est bien mis au courant de l'ensemble de l'affaire en lisant le rapport du capitaine Bak Min-cheol, responsable de la brigade criminelle du commissariat de Gangnam. Tout comme on fait une chaîne avec des anneaux solidement accrochés les uns aux autres, il a l'intention d'aborder tout un tas de questions à la suite les unes des autres pour le conduire jusqu'aux aveux. Yi Jun-hi hoche la tête sans rien dire.

— Alors, pour commencer, c'est donc le 13 novembre de l'an dernier que tu as posté sur la plateforme du site Hebdo-pop ce message disant que tu avais découvert une bonne femme qui était devenue un monstre à force de chirurgie esthétique. Ensuite, quand tu as constaté que ton post connaissait une faveur de plus en plus grande avec des masses de commentaires, tu en as affiché un autre donnant le coût estimé des diverses opérations qu'elle avait subies. Là, on était le 17 novembre. Comment tu t'étais informé pour faire cette estimation financière ? Je te demande ça parce que ça concerne notre affaire.

En prononçant cette phrase, le lieutenant a insisté sur le mot « affaire ». Il regarde avec un air plein de gravité l'ado qui hésite un instant, puis déclare d'une voix tremblante en serrant les poings :

— J'ai... j'ai simplement deviné en regardant les prix qui circulent sur internet. Comme vous savez, Ha Na-ri s'est fait injecter du *filler* dans le front, les joues et le nez, puis elle s'est fait gonfler les lèvres, et évidemment il a fallu aussi traiter l'angle de la mâchoire pour améliorer les contours du visage... J'ai cherché un site où on donne les tarifs de chaque acte en chirurgie esthétique et j'ai abouti à un total de 25 millions de wons*.

Pendant un moment, le policier caresse avec le bout de l'index gauche la petite dépression qui coupe en deux sa lèvre supérieure. Après quoi il demande :

— J'aimerais bien savoir pourquoi tu passes ton temps à chercher ce genre d'infos et à coller sur le Net des posts comme ça...

L'ado a levé la tête. Son visage paraît s'éclairer durant une fraction de seconde.

— Ben, parce que c'est ça qu'on kiffe, avec les copains d'Hebdo-pop. Si je découvre une cyborg, ou bien une meuf qui casse les couilles à son mec pour lui tirer de la thune ou pour se faire offrir un sac de marque hypercher, je lui pique ses informations personnelles et on se précipite tous ensemble sur sa page Facebook ou Instagram pour la harceler en se foutant de sa gueule. On rigole, on s'encourage les uns les autres à coups de « Super ! Lol ! », etc. Mais il a fallu que cette débile de Ha Na-ri aille nous dénoncer au commissariat de son arrondissement de luxe, et voilà comment l'autre fois on s'est tous retrouvés ici avec elle.

Il baisse le nez, retrouvant son air sombre. Le policier reprend :

— Bien, jusque-là on est d'accord. C'est le 24 novembre qu'elle est venue dénoncer douze personnes, dont toi, à savoir tous ceux qui avaient collé des messages sur Hebdo-pop. Elle a apporté les posts et les commentaires capturés sur le site. Et c'est le 27 novembre que les douze individus en question se sont présentés à ce commissariat pour trouver un accord avec elle et signer un compromis où vous vous engagiez à lui verser chacun 500 000 wons**. Du coup, on vous a tous libérés. Mais voilà que le 20 décembre, en lisant ta proposition de la « punir »,

---

* Soit à peu près 20 000 euros.

** Environ 400 euros.

Celle-qui-fait-que-lire et Jupappa, entre autres, ont affiché des commentaires approbateurs, si bien que vous avez finalement décidé de vous retrouver à la station Shinsa à 8 heures le soir de Noël pour vous rendre à la résidence où elle habitait. Vous vous êtes donc réunis comme ça avec l'intention de commettre un crime ?

Au mot « crime », Yi Jun-hi a secoué la tête en prenant un air sérieux.

— Mais... non... justement pas, parce que personne est venu ! Moi j'y suis allé, à cette station, mais personne s'est pointé !

— Ah bon ? Ce qui fait que le soir du 24 décembre, donc, à cette heure-là, toi, tu y étais, à Shinsa ?

— Mais non, pas du tout, j'y étais pas !

Il a élevé la voix pour crier ça.

— Allons, tu viens juste de dire que personne n'était venu ! Et un policier d'ici a trouvé dans la vidéosurveillance d'un poteau du quartier une image de toi en train de rôder aux alentours, prise juste le soir où le crime a été commis...

Kim Seong-ho a tiré du rapport d'enquête une photo où on voit le garçon de dos et il la lui colle sous le nez.

— Eh ! Oh, là ! C'est pas moi, ça !

— Un officier de police est allé fouiller chez toi et il a rapporté cet anorak noir et ce sweat à capuche comme pièces à conviction : est-ce que ce ne sont pas ces vêtements-là que tu portes en général quand tu n'es pas en uniforme de collégien pour aller en cours ?

La réponse lui arrive d'une voix chevrotante avec des sanglots :

— Oui, bon, enfin, c'est vrai, ce soir-là j'ai été là-bas, je suis même allé jusqu'au pied de son immeuble, et là j'ai attendu les autres... Mais y en a pas un seul qui s'est pointé ! Et elle, c'est pas moi qui l'ai tuée, ça, je peux vous le jurer !

Yi Jun-hi s'effondre en finissant de dire ça. Secoué par de gros sanglots, il n'est plus capable de dire quoi que ce soit. Kim Seong-ho lui tapote doucement les épaules et, une fois que les pleurs se sont calmés, il sort discrètement de la salle d'interrogatoire. Un colosse qui était là en train d'attendre devant la porte s'approche de lui ; il doit mesurer au moins 1,90 mètre et il porte un jean avec un tee-shirt de sport qui lui souligne les pectoraux. Il a l'air impatient.

— Comment ça s'est passé ? Il a avoué ? demande le capitaine Bak Min-cheol.

Le profileur secoue la tête. L'air déçu, l'autre reprend :

— Les collégiens de maintenant sont vraiment terribles ! Afficher des posts comme ça, manifestant une telle agressivité parce que quelqu'un a osé porter plainte... On n'a pas encore tous les résultats de l'identification, mais si jamais on repère ses empreintes digitales, je vous promets que j'obtiendrai du juge un mandat d'arrêt contre lui. Je veux bien respecter les droits des mineurs, mais on ne peut pas se contenter d'envoyer quelque temps dans un établissement pénitentiaire pour mineurs un gamin qui vous taillade un visage à coups de lame de rasoir et finit par étrangler sa victime – c'est le travail de quelqu'un d'irrécupérable, ça, non ? Je compte beaucoup sur vous, vous savez, on dit que vous êtes particulièrement doué pour résoudre les affaires de mineurs.

Tout en continuant leur conversation, les deux officiers de police sont arrivés dans le bureau de la Criminelle.

— Il n'y a donc pratiquement pas d'empreintes digitales ? demande Kim Seong-ho en examinant de près les rapports d'enquête.

— En fait, on a juste trouvé la trace d'empreintes latentes plus ou moins effacées... Les gars de l'Identité judiciaire sont en train de mettre ça au net, on ne va pas tarder à recevoir les résultats.

— Le rapport d'autopsie indique comme moment vraisemblable du décès le 24 aux environs de 23 heures. Mais la vidéosurveillance a enregistré Yi Jun-hi à la station Shinsa à 20 h 20. Bon, admettons qu'il ait attendu depuis cette heure-là avant d'aller commettre son crime : il devrait tout de même y avoir quelqu'un qui l'ait vu rôder autour de l'immeuble de la victime avant d'y entrer, non? Et là, on n'a pas l'ombre d'un témoignage.

— On n'a pas de preuve enregistrée faute de vidéosurveillance dans la petite rue en question, mais le gamin n'a pas non plus d'alibi. Il dit qu'après avoir simplement traîné aux alentours de chez Ha Na-ri, il est revenu sur la grande avenue et qu'excité par l'ambiance festive du coin le soir de Noël il a marché jusqu'à la station Gangnam. Et ça, ce n'est pas trop crédible : on ne l'a reconnu sur aucune des vidéosurveillances qui pullulent aux environs de Gangnam... Comprenons-nous bien : on ne vous demande pas des suggestions pour tout ce qui relève des enquêtes matérielles ; ce qu'on aimerait, c'est l'analyse psychologique d'un criminel en puissance, au moins celle d'une disposition à commettre un crime de ce genre.

Kim Seong-ho esquisse un petit sourire. Il dirige son regard vers l'écran éteint de l'ordinateur qui fait miroir : ses cheveux courts, ses yeux qui donnent une impression de douceur mais avec des éclairs fugitifs, son visage allongé aux traits fins, ses épaules pas trop imposantes, sa silhouette élancée, à le voir rien ne permet de deviner qu'il s'agit d'un policier. Pourtant il est bel et bien lieutenant de la police nationale, profileur dans ce qu'on appelle le CIS*, nommément au département des recherches sur les comportements criminels.

Il secoue la tête dans un geste de dénégation.

— Yi Jun-hi ne peut pas être l'auteur de ce crime. Il serait tout à fait incapable de commettre un assassinat prémédité en veillant à ne pas laisser la moindre empreinte digitale sur les lieux.

Bak Min-cheol serre les poings comme quelqu'un de frustré.

— Vous êtes sûr ? Est-ce que vous savez jusqu'à quel point les gamins font attention aux preuves matérielles, maintenant qu'ils sont informés de tout ça par la série télé *Les Experts* ? Ne pas laisser d'empreinte, c'est la règle numéro un. Et en plus, on

* Centre d'investigations scientifiques.

vit dans un monde où certains portails en ligne vous procurent des informations sur les différentes façons de dissimuler un cadavre !

— Il paraît que Ha Na-ri mesurait 1,65 mètre et pesait 50 kilos : Yi Jun-hi est plus petit et pèse moins qu'elle ; et pour ce qui est simplement de la force des bras, il aurait déjà eu du mal à la dominer.

— Allons, il est au collège, c'est-à-dire à un âge où on commence à se faire des muscles. En deuxième année de collège*, même ; autrement dit, il va passer en troisième au mois de mars, après les vacances d'hiver… J'ai convoqué et interrogé tous les gosses qui avaient posté des commentaires donnant leur accord pour être au rendez-vous ce soir-là : pas un seul n'y était venu, ils ont tous des alibis, confirmés par des patrons de cybercafés, ou leurs parents, ou des enseignants d'institutions privées…

Kim Seong-ho avance un papier sous ses yeux.

— Comme c'est une affaire délicate, j'ai fait appel au MMPI-2**. Les baromètres mesurant son antisociabilité et son agressivité sont relativement bas, quoique ceux de l'obsession et de la dépression soient un poil au-dessus de la normale, entre 66 et 67. Pour la majorité des données, les chiffres étant au-dessous de 55, on peut dire que c'est quelqu'un de stable. Côté peur, angoisse et irascibilité, c'est toujours un peu au-dessous de 55. On ne voit apparaître aucun facteur de violence au-dessus de 70-80..

Bak Min-cheol élève le ton.

— Est-ce que ce ne serait pas parce qu'il est atteint d'une maladie comme la névrose obsessionnelle ou la dépression qu'il aurait des dérapages de ce genre ? Est-ce que ce n'est pas comme ça qu'on commence à devenir psychopathe ? Vous pourriez faire en plus un test psychologique spécial psychopathes - enfin, avant, ça s'appelait quelque chose comme PCLR***, vous voyez ce

* C'est-à-dire en quatrième en France.

** Minnesota Multiphasic Personality Inventory-2.

*** Psychopathy Check-List Revised.

que je veux dire ? N'importe quel criminel est capable de manipuler à volonté les tests psychologiques !

Kim Seong-ho réplique d'un air ennuyé :

— De toute façon, le PCLR ne peut pas faire des miracles. Si je l'estime nécessaire, je lui en ferai passer un, mais si on prend en compte les résultats de ce premier test, on ne peut pas affirmer qu'il a manipulé le testeur avec des mensonges.

Bak Min-cheol ne baisse pas les bras, loin de là.

— Pour le moment, c'est notre unique suspect. Si on le laisse échapper, on ne pourra plus l'interroger de nouveau. J'insiste : faites le maximum pour coopérer avec nous, qu'on puisse boucler notre enquête !

Kim Seong-ho secoue encore la tête.

— D'après ce que je sais, on n'a même pas retrouvé l'arme dont il serait supposé s'être servi pour exécuter son crime. Dans ces circonstances, il semble difficile de l'incriminer officiellement.

— Pour ça, il suffit de patienter un peu : on est en train de fouiller de fond en comble les environs des stations Gangnam et Shinsa. Pour peu qu'on retrouve cette arme, on finira bien par avoir une empreinte concluante. Jusqu'ici, on n'a pas pu reconnaître Yi Jun-hi au moyen de la vidéosurveillance tellement les rues étaient bondées ce soir-là, mais les enregistrements ont été confiés aux services de l'Identité judiciaire et on devrait avoir bientôt des résultats, car eux ils peuvent agrandir les images et reconnaître beaucoup plus de visages. Ils doivent tout examiner très soigneusement. Ce garçon, Yi Jun-hi, c'est à peu près sûr qu'il doit avoir des problèmes psychologiques, et c'est ça qui l'a conduit à commettre son crime, non ? L'addiction aux jeux sur internet, en fin de compte, c'est lié à une maladie mentale. S'il vous plaît, refaites un test, celui dont on a parlé tout à l'heure.

La proposition de Bak Min-cheol commence à ressembler à un ordre.

— Vous savez, capitaine, les psychopathes n'ont rien à voir avec les gens qui sont atteints d'un dérangement psychique classique tel que l'anxiété, la dépression ou les hallucinations. Leurs facultés mentales ne sont pas perturbées : ils sont simplement dépourvus de conscience morale, ils ne connaissent aucun sentiment de culpabilité, aucun remords. Or le psychisme de Yi Jun-hi est radicalement différent de celui des psychopathes que j'ai connus. C'est un garçon capable de sentiments ; il n'ignore ni la peur ni l'angoisse.

Le capitaine élève la voix :

— Je crois que vous n'avez guère idée de la gravité qu'atteignent les violences commises par les adolescents d'aujourd'hui ! Je connais des petits fumiers qui se font leur argent de poche en enfermant des filles plus jeunes dans une chambre de *love hotel* pour qu'elles fassent les putes, voilà ce qu'on se ramasse comme collégiens de nos jours !

Kim Seong-ho répond avec un grand calme :

— Je suis parfaitement au courant. Il n'empêche, selon les normes du test psychologique standard, Yi Jun-hi est loin d'avoir une disposition à la violence... En outre, un meurtrier qui a veillé à quitter les lieux du crime sans laisser la moindre trace a sans doute commis un assassinat délibéré, alors qu'un gamin qui s'effondre à la première attaque psychologique d'un enquêteur a peu de chance d'être capable de dissimuler parfaitement ses actes à coups de mensonges.

— Justement, tout ce qu'il a dit, peut-être que ce n'était que des mensonges ! Et il pouvait parfaitement faire semblant de pleurer !

Le profileur secoue la tête.

— Dans son cas à lui, je n'ai observé aucun des mouvements qu'on fait quand on ment, comme cligner des yeux, toucher inconsciemment une partie de son corps, etc.

Comme s'il voulait laisser retomber un peu l'ambiance, Bak Min-cheol attrape un mug de café qui traîne sur son bureau et en boit une gorgée. À ce moment-là, une policière en tenue s'approche de lui et lui tend un document.

— Voilà le résultat des enquêtes que vous avez demandées, capitaine.

— Merci ! Et tiens, assieds-toi donc là une seconde : tu as devant toi un lieutenant qui travaille comme profileur au CIS de la police nationale. Parle-lui de notre fameux site Hebdo-pop.

La jeune femme – plutôt petite, lunettes rondes – salue Kim Seong-ho avec un sourire aimable.

— Je suis la gardienne de la paix Yi Ju-yeong, attachée à la surveillance du cyberespace ici, au commissariat de Gangnam. Lisez un peu ce que racontent ces documents.

Elle feuillette une petite liasse d'où elle extrait la capture d'une page internet.

— Le nom du site Hebdo-pop que vous êtes en train de regarder est un abrégé d'« hebdomadaire populaire ». Sa caractéristique est de mettre en vedette sur la plateforme les articles de la semaine les plus intéressants d'après les votes des internautes.

Kim Seong-ho lance une question :

— Je sais, oui, la presse a beaucoup critiqué la licence de ce site, trouvant qu'on y manquait nettement de conscience morale... En réalité, selon vous, que faut-il penser de l'état d'esprit de ses membres ?

— Du point de vue politique, les utilisateurs du site sont plutôt proches de la droite. Pour ce qui est des statistiques, 70 % sont des hommes entre quinze et trente ans : ils se tutoient franchement et même les posts contenant des mots grossiers ne sont pas effacés par le webmaster. Il arrive qu'ils dénigrent les parents d'une personne particulière ou même qu'ils les insultent, mais ces articles-là ne sont pas non plus censurés, même si ça peut relever d'un genre de diffamation. Bien sûr, les photos à caractère pornographique, elles, sont systématiquement effacées.

Bak Min-cheol est en train d'étaler les pièces du dossier sur le bureau.

— Regardez-moi ça : est-ce que c'est un truc digne de mecs sains d'esprit ?

Sur certains feuillets sont collées des photos : par exemple celle d'un type dans les vingt ans qui vous fusille du regard en tenant contre sa langue une lame de couteau à sashimi ; ou bien celle d'un ado brandissant un sex-toy d'un air tout fier ; ou encore celle d'un mec juste vêtu d'un slip portant un masque de tigre et serrant les poings, etc.

— Les jeunes qui ont affiché ce genre de photos ont menacé Ha Na-ri de lui faire la peau lorsqu'elle les a dénoncés avant de conclure un arrangement financier avec eux. Comment ne serait-elle pas morte de trouille ? Elle a bien réfléchi, elle a finalement demandé la protection de la police, mais le soir même elle a été assassinée. Où allons-nous chercher son assassin si ce n'est sur le site Hebdo-pop ?

Yi Ju-yeong garde le sourire pendant un petit moment, puis elle dit :

— C'est sûr, mais en fait on peut aussi considérer qu'ils ont posté ces photos sur ce site pour plaisanter...

— Comment ça, pour plaisanter ?

— Oui, lieutenant : sur la plateforme, les sujets des posts c'est tout et n'importe quoi, depuis les appréciations sur les films ou les groupes de musique jusqu'aux tendances politiques. Et on y semble très préoccupé par les activités criminelles : une fois, pour découvrir un gars qui faisait sa publicité sur la Toile afin de vendre de la drogue, ils se sont démenés tous en même temps comme des forcenés pour découvrir ses coordonnées grâce au *doxing**... mais pas un seul des dizaines de membres qui avaient prétendu avoir retrouvé le dealeur et être prêts à lui régler son compte n'est venu au rendez-vous fixé ce soir-là ! Vous savez, des *keyboard warriors*** de ce modèle, il y en a en pagaille !

Kim Seong-ho demande :

— Ça laisserait supposer que les photos postées par ceux qui se sont proposés de la tuer pouvaient n'être affichées là que pour rigoler ?

— Tout à fait. Ils ne sont courageux que derrière leur clavier. Concernant cette affaire Ha Na-ri, quand j'ai effectivement

---

* Ensemble de pratiques illicites permettant de récupérer des informations d'identité (adresses, téléphones, numéros de cartes...) afin de les exploiter en escroquant, dénonçant, ridiculisant, etc.

** « Guerriers sur clavier ».

mené mes recherches sur les habitués du site Hebdo-pop qui avaient répondu, étant donné la violence de ce qu'ils écrivaient j'ai été surprise de ne rencontrer qu'une majorité de collégiens naïfs.

— Il va falloir qu'on bloque ce torchon sans tarder ! éclate alors Bak Min-cheol, rouge de colère, en attrapant dans son tiroir une cigarette pour se la mettre au bec – mais comme Yi Ju-yeong est justement en train de se retourner vers lui, il la repose lentement.

Puis il claque des mains deux fois.

— Allez, hop ! On met tout sur la table et on reprend la discussion à zéro. Le criminel fait sûrement partie des utilisateurs de ce site. Les circonstances nous disent que le projet a été conçu et mené à bien grâce au site Hebdo-pop. J'ai sélectionné quelques noms parmi les adhérents qui ont manifesté un désir de vengeance à l'encontre de Ha Na-ri à cause de sa dénonciation de l'autre fois et qui se sont ensuite associés à la proposition de la punir, puis j'ai éliminé tous ceux qui ont un alibi. Yi Jun-hi, non seulement il ne peut pas présenter d'alibi, mais il est au centre de l'affaire de cette dénonciation. Il a affiché plus de documents que les autres à propos de Ha Na-ri et, en plus, c'est lui qui a proposé de la punir. Alors, bien que pour le moment on manque de preuves, si vous, en tant que profileur, vous nous donnez une justification, comme un test psychologique, je la joins au dossier et on propose au juge d'envisager concrètement une mise en examen.

Kim Seong-ho prend un air très gêné.

— Ça m'est difficile pour l'instant. Moi non plus je n'ai pas toutes les informations souhaitables.

Le capitaine se fâche. Il fouille dans le dossier pour en tirer un autre document.

— Ce papier-là, vous l'avez bien lu, non ? Sa déclaration, relue et signée par lui. Tenez, regardez ici.

Comme j'avais au départ affiché sur le site Hebdo-pop le message proposant de punir Ha Na-ri le soir du 24 décembre 2012, afin de lui faire la surprise de sa vie sans attendre indéfiniment, je suis arrivé à la station Shinsa à 8 heures du soir. Une fois dehors, par la sortie 8 de la station, j'ai tourné en rond en attendant, mais comme aucun des gars du site ne se pointait et que j'avais déjà eu sans problème, grâce au Net, les informations concernant là où elle habite, je suis allé tout seul à son adresse et jusqu'au pied de son immeuble. J'y suis arrivé vers 8h20. J'ai rôdé quelques minutes autour de l'immeuble Nogwon. Je serais bien entré, mais j'avais pas le code et manque de pot y a eu personne qu'est sorti. Alors j'ai laissé tomber et je me suis dirigé à pied vers la station Gangnam, où j'ai dû arriver vers 9 heures moins 20; ou peut-être moins 10? Là-bas, j'ai regardé les passants ainsi que les vitrines des magasins décorés de sapins de Noël, et finalement lorsque je suis rentré chez moi il devait être 11 heures passées. Pour rentrer, j'ai encore marché à pied.

Bak Min-cheol ne quitte pas Kim Seong-ho des yeux tout en indiquant du doigt les passages qu'il a surlignées.

— Moi aussi, il m'est arrivé d'assister à des séminaires de psychologie criminelle ouverts à la police nationale... Bon : est-ce que ce n'est pas justement ça qu'on appelle un « effet de récif » ? Je veux dire ce délicat changement d'ambiance dû à l'apparition soudaine dans un passage d'une sorte de récif susceptible de cacher quelque chose au milieu d'une déclaration qui coulait de source? Vous voyez comment il rend sa déclaration floue en écrivant « vers 9 heures moins 20; ou peut-être moins 10 ? ». Ça, ça veut dire qu'il n'est pas arrivé à la station Gangnam à cette heure-là! Parce que précisément à cette heure-là il pénétrait chez Ha Na-ri pour la défigurer et lui serrer le cou après lui avoir fermé la bouche avec du gros ruban adhésif et ligoté l'ensemble du corps à l'aide de colliers de serrage en plastique!

Il ponctue énergiquement ses derniers mots. Le profileur secoue la tête de nouveau.

— Si vous voulez pinailler comme ça, tous les passages de cette déclaration sont douteux. Regardez, déjà au début, c'est seulement « le soir du 24 décembre 2012 » qui est écrit, pas l'heure précise, puis à la ligne suivante on a l'heure : « à la station Shinsa à 8 heures du soir ». Que pensez-vous qu'il ait voulu cacher dans la première partie de sa phrase ? Et maintenant regardez le passage plus bas : « Après avoir rôdé quelques minutes devant l'immeuble Nogwon », ça aussi c'est vague ; il n'est pas facile pour l'être humain de se remémorer tout ce qu'il a vécu à la seconde près. En ce qui me concerne, j'estime que cette déclaration, mis à part quelques termes inadéquats ou des détails superflus, est plutôt proche de la vérité.

Pendant qu'il parle, Bak Min-cheol attrape les photos du cadavre de Ha Na-ri et les lui colle en vrac sous le nez.

— Regardez-moi ça ! Est-ce que ce sont là des façons de faire dignes d'un être sensé ? Ficeler le corps d'une jeune fille, lui découper le visage à coups de lame de rasoir... Allez-y, regardez de plus près ! Il lui a lacéré les joues – au moins sept entailles ! Après quoi il lui a serré la gorge avec ses deux mains jusqu'à ce qu'elle cesse de respirer... On a trouvé des traces de gants autour du cou et il n'est donc pas étonnant qu'à cet endroit-là il n'y ait aucune empreinte digitale. Pourtant, si j'en juge par mon expérience d'enquêteur, même les criminels qui portent des gants finissent à un moment ou à un autre par les enlever pour une raison quelconque...

Après avoir poussé un grand soupir en retrouvant son calme, Bak Min-cheol reprend sur un ton plus décontracté :

— Les colliers de serrage utilisés pour les poignets et les chevilles sont parfaitement propres. Je les ai fait examiner, on a eu la preuve que les empreintes digitales avaient été essuyées. Mais le service de l'Identité judiciaire est encore en train d'analyser tous les objets personnels de Ha Na-ri ainsi que son ordinateur et ses autres appareils... En attendant, lieutenant, poursuivez votre enquête psy sur Yi Jun-hi, ce sera toujours autant de gagné.

Sans broncher, Kim Seong-ho reste un moment silencieux, puis il se décide :

— Oui, après tout, j'aimerais bien rencontrer ses professeurs, ses parents, ou encore ses copains.

D'un léger coup de tête, Bak Min-cheol indique un coin de la pièce derrière lui.

— Sa mère est là. Quand on pense qu'on n'a réussi à lui mettre la main dessus que trois heures après avoir commencé l'interrogatoire de son fils sans mandat, on ne sait plus trop quoi dire !

Le lieutenant se retourne. Baissant la tête, l'air écrasé de soucis, il y a là une femme petit modèle, une bonne quarantaine d'années, qui tient la main de l'ado. Le capitaine se dirige vers elle et elle lui adresse de nouveau une petite courbette embarrassée. Kim Seong-ho essaie de s'approcher à son tour, mais Yi Ju-yeong le retient par le bras.

— Tant qu'elle est avec son fils, elle ne dira jamais rien d'intéressant. Remettez à plus tard un entretien avec elle. Quant à son professeur principal et à ses copains les plus proches, je les ai rencontrés chacun une fois, donc j'ai leurs coordonnées ; si ça vous intéresse...

— J'ai du temps libre aujourd'hui, je pourrais les voir cet après-midi... ?

— Comme c'est les vacances scolaires, ça ne devrait pas faire problème. On peut y aller ensemble après avoir mangé quelque chose à la cantine ?

La cantine du commissariat de Gangnam est tranquille, sans doute parce que l'heure du déjeuner est passée depuis un bon moment. Sur l'écran de télévision fixé au milieu d'un des murs apparaît une seconde l'image du président de la République en tournée à l'étranger.

— S'il vous plaît, madame, on peut avoir deux ragoûts à la pâte de soja ?

Après avoir ainsi passé commande, Yi Ju-yeong va s'asseoir à une table en se frottant les mains. Au bout de quelques minutes le repas est prêt, chacun va récupérer son plateau. Le ragoût, d'où s'échappe un nuage de vapeur, donne l'impression d'être préparé avec soin : le bol de riz est coiffé d'un œuf frit et accompagné d'une belle soucoupe de petits anchois sautés à la sauce de soja, etc.

— Il y a même des chauffeurs de taxi qui passent déjeuner à notre cantine, tellement on y mange bien !

La jeune policière fait un grand sourire, ôte ses lunettes pour souffler sur son ragoût, puis reprend la parole :

— J'ai passé les examens pour devenir officier de police parce que j'avais été accrochée par le livre de Robert Ressler, le célèbre profileur du FBI, et que j'avais très envie de travailler dans le domaine de la psychologie des criminels. Mais pour le moment je suis affectée à la surveillance du cyberespace.

Tandis que l'expression crispée du visage de Kim Seong-ho se détend peu à peu, elle continue à expliquer :

— Moi qui suis restée si longtemps addicte aux jeux sur internet, je m'y retrouve aujourd'hui en tant qu'agent de police : quelle ironie, n'est-ce pas ? Car dans notre milieu, être addict aux jeux équivaut à être un criminel grand teint, pfou-ou !

— Hebdo-pop est-il à ce point un danger public ?

Elle secoue la tête :

— En fait, à propos de ce site, il y a eu pendant un certain temps des rumeurs selon lesquelles parmi ses utilisateurs on compterait quelques délinquants confirmés, si bien que beaucoup d'officiels étaient d'avis qu'on le ferme. Et il faut reconnaître que notre affaire, là, est vraiment un sale truc, mais en toute franchise, la fois où ils ont tous comploté pour faire punir le trafiquant de stups, je me suis moi-même sérieusement posé la question : ne faudrait-il pas signaler une chose comme ça à l'étage supérieur ? Et j'ai beaucoup ri quand j'ai vu les photos d'authentification prouvant que personne n'était venu au rendez-vous du complot de vengeance, pfou-ou ! Mais au bout du compte, dans cette affaire, l'objectif final a été atteint.

Kim Seong-ho dépose ses baguettes sur la table juste au moment où elle cesse de parler. Elle lui demande avec un grand sourire :

— Vous arrêtez là ? On dirait que les plats de notre cantine sont moins appétissants qu'à la police nationale !

Elle se lève pour aller rendre les assiettes, au demeurant parfaitement vidées.

Ensuite c'est elle qui prend le volant de la voiture qui leur a été attribuée par le commissariat, le lieutenant occupant le siège du passager à côté d'elle.

Avant de venir au commissariat de Gangnam, il a vu seulement les documents concernant Yi Jun-hi en même temps que les photos postées par Ha Na-ri elle-même sur sa page Facebook, améliorées par un logiciel de retouche. Le capitaine était le premier à lui avoir montré les photos de la scène de crime. Depuis le début de sa carrière, des photos de ce genre, il en a vu un nombre incalculable, sans jamais parvenir à s'y habituer.

Alors qu'avait éclaté en 2004 la vérité sur la série d'assassinats commis par Yu Yeong-cheol*, à partir de 2007 la police nationale s'est mise à recruter parmi les policiers qualifiés en psychologie des officiers susceptibles de devenir des analystes du comportement criminel. Aussitôt qu'il a obtenu son master de psychologie comportementale en 2009, Kim Seong-ho a été engagé spécialement avec le grade de sous-lieutenant par le département des recherches sur les comportements criminels du CIS. Mais au risque de tourner en ridicule l'objectif initial de créer un système d'analyse des types de crimes propres aux Coréens, plus de 50 % de sa promotion ont renoncé à leur poste : même s'ils n'étaient pas obligés de se rendre en personne sur les lieux du crime, ils avaient beaucoup de mal à supporter de lire et de voir tous les jours des rapports et des photos concernant des forfaits monstrueux. Tous sans exception, ils en ont perdu le sommeil, l'appétit et quelques kilos, sans parler des cas extrêmes où certains ont succombé à un authentique stress post-traumatique.

Le plus pénible, pour un profileur, c'est qu'il doit observer les choses en occupant mentalement la position du criminel. Il faut qu'il s'introduise dans l'esprit du meurtrier pour se représenter de A à Z le déroulement de ses crimes et qu'il arrive à reconstituer comment il en est arrivé là. Et une fois le criminel sous les

---

* Il s'agit d'une véritable affaire criminelle : entre septembre 2003 et juillet 2004, ce *serial killer* a fait une vingtaine de victimes avant d'être arrêté.

verrous, il lui appartiendra encore de le conduire jusqu'aux aveux en ressentant tous les malheurs dont est tissée sa misérable histoire personnelle. C'est lui, le profileur, qui devient le flic le plus proche du crime, et même un double du criminel.

Yi Ju-yeong l'arrache à ses réflexions :

— Vous parlez toujours aussi peu, d'habitude ? J'imaginais au contraire qu'un psychologue, ça parlait beaucoup...

— Non, on écoute, plutôt. Moi, tout au moins.

— En tout cas, pour ce qui est de la voiture, là, quand j'ai dit qu'il me la fallait pour transporter un profileur de la police nationale, on m'en a tout de suite trouvé une. Grâce à vous, on se déplace confortablement... Voilà, on est presque arrivés.

Aussitôt que la voiture quitte la grande avenue pour s'engager dans une petite rue du quartier résidentiel apparaît un collège doté d'une vaste cour que n'entoure aucun mur. L'endroit est seulement délimité par une haie de thuyas nains et des pierres de jardin décoratives. Ça a l'air très tranquille.

Yi Ju-yeong gare la voiture sur le parking aménagé à l'angle du bâtiment. Celui-ci paraît assez vieux, mais il est bien entretenu. Repeint en plusieurs couleurs, il donne une bonne impression de propreté. Malgré le froid de janvier, quelques élèves sont en train de jouer au basket dans la cour.

— C'est ça, le collège de Jun-hi. Son professeur principal m'a confirmé qu'il serait là, et deux camarades de sa classe avec lui. Au fait, vous savez pourquoi les Nord-Coréens n'oseront jamais attaquer la Corée du Sud ?

— Quoi ?

— Petite histoire drôle : c'est parce qu'ils ont peur des collégiens de deuxième année* ! Jadis, c'étaient les lycéens qui étaient divisés en deux groupes, les « exemplaires » et les « paumés », mais aujourd'hui ce sont les collégiens qui ont droit à cette

* Les élèves de deuxième année de collège (environ quatorze ans) poussent si loin de nos jours l'esprit de révolte propre aux ados que les Coréens parlent de « la maladie des deuxièmes de collège » (*jung-i-byeong*). Le même syndrome existe au Japon sous le nom plus connu de *chunibyo*.

répartition. Même topo pour les violences en milieu scolaire de manière générale : dans le secondaire, sur dix affaires déclarées, il y en a sept qui sont le fait de collégiens.

Kim Seong-ho répond en hochant la tête :

— Il m'est arrivé de faire du profilage de criminels adolescents. C'est vrai que la différence entre eux et les adultes se réduit progressivement. J'en ai vu pas mal qui manquaient de conscience morale au point de ne pas comprendre de quoi ils étaient coupables, ou même qui considéraient que c'était leur victime qui était le vrai responsable de ce qui lui était arrivé. Il y a pas mal de gens qui protestent, estimant que la loi est trop indulgente avec les délinquants mineurs et que leurs peines sont trop légères.

Yi Ju-yeong le devance de deux ou trois pas, tout en hochant la tête elle aussi, puis tout à coup elle se retourne avec un petit rire.

— Je suis bien d'accord, mais ceux-là ils sont vraiment sérieux dans leurs interventions sur internet. Et en plus ils sont tellement mignons ! « Ça me fout les boules de me rappeler tout à coup un prof qui me met la pression pendant que je suis en train de méditer sur le sens de la vie en tirant quelques taffes pour accompagner un petit noir sur le pouce ! » Pfou-ou, voilà comment ils se la jouent adultes !

— On dirait que vous consultez souvent les sites fréquentés par les collégiens ?

— Oui. Quant aux cybercafés, qui ont aussi besoin d'être surveillés, il m'arrive souvent d'aller observer ceux qu'ils visitent le plus volontiers. Ce type d'articles s'affichent presque en permanence sur des sites où des élèves de deuxième année de collège du quartier de Gangnam se retrouvent pour exprimer leur « haine » à l'égard du reste du monde.

Kim Seong-ho lui adresse un grand sourire en lui demandant :

— Et vous-même, comment vous étiez pendant cette fameuse deuxième année de collège ?

— Moi ? Je vous l'ai déjà dit, j'étais une fille petite, avec des lunettes, le nez toujours plongé dans des livres ou dans l'ordi.

Sans beaucoup des particularités qui attirent l'attention des autres. Si mes copines de l'époque apprenaient que je suis devenue agent de police, c'est sûr qu'elles seraient drôlement étonnées... Et vous-même, comment vous étiez ? Devenir profileur, ça a dû être votre rêve depuis bien longtemps, non ?

— Pas du tout. Ce n'est qu'après mon master en psychologie que j'ai décidé d'entrer dans la police. Je n'avais jamais imaginé que je finirais comme ça.

Une fois qu'ils ont traversé la cour, ils entrent dans le grand bâtiment. Tout de suite derrière les petits panneaux indiquant la « SALLE DES PROFESSEURS » et le « BUREAU DU DIRECTEUR », ils repèrent la « SALLE DE RÉCEPTION DES FAMILLES ». Lorsqu'ils y pénètrent, une femme d'une cinquantaine d'années les accueille avec un sourire chaleureux. Derrière elle sont assis un garçon couvert d'acné et une grande fille plutôt forte.

— Enfin, vous voilà ! J'ai pris sur moi de faire venir la déléguée de classe et le délégué adjoint. Comme cette convocation embarrasse passablement leurs parents, je vous serais reconnaissante de ne pas vous éterniser.

— Entendu. Et merci !

Sans perdre un instant, Yi Ju-yeong s'assied, en déposant sur la table les boissons achetées avant de partir. Dès que la prof préposée aux affaires familiales est sortie, elle s'adresse aux deux élèves :

— Vous êtes sans doute au courant de ce qui arrive à Yi Jun-hi ?

Ça va de soi, vu que la police est venue le cueillir alors qu'ils étaient en cours.

— Bien sûr. Mais, notre camarade, est-ce qu'il est en ce moment dans une cellule au commissariat ? demande la déléguée.

— Non, il est dans une salle d'interrogatoire où on lui pose simplement quelques questions. Il est venu se présenter ce matin depuis chez lui... Ah, au fait, ce monsieur est le lieutenant Kim Seong-ho, de la police nationale. C'est un profileur.

— Ouaah ! Alors il fait comme ceux qu'on voit dans *Les Experts* ?

Réagissant à cette question du garçon boutonneux, sa camarade corrige :

— Penses-tu ! Eux, ce sont des policiers d'une brigade qui font des enquêtes en collaboration avec la police scientifique, tandis que lui, il doit plutôt être comme un de ces enseignants-chercheurs en criminologie que les journalistes invitent dans les émissions d'actualité, tu vois ?

— Ouaah ! Super-génial !

Coupant la parole à son adjoint boutonneux, la fille poursuit avec un sourire entendu, en s'adressant au lieutenant :

— Vous devez être du genre surdoué... Et à l'école aussi, vous avez dû bosser dur, non ?

Kim Seong-ho a un sourire gêné et commence :

— Bon, vous voulez bien me raconter un peu quel garçon est Jun-hi ?

— Eh ben...

La fille penche la tête.

— Il ne fait que dormir pendant les cours, ou alors il tripote son smartphone et navigue sur la Toile. On ne le voit jamais lever le nez !

— Est-ce que vous avez une idée de ce qu'il fait avec ses potes, en dehors de l'école ?

Le garçon intervient en déclarant d'un ton tranchant :

— Ses potes ? Vous voulez rire, il en a zéro !

— Vraiment ? Pas un seul ?

À cette question du policier, la fille hoche la tête :

— Il ne fait partie ni des éternels exclus ni des « corvées-de-baguette* ». On dirait que personne n'a jamais entendu sa voix, ni ne sait même où il habite. Je suppose qu'il passe ses journées à surveiller internet sur son smartphone pour savoir quels articles s'y affichent, comme tous les fans d'Hebdo-pop. Et alors, là, pfou-ou ! Quel site vulgaire !

Le garçon s'insurge d'un ton agressif :

* C'est-à-dire les faibles ou timides que les durs de la classe obligent à aller pour eux à la boulangerie pour améliorer l'ordinaire.

— Eh, dis donc, pourquoi que Hebdo-pop serait vulgaire ?

— Tu vas y traîner, toi aussi, là-bas ? Fais gaffe, alors : si tu te laisses embarquer dans un site pareil, tu auras bientôt la tête à l'envers ! Et n'oublie pas que tu es le délégué adjoint de la classe !

— Tu parles, une fille comme toi pourrait jamais se faire accepter sur Hebdo-pop ! T'aurais même pas une chance qu'on te fasse un devis pour de la chirurgie esthétique !

— Quoi ? Qu'est-ce que t'as dit, là ?

Comme elle lève la main pour le frapper, Yi Ju-yeong intervient et ramène le calme en douceur :

— Hé oh ! Ça suffit, les bêtises, hein ? Le lieutenant n'est pas là pour rigoler, tâchez de répondre sérieusement à ses questions.

Kim Seong-ho demande de nouveau :

— La plupart des élèves sont-ils au courant que Jun-hi est addict à Hebdo-pop ?

— Oui. Un jour où entre nous, les filles de la classe, on faisait du KaTalk en groupe, il y en a une qui a dit que Jun-hi était un garçon « vulgaire » qui passait son temps sur Hebdo-pop. Du coup, tout le monde a été au courant. De toute façon, comme personne ne communique avec lui, ce que je veux dire c'est que c'est seulement entre nous qu'on le savait.

Le policier se tourne vers le garçon.

— Et toi, qu'est-ce que tu en dis ?

— Ben... Hebdo-pop, c'est vrai que presque tous les garçons de la classe y jettent un coup d'œil à l'occasion, alors j'imagine que lui aussi il devait faire comme les autres. Enfin, moi j'y jette un œil de temps en temps. Ceux qui tripotent sans arrêt leur smartphone se divisent en deux catégories : ou bien c'est pour jouer, ou bien c'est pour Hebdo-pop. Les filles, elles, c'est Twitter ou Facebook !

La déléguée intervient d'un ton sec :

— Mais Jun-hi a aussi un compte Facebook. J'y suis allée voir une fois : c'était vraiment le désert ! Presque pas de followers, presque pas de commentaires, la page de quelqu'un sans popularité. Ça ressemble à rien !

— Je peux la voir, sa page Facebook?

Kim Seong-ho regarde attentivement l'écran élargi du smartphone que lui tend la fille. Au plus récent envoi, intitulé « Coup dur », seuls ont réagi les nommés Yu Jeong-yeol et Han Dong-ju.

— Vous savez qui c'est, ces deux-là?

La fille met un doigt sur Han Dong-ju:

— Là, c'est notre professeur principal. L'autre nom ne me dit rien du tout.

Kim Seong-ho va sur la page de Yu Jeong-yeol. Dans la case « Photo de profil », au lieu d'un visage est affiché un dessin représentant une abeille; mais surtout il y a des textes au milieu desquels une phrase lui saute aux yeux: « Je rends service à ceux qui sont victime d'une injustice de la part des pouvoirs publics dans un procès ou pour une question de droit. »

Il tourne l'écran vers Yi Ju-yeong, qui penche la tête pour regarder, et lui demande:

— Vous avez déjà vu ça quelque part?

— Ce sont des gens qui aident ceux qui s'engagent tout seuls dans un procès ou qui affirment avoir été victimes d'un abus de pouvoir. Quand vous leur demandez pourquoi ils se mêlent d'affaires compliquées pour aider les autres alors qu'ils n'ont rien à y gagner, ils répondent que c'est parce que ça leur fait plaisir de rendre service. Est-ce que Jun-hi leur aurait demandé de l'aide pour cette affaire?

Le lieutenant rend son smartphone à la déléguée.

— Merci beaucoup. Et une dernière question à tous les deux, si ça ne vous ennuie pas: est-ce que Jun-hi vous paraît capable d'avoir commis ce dont on l'accuse?

Au bout d'un instant, le garçon secoue la tête d'un air embarrassé.

— Bof, non, moi j'ai pas l'impression...

En revanche la fille répond d'un air assuré:

— Oui, tout à fait! Car quand des ados se regroupent sur internet, ça leur donne du courage et ils se sentent capables de tout. On en a même vu se donner rendez-vous sur la Toile pour aller se suicider ensemble dans un *love hotel*!

À la fin de l'entretien, le policier leur a donné sa carte de visite en leur demandant de lui téléphoner si jamais quelque chose leur revenait à l'esprit. En sortant de la salle, Yi Ju-yeong lui pose la question qui s'impose :

— Alors, ça vous a permis d'avancer quelque peu ?

— J'ai déjà pu mettre de l'ordre dans mes idées. D'un certain point de vue, le fait que selon ses camarades de classe Jun-hi soit défaillant côté rapports sociaux, cela évoque l'environnement où surgissent la majorité des meurtres dits « sans motif ». Mais on ne peut pas non plus généraliser suffisamment pour l'appliquer à son cas. Si je devais faire un premier bilan, je dirais que je n'ai pas encore de preuves assez convaincantes pour être sûr de sa culpabilité. En premier lieu, je n'ai pas noté dans le contexte psychologique l'éventualité d'un coup de colère imprévisible, pas plus qu'un facteur capable de déclencher un accès de violence exceptionnelle.

— Que pensez-vous d'une manière générale des modalités de ce crime ?

— Afin de bien se prémunir contre l'éventualité où sa victime résisterait, le meurtrier lui a minutieusement ligoté les bras et les jambes avec des colliers de serrage et lui a fermé la bouche avec du ruban adhésif ; mis à part l'étranglement, cause directe de la mort, ainsi que les coups de rasoir sur le visage, il n'y a pas eu de frappe brutale avec un instrument contondant. De plus, le meurtrier a quitté les lieux après avoir tout rangé bien proprement. S'il s'agissait d'un premier délit, d'après ce que l'on constate le plus souvent, il aurait tout mis sens dessus dessous dans l'espoir de brouiller les pistes, ou alors, au contraire, il aurait été si affolé qu'il aurait fichu le camp en laissant la pagaille. On dirait qu'il a ficelé sa victime en la persuadant par de belles paroles, puis qu'il l'a tailladée avec une lame tranchante avant de l'étrangler à mort. Autrement dit, là, il a agi avec une préméditation extraordinaire. Je pense qu'il est difficile de procéder comme ça dans le cas d'un premier crime.

Yi Ju-yeong écoute toutes ces explications, puis reprend la parole :

— Étant donné qu'on a emporté son ordinateur au commissariat, on a pu examiner quelques mots-clés de ses recherches, par exemple « Assassiner », « Punir », etc.

— Ça s'imposait, puisque c'est lui le premier qui a affiché l'idée d'aller punir Ha Na-ri. Il a sûrement fait travailler son imagination et multiplié les recherches sur internet, mais avant de passer à la réalisation, il faut une incroyable force morale, un courage énorme, diverses compétences techniques et une bonne dose de sang-froid.

Affichant toujours le même sourire détendu, elle reprend :

— Vous vous rappelez ce que la gamine a dit tout à l'heure ? À cet âge de l'adolescence, il suffit qu'on soit plusieurs et on s'enhardit...

— Vous avez raison, ça mérite qu'on y réfléchisse.

Tout en discutant, ils arrivent à l'endroit où est garée la voiture. Elle se remet au volant tandis que lui se réinstalle sur le siège à côté. Le ciel a pris une vague couleur de cendres. Comme la route est peu encombrée, il ne leur faut pas longtemps pour revenir à l'entrée du commissariat. Kim Seong-ho descend de la voiture tandis que la conductrice repart vers le parking avant de regagner son poste. Il est convenu qu'il reviendra au commissariat le lendemain matin.

Il marche jusqu'à la station Samseong pour prendre le métro direction Hapjeong. Il y a peu de monde dans le wagon. En face de lui, deux étudiants vêtus de parkas épaisses sont en train de rire en regardant l'écran d'un smartphone. À côté de lui, un type dans la cinquantaine à l'allure de SDF est vautré sur son siège avec l'air de dormir. Les jeunes ont soudain l'idée de le prendre en photo : au clic de l'obturateur, le gars se dresse comme un beau diable et gueule à tue-tête :

— Non mais, regardez-moi ces putains d'enfoirés, là !

Profitant de ce que le train s'arrête et que la porte s'ouvre juste à ce moment, car on est déjà à la station Hapjeong, les deux jeunes ont vite fait de rempocher leur smartphone et de quitter le wagon. Le policier descend lui aussi. À peine engagé dans une ruelle pleine de cafés proche de la station, il s'arrête devant un des premiers immeubles, un bâtiment en briques peint en blanc : c'est là qu'il occupe un studio, au premier étage, au numéro 201*. Il y a un digicode. Il appuie sur les touches et entre. Pendant que résonne le bruit signalant le verrouillage automatique de la porte, il ôte ses chaussures, les range à leur place et s'avance dans la pièce. Il a choisi ce studio parce qu'il bénéficie d'une demi-paroi permettant d'isoler la partie où se trouve le lit.

Sur des rayonnages couvrant un des murs du living sont rangés plein d'essais concernant l'investigation scientifique dans les enquêtes criminelles ou la théorie et la pratique de l'interrogatoire, ainsi que des magazines et revues pour policiers, etc. Il y a par ailleurs un ordinateur qui le relie au monde extérieur et un aquarium de forme carrée de 40 sur 40 centimètres qu'il a acheté dans un hypermarché. En effet, quelque temps auparavant, un collègue de bureau lui a offert cinq guppys de son propre élevage. Il l'a prévenu que cette espèce est très prolifique et, de fait, à peine étaient-ils installés chez lui qu'ils en avaient déjà fait cinq autres – sauf que pour le moment, il n'y en a que neuf : une des femelles qui a de belles taches écarlates sur la queue a dévoré son petit avant la fin du troisième jour.

Attention : comme les guppys dévorent souvent leur progéniture, aussitôt qu'apparaît un nouveau-né il faut tout de suite le mettre à part dans une petite boîte spéciale qu'on appelle « boîte à moulin ». Suivant le conseil du collègue – il s'en est procuré une pour isoler les alevins. Il a aussi fait l'acquisition d'herbes de diverses couleurs, rouges, vertes, bleues, etc., avec du gravier pour tapisser le fond du bocal. Grâce à tout cela, l'ambiance trop pétrifiée du studio connaît une sorte d'animation.

Il remet à leur place les bouquins de psychologie qu'il a laissés traîner en sortant à la hâte ce matin. Il les range toujours

* En Corée comme aux États-Unis, le rez-de-chaussée est numéroté « 1 ».

au même endroit, choisi en fonction de leur hauteur et de leur épaisseur.

Il enlève son manteau et l'accroche dans le placard de l'entrée. Pour se remettre au travail à la maison après avoir quitté le bureau, il ne se sent vraiment à l'aise qu'une fois que tout a bien été rangé à sa place.

Assis devant son ordinateur avec un mug de café, il garde les yeux fixés sur l'écran. Tout en regardant les infos d'une chaîne télé, il se rend sur la page d'accueil de l'émission en question. Parfois il lui arrive de se concentrer sur l'analyse des personnages d'une série ou de laisser un petit texte sur la plateforme. Cette fois, il va sur un site vente de vêtements pour hommes, aux rubriques « Chaussures », « Tee-shirts » et « Vestes » ; il y effectue des recherches avec des mots-clés comme « coupe slim cool », « blouson homme style star », etc.

Ensuite, il va sur le site Hebdo-pop. Il multiplie les clics pendant un bon moment en espérant tomber sur un post concernant Yi Jun-hi. Il y en a tout juste deux, affichés la semaine précédente, disant à chaque fois qu'un de leurs potes fait l'objet d'une enquête dans le cadre de l'affaire Ha Na-ri.

La plupart des commentaires sont insignifiants, du genre : « Putain les boules ! », « Alors là, respect ! », « On pue vraiment la merde quand on a mis les pieds dans un commissariat », « Le fantôme de Ha Na-ri erre sur Hebdo-pop », etc. Il fait le tour du site pendant un bon moment, puis il reste là, les doigts toujours au-dessus du clavier, à regarder son ordinateur d'un air absent. Sans qu'il s'en rende compte, l'écran finit par redevenir noir. Dans sa tête aussi, c'est un méli-mélo insensé. Et puis tout à coup, c'est comme si le courant venait d'être coupé, il n'entend plus que « ti-i-i-i-i »...

Au même instant, son corps tressaille. Pour reprendre ses esprits, il remue violemment la tête et c'est alors qu'il perçoit un bruit sec à la fenêtre. Il se lève et s'en approche aussitôt : RAS. Les rideaux sont entrouverts d'une trentaine de centimètres ; il les tire d'un coup sec jusqu'à ce qu'il n'y ait plus le moindre espace entre les deux.

Il se prépare un autre café et l'emporte jusqu'à sa bécane. C'est la troisième fois dans sa vie personnelle qu'il connaît un passage à vide semblable aux *lags* des ordinateurs et qu'il se retrouve tout à coup en panne, infoutu d'aller plus loin. La première fois, c'était il y a longtemps, il allait encore à l'école. Une autre fois, plus tard, lorsque sa mère, émigrée en Australie – il entend encore sa voix au téléphone –, a appris de sa bouche qu'il avait réussi le concours du recrutement spécial de la police nationale, où les chances d'être reçu étaient de l'ordre d'une sur quelques dizaines : au lieu de se réjouir avec lui en le félicitant, elle s'était déclarée très angoissée. Tout ce qu'elle pouvait répéter, c'était : « Mon pauvre petit, si tu deviens policier, tu n'as pas fini de traverser des moments difficiles… »

Quand il avait été affecté en tant que profileur au département des recherches sur les comportements criminels, il avait ressenti une grande fierté à l'idée qu'en maîtrisant la psychologie des criminels, grâce à sa compétence et à son implication, il allait rendre service à la fois aux enquêtes policières et aux victimes.

Sa toute première affaire, ç'avait été à Geumsan, dans la province de Chungnam. On avait retrouvé assassiné dans sa chambre un homme d'une soixantaine d'années. Ce qui faisait l'originalité de l'affaire, c'était que le meurtrier avait lavé tout le sang du cadavre et l'avait rhabillé avec des vêtements propres après lui avoir donné des coups de couteau sur tout le corps. À cette époque, il venait juste d'être nommé à son poste après avoir suivi le stage du centre de formation de la police nationale. Trois mois s'étant écoulés depuis la découverte du crime, l'affaire risquait fort d'être classée parmi les affaires non résolues, mais les policiers locaux avaient demandé de l'aide à son bureau. Il avait donc été envoyé là-bas pour collaborer à l'enquête avec son supérieur direct, à l'époque le capitaine Kwon Yeo-il. Les suspects étaient réduits à un petit nombre de personnes : le propriétaire de la salle de jeux qui employait la victime comme patron fantoche, plus quelques autres employés. Comme ils avaient tous un alibi confirmé, on avait dû les libérer. Kwon Yeo-il avait confié la direction de l'enquête à Kim Seong-ho et l'avait accompagné sur les lieux du crime.

Au pied de l'immeuble où la chose s'était passée, ce gros ours de Kwon Yeo-il, à l'expression tellement débonnaire, lui avait demandé :

— On dirait que ça mérite qu'on s'en occupe sérieusement, non ? À ton avis, qu'est-ce que ça peut bien vouloir dire que le criminel ait lavé et essuyé le cadavre avec tant de soin ?

— Eh bien, j'ai l'impression que ça émane d'un cœur qui a de l'affection pour sa victime ou au moins une obligation de respect vis-à-vis d'elle. Un meurtrier bien connu de sa victime lui couvre les yeux avant de la violenter à mort, ça se comprend. Mais s'il lui fait sa toilette après coup, ça suggère plutôt que ladite victime est un membre de sa famille ou en tout cas quelqu'un de vraiment proche.

— D'accord avec toi. Bon, j'espère que tu es prêt à tout ? Bien sûr, on ne va pas voir le corps, mais tu auras à te le représenter en imagination... Allez, on y va.

En général, les profileurs n'ont pas à se précipiter sur la scène du crime. Ils commencent leurs investigations plus tard, une fois que l'endroit a été remis en état. Un certain nombre de policiers assurent qu'ils éprouvent une sorte de peur au moment d'affronter ce spectacle : Kim Seong-ho, lui, n'éprouvait rien de ce genre, il était tout entier occupé, au point que son corps en était comme électrisé, par la volonté réfléchie de dévoiler de fond en comble la vérité de l'affaire.

Question cadavre, on l'avait déjà emporté, la pièce était vide. Cela n'empêcha pas le profileur débutant d'examiner les lieux avec une extrême minutie. Malgré les efforts du criminel pour effacer tout le sang, il en avait giclé partout et il en subsistait de faibles traces en bas des murs.

— À mon avis, il n'y a pas eu une énorme quantité de sang. Malgré les quinze coups de poignard que le corps a reçus un peu partout, ça n'a pas jailli très haut. On peut partir du principe que le responsable de l'agression est soit une femme, soit un homme de petite taille.

— Ça figure déjà dans le rapport de la Scientifique. Il y a une femme que la victime voyait assez souvent, une nommée Oh Sun-bun. Mais comme le gars était un homme de paille dirigeant une salle de jeux, les enquêteurs sont partis de l'hypothèse qu'il s'agissait de problèmes d'argent et ils n'ont sélectionné et interrogé que des hommes. En plus, comme ça fait longtemps que le défunt n'avait plus de contact avec sa famille, celle-ci a été exclue de la liste des suspects. Quant à cette Oh Sun-bun que la victime fréquentait d'assez près, elle a été interrogée comme d'habitude au commissariat de Geumsan, mais on a perdu le contact avec elle, si bien que maintenant on se demande sérieusement s'il ne faudrait pas publier un avis de recherche pour la retrouver. C'est une Chinoise d'origine coréenne, et elle était chargée d'assurer de façon irrégulière l'entretien de la salle de jeux.

— Si on tient compte de sa profession de femme de ménage, il me paraît naturel qu'elle ait non seulement nettoyé les lieux après son crime, mais bien essuyé le sang couvrant le cadavre, enlevé les vêtements imprégnés de sang pour les laver et les ranger dans les tiroirs, puis, à la fin, effacé parfaitement ses empreintes digitales dans la chambre au point qu'on n'en trouve plus trace.

— Mouais... Je ne suis pourtant pas encore convaincu qu'il s'agisse d'Oh Sun-bun.

— Oui, je vous comprends, capitaine.

— Écoute: le cadavre était là, étendu sur le dos, allongé le long du mur et recouvert d'une couette; il a été trouvé trois jours après sa mort par un des employés de la salle de jeux. Le matelas chauffant était toujours allumé, on est passé à deux doigts de l'incendie. Qu'est-ce que tu en penses, de ce détail? Ça aurait pu être intentionnel, non? Que le feu se déclare en douceur et supprime carrément les lieux du crime...

Kim Seong-ho était resté à genoux un bon moment à examiner le bas du mur en question, puis il avait secoué la tête.

— Je voudrais tout de même souligner que la victime souffrait d'une hernie discale au niveau de la taille. Il se pourrait alors que le criminel ait mis en marche le matelas chauffant avant de repartir pour prodiguer tous les soins habituels à ce corps dont il venait de faire la toilette avec tant de précautions... On ne sait pas qui c'est, mais la victime était à ses yeux quelqu'un qui comptait énormément.

— Bien, allons-y, essaie de me dresser un profil du criminel à partir de ce que tu as observé et analysé jusqu'à maintenant.

— Un esprit ordinaire, aussi lucide qu'il soit, ne va pas jusqu'à nettoyer et ranger tout à ce point-là. Tout au plus, il effacera ses empreintes digitales, nettoiera les traces de sang et resalira la pièce en la saupoudrant de farine. Étant donné tout ce qu'a fait notre client – laver les vêtements couverts de sang, allumer le matelas chauffant, etc. –, je présume que ce n'est pas quelqu'un doté d'un esprit « normal ». Il y a de fortes chances que ce soit un psychopathe, un dépressif, un maniaque de la propreté ou quelqu'un atteint d'une autre obsession. De plus, n'importe qui en nettoyant les traces de son crime peut facilement commettre l'erreur de laisser échapper une empreinte digitale, non ? Probablement que notre suspect est très habile pour travailler avec des gants et qu'il avait une grande affection pour sa victime. S'il souffre d'une quelconque pathologie psychiatrique, il est possible qu'on lui ait prescrit des médicaments dans un service hospitalier. Ou il se pourrait qu'Oh Sun-bun ait consulté un psychothérapeute connu parmi les Chinois d'origine coréenne, ou même qu'elle ait utilisé les papiers d'identité de quelqu'un d'autre pour se procurer des médicaments. On ne ferait pas mal d'explorer ce côté psychiatrique de la chose.

À partir de là, l'enquête avait progressé à grands pas au fur et à mesure qu'on faisait des investigations chez tous les psychiatres ayant la réputation parmi les Chinois d'origine coréenne de prescrire aimablement tout ce qu'on leur demandait. Bref, on a fini par arrêter Oh Sun-bun, qui se cachait chez une amie, et par boucler l'affaire en obtenant ses aveux.

Kim Seong-ho s'est ainsi fait connaître par sa contribution à la résolution de l'énigme. Après quoi, en circulant dans tout le pays avec Kwon Yeo-il, il a multiplié les contre-enquêtes et les réussites dans les affaires non résolues.

Au début de sa carrière, il se passionnait pour son métier au point que ses journées ne comptaient pas assez de vingt-quatre heures. Mais maintenant, avec les années, il lui arrive fréquemment de douter. Il estime, sans arriver à bien s'expliquer pourquoi, que tout cela n'a pas tellement de sens.

Une fois, dans le cadre de ses recherches sur le comportement criminel, il est allé avec des collègues en visite dans une prison pour s'entretenir avec des tueurs en série. Dans leurs yeux à tous, sans exception, il a reconnu un point commun : pour reprendre l'expression d'un de ses camarades, dans leur regard flottait « une énergie diabolique prenant la forme d'une lueur bleuâtre » Même si lui, personnellement, a plutôt trouvé que leurs prunelles étaient pleines de vide.

Lorsqu'il leur avait demandé pourquoi ils avaient commis ces assassinats en série, certains avaient répondu que c'était parce qu'ils s'étaient sentis écrasés par l'angoisse et qu'ils n'avaient pas pu contenir un désir qui leur brûlait l'âme. Mais sous cette réponse il avait entrevu leur sentiment de la vacuité de la vie.

Et voilà qu'en cet instant il tourne la tête vers son aquarium : le guppy à la queue tachée d'écarlate fait du surplace, le regard fixé sur un autre plus petit et tout blanc qu'il semble avoir acculé dans un coin. Aux yeux du policier, le guppy à la tache écarlate est en train de menacer le blanc... Non seulement ils dévorent leurs petits, mais ils se font aussi la guerre entre adultes, se déchirent, se massacrent. C'est un instinct qui veut que les êtres vivants passent leur temps à se jeter sur les plus faibles pour les éliminer. Puisqu'il en va ainsi chez les poissons, dont on pense que leur intelligence dépasse à peine le niveau zéro, tous les êtres humains sont susceptibles un jour ou l'autre de laisser s'exprimer leur instinct quand personne ne les voit. La seule chose qui les fasse se retenir, c'est cette institution qu'on appelle la Loi.

Alors qu'il a encore l'esprit embrouillé par des idées imprécises, la sonnerie stridente du téléphone fixe le secoue. Il tend le bras et attrape l'appareil sur la table de chevet, à côté de l'ordinateur. Il est 4 heures du matin.

— Désolée, lieutenant, c'est Yi Ju-yeong... Excusez-moi de vous réveiller, mais la mère de Yi Jun-hi sollicite un entretien avec vous. Elle dit avoir beaucoup réfléchi et au milieu de la nuit elle a décidé de m'appeler. Est-ce que vous pourriez venir ici tout à l'heure, à 7 heures ? Elle ne peut pas faire autrement, étant donné qu'elle doit se rendre à son travail.

— Oui, d'accord.

Il repose l'appareil sur la table, puis va dans la salle de bains. En croisant son image dans le miroir, il voit une sale tête de nuit blanche, qui pour autant ne laisse rien deviner de ses préoccupations secrètes. Ces temps-ci, il commence bel et bien à hésiter comme quelqu'un qui bute sur un *lag*.

2

RETOUR SUR LE GARÇON

(vendredi 11 janvier)

Il est installé dans la salle des interrogatoires du commissariat de Gangnam. Assise en face de lui, avec sa mine sombre et sa permanente avachie, la mère de Yi Jun-hi donne l'impression d'être plus vieille que son âge. La fermeture Éclair de sa parka matelassée de couleur brunâtre est remontée jusqu'au menton; elle tient ses poings fermés posés sur les genoux. Elle a des pommettes proéminentes avec un visage ovale; ses traits sont marqués par les soucis et les difficultés de la vie. En feuilletant son dossier, Kim Seong-ho apprend qu'elle s'appelle Yi Sang-hi. Sur la table devant elle, il y a un mug de café.

— Qu'est-ce qu'il va devenir, mon garçon? Ce commissaire Bak Min-cheol, il m'impressionne. Et puis de toute façon, il cherche pas à comprendre. Comme il est même pas disposé à m'écouter non plus, j'ai appelé la gardienne de la paix Yi Ju-yeong et c'est elle qui m'a conseillé de venir parler avec vous.

Le policier la fixe longuement dans les yeux en penchant la tête sur le côté.

— Vous devez être pas mal inquiète, je comprends ça... Mais si ça ne vous ennuie pas, j'aimerais bien que vous m'en parliez, de votre fils.

Elle secoue la tête.

— Il dit jamais rien. Je sais rien du tout de ce qui lui passe par la tête.

Elle a un regard à la fois étonné et égaré, comme si elle vivait attachée à un fantôme de fils et non pas à un fils réel.

— Comment il était, votre Jun-hi, quand il était petit ? Je veux dire quand il était à la petite école, ou même avant ça.

Sur le visage de Yi Sang-hi s'esquisse furtivement l'ombre d'un sourire.

— À l'époque de l'école maternelle, il était très mignon… Mais tout ça, c'est la faute à son père. Quand il nous a quittés, il a lâché son affaire où il faisait qu'accumuler les dettes, et maintenant on sait même plus comment le contacter. J'espère qu'il gagne au moins de quoi ne pas mourir de faim… Moi, je me débrouille toute seule pour gagner ma vie, je vais tous les matins de bonne heure à l'usine d'emballage et je rentre à la nuit pour préparer notre repas, au petit et à moi. C'est comme ça que se déroulent toutes mes journées, sans une minute pour souffler.

— Je vois ici que Jun-hi n'a ni frère ni sœur. Qu'est-ce qu'il fait pour passer le temps ?

Yi Sang-hi pousse quelques profonds soupirs et reprend :

— Je sais pas ce qu'il y a dans son ordinateur, mais il passe toutes ses journées le nez dedans. J'ai beau être sa mère, quand je rentre après une longue journée de travail, il m'ignore complètement, il me jette même pas un coup d'œil. Dès qu'il a commencé à aller à l'école, il ne vivait que pour ses jeux. Même quand il est passé au collège, il a continué à jamais rien dire. J'ai l'impression qu'il reste collé à internet toutes les heures qui passent… Et pendant ce temps, moi, mon brave monsieur, je me crève à trimer sans arrêt pour payer ce qu'il lui faut en classe, plus son smartphone où faut voir ce qu'il consomme ! Ah ! Pourquoi faut-il qu'il soit comme ça alors que sa pauvre mère a les reins cassés après avoir trimé tout le jour comme une bête ! Pfou-ou !

À la fin de cette jérémiade, elle laisse transparaître l'énervement et la colère qu'elle a réussi à étouffer durant des années. Elle demeure un moment sans rien dire. Puis, apaisée par un gros soupir, elle prend sa tasse.

— Mais, monsieur l'inspecteur, vous buvez pas votre café ?

Le policier secoue la tête.

— Ça va, merci...

— Mais enfin, comment ça se peut que mon gamin ait fait à cette femme, cette Ha Na-ri...

Elle reste sur cette appellation évasive, comme si elle n'osait pas finir sa phrase.

— Qu'est-ce que vous en pensez, vous ? demande-t-il.

— Ça fait peur rien que d'y penser... Pour moi, c'est absolument pas possible, mon fils peut pas être un voyou qui fait des choses comme ça ! Au collège, ses résultats sont couci-couça, mais il sème jamais la pagaille. C'est pas son genre, ça, non, jamais de la vie ! Sûr et certain !

— Lorsqu'il était petit, est-ce qu'il lui est arrivé un accident grave ? Ou bien a-t-il été impliqué dans des violences scolaires ?

Yi Sang-hi fait non de la tête.

— Je vous demande ça parce que, dans un test psychologique que je lui ai fait passer, j'ai constaté un petit symptôme dépressif, ou comme s'il subissait une pression psychologique.

— J'ai pas consulté de psychologue parce qu'on dit partout que ces consultations coûtent tellement cher, mais est-ce que c'est pas déjà une maladie de presque pas parler, comme lui ?

Après avoir hésité une seconde, Kim Seong-ho lui pose une autre question :

— Est-ce qu'il ne lui est pas arrivé dans son enfance d'être gravement blessé ? Ou de faire souffrir un animal ?

— Pour les animaux, pas que je sache. Mais peut-être il y a une histoire qui vous dira quelque chose... Attendez : il devait avoir dans les six ans, il allait encore à la maternelle. Il paraît qu'un jour, dans une boutique devant l'école, il a mis des petits gâteaux dans sa poche et puis il les a mangés... À l'époque, je travaillais dans une usine parce que son père avait causé la ruine de ses affaires. Quand le patron de la boutique l'a appelé, il est allé lui-même dénoncer son propre fils au commissariat... Vous parlez d'une histoire ! Quelle bêtise, ce père qui dénonce son enfant ! Encore maintenant, rien que de penser à lui, ça me rend folle.

Elle laisse s'apaiser son exaltation en soufflant un instant, puis, d'une voix de nouveau contenue, elle reprend :

– Jun-hi a été très choqué par cette histoire. Pendant une semaine il faisait pipi ou caca n'importe où, il arrivait même plus à parler... Et puis c'est reparti.

– Après il ne s'est jamais rien reproduit du même genre ?

– Non, ça a été fini. Un mois plus tard, son père a quitté la maison et lui il a fini normalement son école maternelle. Quant à moi, avant mon mariage j'étais d'une famille assez aisée, et parfois je me demande comment ma vie a pu s'abaisser à un tel point ! Et voilà qu'en plus il faut que je me ronge les sangs à cause de lui, alors ces jours-ci c'est pas étonnant si j'arrive plus à respirer !

Kim Seong-ho crispe le coin de ses lèvres sur un côté.

– Oui, il a dû être durement choqué, cette fois-là...

Yi Sang-hi a les larmes aux yeux.

– Vous parlez ! Moi, j'ai laissé glisser en me disant que le temps allait se charger de refermer la plaie. Ça a été peut-être ça, l'erreur, pour qu'il soit devenu comme il est. À présent il a tout le temps les yeux sur son ordinateur et il fait que se mettre en colère dès que j'entre dans sa chambre.

– À votre avis, pourquoi il s'absorbe à ce point dans l'ordinateur ?

– Peut-être parce qu'il a pas de frère ni de sœur, et pas non plus d'amis aux alentours ? J'ai aucun moyen de savoir ce qui lui passe par la tête... J'arrive pas à comprendre comment il en est arrivé à toutes ces folies. Par exemple, tenez, l'autre jour un bonhomme que je connaissais pas est venu me chercher à la sortie de l'usine, il voulait me proposer de l'aide et il m'a donné cette carte de visite :

Je rends service à ceux qui sont victime d'une injustice de la part des pouvoirs publics dans un procès ou pour une question de droit

Yu Jeong-yeol,

un ami supporteur de la Justice

Sur la carte de visite qu'elle lui tend figurent une explication succincte et un numéro de téléphone. Elle la froisse en faisant « Pfou-ou ! » et la remet dans sa poche.

— Il n'y a jamais rien de gratuit dans ce bas monde ! Tout ça, ce sont rien que des escrocs... Si mon Jun-hi était né dans une meilleure famille, il serait sûrement pas embarqué dans une histoire bizarre comme celle-là...

Elle achève avec une voix larmoyante et on l'entend renifler.

C'est la fin de l'entretien. Seong-ho la raccompagne jusqu'à la sortie du commissariat, puis il gagne le bureau de la criminelle retrouver le capitaine.

Celui-ci est justement en train de discuter de cette affaire avec les membres de son équipe. Il lui demande :

— Alors, ça s'est bien terminé, cet entretien ?

— Je vais rédiger le portrait psychologique de Yi Jun-hi et vous l'aurez par courriel demain dans la matinée.

Puis, au moment où il se retourne pour partir sans s'attarder après avoir lancé un « Salut ! » à la cantonade, Bak Min-cheol le retient par l'épaule.

— Vous savez, lieutenant, cette enquête est à régler de toute urgence. Si jamais le gamin foutait le camp pendant que ça traîne, on aurait beaucoup de mal à lui remettre la main dessus, et en plus, si jamais il succombait à la pression psychique due à l'enquête et se foutait en l'air, l'affaire aurait toutes les chances de se retrouver définitivement classée parmi les non-résolues. On compte sur vous, faites le maximum pour nous tirer d'affaire...

Kim Seong-ho ramasse sa sacoche sans dire un mot et quitte le commissariat. Il envisage de rédiger le rapport d'examen de Yi Jun-hi et d'envoyer cette nuit même une demande officielle de réaffectation à son bureau des investigations scientifiques. En revenant chez lui, il passe à la Bibliothèque nationale située dans le quartier Seocho pour photocopier quelques articles sur des crimes d'adolescents et d'autres documents concernant cette affaire.

Une fois rentré chez lui, il se prépare un repas et l'avale en vitesse. Le soir sera bientôt là. Il rédige son rapport pour décider si oui ou non Jun-hi est probablement l'auteur du crime, avec tout le protocole de sa consultation ainsi que son opinion sur l'état psychologique du gamin. Pendant qu'il se repose un moment, la fenêtre de notification d'un nouveau message s'affiche. Il va voir ses courriels : il y en a un de son serveur annonçant que son compte est annulé.

Cher monsieur Kim Seong-ho, nous sommes au regret de vous annoncer que nous bloquons temporairement votre compte sur notre serveur parce que vous avez déposé sur la plateforme de notre site un texte d'une extrême grossièreté. Au cas où vous souhaiteriez vous réinscrire, contactez-nous au numéro 000-000-00XX.

Aussitôt qu'il a lu le courriel, tombant des nues puisqu'il est tout à fait certain de n'avoir rédigé ces derniers temps aucun texte « d'une extrême grossièreté », il se rend sur la page d'accueil de sa messagerie. Étant donné que le texte super-grossier en question a déjà été supprimé, évidemment, il ne peut même pas en prendre connaissance. Il se doute que quelqu'un a laissé une mauvaise blague après avoir piraté son identifiant et son mot de passe.

Il se rappelle que son mot de passe est composé de ses initiales, KSH, et des quatre derniers chiffres de son numéro de téléphone, et que son identifiant peut être facilement retrouvé par quiconque a échangé une fois un courriel avec lui. Pour ce qui est des documents concernant ses activités de policier, il ne s'inquiète pas parce qu'ils sont tous stockés dans le système général des recherches de l'intranet de la police nationale.

Il poursuit sa réflexion. Il pressent qu'il y a quelque chose qui ne va pas. Il va voir la plateforme d'un site de shopping qu'il fréquente d'habitude : parmi un petit nombre de textes, il en découvre un censé avoir été écrit par un certain Kim Seong-ho. Il l'ouvre.

C'est nul ! Ces fringues sont dégueulasses et complètement ringardes. Un plein seau de merde sur ta gueule, pauv' débile ! Et si tu veux me dénoncer, te gêne pas, rien à branler !

Seong-ho supprime tout de suite ce texte et remplace son mot de passe par un nouveau. Il est inquiet. Ça le perturbe que dans les deux cas quelqu'un ait posté un texte rédigé avec de mauvaises intentions. Il récapitule dans sa tête sur quels blogs il a laissé des commentaires, dans quels sites de shopping il s'est inscrit pour faire des achats avec son identifiant « seongho111 ». En outre, il a un compte sur le site de la Société coréenne de psychologie et quelques autres dans des communautés fréquentées par des lycéens dont il a surveillé les mouvements lors d'une enquête sur un meurtre lié à des violences en milieu scolaire. Sans parler des banques, de son inscription auprès d'une agence boursière où il a un peu spéculé jadis, de l'Association des anciens élèves de l'université d'où il est sorti, etc. Des tas de pages d'accueil comportant son identifiant rivalisent pour capter son attention.

Tout à coup, une phrase effleure son esprit, une phrase prononcée par la mère de Yi Jun-hi le matin même : « Dès qu'il a commencé à aller à l'école, il ne vivait que pour ses jeux. Même quand il est passé au collège, il a continué à jamais rien dire, j'ai l'impression qu'il reste collé à internet toutes les heures qui passent... »

Est-ce que Jun-hi serait assez bon hackeur pour lui avoir piraté son identifiant ? Ce n'est pas impossible. En lui donnant sa carte de visite, il lui a fourni son numéro de téléphone et le gosse a pu trouver son mot de passe en le déduisant des initiales de son nom. En plus, si on inscrit son nom dans la case de recherche d'un certain portail, on peut retrouver tous les trucs qu'on a achetés, quels articles on a lus, où on a posté un message... En mettant ensemble les mots-clés comme «policier», «licencié en psychologie», etc., on peut tout apprendre sur lui, quelle université il a fréquentée, quelle profession il exerce...

Kim Seong-ho saisit son téléphone et appelle Yi Ju-yeong sur son mobile.

— Bonsoir, ici Kim Seong-ho, excusez-moi de vous appeler si tard...

— Ce n'est pas grave, je suis justement de garde au commissariat. Je vous écoute.

La voix au bout du fil a l'air bien éveillée.

— Voilà ce qui se passe, gardienne de la paix Yi Ju-yeong: on dirait que je me suis fait pirater sur internet. Pourriez-vous faire une petite enquête là-dessus? Quelqu'un a découvert mes identifiants et mots de passe sur des sites que je fréquente et a posté des insultes dans un langage ordurier sur la plateforme d'un site de shopping... J'aimerais bien découvrir qui est ce salopard grâce à son adresse IP.

— Pas de problème, mais ça va prendre du temps... En attendant, changez votre identifiant et le mot de passe sur toutes les pages d'accueil qui ont subi le piratage. Si c'est possible, désinscrivez-vous. Et envoyez-moi par texto les adresses de ces sites, y compris ceux que vous ne faites que soupçonner, avec vos identifiants et les mots de passe.

— D'accord. Je fais ça tout de suite. Merci!

Au bout d'un instant de silence, alors qu'il est sur le point de raccrocher, elle reprend la parole:

— Vous pensez peut-être à Yi Jun-hi?

— Eh bien, pour tout dire, je ne sais pas trop...

— Je n'affirmerais pas, bien sûr, que ce tour de cochon n'ait aucun rapport avec notre affaire, mais ça m'étonnerait que le garçon ait l'esprit suffisamment détendu pour combiner un truc pareil. Et puis il est tout de même à un âge où on est capable de faire la part des choses, de garder les pieds sur terre...

Seong-ho ne ferme pas l'œil de la nuit. Il a déjà supprimé son inscription sur plusieurs sites, mais il n'arrive pas à être sûr d'avoir pensé à tout. Il ouvre enfin les rideaux et regarde le jour se lever dans sa petite rue. Au fur et à mesure que les rayons du soleil illuminent chaque recoin, la lueur des réverbères s'évanouit. Il va dans la salle de bains s'offrir une bonne douche.

3

AVALANCHE D'INFORMATIONS PERSONNELLES

(samedi 12 janvier)

5 heures du matin. Kim Song-ho rallume son portable. Il ouvre un courriel intitulé :

Yu Jeong-yeol vous a envoyé une demande d'ami

Il va voir son compte Facebook, où il découvre un panneau :

Yu Jeong-yeol, un ami supporteur de la Justice

Ah oui, c'est vrai, le piratage ! Seuls les collègues du commissariat de Gangnam, à commencer par le capitaine Bak Min-cheol et quelques autres à la police nationale sont au courant du fait qu'il est en train de rédiger un rapport sur la culpabilité éventuelle de Yi Jun-hi en fonction des résultats de son test psychologique et de l'entretien qu'il a eu avec lui. En fait non, il faut aussi compter avec des camarades auxquels la prof et les deux collégiens qu'il a rencontrés la veille auraient fort bien pu en parler sur KaTalk, en se téléphonant ou sur les réseaux sociaux, mais ça vaut sans doute encore pour un nombre indéterminé de personnes inconnues.

Comme il a passé une nuit blanche, il se fait un café très fort avant de passer son costume. Il n'oublie pas d'emporter son rapport sur Yi Jun-hi avant d'aller prendre sa voiture au parking. Il emprunte la pénétrante vers le nord jusqu'à la route qui longe la rive nord du fleuve Han et il arrive sur le Grand Pont de Banpo quand il reçoit un appel. C'est Yi Ju-yeong.

– Allo ?

– Lieutenant ? Bonjour. Vous êtes en train de venir ici, je suppose ?

– Oui.

– Sur le site d'Hebdo-pop, il y a tout un tas de posts vous concernant. Ce sont probablement leurs auteurs qui ont piraté vos informations personnelles. Ils semblent avoir amorcé ce qu'on appelle une « attaque à grande échelle »... Votre nom commence à apparaître sur les portails des grands sites parmi les mots-clés de recherche les plus populaires. Il va falloir prendre des mesures. J'ai déjà pu remonter et identifier les adresses IP de deux cybercafés situés à Shinchon et à Gangnam.

– Mais qu'est-ce que vous me chantez là ?

– Je vous expliquerai en détail quand vous serez arrivé.

Elle raccroche. Le ton de ses paroles était assez sec. On aurait dit qu'elle était en train d'exécuter une mission officielle et sa voix traduisait la gravité de la situation.

Kim Seong-ho a été plusieurs fois dans sa vie interviewé par des journalistes. Il lui est aussi arrivé de prendre part à des débats dans des émissions de télé à propos de quelques affaires particulières. Il ne communique guère sur les réseaux sociaux. Surfer sur internet est son unique hobby – si encore ce mot n'est pas trop fort.

Un jour, il a vu un cadre de haut niveau de la police subir une attaque en règle sur la Toile. Le malheureux avait donné son avis dans un débat sur une chaîne câblée à propos de la manière de présenter au grand public la surveillance et l'intervention directes de la police s'agissant des auteurs de violences sexuelles. Il avait des idées différentes de celles des autres, mais cela n'aurait pas dû faire problème ; néanmoins, pour la simple raison qu'il avait une opinion différente, il avait été victime d'attaques de la part de certains internautes, si bien que finalement il avait été muté au fin fond de la province. Kim Seong-ho n'imagine pas une seconde que ce genre de mésaventure puisse lui arriver ; embauché au mois de janvier 2009 par la police nationale, donc exerçant son métier depuis très exactement quatre ans, à trente et un ans il n'a jamais pensé que son nom grimperait un jour dans le classement des mots-clés de recherche sur internet.

Aussitôt arrivé au commissariat de Gangnam, sa sacoche sous le bras, il se précipite à travers les couloirs. Lorsqu'il arrive dans le bureau de la brigade, il trouve Bak Min-cheol l'air grave, en train de discuter avec Yi Ju-yeong et deux collègues. Il s'approche d'eux.

— Salut tout le monde ! Je peux voir un peu ce qu'il y a dans l'ordinateur ?

Yi Ju-yeong lui cède son siège devant l'écran sans rien dire. Il entre dans les divers portails en cliquant avec la souris. Dans le classement des mots-clés de recherche, l'affaire Ha Na-ri est au huitième rang, Yi Jun-hi au douzième et Kim Seong-ho, de la police nationale, au vingtième. Ensuite il se rend sur le site Hebdo-pop. Sur la plateforme principale sont postés plusieurs textes proposant de « mettre en chantier le *doxing* de Bak Min-cheol, du commissariat de Gangnam, et de Kim Seong-ho », accusés de « tout faire pour inculper le pauvre Yi Jun-hi en tant qu'utilisateur du forum d'Hebdo-pop et injustement suspecté dans cette affaire ». Le nombre des commentaires se monte déjà à plusieurs centaines. Kim Seong-ho se relève d'un coup et se tourne face à Bak Min-cheol.

— Qu'est-ce que c'est que cette histoire ?

— Le mieux placé pour le savoir est celui qui a rencontré les élèves de la classe de Yi Jun-hi, car c'est à partir d'eux que la rumeur s'est répandue...

— Désolée, c'est moi qui ai pris l'initiative de cette rencontre, dit Yi Ju-yeong avec une pointe d'affolement dans la voix.

Le commandant qui dirige le bureau intervient d'un ton sans réplique :

— Bon, allez, toute l'équipe de la surveillance du cyberespace dégage d'ici ! Cette affaire concerne uniquement la criminelle.

Sur quoi Bak Min-cheol se met brusquement en colère en s'adressant à Kim Seong-ho :

— Donnez-nous quand même votre rapport avant de vous en aller, lieutenant. Retournez à la police nationale et contentez-vous de faire de la documentation et des analyses statistiques de crimes, ne vous mêlez plus de nos affaires.

Après un instant d'hésitation, Kim Seong-ho extrait le rapport de sa sacoche et le passe au capitaine.

— Vous avez déjà dû le recevoir par courriel.

Bak Min-cheol feuillette rapidement ces quelques pages, puis se lance dans une diatribe virulente :

— Ah voilà ! C'est bien ce que je craignais ! Selon vous, on devrait mener une nouvelle enquête sur la base d'un autre suspect parmi les utilisateurs du site Hebdo-pop, en prenant en considération qu'on peut exclure le suspect actuel sous prétexte qu'il n'aurait pas les capacités psychologiques pour concevoir puis réaliser un tel crime ? Et vous affirmez ça malgré mes recommandations répétées ? Puisque c'est comme ça, grand merci ! C'est décidé : on passe le suspect au détecteur de mensonge, il n'y a plus qu'à fixer un rendez-vous.

Kim Seong-ho réagit en haussant le ton.

— Quelle idée vous a pris, au départ, de solliciter l'aide de la police scientifique ? Puisque a priori vous vous moquez de mon avis, à quoi ça vous a servi ? Vous faites comme si quelqu'un devrait vous servir de répondant ou de couverture alors que vous avez déjà décidé de l'orientation de votre enquête et de la culpabilité de votre suspect. C'est bien ça, hein, je ne me trompe pas ?

Bak Min-cheol balance violemment le rapport par terre et se lance d'un ton furieux dans un réquisitoire.

— J'aurais dû écouter les autres, là, quand ils me disaient que les analyses d'un profileur fondées sur une argumentation négligeant les indices concrets et les vérifications matérielles ne valent pas mieux que les âneries débitées par un chamane. « Exclure Yi Jun-hi de toute inculpation... gna-gna... au vu des facteurs psychologiques » et patati ! et patata ! Tout ça sans la moindre preuve formelle ! Est-ce que c'est plus sérieux qu'un boniment de vendeur à la sauvette, ça ?

— L'étude des comportements criminels n'est pas une série aléatoire de déductions arbitraires ; elle est étroitement liée à plusieurs sciences, depuis l'analyse comportementale et les statistiques criminelles jusqu'à la confrontation des données de l'identité personnelle avec ce que l'on sait des conduites déviantes.

— Vous me faites rigoler ! Moi aussi je peux faire ça, sans aller chercher si loin ! Quel con j'ai été de ne pas pousser mes déductions jusqu'au bout !

Bak Min-cheol bouscule brutalement Kim Seong-ho qui restait là sans bouger, plein de colère et d'amertume. Car c'est lui, Bak Min-cheol, qui a l'initiative et le dernier mot dans l'enquête. Aussi affligeant que cela soit pour lui, le profileur ne peut y tenir qu'un rôle de second plan.

À ce moment-là, Yi Ju-yeong pousse un cri :

— Oh ! Sur la plateforme d'Hebdo-pop vient d'apparaître un post disant que Yi Jun-hi s'est suicidé !

— Quoi ?

Bak Min-cheol sort immédiatement son smartphone pour lancer un appel.

— Allo ! Allo ! Putain, mais pourquoi personne ne décroche ? Allez, merde, décrochez ! Ah, allo ? C'est madame Yi Sang-hi ? Où est Jun-hi ? Quoi ? Aux soins intensifs de l'hôpital de Gangnam ? Il s'est pendu au petit matin ? D'accord, j'arrive tout de suite.

Puis il jette son smartphone sur son bureau et agrippe Kim Seong-ho par le col de sa veste.

— C'est le bouquet ! Qu'est-ce que tu as fabriqué pendant cet entretien pour qu'on en soit arrivé là ? Il s'est pendu à l'aube dans la salle de bains. Il paraît que pour le moment il est sans connaissance… On va faire comment, nous, maintenant ? Si on l'avait mis en détention plus tôt, les choses n'auraient pas tourné de cette façon. C'est à cause de toi que tout est devenu un bordel noir ! Pendant que tu traînassais en faisant joujou avec tes foutus tests psychologiques de merde !

— Écoute, Min-cheol, arrête de te conduire comme ça, on est entre policiers tout de même !

Les détectives le retiennent et Kim Seong-ho peut enfin s'arracher des mains du capitaine, qui ne se calme vraiment que quand Yi Ju-yeong s'en mêle. Épuisé et éperdu, Kim Seong-ho peut tout juste attraper une chaise pour s'asseoir et reprendre son souffle. Il est exténué et sent qu'il est à bout. *Dire que ce Jun-hi interrogé hier pendant des heures n'est pas fichu de faire la différence entre la vie et la mort !* Pour sa part, il aimerait bien savoir ce qui s'est passé depuis leur entrevue.

Bak Min-cheol quitte le bureau avec un de ses hommes. Tandis que Yi Ju-yeong apporte à Kim Seong-ho un gobelet d'eau, une phrase prononcée la veille par le capitaine n'arrête pas de tournicoter dans la tête du profileur : « Si jamais il succombait à la pression psychique due à l'enquête et se foutait en l'air, l'affaire aurait toutes les chances de se retrouver définitivement classée parmi les non-résolues. » Il demande :

— Et maintenant, qu'est-ce qui va se passer ?

— On va devoir d'abord identifier les autres suspects, puis rencontrer un administrateur du site pour faire avec lui la liste des utilisateurs douteux.

Elle prend un air gêné qui reflète l'état complexe de ses sentiments.

— En fait, en novembre dernier, quand Ha Na-ri a porté plainte, l'opérateur du site Hebdo-pop nous a refilé sans problème les informations personnelles des utilisateurs de sa plateforme. Mais un peu plus tard, on nous a informés que dorénavant ce ne serait plus possible. Il paraît que les inscrits ont énormément protesté et qu'il y a eu un grand nombre de désinscriptions. Les gens ont très envie d'écrire des injures, mais aucun n'est prêt pour autant à se retrouver au commissariat. Depuis, le responsable du site se déclare embarrassé à l'idée de nous livrer les informations personnelles ; il fait tout un cinéma en exigeant un mandat du juge. Et c'est même grâce à un mandat pour l'affaire Ha Na-ri que cette fois on a pu avoir les informations personnelles de ceux – à commencer par Yi Jun-hi – qui ont récemment posté des commentaires.

Kim Seong-ho demande alors :

— Et moi, là-dedans, qu'est-ce que je vais devenir ? À partir du moment où mon nom n'arrête pas de s'afficher sur Hebdo-pop...

— La meilleure chose à faire, c'est de ne pas réagir. Dans ce genre de sites, un problème d'actualité ne dure pas plus de deux jours. À cause de la tentative de suicide de Jun-hi, leur fixation sur cette affaire va durer plus longtemps, mais vous feriez mieux de faire profil bas plutôt que de pousser les hauts cris. Pour commencer, allez dès que possible vous désinscrire de tous les sites que vous avez visités ; ne postez jamais sur les réseaux sociaux des textes vengeurs critiquant ou provoquant Hebdo-pop et, en règle générale, ne répondez pas aux appels d'un numéro que vous ne connaissez pas. Je vous garantis que ça ne va pas durer plus d'une semaine.

— Entendu. Et merci pour les conseils.

Les yeux de Seong-ho tombent sur la couverture de son rapport froissé et balancé par terre en vrac par Bak Min-cheol. Parmi les cases prévues pour les signatures, seule celle de l'auteur – la sienne – est remplie. Il a toujours en tête l'autre l'empoignant au collet et lui crachant au visage des mots d'une incroyable dureté. La fureur lui remonte au front, son poing se serre sur le dossier qu'il vient de ramasser pendant qu'il le remet dans sa sacoche.

Assis au volant de sa voiture garée sur le parking, il reste là un moment, plongé dans ses réflexions. Il pense à se rendre au service des soins intensifs de l'hôpital de Gangnam, mais finalement il décide de rentrer directement à la police nationale. Il sort du quartier Samseong par l'avenue Téhéran jusqu'à l'autoroute Olympique pour prendre la direction du Grand Pont Dongho. Et de l'autre côté du pont, il s'enfonce dans le tunnel d'Oksu.

Là, il commence par cligner des yeux dans la pénombre pendant un moment.

Insomnie, inquiétude, hésitation… Au bout de quelques minutes, à force de tergiverser comme un ordinateur piégé dans un *lag*, il finit par lâcher son volant. Au moment où sa voiture empiète sur la voie d'à côté, il rattrape le volant et reprend ses esprits, poursuivi par quelques coups de klaxon furieux de ceux qui roulaient derrière.

Sans qu'il réalise bien ce qui lui arrive, la voiture roule déjà sur la grande avenue Sejong. Au carrefour, il tourne en direction de la station Seodaemun.

Pendant qu'il est arrêté au feu vert devant le passage pour piétons, il entend à la radio les informations évoquer la tentative de suicide du jeune Yi Jun-hi. Il sent comme un poids lui peser sur le cœur. Quand la publicité revient, juste après, il baisse le volume. Le ciel est complètement bouché, il fait sombre, des gouttes de pluie commencent à tomber.

En arrivant au carrefour de la police nationale, il s'arrête à la voie ferrée : la barrière qui stoppe les voitures est abaissée et il regarde passer lentement le train de la ligne Gyeong-ui qui, après avoir contourné par derrière l'énorme bâtiment de la police nationale, aboutit à la gare centrale de Séoul. Le buste appuyé sur le volant, pendant que sonne la cloche d'alarme du passage à niveau, un souvenir lui revient à l'esprit.

Ce jour-là, dans un train pour Chuncheon, il avait regardé par la fenêtre les montagnes et les champs aplatis sous la neige. Un temps maussade d'hiver, avec un ciel noir. Le paysage couvert de neige est encore net dans sa mémoire : une vraie feuille de mica. Il venait juste de se faire plaquer par sa copine de l'époque, il avait le cœur en ébullition et débordant de rage. Il regardait le paysage en espérant que ça finirait par étouffer sa fureur. Effectivement, lorsqu'il était arrivé à Chuncheon, il n'avait plus du tout envie d'aller visiter les sites touristiques. Il n'avait rien fait d'autre que tourner en rond dans le centre-ville et de manger des nouilles, une spécialité locale. Si bien que dans le train pour rentrer à Séoul, il avait le moral complètement rétabli. On aurait dit qu'il avait trempé son cœur dans une bassine d'eau fraîche pour bien le relaxer. Plus tard, il avait repensé à cet épisode en se demandant pourquoi ce jour-là il s'était senti tellement mieux, mais seul le goût des nouilles, à la fois doux, amer et piquant, lui était revenu.

Le train s'étant éloigné au point qu'on ne voie même plus ses feux rouges arrière, il accélère doucement pour faire repartir la voiture.

Après l'avoir garée dans le parking de la police nationale, il monte par l'ascenseur au deuxième étage, où se trouve le CIS. Apparemment, le commandant Kwon Yeo-il n'est pas là.

Il se dirige alors vers la salle de cours attachée au centre. De jeunes écoliers sont venus suivre des travaux pratiques d'investigations scientifiques en profitant des vacances d'hiver. Il s'agit d'un programme où chacun fait personnellement l'expérience de certaines activités, comme relever une empreinte digitale, tester quelqu'un au détecteur de mensonge, etc. Kwon Yeo-il, portant son blouson de policier, est en train de distribuer à chacun des élèves un chouette certificat d'« agent d'investigations scientifiques d'honneur » joint à une belle casquette portant le logo CNCIS*.

Après avoir donné sa casquette et son certificat d'honneur à une fille à lunettes assise au dernier rang, Kwon Yeo-il s'approche de Seong-ho. Celui-ci dit d'un air un peu constipé :

— Je vous rends compte officiellement de mon retour au poste à partir de ce jour après avoir accompli la mission sollicitée par le commissariat de Gangnam.

Kwon Yeo-il a un sourire complice et demande :

---

* Centre national coréen d'investigations scientifiques.

— Il paraît que tu aurais eu comme des ennuis? Ça m'est déjà revenu aux oreilles.

— Je suis désolé.

— Allons dans le bureau.

Le département des recherches sur les comportements criminels, encadré à droite par celui des statistiques et à gauche par celui des contrôles de l'ADN, est tranquille.

La pièce comprend six espaces dédiés, deux rangées de trois, avec chacun un bureau sur lequel sont empilés diverses sortes de documents et d'articles traitant de psychologie. Au centre d'un des murs est accroché un écran donnant l'état des effectifs. C'est juste au-dessous que Kwon Yeo-il et Kim Seong-ho s'installent de part et d'autre d'une petite table.

Plusieurs profileurs ont été envoyés à la demande de la police métropolitaine de Séoul au commissariat de l'arrondissement de Mapo, où l'on a dernièrement observé une série d'agressions sexuelles sur des femmes.

— Viens t'asseoir...

Kwon Yeo-il a préparé un mug de café qu'il lui tend:

— C'est juste histoire de prendre un café ensemble, car je sais à peu près ce qui s'est passé. D'après ce qu'on m'a dit, donc, tu t'es fait pirater tes infos perso?

Dans le milieu assez fermé de la police, tout le monde connaît tout le monde. Étant donné qu'il arrive fréquemment qu'on soit appelé à collaborer ou à demander de l'aide, on a pas mal d'occasions de se rencontrer, et comme on est régulièrement envoyé en province, on fait sans arrêt connaissance avec des agents locaux. Bref, il n'a pas fallu une heure pour que ce qui s'est passé dans le commissariat de Gangnam soit connu des gens d'ici, à la police de Séoul.

— Je suis vraiment désolé. Je n'ai aucune excuse à présenter. Cette affaire, j'en assume la responsabilité. Je vais creuser mon analyse davantage et je vous remettrai un nouveau rapport.

— Non, pas la peine. Ça va, on n'en parle plus: tu te retires simplement de l'affaire Ha Na-ri. J'ai discuté un bon moment avec le préfet de police. Au bout du compte, étant donné les proportions extraordinaires qu'est en train de prendre cette histoire, tu te contentes d'écouter ce que j'ai décidé.

Kim Seong-ho fronce les sourcils, inquiet de découvrir ce que cache l'expression débonnaire de son chef; mais il est difficile de le deviner.

— Est-ce que tu as jamais mis les pieds sur Jindo? C'est vrai que c'est assez loin d'ici...

En entendant ça, il hésite un instant à comprendre ses intentions.

— Vous parlez de l'île de Sambo?

— Oui. Une fois arrivé à Mokpo, tu n'as plus qu'à passer le Grand Pont de Samboseom. Et d'ici à Mokpo, tu as un TGV, le *Korea Train eXpress.*

— Pourquoi vous me parlez de cette île?

Kwon Yeo-il laisse un instant son regard flotter dans le vide, puis il reprend la parole avec un petit rire:

— Dans ma promo de l'école de police, il y avait un certain Kang Dae-su. Il a passé plus de vingt ans à la brigade criminelle, jamais ailleurs... Tu connais ce chien féroce qu'on appelle un pitbull? Voilà le surnom qu'on lui donnait et qu'on lui donne encore: le Pitbull! Enfin bref, ce vieil ami m'a demandé de l'aide à propos de la disparition de trois femmes sur cette île... Tu vas donc descendre là-bas une petite semaine faire un profil.

Le lieutenant est déjà au courant de cette triple disparition: d'abord une chamane, descendante d'une vieille lignée orthodoxe; ensuite une employée du haut lieu touristique d'Ullimsanbang, qui regroupe entre autres la maison et l'atelier de Heo Ryeon dit «Sochi», le grand peintre de style classique de la fin du XIXe siècle; enfin la patronne d'une pension proche de la célèbre esplanade de Sebangnakjo, sur la côte, d'où l'on admire de somptueux couchers de soleil. Un programme d'actualités de la télé a présenté ces trois événements comme une «série», alors on en a parlé dans tout le pays.

— S'il s'agit bien de l'île de Sambo, est-ce que ce n'est pas la direction de la police provinciale de Jeonnam qui devrait leur envoyer de l'aide?

— Si, bien sûr. Mais lorsque cette émission de télé a été diffusée en octobre dernier, en plus de la police de Jeonnam, le bureau des recherches spéciales y a prêté attention et a envoyé ses propres enquêteurs. Pourtant ça n'a pas avancé d'un poil et c'est finalement à moi qu'on a fait appel. La période des disparitions couvre septembre et octobre, et comme on est en janvier, ça va faire bientôt quatre mois : tu sais aussi bien que moi que si le temps continue à passer comme ça sans résultat, ça ne tardera pas à devenir une « affaire non résolue ». Donc ce serait bien que tu y fasses un saut.

— Il me semble qu'il y a une rumeur qui court d'après laquelle ce serait plutôt de simples fugues...

Kim Seong-ho se rappelle même qu'au cours de l'émission la mère d'une des disparues avait déclaré que sa fille avait eu envie d'aller pratiquer le chamanisme à Séoul.

— La population du district administratif constitué par l'île de Sambo dépasse à peine les trente-trois mille habitants. Si trois personnes sur ce modeste total ont disparu l'une après l'autre en un ou deux mois, à qui fera-t-on croire qu'il s'agit de simples fugues ? Et d'après ce que Kang Dae-su m'a raconté, le criminel a envoyé une lettre. Bien sûr, cette lettre a été aussitôt expédiée au BIS de la police de Jeonnam pour qu'ils puissent faire une identification précise des empreintes digitales, ainsi qu'aux services scientifiques de la police nationale ici pour qu'on relève non seulement des empreintes digitales mais aussi les éventuelles traces d'ADN. Aucun résultat nulle part. Kang Dae-su a donc besoin qu'un spécialiste fasse un profil à partir de la lettre. Je t'ai recommandé à lui.

Kim Seong-ho penche la tête sur le côté sans manifester une grande conviction.

— Est-ce qu'on a des suspects ?

Kwon Yeo-il fait oui de la tête.

— Il semble même qu'il en a interrogé quelques-uns. Ils ont tous été passés au détecteur de mensonge, là encore sans résultat. Le problème principal est qu'on n'a aucune espèce de preuve. J'aimerais que pour mieux connaître les détails, tu ailles examiner les lieux, participer aux enquêtes et analyser la lettre. Est-ce que ce sera la première fois que tu vas à Sambo ?

Kwon Yeo-il a lancé de nouveau cette question, alors qu'il l'avait posée au début de leur rencontre.

— Oui.

— Bon. Tu y descends. Cette affaire devrait être pour toi une bonne expérience.

Après un moment d'hésitation, sans lâcher son mug de café, Kim Seong-ho demande :

— Autrement dit, je suis muté suite à l'affaire Ha Na-ri ?

Kwon Yeo-il regarde le mur au fond de la pièce, puis il éclate d'un petit rire. Hum...

— J'avais pensé à toi dès l'instant où Kang Dae-su a insisté pour me mettre à contribution. Avant même que cela ait été proposé comme une possible solution lors de la réunion chez le préfet de police de Séoul. Vas-y. Pour ce qui est du billet de train et du logement, notre service financier va s'arranger avec le commissariat de Sambo et s'en occuper sur-le-champ, puisque tu dois y partir aujourd'hui même. Va faire tes bagages et attends chez toi qu'on t'apporte l'ordre de mission.

La porte du bureau du département des recherches sur les comportements criminels s'ouvre à cet instant et l'équipe qui avait été envoyée au commissariat de Mapo rentre. Vêtue d'un tailleur-jupe beige et chaussée d'escarpins à talons bottiers ornés d'un ruban, la femme plutôt grande qui dirige le groupe, Shim Jae-yeon, salue tout le monde avec un grand sourire.

— On est de retour, commandant.

— Tout s'est bien passé ? Ça valait la peine d'y aller ?

— Oui. On a suggéré une réorientation de l'enquête en appliquant la technique de profilage que nous connaissons bien.

— Pour les détails, je verrai le rapport, mais résume-moi d'abord en deux mots.

— Dès le départ, on a réduit le nombre des suspects à cinq. On a mesuré les distances entre les lieux des crimes et présumé dans le rayon où ils s'étaient produits quel était le quartier où le criminel pouvait habiter. Et puis on a fait le tri en combinant les deux groupes retenus sous le critère des actes de violences sexuelles antérieurs d'une part, des techniciens de surface qui habitent seuls d'autre part. Les policiers de la brigade criminelle sont en train d'essayer d'avancer en enquêtant sur nos suspects et en les interrogeant.

Assise en face de son chef, Shim Jae-yeon lui montre les documents relatifs à l'affaire. Profileuse, sortie de l'École nationale des forces de police de Corée à la vingtième promotion (celle de 2000), elle est au début de la trentaine, mais avec sa silhouette élancée et son visage séduisant, elle fait plus jeune que son âge. Elle a la réputation d'être un bourreau de travail, et elle est assez souvent interviewée dans des magazines en vogue. Elle surveille toujours de près ses tailleurs et le style de sa coiffure. Toujours sur son trente-et-un, on ne l'a jamais vue dans une tenue relâchée.

Ainsi, une plaisanterie circule qui raconte que si un jour une femme devenait directrice de la police nationale, ça ne pourrait être que Shim Jae-yeon. Elle a d'abord étudié le profilage au siège même du FBI aux États-Unis, puis, une fois rentrée en Corée, elle a élaboré un programme de profilage « topographique », c'est-à-dire prenant en compte les lieux où se sont produits les crimes. Il s'agit d'une procédure qui peut aider à prévoir l'endroit où interviendra le crime suivant et à repérer où se cache le criminel, en analysant chaque crime en fonction de ses données géographiques et, pour les crimes en série, en comparant les divers sites avec les sites analogues de séries du passé.

Quand elle a fini son rapport sur la récente mission, Shim Jae-yeon pose la question :

— Mais, commandant, quelle conversation particulière étiez-vous en train de tenir avec lui, là ?

— Ah ! C'était juste pour lui confier l'affaire des disparitions sur l'île de Sambo.

Shim Jae-yeon prend un air déçu :

— Mais je vous avais dit que ça ne m'aurait pas déplu d'y aller, non ?

— Tu as déjà de quoi t'occuper, toi.

— Bon, d'accord.

— Quant à toi, lieutenant Kim Seong-ho, tu sais ce qu'il te reste à faire.

Ayant ainsi donné ses instructions, il s'en va. Kim Seong-ho vient s'asseoir à côté de Shim Jae-yeon, qui paraît vouloir se mettre à rédiger son rapport.

— Vous pourriez me donner un coup de main en me permettant d'utiliser le programme de profilage topographique ?

— Je suis désolée, mais hélas, on ne peut pas utiliser le programme que j'ai développé parce qu'il est en train d'être mis à jour. Vous devrez travailler uniquement à partir de l'analyse des documents.

Il lui jette un regard teinté de regret.

— Dommage. Il ne me restera donc qu'à obtenir un résultat sans avoir recours à l'ordinateur.

Devant cette riposte du lieutenant, elle a par réflexe d'orgueil un sourire furtif et ajoute :

— Alors, ce n'est pas trop dur, ce boulot ? Tout le monde rencontre toujours plus ou moins des difficultés, mais vous, j'ai l'impression que vous gardez remarquablement votre sang-froid et que vous menez votre travail jusqu'au bout avec toute la minutie nécessaire. En plus, vous ne manifestez guère vos sentiments : il y a pas mal de choses que j'aimerais savoir vous concernant. Pour tout dire, je trouve que vous êtes très différent de moi et qu'en même temps nous avons beaucoup de points communs.

Kim Seong-ho répond par un petit sourire, mais en ouvrant des yeux innocents comme pour suggérer qu'il n'arrive pas à saisir où elle veut en venir.

— Je ne vois pas très bien ce que vous avez derrière la tête...

Il est vrai qu'il lui arrive de ne pas toujours comprendre le fond de la pensée de cette jeune femme dont l'ancienneté fait qu'elle est sa supérieure hiérarchique. Parfois elle se comporte de façon amicale au point qu'il se demande si par hasard elle n'aurait pas une sympathie particulière pour lui. Lorsqu'ils ne sont pas de service ensemble, elle peut tout à coup s'inquiéter de lui en lui demandant par un texto personnel ce qu'il est en train de faire; par ailleurs elle est glaciale et impitoyable si elle découvre qu'il a commis une erreur dans le travail.

À l'université, il était regardé d'un bon œil par la grande majorité des étudiantes du département de psychologie. Selon elles, il donnait l'impression d'être un homme sympathique, qui paraissait ne pas avoir de réactions trop brutales et se montrait en général prêt à écouter l'autre avec un air compréhensif. Il est vrai que c'est à la fois son point fort et son point faible: il n'est pas très grand, a une corpulence plutôt fine, un visage ovale avec des yeux en amande et une voix grave. Quand il lui arrivait de leur adresser un sourire, cela avait l'air de leur faire plaisir comme si elles se sentaient rassurées. On le surnommait « Big Smile » parce qu'il souriait en relevant généreusement les commissures des lèvres. Un sourire qu'il avait travaillé en imposant des efforts et des exercices répétés aux muscles de son visage pour se débarrasser de sa timidité et de sa tendance à s'effacer. Les filles étaient contentes d'être en face de quelqu'un sur qui on pouvait compter. Celles de sa promo l'admettaient dans leurs groupes de travail collectif et n'hésitaient pas à lui montrer leurs travaux écrits.

Shim Jae-yeon, elle, était un être fondamentalement différent des étudiantes de sa promotion. Un être situé au niveau supérieur dans la chaîne alimentaire régie par la loi du plus fort et émettant instinctivement une énergie puissante. Maintenant, elle donne l'impression d'être quelqu'un qui s'est adapté de manière optimale à l'organisation militaire de la police, où un supérieur délivre à un subordonné un ordre auquel celui-ci ne peut se dérober. Elle est exacte en tout, mais par ailleurs elle dégage une aura de carnassier tant elle se montre inflexible et implacable.

Soudain, en lui tendant un paquet de documents imprimés, elle lui dit:

— Profitez déjà de ce que contient ce dossier. C'est en consultant ces documents que j'ai développé les principes du profilage topographique. Ce programme est destiné aux policiers qui en ignorent les principes pour les aider à se mettre au courant. Vous n'aurez qu'à fabriquer un tableau des lieux des différents crimes en tenant compte du facteur géographique, en y ajoutant la scène et la chronologie de chaque délit, puis vous ferez une hypothèse sur la résidence du criminel en fonction du champ d'action que délimite sa psychologie... Cela dit, un programme déjà ancien comme celui-ci, qui n'a pas été mis à jour, peut être plus embarrassant que pas de programme du tout. Je ne m'inquiète pas pour votre technique du profilage, mais pour vous, qui allez peut-être bosser dans des conditions difficiles, seul loin de tout, au milieu d'un véritable désert. Si jamais vous sentez que moralement cette épreuve vous est tout à fait insupportable, passez-moi un coup de fil, à n'importe quelle heure, je ferai tout mon possible pour vous aider à vous tirer d'embarras.

Dans le système policier, qui met toujours en avant le résultat effectif du travail, il est certain que Kim Seong-ho et elle sont des rivaux. Il y a même des moments où il se demande si sa gentillesse ne serait pas en fait de l'hypocrisie...

En attendant, il retourne à son bureau, puis après avoir rangé les livres et les dossiers, il met son portable dans sa sacoche, sans oublier de placer dans la poche intérieure la clé USB qui contient les documents concernant l'enquête qu'il aura à mener. Il laisse sa voiture dans le parking et va prendre un taxi pour rentrer chez lui. Il envisage de prendre le KTX jusqu'à Mokpo et de louer là-bas une voiture pour se rendre sur l'île de Sambo. Il a fait des recherches sur internet concernant cette île. Dans un fascicule publicitaire intitulé *Bienvenue sur l'île de Sambo où la peinture, la musique et les traditions exaltent la vie!*, la page d'accueil officielle la présente ainsi:

Située à l'extrême sud-ouest de la péninsule coréenne, Sambo est une île pleine de douceur non seulement à cause de sa température moyenne annuelle de 13 °C, mais aussi grâce à l'esprit accueillant de ses habitants. C'est aussi une île vivante par sa culture et son folklore, qui est fière de posséder vingt-huit biens culturels tangibles ainsi que de dix immatériels.

On indique aussi qu'on l'appelle Sambo* parce qu'elle possède trois spécialités et trois enchantements. Les trois spécialités seraient le chien appelé « le Coréen de Jindo », la délicieuse baie de goji et les algues wakamé de rocher; les trois enchantements la peinture-et-calligraphie, les chants-et-danses folkloriques et l'alcool rouge.

Étant donné qu'il doit quitter Séoul pendant une bonne semaine, il s'inquiète pour ses guppys. Il va sur un forum spécial où l'on peut s'informer auprès des autres internautes et écrit dans la case des questions:

Un guppy peut-il se passer de nourriture pendant une semaine?

Il lit bientôt la réponse:

Jusqu'à huit jours, pas de problème.

Ça le rassure.

Il garde un moment les yeux fixés sur la vitre de la portière arrière. Depuis il ne sait quand de grosses gouttes de pluie d'hiver martèlent l'asphalte. Les mêmes gouttes, réunies en véritables ruisseaux, dégoulinent sur le parebrise et le long des glaces de la voiture.

La pluie redouble de violence. Les gouttes qui rebondissent sur le toit du véhicule crépitent dans les oreilles du passager. Bientôt le taxi le débarque au métro Hapjeong.

---

* Trois trésors.

4

PREMIÈRE NUIT SUR L'ÎLE DE SAMBO

(lundi 14 janvier)

Il est arrivé à la gare de Yongsan à 1 heure de l'après-midi. Il doit prendre le KTX qui part vingt minutes plus tard pour la région sud-ouest. Il attend quelqu'un dans la salle de rendez-vous spécialement aménagée dans le hall de la gare pour les voyageurs des KTX. D'après ce qu'on lui a fait savoir au secrétariat du service financier, quelqu'un l'y rejoindra à la demande du capitaine Kang Dae-su pour voyager avec lui. Il s'assied sur un banc en laissant près de lui sa valise à roulettes et contemple le billet qu'il s'est lui-même imprimé.

— Excusez-moi, vous ne seriez pas par hasard le lieutenant Kim Seong-ho de la police nationale ?

Il relève la tête : devant lui se tient un homme de taille moyenne plutôt mince, qui a les cheveux bouclés, des lunettes à grosse monture en plastique et un anorak kaki.

— Ah ! Monsieur le conservateur de musée ?

— Exact : Yeo Do-yun, du Musée national du folklore de Corée. Je suis ici à la demande du professeur An Chang-sun, du département d'histoire de la peinture classique de l'Université nationale de Séoul.

— Oui, on m'a prévenu. Vous m'accompagnez pour expertiser l'écriture de la lettre, c'est ça ?

— Oui c'est ça, lieutenant. Très honoré de vous rencontrer.

Il suit Kim Seong-ho en traînant une valise à roulettes large et basse avec plein d'autocollants multicolores collés dessus.

— On dirait que vous avez beaucoup voyagé à l'étranger? demande Kim Seong-ho.

— Oui... mais comment vous savez ça?

— Vos autocollants sont très originaux.

— Comme je fais des recherches sur le folklore pour les différentes régions d'Asie, je sors de Corée au moins une fois par an. Je suis allé en Asie du Sud-Est, au Tibet, jusqu'en Inde.

— Vous avez donc étudié la peinture traditionnelle sous la direction du professeur An Chang-sun?

— Le chamanisme, la paléographie, le dessin, la graphologie, tout ça fait l'objet de mes études. Quant à l'île de Sambo, j'y vais à la place du professeur An parce qu'il est à l'étranger en train de participer à un colloque.

Ils descendent par l'escalator au niveau des départs et se dirigent vers le quai numéro 15. La valise de Yeo Do-yun cahote en faisant un bruit infernal.

— J'imaginais qu'un membre de la police nationale aurait une forte corpulence et un visage impressionnant...

— Moi? Oh non! J'analyse la psychologie des criminels en les interviewant, je ne leur cours pas après sur le théâtre de leurs forfaits.

— Oui, c'est vrai, on m'a dit que vous êtes un spécialiste du comportement des criminels, disons comme les profileurs du FBI... Rien à voir avec les inspecteurs de la brigade criminelle qui mènent des enquêtes, c'est ça?

— Oui, exactement.

Kim Seong-ho fixe les yeux de l'autre à travers les verres épais de ses lunettes.

— Alors je suppose que sur la base de la fameuse lettre, vous allez analyser la psychologie de son auteur? Je peux dès maintenant vous donner quelques explications rapides. Puisque vous êtes chargé de cette enquête, vous avez dû prendre connaissance des résultats du premier examen pratiqué sur les lieux. J'ai constaté qu'il y avait quelques points peu clairs et j'ai donc emporté toute la documentation nécessaire. Je participerai à la procédure en tant qu'observateur-expert. En dehors de ça, je vais aussi à Sambo pour une raison personnelle : pour tout dire, j'envisage de visiter le musée Sojeon pour voir de près les calligraphies du maître Son Jae-hyeong.

Tout en courant après Kim Seong-ho qui marche à pas pressés, Yeo Do-yun bat des paupières comme quelqu'un qui se pose des questions, puis reprend la parole :

— Il paraît que la section scientifique de la police nationale fait des expertises graphologiques, mais... enfin, je pense que mon maître le professeur An Chang-sun a une compétence beaucoup plus solide dans ce domaine...

Ils embarquent tous les deux dans le KTX pour Mokpo qui est arrivé au quai pile à 13 h 20. Une fois qu'ils ont trouvé leurs places, Kim Seong-ho prend le siège côté fenêtre et Yeo Do-yun celui côté couloir. Et c'est lui qui range sur le filet à bagages au-dessus de leurs têtes la valise du policier et la sienne, ainsi que son propre anorak.

En s'asseyant à sa place, il demande :

— Vous utilisez une eau de toilette ? Elle est très agréable.

— Non, ça doit plutôt être ma crème à raser.

— Ah oui ! C'est vrai qu'a priori un policier et une eau de toilette ne vont pas très bien ensemble. Mais, tenez, est-ce que vous saviez que les esprits adorent les odeurs agréables ?

Il a dit ça en regardant Kim Seong-ho en face, tout en remontant discrètement sur son nez ses lunettes à grosse monture plastique.

— Pardon ?

— Ha-ha ! À force de faire des recherches dans le domaine du folklore, je suis à mon tour devenu proche des personnages que l'on rencontre dans les récits traditionnels, comme les esprits ou les gobelins !

Kim Seong-ho toussote.

— Je ne crois pas trop à ces êtres qu'on appelle les « esprits ».

Yeo Do-yun hausse légèrement les épaules, puis fait un sourire entendu.

— C'est sans doute parce que vous faites des recherches sur des individus plus terrifiants que les esprits. Vous savez, bien sûr, ce que Nietzsche a écrit : « Celui qui va combattre des monstres doit prendre garde de ne pas devenir monstre lui-même. Si tu regardes dans l'abîme, sache que l'abîme aussi regarde en toi. »

— Nous autres, dans la police, nous étudions les criminels, nous les rencontrons fréquemment pour les interroger, mais nous ne nous assimilons pas à eux. Un profileur doit entrer dans l'esprit du criminel et se représenter son crime de l'intérieur – ce qui déjà n'est pas facile –, mais on n'aime pas trop s'identifier à quelqu'un qui a un esprit cruel… On essaie de regarder de près leurs comportements en reconstituant leur psychologie.

— En ce qui me concerne, je ne déteste pas les esprits. Sans compter que j'en vois sans arrêt, n'est-ce pas ? Tenez, lieutenant, en ce moment même, il y en a un qui nous regarde à travers la fenêtre… Le gars avec un chapeau, là…

Sentant comme un frisson lui passer sur la nuque, Kim Seong-ho se tourne d'un coup vers la fenêtre. Rire moqueur de l'autre – ce qui le froisse un peu.

— Je plaisantais !… Vous prendrez bien un café ?

Une hôtesse vient de pénétrer dans le wagon en poussant un chariot de sandwichs qui roule avec des grincements affreux. Sans attendre sa réponse, Yeo Do-yun achète deux cafés avec des biscuits et va même jusqu'à commander deux paniers-repas. Kim Seong-ho commence à trouver cette situation embarrassante : d'abord, il doit voyager dans le train côte à côte avec ce type qu'il ne connaît ni d'Ève ni d'Adam, et ensuite il se pourrait bien que cet inconnu l'accompagne durant tout le temps où on aura besoin de sa compétence. Et contrairement à lui, qui vit cela comme une galère, Yeo Do-yun a l'air aussi décontracté que possible.

Les prairies et les rizières recouvertes de la neige tombée à l'aube défilent devant les fenêtres, créant une impression douillette et détendue. L'humeur du lieutenant, qui a été troublée un instant, retrouve petit à petit son calme. Une gorgée du café que son compagnon lui a offert malgré lui a finalement suffi pour l'apaiser. Le train entre dans un tunnel : l'extérieur étant devenu sombre, la vitre reflète son propre visage. La frange qui lui avait paru trop courte lorsqu'il s'est fait couper les cheveux il y a quinze jours a poussé jusqu'au milieu de son front, et son regard, dont on dit souvent qu'il est perçant, s'en trouve passablement adouci.

Tout à coup, quelqu'un de son passé ressurgit dans son esprit. Une voix à la fois sereine et un peu grave, un visage avec une expression paisible et féminine qui laisse deviner une nature chaleureuse… Un ton rieur vient lui chatouiller les oreilles.

— L'honorable grand frère sait-il que les herbivores échappent aux attaques des carnivores en adoptant une attitude de soumission ? Les chiens aussi le font : ils cherchent à plaire à leur maître par leur obéissance et leur air soumis, c'est comme ça qu'ils gagnent leur vie en se faisant nourrir. Chaque fois que je te vois, je pense à cette attitude des herbivores…

Kim Seong-ho n'avait fait qu'écouter, sans réagir. Elle avait continué :

— J'ai beau regarder au fond de tes yeux, je n'arrive jamais à deviner ce que tu penses. Est-ce que c'est un privilège qui m'est réservé ?

Elle lui a dit souvent qu'elle n'arrivait pas à le comprendre. Ils avaient été tous les deux étudiants au département de psychologie, et ils s'étaient engagés tous les deux la même année dans la police nationale en profitant d'un recrutement spécial. Au bout de deux ans de fréquentation, un beau jour, elle a pris ses distances en disant qu'elle ne pouvait pas « lire son cœur ». Et finalement elle a demandé sa mutation et a été affectée à la police provinciale de Busan. Maintenant ça doit faire au moins un an qu'il ne l'a pas revue. Récemment, grâce à la circulaire annonçant une réunion de promotion, il a appris qu'elle allait se marier avec un collègue.

« J'ai beau regarder au fond de tes yeux, je n'arrive jamais à deviner ce que tu penses. Est-ce que c'est un privilège qui m'est réservé ? » Ces paroles qu'elle lui a léguées continuent de résonner de temps en temps à ses oreilles, comme si elles venaient de très loin. *Pourquoi est-ce qu'elle m'a dit ça avant de s'éloigner progressivement de moi ? Quelle faute ai-je commise ?*

— Dans quelles pensées êtes-vous si profondément absorbé ?

Le ton ironique de Yeo Do-yun l'a arraché à l'évocation de ces souvenirs.

— Est-ce que par hasard vous ne seriez pas en train de penser à une femme ? Ha-ha, vu la tête que vous faites, je suis tombé pile ! Au fil de mes recherches en folklore, je participe souvent à des scènes rituelles et j'ai noué des liens amicaux avec des chamanes : du coup, je devine assez bien les petits secrets des autres...

Non seulement il a la grosse tête, mais il devient déplaisant... Pendant un instant, Kim Seong-ho a grande envie de le remettre à sa place, mais son voisin a déjà mis ses écouteurs et fait semblant d'écouter de la musique. Bientôt il attaque son casse-croûte en chantant à haute voix un tube intitulé *Retour sur le passé*. Kim Seong-ho pousse un bref soupir, comme s'il s'était résigné à ne plus rien attendre de lui, et il ouvre son propre panier-repas. Lorsqu'il l'a terminé, il se sent alangui et gagné par la somnolence. Il décide de fermer les yeux pendant un moment. Il a envie de tirer les rideaux au nez du monde extérieur et de se retrouver seul dans un univers n'appartenant qu'à lui seul. Il entend l'homme qui occupe le siège derrière lui fermer justement les rideaux et il appuie sa tête en arrière en se laissant aller contre son dossier.

Combien de temps s'est-il écoulé ? Une demi-heure ? Trois quarts d'heure ? Quelqu'un le secoue énergiquement par l'épaule.

— Allez, lieutenant, on se réveille ! C'est Mokpo, il faut qu'on descende, et sans traîner !

Dire qu'il s'est déjà écoulé trois heures ! Kim Seong-ho s'ébroue tout en se relevant et s'étirant de tout son long. Sa valise a déjà été descendue du filet à bagages.

En sortant de la gare de Mokpo, ils traversent en diagonale l'esplanade des rendez-vous jusqu'au bureau des locations de voitures, au rez-de-chaussée d'un bâtiment ancien. Une pièce d'à peine dix mètres carrés, avec un bureau, un fauteuil et trois chaises pour patienter. Il n'y a personne. Sur un mur est collée une affiche publicitaire pour un SUV gris argenté devant un paysage de soleil couchant avec prairies et montagnes. Derrière l'affiche, on voit que la peinture du mur est écaillée. Au moment où ils finissent d'entrer, un homme arrive, tenant une clé à la main – on dirait qu'il revient des toilettes –, et fait semblant de les reconnaître. Il porte un blouson-doudoune sur un costume en tissu argenté.

— Monsieur Kim Seong-ho, n'est-ce pas ?

— Oui. Une Sonata m'est réservée à partir de 17 heures cet après-midi.

Le lieutenant montre l'imprimé avec le numéro de la réservation.

— Bien. Suivez-moi.

Au-dessous du blouson de l'homme qui les précède avec la clé, on voit que le fond de son pantalon est tout lustré : il doit passer beaucoup de temps assis à attendre des clients... Au bout de cinq minutes de marche depuis la gare, il entre dans un bâtiment qui n'a qu'un ou deux ans. Dans le vaste parking où ils arrivent, il indique une Sonata YF gris argenté.

— La voilà. Elle n'a même pas un an. Vérifiez l'arrière et le coffre. Comme vous le voyez, la carrosserie est en bon état, à part cette petite égratignure sur la porte côté passager. Maintenant j'ouvre le coffre : voilà le débitmètre de GPL ; vous devrez remplir le réservoir avant de me la rendre. Vous avez réservé la voiture pour sept jours à compter d'aujourd'hui, donc du 14 janvier jusqu'au 20. Vous ne souhaitez pas changer quoi que ce soit ?

— Non, non, ça ira comme ça.

Yeo Do-yun est déjà en train de mettre leurs valises dans le coffre.

— Bien, alors je vous souhaite bon voyage. Le 20, il vous suffira de revenir avant 5 heures de l'après-midi.

Kim Seong-ho s'installe au volant et ajuste son siège ainsi que les rétroviseurs. En prenant place à côté de lui, Yeo Do-yun demande :

— Vous n'aviez pas vraiment besoin de louer une voiture, hein ? Vous auriez pu aussi bien venir avec la vôtre ou en demander une à votre bureau ?

Il est vrai que le commissariat avait proposé qu'une voiture vienne les accueillir à Mokpo, mais il a refusé, trouvant que ce serait plus commode de louer une voiture et de se faire rembourser plus tard. Même si ça risque d'être un peu compliqué parce que c'est la première fois qu'il fait ce trajet.

— J'ai pensé que ce serait la meilleure formule. Du coup, je vais rouler avec une voiture que je ne connais pas, je trouve ça plutôt excitant.

— Sur l'île, je profiterai de vos talents de chauffeur tout au long de notre séjour. D'un autre côté, j'ai un bon sens de l'orientation et je vous servirai de guide.

— Au fait, vous avez bien apporté la lettre avec le résultat de l'expertise du professeur An Chang-sun ?

— Oui, bien sûr. Je ne vous la montre pas parce que personne, en dehors du capitaine Kang Dae-su, n'est autorisé à l'ouvrir. Et puis je pense que ce serait bien qu'on en discute tous ensemble au commissariat de Sambo, non ?

— Bien sûr, je suis tout à fait d'accord... Ça va nous prendre plus d'une heure pour arriver au commissariat. Et une fois arrivés là-bas, on va dîner tard...

Yeo Do-yun a enlevé son anorak et l'a déposé sur la banquette derrière lui. Puis il a basculé son siège en arrière pour se mettre à l'aise. Son sweater beige dont les épaules sont doublées de tissu avec un motif à carreaux est plutôt froissé. Kim Seong-ho a lui aussi laissé son manteau et sa veste à l'arrière avant de prendre le volant et d'attacher sa ceinture. Après avoir inscrit comme destination dans le GPS l'adresse du commissariat de Sambo, il sort du parking et débouche sur la place devant la gare de Mokpo.

— Où êtes-vous né ?

— À Séoul, répond Kim Seong-ho.

— Vous avez donc toujours habité à Séoul depuis que vous êtes né ? Alors, quand vous débarquez dans une ville de province comme Mokpo, vous devez être surpris, non ? C'est un autre monde, hein ?

— Oh, vous savez, depuis que je suis dans la police, j'ai souvent eu l'occasion d'aller travailler en province !

— À Mokpo, la plupart des bâtiments sont bas, contrairement à Séoul où il y a des masses de tours. Ici, on voit aussi beaucoup de maisons anciennes comme celles bâties sous l'occupation japonaise. Et peut-être parce que la ville est en bord de mer, beaucoup de rues et de demeures ont un charme fou !

— Et l'île de Sambo, à quoi elle ressemble ?

Yeo Do-yun lâche un petit rire sans joie.

— Vous verrez quand on y sera... Moi je la trouve tristounette ! Les maisons sont éloignées les unes des autres, et à part les paysans, c'est rare qu'on croise quelqu'un sur les routes. Dans les musées aussi, il n'y a en général qu'un seul employé pour vendre des billets, et je suis souvent le seul visiteur. En tout cas, si on vient là pour se reposer, c'est idéal de venir en basse saison comme maintenant.

La voiture est déjà au beau milieu de la ville de Haenam. Après avoir traversé le remblai de Geumho, elle suit la nationale 18 jusqu'au site historique qu'est la base navale du XVIe siècle, sur la droite. On y a une vue dégagée sur la mer et au loin on aperçoit la statue gigantesque du fameux amiral Yi Sun-shin. L'air rafraîchissant de la mer pénètre dans la voiture par les vitres entrouvertes.

La nuit a fini par tomber. Il est près de 7 heures et il fait déjà noir partout. Entrés sur l'île de Sambo par le Grand Pont, ils croisent de temps à autre des paysans. Ici, on cultive essentiellement le poireau et le chou : certains sont en train de charger un camion de choux, d'autres une camionnette de poireaux, toujours en les manipulant avec grand soin. En dehors d'eux, on ne voit personne. Seuls existent la mer, le ciel et des bouts de terre cultivée. La brume de mer a petit à petit envahi la route qui longe la côte.

Alors qu'ils roulent à bonne allure, à un moment où on a une vue dégagée, Kim Seong-ho demande :

— On dirait qu'ici on travaille la terre même en cette saison ?

— Oui, sur cette île on cultive même en hiver. On est dans le Sud, on fait deux récoltes par an. Dans le coin, en dehors des paysans, des fonctionnaires et des patrons de restaurant, il n'y a pratiquement personne exerçant une autre profession. Ah si, j'oubliais : il n'y a pas moins de trois églises protestantes de dimensions assez considérables qui s'y sont installées.

— Des églises protestantes ? Alors que l'île de Sambo est très réputée pour les cérémonies traditionnelles destinées à soulager l'âme des morts lors de leur dernier voyage ? Ça ne va pas très bien ensemble, on dirait...

Yeo Do-yun répond en essuyant ses lunettes avec un kleenex.

— Les gens ont tellement besoin de s'appuyer sur une croyance, quelle qu'elle soit ! Si pendant une éternité on s'est contenté de pratiquer les rituels chamaniques traditionnels, aujourd'hui on préfère sans doute trouver l'apaisement en se confiant à un dieu unique...

C'est à ce moment-là que la voiture quitte le paysage de la côte pour passer devant le panneau indiquant les villages de Seongnae-ri et Gyodong-ri. Bientôt elle s'engage dans le centre-ville de l'île de Sambo. À vrai dire, même si on appelle ça un centre-ville, il y a moins de boutiques que dans les quartiers périphériques d'une ville de province. En outre, on voit s'aligner une succession de maisons anciennes sans étage plutôt que des bâtiments à fière allure. Quelques résidents promènent ici ou là leur chien de Jindo. Au moment où passe leur voiture, l'un d'entre eux, au pelage luisant de couleur fauve, leur lance des aboiements furieux.

En face de Kim Seong-ho, qui regarde furtivement le chien dans le rétroviseur, apparaît un rond-point où convergent plusieurs petites rues ; il s'engage dans l'une d'elles. Après quelques bistrots apparaît un marché. Il ne semble pas y avoir beaucoup de restaurants : surtout des boutiques de poulet frit ou de plats chinois à faire livrer chez soi. En ressortant de cette rue, il passe devant le musée Sojeon à côté de la mairie de l'île. Le GPS annonce leur arrivée imminente à destination, mais ils ne font que tourner en rond dans ces ruelles du centre sans jamais apercevoir le commissariat.

— C'est impensable, ça ! Tiens, on va demander à la supérette, là, en achetant une bouteille d'eau. Moi, ici, je ne connais que le musée, c'est la première fois que je dois me rendre au commissariat.

Suivant la suggestion de Yeo Do-yun, il gare la voiture dans un terrain vague à un angle de la placette qui a l'air de servir de parking. Lorsqu'ils ouvrent leurs portières, ils sont frappés par la fraîcheur de l'air - un air en même temps froid et agréable.

— L'air est pur, hein ? Quelle impression ça vous fait de ne pas respirer la pollution ?

Yeo Do-yun passe devant Kim Seong-ho qui le suit dans la supérette. Ils prennent deux bouteilles d'eau et quelques charcuteries sous vide, puis se dirigent vers la caisse. Quelques jeunes autour de la vingtaine sont en train de faire leurs courses tout en bavardant.

— Le soir d'avant, comme on était bourrés, on s'est tapés sur la gueule en se promettant de se faire la peau, etc., et puis le lendemain matin, voilà qu'on est redevenus potes. C'est pas dingue, ça ?

Kim Seong-ho relève la tête et regarde le type qui est devant la caisse : il a un gros pansement adhésif sur le front.

— Putain, t'imagines pas ce que je déguste !

— Oh, ça va ! Je me suis excusé, hi-hi-hi.

Son copain, un tout maigre qui est en train de ranger le rayon des paquets de cigarettes, s'excuse tout en surveillant du coin de l'œil l'humeur du pauvre blessé.

Sur le mur à côté de la caisse s'affichent des photos illustrant les noms d'une liste de personnes recherchées pour assassinat, coups et blessures, vol, escroquerie, etc. À première vue, les jeunes à côté de la caisse ressemblent pas mal à ceux des photos sur l'affiche. Celui avec le pansement demande aux nouveaux arrivants :

— Vous voulez pas réchauffer vos espèces de hotdogs, là ?

Kim Seong-ho répond en secouant la tête :

— Non, ça va, merci.

— Moi, ce que j'en dis... C'est comme ça qu'on fait d'habitude...

— On cherche le commissariat de police, vous pouvez nous indiquer le chemin ?

Un malaise palpable s'installe parmi les jeunes quand ils entendent mentionner ce nom. Peut-être y ont-ils passé la nuit précédente en cellule ?

— Ah ! Vous arrivez de Séoul ? Pourquoi vous demandez ça ?

Celui qui a posé la question est assis sur une chaise à côté de celui au gros pansement. Il est en train de déchirer un sachet de pain. C'est un énorme balèze au visage couvert de boutons d'acné.

— Pour une affaire de police...

— Une fois sortis de la supérette, vous traversez le terrain vague, puis le pont sur la petite rivière. Là, vous verrez deux immeubles ; le commissariat est juste après.

En ressortant après avoir fini de payer, Yeo Do-yun enlève l'enveloppe de sa saucisse pour mordre dedans. Alors qu'il s'avance vers la voiture sur le terrain vague, Kim Seong-ho entend son compagnon s'exclamer derrière lui :

— Eh, mais voilà le fameux petit chien de Jindo !

Devant la boutique de fleurs juste à côté de la supérette, il y a une boîte d'où s'échappent des gémissements. Quelque chose bouge vaguement : deux petits chiens blancs, recroquevillés l'un contre l'autre, sont en train d'aboyer. Leur bol de nourriture est vide. L'un reste accroupi les yeux fermés, l'autre s'approche de la porte grillagée et lèche les doigts que Yeo Do-yun lui a tendus ; celui-ci enlève un petit morceau à sa saucisse et le lui donne, malgré l'affiche mentionnant : « IL EST INTERDIT DE DONNER À MANGER AUX CHIENS. »

— On dirait qu'ils avaient vraiment faim !

— Allons, dépêchons-nous.

Yeo Do-yun finit de leur donner toute sa saucisse avant de demander :

— Vous ne les trouvez pas mignons, ces petits chiots ?

— Pardon ?

— On dirait que vous n'avez pas de cœur !

— Le travail avant tout ! Allons-y.

Kim Seong-ho se réinstalle au volant. Yeo Do-yun garde un instant les yeux sur les chiots comme s'il avait un regret, avant de monter à côté de lui. Entre-temps, l'obscurité s'est beaucoup intensifiée et eux-mêmes commencent à ressentir la faim. Aussitôt quitté le terrain vague, ils s'engagent dans les rues tranquilles en laissant derrière eux les collines. Passé le pont, ils voient deux ou trois immeubles, au-delà desquels, devant un gigantesque pylône électrique, on distingue une banderole portant : « BIENVENUE AU COMMISSARIAT DE L'ÎLE DE SAMBO ».

Le commissariat est installé sur l'arrière, dans un endroit calme sur fond de petites collines. Le bâtiment est un immeuble de trois étages peint en beige. Tout en haut du fronton est écrit en lettres énormes : « STANDARD 15**-1122 ». L'entrée du parking est une grille en biais à demi ouverte. Un gardien de la paix se précipite du poste de garde de l'autre côté pour demander :

— Peut-on savoir ce que vous venez faire là ?

— Nous venons à la demande du capitaine Kang Dae-su pour l'assister dans une enquête.

Le planton appelle et reçoit un message sur son radiotéléphone, puis leur ouvre grand la porte.

— Allez-y, entrez !

Sur le parking, Kim Seong-ho gare sa voiture à côté du minibus de service du commissariat. Derrière le bâtiment du fond se déploient les courbes douces des collines. Ils se dirigent vers l'entrée de ce bâtiment qui dégage une atmosphère discrète et recueillie. On dirait que tout a été prévu pour les accueillir : un homme qui a l'air proche de la cinquantaine s'approche d'eux en les saluant de la main. Il a une casquette de chasseur et un trench-coat. Il leur adresse un sourire de bienvenue.

— Vous avez dû avoir du mal à arriver jusqu'ici, non ? Encore un peu et j'allais vous contacter pour venir à votre rencontre. Mais vous êtes là, c'est parfait. Je suis Kang Dae-su. Est-ce que le commandant Kwon Yeo-il va bien ?

Kim Seong-ho a associé le surnom de cet homme, le Pitbull, à une allure proche de celle d'un bouledogue, mais en fait il donne une impression de solidité avec sa taille moyenne, sa corpulence généreuse et une présentation plutôt soignée : on ne l'imagine ni brutal, ni grossier, ni prêt à passer à l'attaque sans hésiter pour ne plus lâcher prise. Kim Seong-ho se dit qu'il donne l'impression d'un homme patient capable de s'accrocher obstinément à une affaire.

— Pour ce qui est du travail, on verra demain ! Je suppose que vous n'avez pas encore dîné ? Le grand patron responsable du commissariat a réservé une table en votre honneur dans un restaurant où l'on mange bien. Je vous conduirai à votre logement après le dîner.

Sa grosse voix inspire confiance à Kim Seong-ho, qui suggère discrètement :

— Puisque vous êtes de la même promo que le commandant Kwon Yeo-il, vous pouvez me tutoyer.

Kang Dae-su répond avec un grand sourire :

— Ça viendra petit à petit. Ah, donc vous, vous êtes Yeo Do-yun, l'élève du professeur An Chang-sun, c'est bien ça ?

Kim Seong-ho s'efface et c'est seulement à ce moment-là que le capitaine peut saluer poliment Yeo-Do-yun.

— Excusez-moi si j'ai l'air de vous avoir oublié une seconde, mais je suis tellement heureux de faire connaissance avec l'ami Seong-ho ! Mon vieux copain Kwon Yeo-il m'en a fait tant de compliments que je compte beaucoup sur lui. Enfin, tous ensemble on va faire de notre mieux pour arriver à résoudre cette affaire.

— Voyons... Attendez un instant, il me semble que je vous ai déjà vu quelque part... Ah voilà, oui ! Vous n'êtes pas passé dans cette émission sur une chaîne du câble intitulée « Véridiques histoires de policiers » ?

À ces mots de Yeo Do-yun, Kang Dae-su a un sourire gêné.

— Ah, vous l'avez vue, cette émission? J'y étais en tant que meilleur ami de Kwon Yeo-il... Bon, allez, on y va, vous devez mourir de faim.

Ils montent dans une voiture dont le capitaine prend le volant. Elle s'engage tout de suite dans une petite rue d'un quartier animé. Quelques restaurants s'alignent avec des enseignes comme « FRAÎCHEUR 24 – POISSONS CRUS », « CHEZ HEUNG-BU – TABLES POUR BANQUETS – TRAVERS DE BŒUF GRILLÉS AU CHARBON DE BOIS », etc., et au-delà de tout ça se dresse dans l'ombre un bâtiment ayant pour enseigne : « LES SABLES – AUX QUATRE VENTS DU PLAISIR – MOTEL AVEC ÉQUIPEMENT COMPLET » ; la formule « AUX QUATRE VENTS DU PLAISIR », etc. se prête sans aucun doute à tous les sous-entendus.

Kim Seong-ho suit Kang Dae-su dans le premier restaurant, celui des poissons crus, et enlève ses chaussures pour les ranger sur l'étagère.

— Ça va, laissez, ces demoiselles vont s'en occuper. En plus, c'est la morte saison, il n'y a pas beaucoup de clients.

Il entre le premier tout en tapotant les épaules de Kim Seong-ho ; Yeo Do-yun ferme la marche.

— Allez, on se détend ! Ce soir, on ne fait que biberonner comme une éponge et épancher son cœur.

Lorsque l'employée qui les guide ouvre deux portes coulissantes en papier empesé apparaissent deux grandes tables recouvertes de plats. Trois hommes qui étaient déjà là se lèvent pour les saluer.

Celui qui sera assis en face de Kim Seong-ho lui tend la main droite.

— Bonjour ! Enchanté. J'attends beaucoup de quelqu'un qui arrive des services de la police nationale. Je suis le lieutenant Oh Yeong-shik, de la brigade criminelle du commissariat de l'île de Sambo.

Avec une apparence soignée et une silhouette assez petite, il a l'air d'être dans les débuts de la trentaine. Kim Seong-ho et Yeo Do-yun lui serrent la main l'un après l'autre. C'est alors celui qui est assis à côté de lui, avec des cheveux ébouriffés, qui leur tend la main avec un sourire de sympathie. C'est un maigrichon en costume trois pièces avec des lunettes rondes sans monture.

— Bienvenue à l'île de Sambo, l'île des Trois Trésors. Je suis Han Min-dong. Je travaille au service du tourisme de la mairie de l'île. Si jamais il y a quoi que ce soit qui vous pose problème, n'hésitez pas à m'en parler.

Il a des doigts d'une minceur impressionnante. L'homme qui est resté debout depuis le début est assez grand ; il est chauve et porte plusieurs bagues. Occupé à commander des plats sans même avoir donné son nom, il finit par tendre sa carte de visite où est inscrit : « PRÉSIDENT DE L'ASSOCIATION POUR LA PROSPÉRITÉ DU CENTRE COMMERCIAL ».

— Hé, président Yi, arrête de commander des plats ! C'est le commissariat qui va payer l'addition. Une assiette d'assortiment de poissons crus, c'est tout ce qu'il nous faut.

Malgré les paroles dissuasives de Kang Dae-su, le président Yi relève ses fesses du sol aussitôt qu'il les y a eu posées et s'affaire à rappeler de nouveau la serveuse pour lui commander d'abord deux assiettes de *cardeaux hiramé* crus.

— Dis donc, grand frère, puisque deux messieurs de la police de Séoul qu'on ne voit d'habitude qu'à la télé sont descendus jusqu'ici, ce serait dommage de les accueillir n'importe comment. N'est-ce pas, messieurs les policiers ?

Kim Seong-ho affiche un sourire mécanique en prenant l'air embarrassé, tandis que Yeo Do-yun se tourne de l'autre côté, comme s'il valait mieux qu'il se désintéresse de la situation ; il en profite pour vider discrètement d'un trait son petit verre de *soju*.

— Ils ne sont pas tous les deux policiers, dit le capitaine. Je t'ai expliqué que notre ami ici présent est conservateur de musée, mais tu as déjà oublié. Ça ne m'étonne d'ailleurs pas, j'ai l'impression que, côté alcool, tu as déjà pris de l'avance sur la compagnie !

Les assiettes de poissons crus et celles des mets d'accompagnement se succèdent sur les deux tables sans discontinuer. Ils échangent des toasts à tel point qu'ils sont bientôt bourrés. Kim Seong-ho a décliné la moitié des offres des autres convives. Kang Dae-su et le président Yi ont visiblement l'habitude de boire comme des trous. Han Min-dong et Oh Yeong-shik tâchent de contrôler la température ambiante en buvant à petites gorgées ou en vidant leurs verres à moitié. Quant à Yeo Do-yun, il descend bien proprement le sien chaque fois qu'on le lui remplit.

— Oh là là ! Voyez un peu l'élégance ! Avec des lunettes comme ça, ce garçon-là voit sûrement les choses beaucoup mieux que nous ! En plus, il a une bien meilleure présentation : aujourd'hui, même pour un policier, se faire décolorer et boucler les cheveux, c'est le minimum du style standard.

À ces flatteries du président Yi, Yeo Do-yun répond, après avoir vidé son verre :

— Vous savez, au fond, c'est vraiment pas si mal d'être policier ! À une époque, j'avais rêvé d'en devenir un...

On dirait que le président Yi a l'habitude de ne pas écouter jusqu'au bout ce que disent ses interlocuteurs : avant même que celui dont il parlait ait fini sa phrase, il est déjà en train de passer son verre... à Kim Seong-ho ! C'est alors que Kang Dae-su reçoit un coup de fil, puis s'approche de ce dernier pour lui parler à voix basse :

— Il était prévu que notre grand patron vienne se joindre à nous, mais on dirait que le dîner officiel avec monsieur le sous-préfet se prolonge, si bien qu'il ne pourra pas venir. Ce n'est pas trop grave ?

Kim Seong-ho hoche la tête, laissant entendre qu'il n'en fera pas un drame. Le président Yi se lève d'un coup et vient s'intercaler entre Kang Dae-su et lui en chancelant ; il met ses bras sur leurs épaules comme s'ils allaient danser à trois.

— Hi-hi, quel bonheur c'est de vous voir comme ça tous les deux ensemble ! Grand frère Dae-su, comme je souhaite que tu puisses bientôt retourner à la police de Jeonnam ! Tu te donnes tellement de mal sur cette petite île, alors que tu devrais être là-bas en train de te distinguer par des exploits mémorables !

Voyant que le président Yi commence à raconter n'importe quoi sous l'effet de l'alcool, Kang Dae-su laisse deviner qu'il se sent de plus en plus gêné.

— Le président Yi a l'art de toujours embarrasser les gens en disant ce qu'il ferait mieux de ne pas dire.

Ledit président remplit à ras bord d'un alcool écarlate deux verres destinés aux « jeunes policiers ».

— Tenez, puisque vous êtes venus à l'île de Sambo, ce serait dommage de ne pas déguster cet alcool rouge, leur Rubis'con* qui est la spécialité d'ici ! Allez, cul sec : santé !

Kim Seong-ho n'apprécie guère, mais il est bien obligé d'accepter le verre de cet alcool titrant 40°. Il l'avale non sans peine tant ça lui brûle la gorge. Il en a presque la nausée.

— Ces messieurs de la police ne savent même pas boire ! Allez, un autre ! Cette fois, c'est ce qu'on appelle un « Soleil levant ».

Le président Yi verse de la bière un peu au-dessus de la moitié dans une chope et la remplit ensuite d'alcool rouge pour fabriquer une « bombe » : le liquide rajouté flotte sur le premier au lieu de sombrer au fond du verre.

— Vous ne risquez pas d'avoir mal à la tête, au contraire ! Vous aurez la tête encore plus claire ! Allez hop ! Santé !

L'alcool fort retourne l'estomac à Kim Seong-ho, qui trouve déjà déplaisant que quelqu'un qu'il rencontre pour la première fois le force à boire comme ça. Ça le rend de mauvaise humeur et bientôt la moutarde lui monte au nez : au moment où le président Yi veut fabriquer une nouvelle bombe à son intention, il retourne son verre et le pose à l'envers sur la table. L'ambiance se gèle d'un seul coup, tous les regards autour de la table convergent sur le président Yi et Kim Seong-ho. Han Dong-min, le maigrichon, se lève et prend alors la parole :

— J'ai bien l'impression qu'il faut ranimer l'ambiance !

---

* Nom plaisant formé à partir du Rubicon de César pour un toast grivois, avec un zeste de *vobiscum*.

Il va chercher dans un coin l'appareil à karaoké et le tire vers le centre de la pièce. D'un geste vif, il enveloppe la tête du microphone dans une gaine en intissé et, après avoir allumé la machine, il sort de sous son coussin le recueil de chansons pour karaoké.

— Bon, on y va. Et on commence par l'éternel numéro du président Yi, « Le monsieur débarquant dans l'île » ! Comment il est arrivé à devenir président de notre Association pour la prospérité du centre commercial, il va vous le raconter lui-même dans son « Monsieur débarquant dans l'île »...

La voix basse et vibrante de Yi se répand largement dans la pièce. Kim Seong-ho n'arrive pas du tout à s'adapter à l'ambiance. Quant à Yeo Do-yun, lui aussi « débarquant » de Séoul, le nez plongé au milieu des plats, il ne fait que dévorer avec un appétit phénoménal le reste des assiettes de poissons crus, ne s'interrompant que pour remonter de temps en temps ses lunettes sur son nez ; comme s'il n'était venu sur l'île que pour manger, il engrange méthodiquement l'alcool et la nourriture dans son corps fluet. Kim Seong-ho, lui, a vraiment envie de vomir. D'abord, ça fait longtemps qu'il n'a pas bu ; ensuite, ça ne lui plaît guère de devoir rigoler avec des inconnus en faisant semblant d'être avec des familiers ; enfin, on laisse le travail de côté, personne n'ayant encore dit un mot sur l'affaire qui les réunit ici.

Avec de petits épisodes sans importance, le banquet alcoolisé a finalement duré deux bonnes heures. Le président Yi, plein comme une huître, accapare le micro et continue à chanter des chansons de la grande Yi Mi-ja mélangées avec celles du grand Nam Jin... Kang Dae-su enlève sa casquette de chasseur et ébouriffe ses cheveux tout en guettant mine de rien l'humeur de Kim Seong-ho.

— Tu dois te sentir vaguement gêné, non ? L'ambiance n'est sûrement pas comme ça, à Séoul, où la police nationale concentre la crème de la crème, hein ?

— Non, non, ça va. Je suis simplement fatigué par le voyage et j'aimerais bien souffler un peu, c'est tout.

— T'inquiète pas, je vais faire en sorte que tu puisses te dispenser du « second tour ».

Pendant que Han Dong-min et Oh Yeong-shik retiennent le président Yi qui s'obstine à vouloir payer la soirée en tendant sa carte à la caisse, Kang Dae-su règle l'addition avec la sienne. En sortant, le président Yi s'accroche à Kim Seong-ho et dit sans baisser la voix :

— Allez, maintenant on file aux « Quatre vents du plaisir » pour laisser place aux épanchements sentimentaux. Messieurs les policiers, on sait bien que votre tâche est rude et délicate, hélas ! Mais finalement vous en viendrez à bout, c'est sûr !

À la sortie du restaurant de poissons crus, le rude conflit avec le président Yi reprend de plus belle : alors qu'il insiste pour « commander des filles », Kim Seong-ho n'a qu'une envie, c'est d'aller se reposer dans sa chambre. Bouillant de rage, il garde le silence, mais quand le président Yi l'attrape par la manche, il se dégage avec une certaine vivacité et essaie de s'éloigner.

Yeo Do-yun, qui regardait la scène par derrière, se rapproche pour chuchoter :

— La prostitution est un délit, non ? Apparemment, ça ne fait pas trop peur aux gens de la police, hein ? On dirait que le président Yi tient beaucoup à conserver ses habitudes...

Furieux, Kim Seong-ho le fusille du regard :

— Arrêtez de dire n'importe quoi !

Yeo Do-yun se retourne en évitant son regard. Le patron du restaurant apparaît avec une voiture. Kang Dae-su s'assied sur le siège du passager, Kim Seong-ho et Yeo Do-yun montent à l'arrière. Dans le rétroviseur, on voit Han Min-dong et Oh Yeong-shik forcer le président Yi à monter dans un taxi.

— Patron Kim, s'il vous plaît, ramenez-nous au commissariat. Et appelez tout de suite un taxi, en plus. Lieutenant Kim, ne te méprends pas sur tout ça : le président Yi est devenu un vrai poivrot après avoir pris sa retraite en tant que proviseur de lycée ; et puis, pendant qu'il assurait la gérance de deux restaurants, il a dû inviter souvent les clients à picoler et, à force, il est devenu comme ça. Il ne tient pas l'alcool, mais il n'est pas foncièrement mauvais.

Au volant de sa voiture, le patron du restaurant reprend la parole :

— Ça, c'est sûr, peu de gens savent comme c'est difficile de ne pas boire quand on tient un restaurant. En tout cas, sur les îles par ici, la vie culturelle a du mal à s'établir, et la nuit, si ce n'est pas l'alcool, c'est les cartes. Il n'y a même pas un cinéma aux environs, ou au moins un de ces cafés comme à Séoul que les jeunes filles peuvent fréquenter sans problème...

À ce moment-là, Yeo Do-yun tend le cou vers l'avant pour demander :

— On peut toujours regarder des films sur internet, non ?

— Mais est-ce que nos anciens ont des capacités aussi mirifiques ? À supposer même qu'ils aient le savoir-faire pour ça, ils ne pourraient pas parce qu'ils n'ont plus les yeux que ça exige.

La voiture ne met pas longtemps pour arriver dans la cour du commissariat. Kim Seong-ho et Yeo Do-yun descendent et sortent leurs valises du coffre de leur Sonata. Au bout de quelques minutes d'attente, un taxi se présente dans la cour. Kang Dae-su précise :

— Oui, puisque vous avez bu, mieux vaut laisser votre voiture ici. On se voit dans mon bureau demain matin à 9 heures. En fait, sur la route des Merveilles, le long de la côte, il existe une maison pour les séjours d'entraînement de la police, mais aucune chambre n'y est disponible pour l'instant car certains policiers sont venus avec leur famille. Vous allez donc loger pour cette nuit dans une pension. Je vous enverrai un taxi demain matin à 8 heures. Taxi, s'il vous plaît, vous déposez ces messieurs à la pension sur la côte.

Chargée de ses deux voyageurs, la voiture quitte le commissariat. Kim Seong-ho regarde sans rien dire par la fenêtre, tandis que Yeo Do-yun s'absorbe dans des recherches sur internet avec son smartphone.

Dans cette obscurité croissante, l'île de Sambo se réduit à la route de la côte qui suit le contour des collines, à la présence devinée de la mer et à la rumeur lointaine des vagues. Aucune trace d'un être humain, pas d'éclairage public, seuls les phares trahissent l'existence du taxi.

En essayant d'apaiser ses nausées, le profileur tend l'oreille vers le chuintement des vagues. Une odeur salée de vent marin vient lui caresser les narines. Au bout d'une trentaine de minutes apparaît une maison abandonnée devenue un dépôt d'ordures. Le taxi s'engage dans un quartier de fermes, comme un hameau tranquille où les maisons sont à une dizaine de minutes de marche les unes des autres.

Puis c'est de nouveau la mer bleu noir. La route recommence à suivre les méandres de la côte. Au bout de cinq minutes s'amorce une montée à flanc de colline qui aboutit à une vaste esplanade avec, tout éclairé, un bâtiment de plain-pied constitué en enfilade d'une salle de banquet, d'un bureau de réception et d'une petite boutique qui doit vendre des nouilles instantanées et des boissons non alcoolisées. Il en sort un homme de grande taille, correctement vêtu d'un costume, les cheveux coupés très court, ayant entre vingt-cinq et trente ans.

— On a été avertis de votre arrivée par le commissariat. Vous allez occuper deux studios...

Sans répondre, Kim Seong-ho et Yeo Do-yun sortent leurs bagages du coffre du taxi et suivent l'employé. Ils prennent un sentier, montent un escalier de pierre qui aboutit à un grand édifice d'un étage construit à flanc de colline. Peint en blanc, le bâtiment des studios a l'air tout neuf – à peine deux ou trois ans. Derrière lui, on devine une forêt dense, et devant, le regard plonge sur une plage dotée de quelques réverbères, où traînent des filets utilisés dans la pêcherie qui occupe la zone soumise à la marée.

— Si vous voulez descendre à la plage, prenez l'escalier de pierre là-bas au bout.

— Dites-moi une chose, si ça ne vous ennuie pas : comment en êtes-vous arrivés à collaborer avec le commissariat ?

— En fait, la plupart des propriétaires n'aiment pas beaucoup voir des policiers dans leurs pensions : nous, on est plutôt coopératifs... répond le type avec un sourire.

— Vous habitez seul ici ? continue Yeo Do-yun, en arrêtant de traîner sa valise.

— Non, seulement la nuit. Le jour, il y a une grand-mère habitant l'île qui vient m'aider. Elle s'occupe de la boutique et fait aussi la cuisine. Autrefois, elle récoltait les huîtres, mais elle continue à venir ici parce qu'on la paie mieux. Quant à moi, je suis descendu travailler ici pour rendre service à un lointain parent, mais je vais arrêter cet emploi à la fin du printemps et remonter chez nous.

Kim Seong-ho hoche la tête pour dire qu'il le comprend tout à fait.

Est-ce qu'un être humain peut vivre tout seul, sans personne aux alentours ? Les tueurs en série qu'il a rencontrés en prison aimaient tous une vie bien tranquille. Ils n'avaient guère de vie sociale, ni de famille, ni d'amis. Ils avaient foncièrement le goût de ne pas se complaire à échanger avec les gens, mais ça ne les empêchait pas de trouver pénible d'être à longueur de temps enfermés seuls dans une cellule. Un homme normalement constitué peut supporter d'être là un moment, mais c'est sûrement impossible de tenir longtemps à ce régime.

En suivant le jeune homme, ils montent à l'étage par l'escalier au début du bâtiment. Il dit en leur tendant leurs clés :

— Le numéro 201 est pour monsieur l'inspecteur Yeo Do-yun, et le 202 pour monsieur l'inspecteur Kim Seong-ho.

L'employé une fois redescendu, Yeo Do-yun et Kim Seong-ho restent un instant dans le couloir, chacun devant la porte de son studio.

— Tout le monde croit que je suis policier, hum. Cela dit, je suis très content d'avoir un studio pour moi tout seul, j'avais peur d'avoir à dormir dans un dortoir plein de policiers ! Allez, bonne nuit !

Yeo Do-yun entre le premier dans son studio. Kim Seong-ho ouvre la porte du sien.

En entrant, il voit d'abord la salle de douche avec les WC. Ensuite, après le living, qui comporte un coin cuisine et une table à manger, il aperçoit une chambre avec un lit à une place au-dessus duquel se trouve une petite fenêtre à deux battants qui s'ouvre vers l'intérieur. Après avoir sorti des vêtements de nuit de sa valise, il ouvre la porte vitrée coulissante donnant accès à la véranda. Devant lui se déploie d'un seul coup une vue dégagée sur la plage. Plus loin, derrière, la faible lumière des réverbères permet de voir une large étendue de mer d'un noir intense. Ici ou là émergent les sommets blancs des flotteurs qui maintiennent les filets de pêche.

Après avoir déboutonné sa chemise, il range l'un après l'autre ses sous-vêtements bien pliés sur l'étagère du placard, suspend les chemises sur les cintres ainsi que le pantalon plié en deux dans la longueur. Il emporte sa trousse de toilette dans la salle de douche et range ces divers objets les uns à côté des autres. Il constate avec plaisir que le savon offert est toujours enveloppé dans son emballage – on dirait que personne ne s'en est servi.

Il prend une douche pour se remettre de sa fatigue. Reste un bon moment sous le jet d'eau les yeux fermés. Au moment où il commence à se sentir alangui, il sort de la salle d'eau. Une fois changé, il se rend compte qu'il n'a pas de bouteille d'eau. Il se rappelle l'avoir laissée avec les charcuteries dans la voiture garée au parking du commissariat... Faute de mieux, il allume la gazinière et pose dessus la bouilloire avec de l'eau du robinet.

L'eau bouillie a un goût fade ; il en boit quand même avant d'allumer son portable. Il se connecte à un grand portail pour lancer le plan de l'île de Sambo, sur lequel il repère avec le doigt les endroits où ont eu lieu les disparitions – il avait vérifié la base de données concernant cette affaire avant de quitter Séoul. Ensuite il déploie le plan grand format de l'île qu'il a apporté avec lui, sort de son sac une règle et un stylo rouge, puis marque quatre points et trace des lignes les reliant : Geumgap-ri, lieu de la première disparition ; Ullimsanbang – encore qu'on n'en soit pas tout à fait sûr –, celui où travaillait la deuxième disparue ; ensuite Mangil-ri, le village où elle était domiciliée ; enfin Sebangnakjo, où s'est passé le troisième drame – cette esplanade de Sebangnakjo est à une heure en voiture par rapport aux lieux présumés des deux premières disparitions.

En général, pour ce qui est des cambriolages en série, quand la réussite de son premier forfait a donné de l'assurance au voleur, il a tendance à chercher sa prochaine cible dans un endroit proche de son domicile. Mais il y a aussi des cas inverses, où le voleur se déplace de plus en plus loin après avoir d'abord commencé ses exploits tout près de chez lui. Bien qu'il n'y ait cette fois qu'un petit nombre de disparitions, étant donné que les lieux supposés des crimes, les villages de Mangil-ri et Geumgap-ri, sont géographiquement voisins, le profileur estime judicieux de partir du principe que le domicile du malfaiteur est proche de ces endroits-là. Voilà comment il établit le triangle regroupant ces deux villages avec Ullimsanbang* comme une première zone d'opérations.

Il essaie également de voir ce que donnerait l'hypothèse que le criminel habite à l'ouest du secteur ainsi délimité. Comme en général les crimes en série se produisent suivant une certaine orientation et vu que dans cette affaire-ci la suite des crimes se déplace géographiquement vers l'ouest, il marque le côté gauche de la zone comme point de repère présumé. Cela forme un territoire contenant Songjeong-ri et qui va jusqu'à Georyong-ri. Mais alors, quand il veut resserrer l'étendue de ce territoire, le petit nombre des crimes le tracasse : trois, c'est peu ; il faudrait que le nombre atteigne au minimum cinq pour circonscrire un champ relativement proche du domicile. Il se peut cependant qu'un endroit trop voisin ait pu gêner le criminel d'un point de vue psychologique. En tenant compte de plusieurs facteurs, il finit par marquer avec deux couleurs deux points de repère hypothétiques. Et puis finalement, en élargissant jusqu'au quartier résidentiel proche d'Ullimsanbang, il estime qu'il a délimité un espace trop vaste pour être considéré comme domicile virtuel du malfaiteur. Ça manque de logique de ne prendre en compte que le point de vue géographique, il a besoin de

* Ullimsanbang n'est pas un village, mais le nom donné par le célèbre peintre Heo Ryeon (1808-1893) à sa dernière résidence. Un nom en forme de tableau (*nuages-forêts-monts-cabane*).

disposer d'informations supplémentaires pour voir les choses sous un angle plus satisfaisant.

Lorsqu'il a fini d'analyser la région où réside vraisemblablement le criminel, il réalise qu'il est mort de fatigue et se met au lit. Oubliant l'insomnie qui l'accablait si durement à Séoul, il se force à fermer les yeux, mais la vague lumière des réverbères qui pénètre dans la chambre le gêne et il se tourne sur le côté.

À cet instant, les histoires d'esprits racontées par le conservateur de musée traversent ses pensées. *Yeo Do-yun est-il en train de dormir profondément dans sa chambre ?* Une sensation de froid lui remonte le long de la colonne vertébrale... Il se relève, hausse la température du chauffage et allume la télé. Il regarde un moment un débat qui lui semble complètement futile, puis il change de chaîne : l'écran offre un programme de musique. Tandis qu'une vingtaine d'idoles des deux sexes chantent et dansent en groupes, il arrive à fermer les yeux. Rideau.

5

LE NOYAU OBSCUR DE L'AFFAIRE

(mardi 15 janvier)

Le lendemain matin, la télé est éteinte, il ne sait pas comment ça se fait. Il se lève en essayant de remettre en état de marche une tête lourde comme du plomb. Il ne se rappelle pas ce qu'il a rêvé, mais il a l'impression d'avoir mal dormi. Plus exactement : il a dormi, mais sa fatigue ne s'est pas dissipée et tout son corps est encore engourdi...

Toc-toc, quelqu'un frappe à la porte, à grands coups. C'est Yeo Do-yun.

— Lieutenant Kim, dépêchez-vous, le taxi est déjà là !

Il se précipite dans la salle de bains, prend juste une petite douche, se brosse les dents même s'il n'a pas eu le temps de manger son petit déjeuner. Il enfile un jean et une chemise confortable avec par-dessus un sweater dont le col se ferme par une fermeture Éclair. Se sécher les cheveux et s'habiller comme ça ne lui a même pas pris vingt minutes : il est 8 heures moins 10.

Le chauffeur est donc arrivé trente minutes avant l'heure convenue. Lorsqu'ils sortent du bâtiment, il salue chaleureusement Kim Seong-ho.

— Bonjour ! Je suis le taxi envoyé par le commissariat. À votre service !

Il a l'air d'avoir une quarantaine d'années. Il a de gros sourcils noirs comme du charbon et ses lunettes de soleil sont d'une forme ovale plus large que haute. Son menton carré qui s'harmonise avec l'ensemble de son visage est très impressionnant. Kim Seong-ho monte dans la voiture. Sur la face intérieure de la portière est fixée une petite boîte transparente dans laquelle se trouvent des cartes de visite du chauffeur.

Le prénom « Victor » figurant sur le bristol fait lui aussi grosse impression ; Yeo Do-yun en attrape un et le met dans sa poche.

— Comme ça fait longtemps que je n'ai pas eu de clients, j'ai été très étonné de cet appel. À la morte saison, comme ces temps-ci, il n'y a pas grand-monde qui demande un taxi, parce que les gens viennent tous avec leur voiture. Mais au fait, pourquoi est-ce vous avez besoin d'aller au commissariat ?

— On est de la police, en fait.

— Vous n'êtes donc pas venus ici pour vous divertir ? Il est vrai que c'est rare que deux jeunes hommes viennent ensemble se divertir par chez nous...

La mer bleu sombre se déploie devant les vitres de la voiture. Un vent marin froid s'engouffre dans l'habitacle. Le chauffeur remonte sa fenêtre, ce qui bloque l'air du dehors, âcre et salé. En tournant un peu la tête pour croiser le regard de Kim Seong-ho dans le rétroviseur, il demande :

— Si vous êtes venus de Séoul, il doit s'agir d'une sacrée grosse affaire ! Pourtant, ici, les actes criminels genre cambriolage ou assassinat, ça n'arrive pas souvent. À Séoul, Busan, Daegu ou Gwangju, il doit y en avoir des tas, mais ici, comme on se connaît tous, un criminel ne pourrait s'enfuir ou se cacher nulle part. Vous n'êtes pas d'accord ? Ici, c'est tellement petit... Ah, mais oui, c'est vrai, vous venez peut-être pour ces fameuses disparitions ? C'était l'an dernier, voyons... vers octobre, c'est ça ? Ouais, une émission de télé en a parlé en long et en large, même qu'on s'est rassemblés dans la salle communale un soir très tard pour la regarder et en discuter tous ensemble. D'après la rumeur, les jeunes femmes qui, paraît-il, avaient disparu étaient en fait parties pour Séoul, il ne s'agissait pas de disparitions…

Kim Seong-ho lui jette un regard perçant en demandant :

— Où avez-vous entendu raconter ça ?

— Ben, je sais pas trop, en buvant un coup dans un troquet ? Ou alors dans un restau fréquenté par les chauffeurs de taxi, hi-hi ? Enfin, disons, là où on entend les rumeurs…

Il a quand même l'air d'en savoir pas mal sur le sujet. Kim Seong-ho tourne les yeux vers la fenêtre. Dans les rizières, on aperçoit de temps en temps des rouleaux de paille en ensilage, tout blancs. Le chauffeur a enfin décidé d'arrêter ses questions.

Une trentaine de minutes après leur départ de la pension, le taxi arrive au commissariat. Kang Dae-su est en train de les attendre devant l'entrée du bâtiment. Ils descendent et le taxi repart. Le capitaine les accueille en souriant.

— Vous n'avez sans doute pas pris le petit déjeuner ? Plutôt qu'à la cantine, allons casser la croûte dans un restaurant tout près d'ici où on fait une délicieuse soupe au merlan séché.

Il les emmène en marchant d'un bon pas. Après avoir rapidement avalé leur bol de soupe, ils reviennent au commissariat. Ils s'installent dans la salle des interrogatoires, à côté du bureau de la brigade criminelle. Oh Yeong-shik apporte des mugs de café, puis revient avec tout un tas de dossiers pleins de documents. Kang Dae-su dit, d'un air un peu embarrassé :

— En fait, comme c'est la première fois qu'on a affaire à un truc comme ça, au moment où les deux premières disparitions ont été signalées, on les a prises pour de simples fugues. Mais quand la station locale de télévision a diffusé une émission spéciale qui a attiré sur nous l'attention de tout le pays, la police provinciale est aussi venue de Jeonnam mener une enquête. Résultat : personne n'a découvert le moindre indice, on est toujours complètement dans le brouillard, si bien que j'ai fini par demander un coup de main à mon vieux copain Yeo-il. Et voilà, désormais, c'est à toi de jouer ! conclut-il avec un large sourire.

Kim Seong-ho se contente d'un hochement de tête discret.

— Et maintenant, le lieutenant Oh va nous briefer.

— Le vendredi 14 septembre, vers 16 heures, le smartphone de la première disparue a été éteint sur la plage de Geumgap-ri et il n'a jamais plus été rallumé nulle part. Depuis qu'on nous a signalé sa disparition, la femme en question n'a pas réapparu. C'est une chamane. Son nom est Ko Hi-jeong. Trente et un ans, divorcée, deux enfants qui habitent à Gwangju avec son ex-mari. Sa disparition a été signalée par son collègue Yi Hoe-nam, l'assistant chamane, celui qui joue du tambour dans les cérémonies rituelles. En plus, il est un ami proche de la disparue ; à un moment, ils ont même partagé un logement. En tant que chamane, Ko Hi-jeong organise des cérémonies très réputées. La veille de sa disparition, par exemple, elle avait reçu 20 millions de wons* en liquide comme rétribution de ses services. La période des fêtes de Chuseok (le 30 septembre) a duré de fin septembre à début octobre, et il paraît que plusieurs personnes lui avaient demandé d'exécuter des rituels spéciaux pour consoler l'âme d'un défunt. Elle ne fréquentait aucun homme à ce moment-là, et son ex-mari, qui réside à Gwangju, a des alibis confirmés ; en outre, selon lui, depuis leur divorce ils n'ont eu aucun conflit particulier. En dehors de lui, comme famille, elle a ses parents. Ils sont venus sur l'île passer quelques jours à sa recherche, mais maintenant ils sont repartis à Mokpo. Le village où Ko hi-jeong habitait, Cheongryong-ri, n'est pas loin de Geumgap-ri, celui où elle a disparu. Un des habitants de son village a déclaré qu'elle disait avoir envie de monter à Séoul faire des recherches approfondies en chamanisme, car elle avait coutume de se faire payer très cher ses services ; il s'est même demandé si elle ne se serait pas enfuie avec une grosse somme d'argent reçue à l'avance...

Pendant qu'Oh Yeong-shik donne ces explications, Kang Dae-su est parti, puis revenu occuper sa place au centre du groupe.

* C'est-à-dire environ 15 000 euros.

— La deuxième disparition a eu lieu le jeudi 27 septembre, pendant la semaine qui précédait Chuseok. Bak Min-suk, vingt-quatre ans, fonctionnaire administrative au musée Ullim-sanbang; elle avait juste un contrat à durée déterminée. Comme elle a disparu la semaine précédant Chuseok, une période surchargée, ça a été la panique dans les services du musée. Lorsqu'elle est partie de chez elle le matin, elle était censée aller au bureau, mais elle n'y est jamais arrivée. Née ici, sur l'île, elle a fréquenté un institut de formation professionnelle à Séoul pendant un moment avant de revenir au pays natal habiter chez ses parents. Du fait qu'elle disait sans arrêt qu'elle retournerait sûrement un jour vivre dans la capitale, au début personne n'a pensé qu'elle avait disparu. Mais lorsqu'on a retrouvé son téléphone mobile à la maison, sa mère est venue au commissariat signaler son absence suspecte. Elle n'avait pas de petit copain, elle fréquentait juste quelques garçons de son âge qu'elle rencontrait dans le centre-ville. Le gars qui travaille à la supérette au carrefour près d'ici, un certain Bak Heung-bok, la connaît bien pour avoir été son cadet à l'école primaire. Ce Bak Heung-bok, donc, l'a vue un petit moment le soir deux jours avant sa disparition : d'après lui, elle a dit qu'elle allait partir pour Séoul. Nous avons convoqué ce garçon comme témoin, et nous avons vérifié que le jour même de sa disparition il avait bien travaillé à la supérette.

Kim Seong-ho demande alors :

— On y est passés, à la supérette, en venant ici. À quoi il ressemble ?

— Un balèze, avec une stature imposante et un visage couvert d'acné.

Kim Seong-ho hoche la tête. Yeo Do-yun ébouriffe ses cheveux permanentés comme s'il ne pouvait plus se retenir et intervient :

— Mais enfin, il n'existe pas de témoignages objectifs du genre vidéosurveillance ? Dans les émissions d'actualité, la police fait toutes ses enquêtes avec ça, non ?

Comme s'il devait confesser son embarras, Kang Dae-su s'approche tout près de la tête de Yeo Do-yun, au point que la visière de sa casquette de chasseur touche presque les mèches de son front.

— Vous savez combien de postes de police il y a, sur l'île de Sambo ? Sept. Juste sept. Là devant, quand même, il y a un appareil de cette vidéosurveillance dont monsieur le conservateur de musée veut parler. Et il y en a aussi quelques autres dans le centre-ville, devant la supérette, la banque et quelques restaurants. Mais rien sur la route du bord de mer ou les sentiers dans les collines. Quant aux appareils installés dans les sites touristiques, presque tous sont en panne. De toute façon, on n'a pas le budget pour en installer, mais il faut avouer qu'on n'en voit guère la nécessité parce que ces endroits-là sont très peu fréquentés – vous voyez ce que je veux dire ?

— Pourtant, aux alentours du musée Ullimsanbang, il y a des yeux qui voient ce qui se passe, et sans doute aussi des caméras qui surveillent, non ?

Oh Yeong-shik profite de l'interruption dans le dialogue entre Yeo Do-yun et Kang Dae-su pour récupérer la parole :

— Justement, j'ai examiné les vidéos enregistrées la veille et le jour de sa disparition. La veille, donc le 26, la caméra l'a bien enregistrée en train de sortir du bureau où elle travaille et de redescendre le bout de route qui mène à l'entrée d'Ullimsanbang pour attendre son bus ; mais le lendemain matin, le 27, je n'ai trouvé aucune trace d'elle en route pour se rendre au travail. Sur ce point, d'ailleurs, le témoignage de sa mère contient des incertitudes. Parce que d'une part elle était préoccupée par l'état de ses cultures et que d'autre part le soir avant de rentrer sa fille a l'habitude d'aller traîner dans le centre-ville en quittant son bureau, elle n'avait pas vérifié si celle-ci était bien revenue à la maison au cours de la nuit. Elle a vu ses chaussures dans l'entrée, mais comme sa fille en a plusieurs paires, elle reconnaît que ça ne voulait pas dire qu'elle était vraiment là. La seule chose, c'est que la lumière de sa chambre était éteinte. Le lendemain matin, pendant qu'elle préparait le petit déjeuner, elle a bien constaté que la chambre était vide, mais comme il lui arrive parfois de partir à l'aube, elle a pensé que ça devait être le cas. C'est seulement parce que son absence s'est prolongée qu'elle a signalé la chose au commissariat. Le plus significatif à ses yeux, c'était qu'elle n'avait emporté aucun vêtement avec elle... Quant à son smartphone, il était resté dans sa commode et on ne l'a retrouvé que plusieurs jours après.

Après avoir écouté sans intervenir le compte rendu de l'adjoint, Kim Seong-ho revient à ses questions.

— Bon. Admettons que puisque sa fille est maintenant adulte la mère ne se préoccupe pas de ce qu'elle fabrique en dehors d'aller au boulot et en revenir. Je crois avoir entendu dire qu'elles habitent à Mangil-ri. Est-ce que je pourrais voir le plan ?

Kang Dae-su déploie le plan grand format de l'île édité par la mairie à l'intention des touristes. Avec la pointe de son stylo, Kim Seong-ho repère Cheongryong-ri, Geumgap-ri et Mangil-ri.

— J'ai examiné les lieux en utilisant le protocole d'analyse topographique qui est en train d'être développé à Séoul au CIS de la police nationale. Cheongryong-ri, le village où habitait Ko Hi-jeong, la première disparue, ainsi que Geumgap-ri, celui où elle a disparu, et Mangil-ri où habitait la seconde disparue, Bak Min-suk, les trois villages occupent un même périmètre. Or, dans les crimes en série, il arrive souvent que le criminel accomplisse son second délit comme le premier, pas très loin de son domicile. Ce qui veut dire qu'il est très probable que notre homme habite dans ce secteur. Ces trois endroits se situent tous à quelques kilomètres de la route qui longe la côte : si on y réfléchit, ça doit être bien commode d'avoir une voiture pour circuler entre les trois plutôt que de le faire à pied ou à vélo. Il paraît que le troisième forfait a eu lieu près de l'esplanade dite « Sebangnakjo » – ici. On peut en déduire que le criminel a tendance à commettre des crimes en se déplaçant vers l'ouest. Dans ces conditions, à supposer qu'il ait bien commencé aux environs de son domicile, on peut estimer que sa zone de résidence présumée devrait comprendre aussi Songjeong-ri et Yongho-ri, qui sont situés ici, à gauche de sa zone d'opérations.

« En outre, les trois dates, le vendredi 14 et le jeudi 27 septembre puis le lundi 8 octobre, sont chaque fois des jours de semaine. De plus, l'heure présumée de la disparition de Ko Hi-jeong étant aux environs de 16 heures et si l'on suppose que la deuxième disparition a eu lieu elle aussi l'après-midi d'un jour de semaine, il semble probable qu'il s'agit de quelqu'un à qui son emploi du temps laisse pas mal de libertés.

Kang Dae-su hausse la voix pour intervenir :

— Bon, alors ça sous-entend que c'est une affaire de disparitions en série et on part de ce principe ?

Kim Seong-ho fait oui de la tête.

— Pour le moment, c'est comme ça que je vois les choses. Si une femme n'a pas de dettes, aucun problème de relations avec sa famille et pas de complications dans ses rapports avec un homme, elle ne disparaît pas sans laisser de traces.

— Nous aussi on a vu les choses comme ça, et c'est sur cette base qu'on a déterminé l'orientation de nos premières investigations. Mais les fonctionnaires de la mairie ont eu peur que cette affaire ne détériore l'image de l'île dans le monde extérieur, et du coup on n'a pas pu lancer la recherche des disparues sur une grande échelle.

Oh Yeong-shik prend le relais de Kang Dae-su.

— Ça ne vous surprendra pas si je vous rappelle que juste après un assassinat au cours d'un circuit touristique sur l'île de Jeju* le nombre des visiteurs a baissé de façon spectaculaire : qui peut avoir envie de visiter un site pittoresque où des femmes disparaissent ?

Pour mettre de l'ordre dans toutes les informations qui viennent d'être réunies, Kim Seong-ho reprend la parole :

— En apprenant tout à l'heure que le téléphone mobile de Bak Min-suk avait été retrouvé dans ses affaires, je m'étais demandé si elle n'était pas sortie juste pour aller à un endroit tout près de chez elle où elle aurait pu se faire kidnapper, mais

* Île importante au sud de la péninsule, qui ferait penser chez nous à la Corse.

d'après votre rapport, il n'y a pas de témoin qui ait entendu de l'agitation ou des cris de femme dans le village le jour de sa disparition et ça, c'est important, car à partir de là on peut estimer que le crime a été commis par quelqu'un que la victime connaissait. Mais c'est le fait que son smartphone soit resté dans sa commode qui continue à me préoccuper.

Kang Dae-su manifeste son approbation en hochant vigoureusement la tête :

— Moi aussi, ça me préoccupe. C'est exactement comme si elle avait abandonné son appareil pour disparaître sans rien dire à personne... Mais en fin de compte, ce que moi personnellement je n'arrive pas à admettre, c'est que l'auteur de ces crimes habite dans notre île. Pourquoi quelqu'un ne serait-il pas venu d'ailleurs faire un petit séjour ici avant de repartir après avoir commis ces méfaits ? C'est tout de même bizarre que tout à coup des événements similaires se soient produits juste en l'espace de quelques semaines, non ?

Kim Seong-ho amorce un sourire et revient à son argumentation :

— Il existe une statistique qui a établi que de nombreuses affaires de mœurs étaient liées étroitement aux lieux où les crimes avaient été commis, aux lieux où habitaient les auteurs des crimes ainsi qu'à ceux où habitaient les victimes. D'après une autre statistique très récente, plus de 70 % des délits sexuels dans notre pays sont commis dans un endroit familier à l'agresseur, par exemple son domicile ou son lieu de travail. S'agissant de délinquants sexuels en série, la distance moyenne entre le premier et le deuxième crime est inférieure à trois kilomètres – autrement dit, ils préfèrent un endroit familier pour pouvoir s'enfuir et se cacher plutôt qu'un endroit où ils se sentiraient dépaysés.

Oh Yeong-shik prend un air surpris et émet un doute en posant la question :

— Oui, mais nous, on n'est pas encore sûrs qu'il s'agisse d'une affaire de mœurs...

Kim Seong-ho n'abandonne rien de son ton assuré :

— Si ces disparitions ont été successivement causées par une seule et même personne, elles doivent être étroitement liées à une infraction à caractère sexuel. Et il est même probable qu'il va y avoir d'autres victimes… Qu'il n'y ait plus eu de disparition depuis la fin de l'an dernier signifie simplement que le coupable est en période de basse tension.

— En « période de basse de tension »… Qu'est-ce que ça veut dire ?

— Je m'explique : le prédateur interrompt volontairement ses activités perverses pendant un certain temps, mais étant donné qu'il a élargi sa zone d'opérations en allant par exemple ici jusqu'à Sebangnakjo, il risque de continuer dans un autre coin. Or, il me semble que la condition topographique particulière représentée chaque fois par la proximité de la mer exerce une forte influence sur son psychisme. On dirait qu'il est davantage disposé à s'abandonner à la violence lorsqu'il a la mer sous les yeux… Ça voudrait dire qu'il est soumis à un conditionnement psychique. Peut-être sa pulsion est-elle renforcée s'il y a moins de témoins potentiels, ou parce qu'il est plus facile de s'enfuir en voiture, ou parce qu'il se ferait moins facilement repérer en restant dans des endroits peu fréquentés, loin des centres-villes…

Kang Dae-su prend un air grave. Il fronce les sourcils, dépose sa casquette de chasseur sur la table et se concentre en passant la main à rebrousse-poil dans ses cheveux.

— En somme, c'est bien plus grave qu'on ne pensait…

— Bon !… Et si vous me faisiez maintenant un rapport détaillé sur la troisième disparition ?

En réponse à cette suggestion, Oh Yeong-shik indique sur la carte la côte ouest de l'île de Sambo.

— Vous connaissez tous l'esplanade de Sebangnakjo, n'est-ce pas ? C'est l'endroit le plus réputé de toute la péninsule pour les couchers de soleil, et c'est d'une pension située près de là, le *Sebang*, que la patronne a disparu. Kim Hi-jin, à peine la quarantaine. Descendue de Séoul et gérant la pension toute seule. La date de sa disparition est le lundi 8 octobre, la semaine qui a suivi la fête de Chuseok. Il y a eu pas mal d'agitation de la part des touristes qui avaient réservé à la pension *Sebang*: ils sont venus se plaindre au commissariat de ce qu'on ne trouvait pas la patronne, ce qui est compréhensible puisque tous avaient tout payé d'avance. Nous sommes intervenus pour les aider à se reloger dans une autre pension. Puis, lorsqu'on s'est rendus à la pension *Sebang*, on a trouvé la porte fermée et une pancarte fixée dessus disant que l'établissement était momentanément fermé pour raisons personnelles.

— Vous avez pris copie du texte?

Kang Dae-su dit non de la tête.

— Et c'est bien là une chose qu'on regrette... Car comme on a reçu par ailleurs une lettre énigmatique, ç'aurait été bien qu'on puisse en comparer l'écriture avec celle de cette note, mais lorsqu'on est retournés à la pension, la pancarte avait disparu. Cela dit, il y a un bout de temps que Kim Hi-jin a divorcé et toute sa famille réside aujourd'hui à l'étranger, si bien qu'il n'y a pratiquement personne avec qui on puisse prendre contact. De toute façon, étant donné qu'elle est descendue jusqu'ici sur une île pour gérer toute seule une pension, c'est sûr que c'est une femme qui n'a pas froid aux yeux.

— Il n'y a pas de vidéosurveillance autour de la pension?

— Si, il y en a bien une, mais quand on a ouvert la caméra pour récupérer l'enregistrement, elle était vide: est-ce que l'appareil était hors service ou quelqu'un a-t-il dérobé la cassette, comment savoir, la patronne n'étant pas là?

— OK. Même si cette troisième disparition a eu lieu à un endroit un peu éloigné des précédentes, on peut considérer qu'elle a un rapport avec les deux autres. D'abord, les trois se sont produites successivement à peu près en l'espace d'une ou deux semaines – 14 septembre et 27 septembre, puis 8 octobre. Ensuite, il s'agit à chaque fois de femmes qui n'ont presque pas de famille proche ou à qui leurs proches ne prêtent guère attention; et même si Bak Min-suk n'a que vingt-quatre ans, Ko Hi-jeong avec ses trente et un, et Kim Hi-jin avec ses trente-neuf sont des femmes adultes d'âge moyen. Au fait, est-ce que je pourrais voir leurs photos ?

Oh Yeong-shik lui tend les avis de recherche. Bak Min-suk mesure 1,57 mètre et pèse 50 kilos ; elle a des traits fins qui font d'elle une jolie fille avec des yeux petits, des narines et une bouche harmonieuses dans un visage à peau claire. Ko Hi-jeong, elle, a des yeux vifs et largement fendus, un visage ovale à peau blanche bien maquillée et un nez au profil marqué ; peut-être parce qu'il voit sa photo après avoir lu sa fiche précisant que c'est une chamane, il lui trouve une allure plutôt décontractée et mondaine pour une chamane. Quant à Kim Hi-jin, la dernière disparue, elle fait plus jeune que ses trente-neuf ans et a l'air mignonne avec ses cheveux longs permanentés, ses paupières débridées et ses lèvres pulpeuses qui lui confèrent une certaine allure ; on peut même imaginer facilement qu'elle a dû s'offrir une ou deux opérations de chirurgie esthétique.

— Au fait, vous avez vérifié les documents concernant leurs assurances ?

Kang Dae-su répond en hochant la tête :

— Aucune des trois n'a essayé de prendre une grosse assurance ces derniers temps. Ko Hi-jeong, ce sont ses enfants pris en charge par son mari qui sont bénéficiaires. Kim Hi-jin, sa famille est installée aux États-Unis – il me semble que cela a peu de rapport avec notre affaire. Tout ce qu'on pourrait tenir pour un indice, c'est les 20 millions de wons en liquide que Ko Hi-jeong a reçus pour les rituels chamaniques qu'elle projetait, car l'argent n'a pas été retrouvé... Sans doute la patronne de la pension devait-elle aussi avoir du liquide chez elle ou sur elle ? Quant à Bak Min-suk, avec sa vingtaine d'années, elle peut facilement devenir la cible d'un prédateur sexuel : on n'a aucun mal à imaginer que n'importe quel homme ayant fréquenté Ullimsanbang, qu'il soit touriste ou habitant du village, ait pu la repérer et avoir eu envie de la draguer.

Kim Seong-ho réplique en secouant la tête :

— Il est plus probable que plutôt qu'un touriste inconnu ce soit quelqu'un qui pouvait facilement l'aborder. Il aurait choisi une personne avec qui il pouvait se laisser aller juste pour se faire une idée de sa réaction, après quoi il aurait analysé et calculé minutieusement le lieu et le moment... S'il s'agit d'un kidnapping, la séquestration pourrait avoir lieu dans sa propre maison, dans un hangar ou dans une ruine abandonnée près de chez lui, voire au fin fond des collines... Étant donné que la disparition date déjà d'un certain temps, il est très vraisemblable qu'à l'heure actuelle nos trois victimes soient mortes... Et si ces cas sont liés les uns aux autres pour constituer une affaire de disparitions en série, l'auteur est sûrement quelqu'un qui habite sur l'île de Sambo, à un endroit peu éloigné des scènes de crime...

— C'est ça que nous trouvons bizarre, nous. Par ici, c'est rare de rencontrer quelqu'un qui vient de l'extérieur, sauf en pleine saison touristique. Vous deux, déjà, on reconnaît au premier coup d'œil que vous débarquez de Séoul. Et puis, entre voisins on se connaît tous. En plus, vous avez dû vous rendre compte que non seulement il y a très peu de jeunes, mais qu'il n'y a pas non plus beaucoup d'habitants ayant autour de la quarantaine. La plupart des habitants sont des adultes âgés de plus de soixante ans. En dehors de ce groupe-là, le nombre des suspects virtuels diminue nettement, mais on ne peut pas pour autant mener nos enquêtes en soupçonnant tous les hommes entre vingt et quarante ans ! Et puis dans un territoire aussi limité, ce serait tout de suite une grosse affaire si jamais se répandait la moindre rumeur disant qu'untel est suspect !

Il se produit une petite pause, pendant laquelle Yeo Do-yun prépare autant de copies de l'expertise graphologique que l'on compte de participants à la réunion.

— Je peux vous passer à tous une copie de la lettre originale arrivée au commissariat de Sambo le 20 octobre dernier.

— J'aimerais bien qu'on nous rappelle d'abord les circonstances.

À cette demande de Kim Seong-ho, Oh Yeong-shik se relève pour donner les détails.

— C'est le 20 octobre que cette lettre est arrivée, soit une douzaine de jours après la disparition de Kim Hi-jin, le 8.

Personne d'autre que les quelques policiers concernés par cette affaire n'en a eu connaissance, parce qu'on n'a transmis cette information ni à la télé ni à la radio. Pour l'instant, la police scientifique donne comme résultat de ses analyses qu'aucune empreinte digitale et aucune trace d'ADN n'ont été détectées sur la lettre. Une copie de celle-ci a été confiée au professeur An Chang-sun pour expertise. Et c'est maintenant qu'on va découvrir le résultat, en ouvrant la réponse apportée par le conservateur de musée Yeo Do-yun ici présent.

— Sur l'enveloppe est inscrit comme nom d'expéditeur un simple « H », avec le cachet de la poste de l'arrondissement Jung-gu. On a vérifié grâce à ce cachet que la lettre avait été expédiée depuis un bureau de poste de Séoul situé à la deuxième rue sur l'avenue Chugmu de Jung-gu, mais comme là-bas aucune vidéosurveillance ne couvre la boîte aux lettres, il est impossible de savoir qui l'a postée. La date présumée de l'envoi est soit le 17, soit le 18. Le destinataire est la « BRIGADE CRIMINELLE DU COMMISSARIAT DE SAMBO ». L'adresse a été écrite au complet : « 33 NAMSAN RUE N° 2, ÎLE DE SAMBO, JEONNAM ». Il est apparu à l'examen que l'écriture sur l'enveloppe et celle de la lettre sont identiques.

Il poursuit, toujours sur le même ton neutre :

— Je vais maintenant vous lire ce qu'elle contient :

Salut,

C'est H. Quelqu'un qui a beaucoup de respect pour vous. Et qui vous connaît bien.

Ça ne fait aucun doute, tu ne pourras jamais m'arrêter. Quant à moi, si l'occasion se présente, je pourrai attraper une autre femme pour lui faire son affaire avant de la rayer du nombre des vivants !

Tu t'imagines que tu vas pouvoir m'attraper ? Pourtant, le policier qui est venu m'interroger ne s'est pas douté une seconde que c'était moi !

Pourquoi j'ai fait ce que j'ai fait ? Une femme jeune n'a pas à marcher toute seule dans les rues ; en plus, elle ne doit pas fréquenter un homme, ni travailler ou simplement plaisanter avec un collègue; enfin, si elle veut éviter ce genre d'ennuis, qu'elle commence par ne pas recevoir seule un visiteur dans la pièce où elle dort.

*Est-ce que je suis vraiment un etre [*sic*] malfaisant? Mais alors toi aussi, mon pote, tu as été un etre [*sic*] malfaisant...*

*Tu ne pourras jamais m'arreter [*sic*], car même si tu es tout près d'y arriver, je me serai toujours déjà déplacé d'un pas.*

de H à K

Une fois qu'il a fini de lire la lettre, Oh Yeong-shik expose son point de vue.

— Voici nos hypothèses. D'abord, si c'est vraiment le criminel qui a écrit cette lettre, on doit supposer qu'elle a été envoyée à un policier nommé K par ce type dont le patronyme commence par H, et alors il faut qu'on se demande d'abord si le K en question ne désignerait pas notre chef, le capitaine Kang Dae-su...

Ledit capitaine affiche toujours un air imperturbablement sérieux. Oh Yeong-shik continue.

— Et à cause de la phrase: « Pourtant, le policier qui est venu m'interroger ne s'est pas douté une seconde que c'était moi », puisque le capitaine l'aurait laissé filer après lui avoir adressé la parole, on est en droit de se demander si ce ne serait pas quelqu'un qui habite l'île de Sambo... Et puis, il y a aussi le passage: « Mais alors toi aussi, mon pote, tu as été un être malfaisant... » On s'est dit que quelqu'un qui avait été déjà arrêté et emprisonné par notre chef voulait peut-être se venger...

Kang Dae-su intervient:

— Aucun criminel ne me revenant à l'esprit, j'ai supposé que le « tu » dans ce passage désignait simplement l'autorité publique. Et j'en ai déduit que c'était peut-être quelqu'un qui avait eu des ennuis sous l'ancien régime, durant les années 1980 dans le cadre du Mouvement pour la démocratisation du pays. Du coup, j'ai fait le tri des victimes de ce mouvement parmi les habitants de notre île et j'ai examiné la liste de près – mais ils ont tous plus de soixante ans.

Kim Seong-ho lève les yeux du rapport d'expertise qu'il était en train de parcourir pour demander à Yeo Do-yun :

— Vous voulez bien nous détailler le résultat de l'expertise graphologique ?

Yeo Do-yun ajuste ses lunettes avant de lever le papier et de le lire attentivement :

— Pas de problème, mais j'utiliserai des termes du langage courant. D'abord, comme la lettre originale avait été envoyée à la police scientifique pour la prise des empreintes digitales et de l'ADN, le professeur An a bien précisé en guise de clause restrictive que l'expertise a été menée à bien à partir d'une photocopie de la lettre, accompagnée d'autres documents photo et que ce n'est donc pas une expertise incontestable. Du simple examen matériel il ressort que le papier à lettre a été fabriqué en 1993 ou 1994. Ensuite, l'examen du contenu ne laisse apparaître que deux ou trois petites fautes d'accents dans les derniers paragraphes, autrement dit l'auteur est quelqu'un qui a reçu une certaine instruction. Quant à son état psychique, d'après son graphisme il a écrit en se surveillant très consciencieusement. Le fait qu'il ait pris bien soin de tracer les consonnes et les voyelles en les détachant témoigne de son habileté manuelle et de son sang-froid. Pour ce qui est de sa façon de s'adresser à son lecteur, d'abord dans la deuxième phrase il utilise le vouvoiement, puis il passe au tutoiement, et vers la fin de sa lettre il appelle le destinataire « mon pote », ce qui revient à dire que la façon d'interpeller le destinataire, qui au départ était respectueuse, s'est pas mal dégradée en cours de route. On sent nettement le changement psychologique du rédacteur vis-à-vis de celui qui le lira. La relation neutre marquée par « vous » cède la place à un ton de défi amusé ; il se moque de l'autre en le déclarant incapable de l'arrêter. Le professeur An en déduit que très probablement l'auteur de la lettre vise un policier précis. En plus, le fait de changer de style comme ça est sans doute dû à une évolution psychologique causée par le souvenir d'événements qui lui sont revenus à l'esprit en cours de rédaction.

Kang Dae-su pousse un soupir.

— Il s'agirait donc vraiment de quelqu'un qui me viserait?

Yeo Do-yun reprend:

— Vu la métamorphose du style, le professeur An a également pris en considération l'éventualité selon laquelle une autre personne aurait participé à la rédaction. Pourtant, dans les mots comme «toi», «pote», «tout», etc., la hampe de la lettre T est barrée de la même manière bien nette, donc une seule et même personne a écrit avec soin, posément. Et en notant que les lettres de l'écriture cursive montent peu à peu sur la droite en s'ajoutant les unes aux autres pour former les syllabes, il croit pouvoir affirmer qu'il s'agit d'un homme dans les trente, quarante ans, en pleine santé, bourré de confiance en lui et assuré de son bon droit. Comme le contenu de la lettre témoigne d'une forte conviction et que les phrases s'enchaînent sans hésitation, il en conclut qu'il y a de fortes chances qu'il s'agisse d'un crime prémédité. Voilà.

Yeo Do-yun ayant fini son exposé, Kim Seong-ho émet quelques réserves.

— Bien que l'écriture manuscrite témoigne a priori de son authenticité, la lettre non seulement ne donne aucune indication sur le moment et sur l'ordre dans lequel les agressions ont été commises, mais elle n'apporte rien de précis non plus sur le destinataire: il se peut que celui-ci n'ait aucun rapport avec notre affaire. Lorsqu'on analyse un témoignage dont le contenu raconte autre chose que ce que son énoncé a l'air d'exprimer, on appelle ça l'«effet pastèque», car la peau est verte et la pulpe rouge. Ici, il est tout à fait possible que la signification implicite ne renvoie pas à l'affaire dont on s'occupe. Peut-être quelqu'un d'autre que notre criminel parle-t-il d'une autre affaire...

Kang Dae-su et Oh Yeong-shik, surpris, se tournent vers lui, tandis que Yeo Do-yun rassemble les documents de l'expertise graphologique. Il reprend:

— Premier point: quand est-ce que la chaîne de télévision a diffusé cette émission?

— Le 16 octobre.

C'est Oh Yeong-shik qui a répondu après avoir feuilleté le dossier.

— Il est donc possible que celui qui a envoyé cette lettre l'ait écrite après avoir appris par la télévision qu'il s'était passé quelque chose sur l'île de Sambo.

— Mais qui donc s'amuserait à faire une blague de ce genre ?

À cette remarque de Kang Dae-su, Kim Seong-ho réplique d'un ton ferme :

— Il existe toutes sortes de gens de par le monde. En Angleterre, dans le comté d'York, une affaire de meurtres en série a été résolue en 1981 grâce à une lettre et une cassette audio censées contenir la voix du criminel qui ont été envoyées à l'inspecteur chargé de l'enquête. Or, il s'est révélé plus tard que c'était un policier en retraite qui s'était enregistré et avait écrit lui-même la lettre pour fabriquer un crime de toutes pièces : tout ça n'avait rien à voir avec le *serial killer*. Simplement, ce retraité avait un ressentiment personnel à l'égard de l'ancien collègue qui s'occupait de l'affaire.

— Mais ici nous sommes en Corée ! Des fous comme ça, on en trouve dans les pays étrangers, pas chez nous ! D'après le ton de la lettre, elle semble justement s'adresser à un copain proche... Ce n'est pas votre impression ?

— Si, moi aussi j'ai ressenti la même chose. Et puis ce gars se sent tellement sûr de n'être jamais arrêté ! Sans compter sa conviction intime d'être en tout point supérieur à celui qui va recevoir sa lettre...

Lorsque l'adjoint a fini de d'approuver son chef, Kim Seong-ho demande, comme si cette idée venait à l'instant de lui venir à l'esprit :

— Et regardez ce passage-là : « Pourquoi j'ai fait ce que j'ai fait ? Une femme jeune n'a pas à marcher toute seule dans les rues ; en plus, elle ne doit pas fréquenter un homme, ni travailler ou simplement plaisanter avec un collègue ; enfin, si elle veut éviter ce genre d'ennuis, qu'elle commence par ne pas recevoir seule un visiteur dans la pièce où elle dort. » Qu'est-ce que ça peut bien vouloir dire, ces âneries? Vous voyez où il veut en venir, vous tous?

Kang Dae-su se charge de répondre.

— On dirait qu'il est choqué que les femmes mènent une vie libre et assument pleinement des activités à l'extérieur, non? Ou bien il a peut-être un complexe d'infériorité sur le plan sexuel dans ses rapports avec les femmes?

— Moi, j'ai le sentiment que ce sont des phrases empruntées quelque part, car elles ont l'air de s'enchaîner de manière cohérente pour caricaturer le comportement des femmes d'aujourd'hui...

Kim Seong-ho reprend la parole après avoir poussé un long soupir:

— Une première hypothèse laisse entendre que si l'expéditeur est bien le criminel lui-même, les disparues doivent être mortes. Dans la phrase: «Si l'occasion se présente, je pourrai attraper une autre femme pour lui faire son affaire avant de la rayer du nombre des vivants», l'idée est bien d'assassiner. Avec l'expression «de nouveau», il est suggéré entre les lignes qu'il s'agit de kidnappings successifs. Selon une deuxième hypothèse, comme l'expéditeur avoue implicitement qu'il est disposé à porter un autre coup au capitaine ou à un autre policier inconnu de nous, il peut s'agir d'un autre délit commis n'importe quand. Quant à une troisième hypothèse, même si c'est quelqu'un habitant Séoul qui a envoyé cette lettre simplement pour plaisanter, il est possible que ce quelqu'un sache quelque chose concernant notre affaire: on ne peut pas exclure la possibilité que ce soit un tiers qui veut rendre service au criminel ou en tout cas qui a des relations suivies avec lui.

— Très bien. De toute façon, on va poursuivre l'enquête à propos de la lettre. Maintenant, si on porte un jugement global sur ces disparitions, il est pratiquement sûr que ce sont des crimes en série. Comme il s'est écoulé plus d'une centaine de jours depuis la dernière disparition, selon mon expérience on ne peut plus parier sur la survie des disparues.

En approuvant de la tête ces paroles du capitaine, Kim Seong-ho enchaîne :

— Il est de fait qu'au fil des années, 98 % des femmes disparues ont refait surface d'elles-mêmes, ou alors on les a retrouvées. Les 2 % qui restent sont présumées être des cas de disparitions à long terme ou d'assassinats. Ce qui est étrange dans cette lettre, c'est d'abord qu'elle s'exprime avec naturel en utilisant le tutoiement alors que le vouvoiement serait plus naturel dans un courrier adressé à la police ; et puis il y a ces phrases disant explicitement que « tu » as beau « me » connaître, « tu » ne pourras jamais « me » retrouver… En deux mots, il exprime mine de rien qu'il souhaite que l'autre le pourchasse en lui offrant discrètement des informations le concernant… Mais j'aimerais que tout en approfondissant la question de la lettre on aille d'abord visiter Ullimsanbang où Bak Min-suk travaillait pour enquêter auprès des autres employés, et ensuite qu'on aille voir la pension de Kim Hi-jin. Et pour finir, qu'on mène une enquête sur les chamanes de l'entourage de la première disparue, Ko Hi-jeong. Je suggère à notre collègue Oh Yeong-shik de bien vouloir mettre ce programme sur pied.

Oh Yeong-shik finit de noter tout ça avant de refermer son carnet en faisant oui de la tête.

Kang Dae-su propose qu'on prenne le temps de laisser refroidir les cervelles surchauffées.

— Bon, allez, pour l'instant on va casser la croûte, sinon on risque de s'écrouler avant même d'avoir commencé à travailler.

Le profileur intervient :

— Chef, j'aimerais rencontrer tout de suite le nommé Bak Heung-bok : la supérette n'est pas loin, il me semble ? On lui a demandé le chemin quand on est venu au commissariat.

— Voyons ça… À cette heure, il devrait être là, mais vas-y plutôt après le déjeuner.

— Et moi, j'en profiterai pour acheter des trucs dont j'ai besoin ; je n'ai pas apporté de rasoir, et il n'y a pas non plus de bouteille d'eau dans ma chambre, dit Yeo Do-yun en essuyant avec le pan de sa chemise ses lunettes à grosse monture en plastique.

Tout en rangeant ses documents, Oh Yeong-shik propose :

— Qu'est-ce que vous diriez de la cuisine chinoise pour un déjeuner sur le pouce ? Je connais un restaurant pas mal. Ça vous va ?

Après s'être sommairement restaurés avec des nouilles, Kim Seong-ho et Yeo Do-yun disent qu'ils vont à la supérette. Kang Dae-su propose :

— Veux-tu que je t'accompagne ? Ce n'est pas pour un interrogatoire de témoin ?

— Non, merci, c'est juste pour revoir sa tête. Nous deux, là, ça sera très bien.

Le capitaine hoche la tête, puis monte dans la voiture pour retourner au commissariat. La supérette se trouve à vingt minutes à pied du commissariat.

Au moment où ils vont entrer dans le magasin après avoir emprunté le passage piéton au carrefour, Yeo Do-yun tape légèrement sur l'épaule de Kim Seong-ho pour lui montrer quelque chose du doigt : un homme à la carcasse massive est accroupi devant la cage aux chiots blancs, en train de leur donner de la saucisse.

Kim Seong-ho l'interpelle sans hausser la voix :

— Monsieur Bak Heung-bok ?

L'homme se relève et s'approche. Sa carrure est beaucoup plus imposante qu'il le supposait. Et les boutons qui recouvrent son large visage ont l'air enflammés.

— Qui vous êtes, vous là, pour m'interpeller de cette façon ? Ah, mer...

Il interrompt ce qui aurait pu devenir un gros mot : le ton de sa voix laisse entendre que tout ça l'agace prodigieusement. Au-dessous de son visage couvert de boutons, ses épaules carrées sont impressionnantes. Il porte une parka vert tendre, d'une couleur qui ne va guère avec sa stature, et un pantalon beige très moulant. Malgré sa masse qui fait de lui une véritable montagne, intérieurement il paraît aussi peu développé qu'un enfant. Yeo

Do-yun recule en se faisant tout petit. Kim Seong-ho, lui, s'approche tout près du jeune homme et le regarde dans les yeux.

— Je suis de la police. J'ai quelques questions à vous poser concernant la disparition de Bak Min-suk.

L'autre répond à la question en affichant un air perplexe :

— Grande sœur Min-suk est allée à Séoul, non ? Je l'ai entendue dire ça deux jours avant qu'on raconte qu'elle avait disparu. Elle et moi, on a descendu quelques verres d'alcool ensemble.

Kim Seong-ho a posé sa question avec l'accent de Séoul, Bak Heung-bok répond d'un ton neutre avec des mots simples, mais en s'efforçant de gommer son accent de la région.

— Nous avons perdu tout contact avec elle. On est en train d'enquêter.

— Ah oui ! Ça y est : vous êtes les policiers arrivés hier de Séoul...

Il fait un sourire radieux à s'en faire exploser les joues tout en parlant avec une certaine douceur. Kim Seong-ho hoche la tête et propose :

— Si on entrait discuter à l'intérieur ?

— Attendez un instant, je veux d'abord finir de donner à manger à mes petits Gangsul et Namsul.

Il se retourne et balance dans la cage des chiots les petits morceaux de saucisse qui restaient dans sa main. Puis se dirige vers la supérette en précédant le policier qui lui pose des questions. Pendant ce temps, Yeo Do-yun va choisir des snacks et des bouteilles d'eau minérale.

— Le 27 septembre, donc le jour de la disparition de Bak Min-suk, vous avez dit avoir travaillé à la supérette, c'est bien ça ? De quelle heure à quelle heure ?

— Ah ! Vous reparlez encore de ça ? Le commissariat m'a interrogé là-dessus plusieurs fois. Je dois encore répondre à cette question ?

Il grimace comme pour dire qu'il en a ras le bol. Le lieutenant prend un air grave en hochant légèrement la tête.

— Bon, d'accord, ce jour-là j'étais de service de jour, 9 heures du matin 6 heures du soir. Parti de chez moi à 8 heures, ce que mon copain Seong-min a confirmé – si vous me croyez pas, je vous file son numéro de téléphone. Vous voulez vérifier ?

— Non, ça va. Vous aviez l'habitude de la voir souvent, Bak Min-suk ?

— Environ une fois par mois j'allais la voir et plaisanter avec elle à Ullimsanbang, où elle travaillait. Parfois on allait boire une bière ensemble.

— Quel genre de relations vous entreteniez, tous les deux ? Petits amis ?

Bak Heung-bok a un sourire épanoui, on dirait une aubergine des marais.

— Ça, ça m'aurait bien plu ! Mais elle, elle me trouvait trop chiant.

L'enquêteur décide de poursuivre son interrogatoire sans finasser.

— Si vous ne la voyiez pas en tant que petit ami, alors quoi ? Vous en étiez amoureux ?

— Est-ce que j'aime Min-suk ? Ah ah !... C'est pas comme ça que les choses se présentent. De vous à moi, comment dire ? hum... elle a une sacrée confiance en elle ! Parfois même sans raison... Bon, j'admets qu'elle a une silhouette fine, mais elle a pas pour autant la classe d'une star. Ça l'empêchait pas de crier partout qu'elle était une personne qui ne devrait pas rester dans un trou perdu comme ici et qu'elle finirait par aller à Séoul faire mannequin, devenir une vedette. Enfin, moi je l'aimais simplement, mais ça voulait pas dire grand-chose.

— Quand vous buviez un coup, c'était seuls tous les deux ? Ou bien il y avait quelqu'un d'autre avec vous ?

— Parfois Seong-min était avec nous. Vous devez le savoir puisque vous avez fait des enquêtes çà et là. Dans cette région, il y a pas beaucoup de jeunes. Comme la plupart sont montés à Séoul, il n'en reste plus beaucoup qui étaient à la même école primaire, alors ceux qui sont là, faut qu'on se regroupe entre nous.

Lorsque Yeo Do-yun dépose ses produits sur la caisse, Bak Heung-bok enfile des gants de sport sans doigts et fait passer les codes-barres devant le lecteur.

— Moi, mon rêve, c'était d'entrer dans la police. Mais c'est tellement difficile de préparer les examens que je laisse de côté pour le moment. Vous, vous êtes vraiment venus de Séoul ? Vous faites partie de la police métropolitaine de Séoul, quelque chose comme ça ?

— De la police nationale.

— Ouah ! Ça me tue ! J'aimerais tellement sortir de l'île de Sambo et travailler dans un endroit comme là-bas... Mais au fait, elle, est-ce que c'est vrai qu'elle a disparu ? C'est bizarre qu'on la croie disparue. Pour moi, c'est trop évident qu'elle est partie pour Séoul.

Kim Seong-ho pose la question d'un ton insistant :

— Qu'est-ce que vous venez de dire ?

— Non, rien. Simplement, elle répétait si souvent qu'elle voulait monter à Séoul...

La conversation avec Bak Heung-bok s'arrête sur ces mots. Aux yeux de Kim Seong-ho, le gars a raconté la moitié de la vérité, y a ajouté un brin de mensonge entremêlé de faits plus ou moins douteux. Il est parfois plus difficile de distinguer la vérité du mensonge quand c'est un esprit simple plutôt qu'une personne éduquée.

Si on admet qu'on peut diviser les gens évolués en deux catégories, ceux qui ont une conscience et les bluffeurs professionnels, les premiers changent de mine quand ils mentent tandis que les autres ajustent bien dans leur tête le contexte invoqué et vous servent la chose l'air de rien dans un emballage cent pour cent naturel.

Les esprits simples, eux, choisissent une solution facile pour essayer de se tirer d'affaire : ils s'obstinent dans leurs mensonges même si le contexte a du mal à s'y raccorder. Bak Heung-bok appartient à cette catégorie-là : on aura beau lui mettre le nez dans ses contradictions, il continuera à prétendre qu'il a raison. Mais ça ne tiendra pas longtemps...

— Bon, eh bien, si par hasard Bak Min-suk vous appelle, vous nous informez tout de suite au commissariat de Sambo, OK ?

Kim Seong-ho arrête ici son interrogatoire et ressort de la supérette. Yeo Do-yun est déjà dehors, en train de caresser les petits chiots en passant le bras à l'intérieur de la cage.

— Allons-y.

Son sac plastique à la main, Yeo Do-yun se rapproche de Kim Seong-ho qui marche devant lui.

— Alors, lieutenant, vous avez découvert quelque chose?

— Je ne sais pas trop...

— Vous soupçonnez ce type-là, peut-être?

— Je ne suis encore sûr de rien.

— D'après ce qu'on raconte, rien qu'en croisant un regard les policiers possèdent une sorte d'intuition qui leur permet de sentir s'il s'agit d'un criminel: c'est vrai?

— Si cela existait vraiment, on ne pataugerait pas comme ça au milieu de trente-six mille pistes et il n'existerait pas d'« affaires non résolues »...

Tandis qu'ils rentrent tous à pas lents, Oh Yeong-shik propose, puisque c'est un après-midi de semaine, d'aller tous ensemble visiter Ullimsanbang, puis en soirée voir la pension qui se trouve près de Sebangnakjo. Et il ajoute qu'il va de son côté prendre rendez-vous avec le joueur de tambour proche de Ko Hi-jeong.

3 heures de l'après-midi. Le chef Kang Dae-su quitte le groupe parce qu'il a des urgences à régler. Oh Yeong-shik conduit la voiture du commissariat emmenant Yeo Do-yun et Kim Seong-ho vers Ullimsanbang. La voiture s'engage sur la route conduisant à Seongnae-ri, puis bifurque vers Dongoe-ri. Après quelques fermes isolées apparues de temps à autre, on aperçoit au loin plusieurs bâtiments neufs où s'empilent des petits logements – des constructions de deux ou trois étages avec un toit de tuiles. On tombe bientôt sur une bifurcation où se trouve le panneau indiquant « VILLAGE D'ART D'ULLIM ».

— En haute saison, l'endroit déborde de touristes qui logent dans ce village. C'est ce qu'il y a de mieux pour héberger les visiteurs, car non seulement le temple Ssanggye et le musée Sochi se trouvent à deux pas, mais encore le centre-ville de l'île n'est pas très éloigné.

— C'est le maître Heo Ryeon que vous appelez Sochi ?

À cette question de Kim Seong-ho, l'universitaire répond :

— Exactement. C'est dans cette maison que le grand peintre de style classique du XIXe siècle Heo Ryeon a passé la fin de sa vie à peindre. Ses disciples et les descendants qui ont hérité de lui ont constitué une sorte de confrérie des amateurs de peinture classique ayant pour siège Ullimsanbang

Le policier demande alors :

— Autrement dit, les peintres et les chercheurs passionnés de peinture classique doivent être nombreux à venir visiter les lieux ?

— C'est sûr que ça ne manque pas !

La question qui suit s'adresse à Oh Yeong-shik.

— Y a-t-il beaucoup de visites au mois de septembre, à l'époque où Bak Min-suk a disparu ?

— Étant donné que ce jour-là on était dans la semaine précédant Chuseok, il y en avait plein, oui, qui étaient venus se reposer en profitant des ponts liés à la fête.

— Et dans un cas pareil, est-ce que les visiteurs viennent en particulier des grandes villes de la province de Jeonnam proches de l'île, comme Mokpo ou Yeosu ?

— Pas tellement : ce sont plutôt des gens de Séoul natifs de cette région qui reviennent à leurs origines. Ils en profitent pour visiter le musée.

La voiture s'arrête dans le parking d'Ullimsanbang. Ils passent d'abord au bureau administratif qui voisine avec la billetterie. Deux employés, une femme et un homme, y prennent un déjeuner tardif - un bol de riz avec un ragoût de merlan et quelques condiments.

Yeo Do-yun n'est pas entré avec les deux autres ; il veut admirer les environs.

— Bonjour ! Nous sommes ici pour une enquête.

— Pour l'affaire Bak Min-suk, sans doute ? demande l'employé.

Le lieutenant Oh Yeong-shik acquiesce brièvement et s'assoit en face d'eux.

— Voici le lieutenant Kim Seong-ho de la police nationale, spécialement venu de Séoul collaborer avec nous. Nous n'avez qu'à répondre à ses questions.

Le profileur les salue poliment avant de les interroger.

— Il paraît que Bak Min-suk n'est plus venue au bureau depuis le 26 septembre, dernier jour où elle a travaillé. Avez-vous une idée de la raison de ces absences ?

— Pour dire la vérité, on n'en sait rien. Bien sûr, nous aussi on a d'abord été surpris : elle travaillait en CDD, mais elle a pas manqué une seule fois pendant huit mois... et tout à coup, voilà qu'elle vient plus... De quoi être surpris, vous pensez bien. Résultat, il a fallu qu'on trouve en catastrophe quelqu'un pour la remplacer.

— À votre connaissance, elle avait un petit copain ou quelqu'un de particulier qui venait la voir au bureau ?

L'homme secoue la tête.

— Non, pratiquement jamais. Même pas sa famille, qui d'ailleurs n'a aucune raison de venir ici. Y avait seulement un gars, assez fort, qui venait de temps en temps, elle disait que c'était un de ses cadets de l'école primaire...

Kim Seong-ho approuve en hochant la tête : ça devait être Bak Heung-bok.

— J'aimerais faire le tour du musée, c'est possible ?

— Oui, je vous en prie. Si vous avez des questions après avoir fait le tour, vous n'aurez qu'à repasser nous voir.

Dès que Oh Yeong-shik et Kim Seong-ho quittent le bureau, les deux employés se remettent à manger.

Pendant que Oh Yeong-shik va aux toilettes, Kim Seong-ho entre dans la salle dédiée à la mémoire de Sochi. Il est bientôt rejoint par Yeo Do-yun revenu du jardin.

Aussitôt après la généalogie de Heo Ryeon, tracée directement sur le mur, un calligramme accroché au dos de la paroi de l'entrée attire leurs regards.

— Vous savez ce que racontent ces sinogrammes, là, **變俗八條, 少婦獨行** ? demande Kim Seong-ho d'un air tout à fait sérieux.

Yeo Do-yun regarde attentivement l'œuvre en remontant ses lunettes sur son nez.

— Ah ! voyons ça : (il murmure l'équivalent coréen) *Byeon-sok-pal-jo, so-bu-dok-haeng*... Il est question de la correction des mœurs, je me rappelle avoir déjà lu ça quelque part... Effectivement, c'est de la main du maître Sochi. On dirait qu'il a calligraphié ces huit règles pour corriger les mœurs* et qu'il a offert ce calligramme au maire du village. La seconde phrase, par exemple, est pour conseiller aux jeunes femmes de ne pas sortir seules hors de la maison.

Kim Seong-ho sent un souffle froid sur sa nuque comme si une main glacée lui tirait le cou en arrière.

— J'aimerais en savoir plus. Vous voulez bien m'expliquer la suite ?

— Soit. Voyons... **轎不垂簾** [*Gyo-bul-su-ryeom*] : installer un store au palanquin de la nouvelle mariée, c'est-à-dire voiler son visage... **轝前打鼓** [*Yeo-jeon-ta-go*] : laisser passer les corbillards en silence sans battre le tambour... **男女雜耘** [*Nam-nyeo-jab-un*] : ne pas se mélanger n'importe comment avec quelqu'un de l'autre sexe... **蓬頭街上**[*Bong-du-ga-sang*] : ne pas déambuler dans la rue la tête ébouriffée.

Une fois que Yeo Do-yun a traduit les cinq premières règles, Kim Seong-ho le presse de continuer.

— Et après, que veulent dire ces trois-là : **婦丁野戲**, **邀客內室** et **婦女入寺** ?

— *Bu-jeong-ya-hi* interdit aux hommes et aux femmes de « batifoler » en se promenant ensemble dans la campagne ; selon la morale de l'époque, il était inadmissible qu'un homme et une femme « folâtrent » ensemble... *Yo-gaek-nae-shil* défend aux femmes de laisser entrer un invité dans leur chambre à coucher... *Bu-nyeo-ip-sa* leur déconseille d'aller au temple** : ça se comprend parce qu'à l'époque il leur arrivait de connaître dans ces temples des mésaventures déshonorantes.

---

* « Corriger-mœurs-huit-règles », tel est le sens littéral de *byeon-sok-pal-jo*.

** Temple bouddhiste.

— En somme, tout ça signifie presque la même chose que certaines phrases de notre étrange lettre de tout à l'heure: «Pourquoi j'ai fait ce que j'ai fait? Une femme jeune n'a pas à marcher toute seule dans les rues; en plus, elle ne doit pas fréquenter un homme, ni travailler ou simplement plaisanter avec un collègue; enfin, si elle veut éviter ce genre d'ennuis, qu'elle commence par ne pas recevoir seule un visiteur dans la pièce où elle dort.»

— Ouah! Vous avez une sacrée mémoire, vous avez tout retenu par cœur!

Ignorant l'exclamation admirative de Yeo Do-yun, Kim Seong-ho reprend:

— Celui qui a envoyé la lettre doit être déjà venu ici visiter Ullimsanbang. Est-ce que par hasard on peut trouver ces huit règles du maître Sochi sur internet ou dans des documents historiques?

— On doit pouvoir les trouver dans des articles scientifiques, mais pour un non-spécialiste, ce n'est sûrement pas facile d'y avoir accès. En revanche, pas de problème une fois qu'on a vu l'original ici.

— Oui, sauf que ce n'est pas évident de comprendre un texte ainsi calligraphié...

Yeo Do-yun s'approche pour lire la notice figurant au-dessous de l'œuvre:

— Là, il y a des commentaires sur les huit règles... On dirait donc bien que la personne est déjà venue ici.

— Il va falloir passer les lieux au crible, examiner les moindres recoins. Et il y a urgence de savoir ce qu'il en est de la vidéosurveillance.

Kim Seong-ho prend grand soin de photographier la calligraphie de Sochi et la notice expliquant les «Huit règles pour corriger les mœurs».

Lorsque Kim Seong-ho et Yeo Do-yun sortent du musée, Oh Yeong-shik est en train de flâner sur le bord de l'étang en faisant des ricochets. Il a déjà dû venir ici plein de fois, il a l'air de s'ennuyer.

— Lieutenant Oh, le passage dans la lettre envoyée au commissariat est presque identique à celui du *Byeon-sok-pal-jo* calligraphié par Sochi. On dirait que parmi les visiteurs du musée, il y a quelqu'un qui a pris contact avec Bak Min-suk, sans doute avec l'intention de lui faire du plat...

— Ouais, finalement, il y a de grandes chances pour que ce soit le criminel qui ait envoyé cette lettre...

— On ne peut pas en être encore tout à fait sûrs, mais ça y ressemble... Ça vous ennuierait de demander pour moi au bureau administratif tout ce qui a été enregistré par la caméra de surveillance couvrant Ullimsanbang ? Si possible en partant d'une bonne semaine avant la date critique ? Entre-temps, Yeo Do-yun et moi nous allons finir de visiter le musée et le temple Ssanggye.

— D'accord... Nous nous sommes déjà procuré un jeu de ces enregistrements et nous y avons jeté un premier coup d'œil, mais il y a sûrement des données que nous avons manquées.

Tel un chien de chasse courant après une proie, Oh Yeong-shik file vers le bureau de l'administration. Les deux autres se promènent aux alentours avant de s'arrêter un moment devant le pavillon d'Ullimsanbang proprement dit, avec son toit de tuiles traditionnel. Ils regardent d'abord l'étang :

— Ça n'a pas l'air bien profond, remarque Yeo Do-yun. Kim Seong-ho confirme en hochant la tête.

— Oui, si on jetait un cadavre là-dedans, il ne mettrait pas longtemps avant de refaire surface... Mais là-bas, ce qu'on voit, qu'est-ce que c'est ?

— Le temple Ssanggye, répond Yeo Do-yun en remontant de la main gauche ses lunettes sur son nez.

Entre le pavillon au toit de tuiles d'Ullimsanbang et le temple Ssanggye, on a construit un muret provisoire et il y a une pancarte disant : « RÉFECTION DE LA CHARPENTE DE LA MAISON NATALE DE SOCHI. ENTRÉE INTERDITE. »

— Il va pourtant falloir entrer là-dedans...

Kim Seong-ho essaie de faire glisser la plaque de tôle ondulée qu'on a installée à l'entrée du muret, mais il n'arrive pas à la repousser de plus de dix centimètres. Il se recule alors un peu, avec l'idée de passer par-dessus le muret en prenant appui avec les bras sur les parpaings.

— Vous voulez bien me donner un coup de main ?

Yeo Do-yun l'aide à lever une jambe et poser le pied. Il arrive tout juste à franchir le mur.

— Je vous attendrai avec l'inspecteur Oh dans le bureau de l'administration.

Kim Seong-ho l'entend dire ça depuis l'autre côté du mur. Il fait le tour du chantier qui s'étend depuis le jardin jusqu'au temple en longeant l'étang. Tout au bout, il y a une réserve de chaumes précédée d'un tas de divers matériaux de construction. Par-derrière, un sentier s'enfonce dans la colline couverte de bambous serrés et jaunissants. Le bruit du vent les traverse pour venir susurrer aux oreilles du visiteur.

Il s'engage à pas lents vers le fond. Derrière le dépôt de chaumes, il y a des matériaux réformés sous une toile de vinyle. En écartant la toile, il découvre tout un tas de vieilles tuiles et de bois de charpente empilés n'importe comment. Il farfouille légèrement dans tout ça, puis se prépare à repartir après avoir remis le vinyle en place. Au même instant, il entend des pas d'homme écrasant des feuilles de bambou sèches : le bruit vient du sentier de la colline. Il se retourne et tend l'oreille.

On dirait que quelqu'un arpente la colline en montant d'un pas pesant. Il se met à le suivre tout en restant sur son propre sentier. Là-bas, l'homme en tenue de randonneur, tout en noir avec la capuche rabattue sur les yeux, est parvenu d'un trait au sommet de la colline.

— Hé ! Là-bas... Monsieur, s'il vous plaît ?

Kim Seong-ho a lancé cet appel en forçant sa voix : l'homme était juste sur le point d'entamer la descente sur l'autre versant. Lui-même n'était pas loin de le rattraper quand voilà qu'il glisse sur une flaque de boue et s'étale par terre.

— Meeerde !

Planté jusqu'aux chevilles dans la terre ramollie, il laisse éclater sa mauvaise humeur. En plus, son randonneur a disparu. Il se met alors à redescendre aussi vite que possible par où il est monté.

Arrivé aux chaumes, il contourne le muret et se glisse à travers une petite ouverture dans le mur qui entoure le temple pour regagner la cour centrale d'Ullimsanbang. Il se précipite vers le bureau administratif. L'employé du bureau lui dit que Oh Yeong-shik et Yeo Do-yun sont déjà repartis vers le parking. De fait, quand il arrive ils sont dans la voiture.

— On a obtenu de nouveaux enregistrements de la vidéosurveillance... Eh bien, ça alors ! Mais qu'est-ce qui vous est arrivé ? Vous n'avez rien de cassé ?

Oh Yeong-shik a remarqué les pieds couverts de boue jusqu'aux chevilles du profileur, lequel s'est mis à nettoyer la saleté avec des lingettes humides que lui passe Yeo Do-yun. Il essuie ses chaussures jusqu'au bord des semelles avec plusieurs lingettes, mais des traces de boue gluante y restent collées. Ça n'améliore pas son humeur. Il frotte avec acharnement une dernière lingette sur le bas de son pantalon car cette tache l'irrite.

— Merde de merde ! Enfin, bon, ça ira comme ça. Assez perdu de temps, allons-y... Il y avait quelqu'un qui randonnait dans la colline là-bas derrière.

Oh Yeong-shik répond d'un ton sceptique :

— Ah bon ? À cet endroit, il n'y a pourtant pas de sentier de randonnée.

En guise de réponse au lieutenant, qui n'a donc pas l'air de prendre ce qu'il dit au sérieux, Kim Seong-ho utilise ses ongles pour gratter la boue qui reste sur le bas de son pantalon. Ils repartent. Vingt minutes après, ils sont de nouveau au commissariat.

On fait défiler rapidement sur l'écran les fichiers de vidéosurveillance en remontant depuis le jour de la disparition vers la semaine d'avant : rien que des touristes venus en famille, très rarement un homme seul. En plus, Bak Min-suk passe tout son temps dans la billetterie et n'en sort guère. Presque tous ceux à qui elle fait face sont des visiteurs qui viennent acheter leur ticket d'entrée.

Kang Dae-su, qui était déjà là dans le bureau, regarde attentivement l'écran du smartphone que lui présente Kim Seong-ho.

— Étant donné que certains passages du *Byeon-sok-pal-jo* calligraphié par le maître Sochi sont identiques à ceux de la lettre en question, c'est donc quelqu'un qui est déjà venu à Ullimsanbang qui a envoyé cette lettre... Ça doit être lui qui a pris contact avec Bak Min-suk et qui est probablement notre criminel, on est tous d'accord ?

Kim Seong-ho prend un air très sérieux.

— C'est mon hypothèse pour l'instant, oui.

Kang Dae-su relit une fois de plus la lettre.

— « Une femme jeune n'a pas à marcher toute seule dans les rues ; en plus, elle ne doit pas fréquenter un homme, ni travailler ou simplement plaisanter avec un collègue ; enfin, si elle veut éviter ce genre d'ennuis, qu'elle commence par ne pas recevoir seule un visiteur dans la pièce où elle dort »... On dirait que ce passage est quasi identique au contenu de la calligraphie...

— En fait, lorsqu'un homme pas très sociable a été trahi une première fois par une femme et se croit donc méprisé par toutes au point de tomber dans un délire de persécution, il peut être amené à s'attaquer à un nombre indéterminé d'inconnues : tel est le processus classique qui conduit la plupart des tueurs en série à commettre leurs agressions de façon compulsive.

Kang Dae-su l'écoute en hochant la tête.

— Pourtant, dans les enregistrements de vidéosurveillance, on ne voit jamais un homme seul en train de bavarder avec Bak Min-suk ; alors, de quelle façon est-il entré en relation avec elle ? Si on arrivait à repérer comment il l'a contactée, ça réduirait sensiblement notre champ d'investigations. On aurait vite une idée de son âge, de son niveau d'instruction, de sa silhouette, de son métier, etc., non ? Voilà le type d'informations dont j'aimerais disposer.

Kim Seong-ho secoue la tête.

— Attention, tout de même : ce dont il faut se méfier avant tout, c'est des jugements hâtifs. Si en tant que spécialiste du profilage je délimitais l'âge du suspect autour d'une vingtaine d'années, j'exclurais en fait des suspects ayant la trentaine, voire la quarantaine... Bon, ce serait sans doute mieux si on reparlait de tout ça après être allés faire un tour à la pension.

— OK ! conclut Kang Dae-su, l'air résigné.

— Oui, il vaudrait mieux qu'on aille à la pension de Sebangnakjo tant qu'il reste un rayon de soleil* », dit son adjoint.

Kim Seong-ho approuve de la tête. En effet, il est préférable de voir les lieux d'un crime pendant qu'il fait jour. Ensuite, il décide de prendre la voiture qu'il a louée. Quand ils auront vu les environs de la pension à Sebangnakjo, il ramènera Oh Yeong-shik et Kang Dae-su chacun chez eux avant de regagner sa propre pension. Oh Yeong-shik s'assoit à côté de lui pour le guider ; le capitaine monte à l'arrière avec Yeo Do-yun.

La voiture roule vite sur la route dégagée de la côte. Les panneaux de signalisation du genre « SEBANGNAKJO, POINT DE VUE MERVEILLEUX SUR LE SOLEIL COUCHANT », etc. défilent à intervalles réguliers.

— L'avantage avec une voiture neuve, c'est que c'est beaucoup plus rapide et plus confortable qu'avec celle du commissariat ! commente Oh Yeong-shik assis à l'avant. Il reprend :

— Sebangnakjo doit être un des lieux les plus magnifiques du monde pour admirer un coucher de soleil. Ce circuit en voiture sur la côte est baptisé *The Scenic Drive Course*. Et c'est vrai qu'il n'a rien à envier aux itinéraires pittoresques de la Californie.

Kang Dae-su proteste vigoureusement contre cette appréciation en secouant la tête.

— Tu rigoles ? Qu'est-ce que tu nous chantes-là ? Comment tu peux comparer Sebangnakjo avec la Californie ? Regarde-moi toute cette côte de Sambo, est-ce qu'il existe au monde un endroit aussi mélancolique et désolé que cette île ?

En effet, juste avant le coucher du soleil, on devine à contre-jour le continent entre des roseaux qui se balancent doucement dans le vent. Les petites îles au loin ne laissent pointer que leur

* *Nakjo* désigne (le lieu où l'on admire) la « lumière du soleil couchant ».

cime. La mer uniformément bleu cendré ondule dans le plus grand calme. À l'heure où le brouillard monte, seul le sommet des roseaux reste visible, et au fur et à mesure que la brume se dissipe on voit apparaître la surface de l'eau toute sillonnée de petites vagues. Il n'est pas si évident qu'on puisse qualifier un tel paysage de paisible, de désolé, de mélancolique.

— Le soleil ne va pas tarder à se coucher.

Le disque rouge est suspendu juste un tout petit peu au-dessus de l'horizon. « Merveilleux » : il n'y a pas d'autre adjectif qui vienne à l'esprit de Kim Seong-ho pour qualifier ce spectacle.

Tout en admirant ce qui subsiste encore du soleil au-dessus des vagues, il passe devant l'esplanade de Sebangnakjo pour s'engager dans le bout de route qui monte en biais. La charmante pension vaut le coup d'œil : quatre petits pavillons de briques rouges à un étage encadrent le bâtiment principal. Kim Hi-jin, à la fois propriétaire et gérante de la pension, occupait la pièce de droite au rez-de-chaussée.

La première idée qui vient au profileur, c'est que si jamais un agresseur s'introduisait dans un endroit isolé comme celui-là, les occupants seraient totalement désarmés.

— Quel dommage que le soleil se couche déjà !

Oh Yeong-shik jette un regard navré à Kim Seong-ho qui affiche un air indifférent. Puis il regarde Yeo Do-yun qui se tient près de lui sans rien dire ; mais derrière ses lunettes, celui-ci jette partout un regard perspicace. Le vent qui erre le long du rivage ébouriffe ses cheveux bruns ondulés.

— Venez voir ici ! Est-ce que par hasard ce ne serait pas la pancarte en question ? Voyons...

Kang Dae-su regarde attentivement un bout de papier à moitié brûlé qu'il vient de trouver dans un gros bidon en métal : on y déchiffre encore... « pour raisons personnelles ».

— On va tâcher de savoir si c'est la propriétaire qui a écrit ça. Est-ce qu'on arrivera à relever une empreinte digitale ?

— Ça ne sera sans doute pas impossible d'identifier l'écriture, mais comme le papier a été brûlé et exposé à la pluie, des empreintes digitales, ça m'étonnerait qu'on en trouve... répond Oh Yeong-shik.

— Eh, monsieur le spécialiste en graphisme, qu'est-ce que vous pensez de ça, par rapport à l'écriture de la lettre que nous avons reçue?

— Je vais l'emporter pour comparer tranquillement les détails.

Kim Seong-ho laisse en suspens la main du capitaine sur le point de lui passer le bout de papier.

— Une seconde, s'il vous plaît!

Il retourne à la voiture et en revient avec un sachet en plastique pour y déposer le document avant de le passer à Yeo Do-yun. En dehors de ce bout de papier, ils n'ont trouvé aucun nouvel indice.

Kim Seong-ho dit alors d'un ton assez ferme en s'adressant à Kang Dae-su:

— Il va falloir laisser les lieux en l'état. Comme l'autre fois vous avez négligé d'emporter la pancarte dont on ne sait qui l'a écrite, l'individu a dû revenir la brûler. Vous traitez les pièces à conviction avec beaucoup de légèreté, ici, on dirait.

Oh Yeong-shik finit par s'énerver contre Kim Seong-ho; il se dresse devant lui.

— Hé! Oh! Vous n'êtes pas un peu trop insolent avec le capitaine, là? Ce n'est pas parce que vous arrivez de Séoul que vous pouvez vous croire tout permis!

Estimant que la situation risque de dégénérer, Kang Dae-su s'interpose, tout en haussant légèrement les épaules selon son habitude.

— Dites donc, ça va pas, vous deux? On ferait mieux d'examiner les lieux avec davantage de minutie. Je sais bien que la pension elle-même est fermée à clé, mais qu'est-ce qui nous empêche d'aller regarder derrière, vers le hangar, là-bas, près du sentier de la colline?

Suivant le capitaine qui le guide, Kim Seong-ho escalade la pente derrière le bâtiment en regardant autour de lui. Il y a bien un vieux hangar. Il tire doucement la porte: des meubles, chaises, matelas, etc. sont entassés là. Après quoi il se retourne vers le bâtiment même de la pension, face à la route en bas par laquelle on arrive.

— Il n'y a qu'un seul moyen d'accéder à la pension. Kim Hi-jin a donc dû voir le visiteur se présenter. Elle a pu l'accueillir sans se méfier, croyant qu'il s'agissait d'un touriste. Il y a de fortes chances que l'individu savait qu'elle gérait la pension toute seule. Il a pu la maîtriser et l'emmener de force jusqu'à sa voiture. S'il avait voulu l'enfermer dans une pièce de la pension ou dans le hangar, il aurait pris un risque considérable compte tenu de ce qu'un nouveau visiteur pouvait survenir. Et le fait qu'il ait laissé les lieux dans un état impeccable, sans avoir rien dérangé, prouve que nous sommes en face d'un acte prémédité. Ça ne va pas être facile de l'attraper, notre gaillard...

— Selon ce que tu nous as dit, si je me rappelle bien, le coupable serait en période de « basse tension » ? Alors la question devient : quand est-ce qu'il va récidiver ? Et ça, est-ce qu'on peut en avoir une idée ? demande Kang Dae-su.

— Non. Tant qu'on n'est pas entrés dans sa tête, on ne peut rien savoir. Mais si l'on fait des hypothèses à partir de ce qu'on sait de lui, c'est vraisemblablement un récidiviste. Comme il a une intelligence au-dessus de la moyenne, il y a des chances qu'il ait continué ses études après le lycée. Il est probable que c'est un célibataire qui a du mal à nouer des relations avec les femmes. Il n'a guère de sens moral et possède un caractère impulsif, quasi volcanique, toujours en révolte contre l'autorité. Enfin, il doit avoir aussi pas mal de volonté, être capable d'agir pour réaliser ses projets... Par ailleurs, c'est sans doute quelqu'un né par ici qui a habité un moment à Séoul, ou alors quelqu'un venu d'ailleurs qui s'est installé dans la région depuis un bon bout de temps...

— En somme, ça revient à dire qu'il pourrait s'agir soit d'un pigeon voyageur qui s'est incrusté par hasard dans le coin, soit de quelqu'un qui a résidé un temps à Séoul, soit encore d'un type qui bricole n'importe quoi en vagabondant ici ou là ? Un type qui a plutôt de l'éducation et un caractère impétueux...

Quelques pas en avant du profileur, il bougonne en regardant à l'intérieur du hangar. À la fin, il propose à haute voix:

— Bon, maintenant ça commence à bien faire!... Je connais par ici un restaurant où on mange du poulpe frais: pourquoi on n'irait pas continuer à discuter là-bas?

Ayant fini d'observer les alentours de la pension, tout le monde s'en va donc dîner dans le petit restaurant où ils pourront poursuivre leur discussion animée.

Après avoir commandé une assiette de poulpe fraîchement pêché, Kang Dae-su s'installe entre Oh Yeong-shik et Kim Seong-ho pour leur servir de l'alcool en plaisantant pour détendre l'atmosphère.

— Il faut que je vous présente mes excuses: il y a un instant, j'ai manqué de retenue. À nos yeux, votre capacité de vous concentrer sur une affaire est extraordinaire et j'aimerais prendre exemple sur vous.

Son adjoint, le teint vite allumé par l'alcool, se gratte la tête en esquissant un sourire. Kim Seong-ho accueille en silence les paroles aimables du capitaine mais se contente de porter son verre à ses lèvres, sans boire. Lorsque l'ambiance lui paraît suffisamment réchauffée, le chef reprend:

— C'est vraiment une affaire coriace! On n'en a pas souvent rencontré où on a eu autant de mal à trouver des indices... Ça fait déjà quatre mois, nous avons même changé d'année, et on a beau batailler, on n'avance pas d'un poil.

— En tant que femme, ça ne doit pas être commode de gérer une pension toute seule: vous pouvez me faire le portrait de cette Kim Hi-jin plus en détail?

Kim Seong-ho ayant ainsi abordé un nouveau sujet, Oh Yeong-shik répond:

— Elle n'est quand même pas la première, ni la seule. Le plus souvent, elles sont encore assez jeunes, disons dans les trente-quarante ans. Des femmes tout à fait extraordinaires!

— En somme, si on tue le chat, la chose devient encore plus compliquée, n'est-ce pas? lance soudain Yeo Do-yun mine de rien, tout en avançant ses baguettes vers l'assiette de poulpe à la sauce piquante.

— On tue le chat? demande d'un air interrogateur Kang Dae-su, qui a les lèvres rouges de sauce épicée.

— Ça, c'est une vieille blague qui se raconte entre bouddhistes... Un moine appelé Namjeon voyait ses collègues se bagarrer du matin au soir, divisés en deux clans. Un jour, il leur montre un chat qui avait pénétré dans le temple et qu'il venait d'attraper: «Si l'un d'entre vous a envie de plaider sa cause, je le laisse vivre; sinon je le coupe en deux!» Comme personne ne dit rien, il tue la pauvre bête. Le soir même, un autre moine appelé Joju rentre d'une journée hors du monastère; on lui apprend ce qui s'est passé dans la journée et il s'en va les chaussures sur la tête. Alors Namjeon se lamente en disant que le chat aurait eu la vie sauve si Joju était revenu plus tôt*...

Kang Dae-su et Oh Yeong-shik se sont tournés ensemble vers Yeo Do-yun, l'air de se demander où il veut en venir.

— À l'époque, il était interdit d'élever des chats dans les temples. Mais certains des moines ont proposé d'en garder au moins un pour attraper les rats et se sont ligués pour affronter assez rudement ceux qui étaient contre cette idée. Ne supportant plus de voir ses collègues se quereller sans arrêt à coups de tromperies et de chapardages, Namjeon a donc – comble d'horreur! – supprimé une vie de sa propre initiative. Quant au geste du moine Joju de mettre ses chaussures sur sa tête, on a fait diverses hypothèses, mais en fin du compte on pense qu'il a voulu exprimer par métaphore que c'était «le monde à l'envers» de voir des moines se battre pour défendre des intérêts personnels au lieu de respecter la morale, que c'était même là un comportement scandaleux. Pour ce qui est du chat, étant donné que chez les bouddhistes cet animal est le symbole de l'illumination, il aurait suffi d'une seule illumination parmi tous ces moines pour lui sauver la vie!

---

* L'anecdote provient du *Recueil de la falaise bleue*, ouvrage chinois du XIe siècle.

Ah bon! semble penser Oh Yeong-shik avant de se retourner vers l'assiette de poulpe. Kang Dae-su marmonne une petite phrase sur un ton désinvolte – du genre « Ça doit être ça qu'on appelle avoir une grosse tête... » – avant de vider un dernier verre de *soju*.

Le repas terminé, Kim Seong-ho roule un bon moment pleins phares le long de la côte où il n'y a pas un réverbère allumé, avant de s'engager dans le chemin sinueux conduisant à la ferme isolée où habite Kang Dae-su. Ils ont déjà déposé Oh Yeong-shik devant l'appartement où il vit, chez ses parents. Le capitaine, largement alcoolisé, les invite à entrer dans la maison.

— Regardez-moi ça : ça ne paie pas de mine, mais l'intérieur n'est pas mal, et c'est moi qui ai tout fait ! J'avais l'impression d'étouffer, là-bas, dans cette espèce de dortoir où ça grouille de policiers, alors j'ai préféré restaurer cette vieille baraque. C'est chouette, non ?

Kim Seong-ho et Yeo Do-yun pénètrent dans la maison en le soutenant car il titube. Dans la pièce principale, éclairée par une simple ampoule au plafond, il n'y a pas grand-chose : quelques livres sur un rayonnage, quelques vêtements accrochés au mur, une petite télévision, une vieille radio, un mini-réfrigérateur, un ventilateur dans un coin, sans oublier deux bouteilles de vin de prune sur la table. Un décor illustrant parfaitement la solitude d'un homme qui vit loin de sa famille. On sent qu'il ne se fait jamais à manger chez lui.

— Pas de souci, malgré les apparences, je suis doué pour faire le ménage, et je suis un vrai cordon-bleu !

Il déchire un sachet de café instantané au-dessus d'un gobelet en carton avant d'y verser de l'eau mise à chauffer dans la bouilloire électrique. Il le tend à Kim Seong-ho.

— Tiens... Arrivant de Séoul, ça a dû te faire un sacré changement, tout ça, non ? Mais nous aussi, au départ, on était un peu plus compétents que maintenant. Tout comme toi, dans mes plus beaux jours, j'étais plein de vivacité pour mener mes enquêtes. Mais une fois muté dans un secteur où il ne se passe pas grand-chose, petit à petit j'ai perdu mon flair et il m'arrive de rater le ballon, au point de mériter que tu me reprennes... Comment est-ce qu'on peut facilement obtenir des aveux? Là aussi, il doit y avoir un truc, je suppose?

— Je m'efforce d'inciter l'autre à répondre en assimilant, puis en utilisant contre lui sa propre psychologie.

— Je vois. Quelque chose comme passer la main dans le dos, en somme? Tiens, je vais te dire une chose: les criminels et les policiers ont quelque chose en commun – on pourrait parler d'un même destin... –, il faut seulement tenir compte d'une différence de niveaux: tout en haut, t'as messieurs les juges et les procureurs; au milieu, les policiers; et tout en bas les criminels. Quand un acte de violence se produit, tout le monde s'énerve, les mains et le front moites de sueur, t'as pas remarqué? Un malfrat commet un délit, un policier l'attrape, un procureur propose une condamnation possible à un juge, un avocat se présente comme porte-parole de l'accusé, ils sont tous liés les uns aux autres, c'est une même combinaison. Et puis c'est vrai, s'il n'y avait pas des criminels, on servirait à quoi, nous autres? Tout ce petit monde forme une même famille, on bouffe tous au même râtelier! Ha-ha!

Kim Seong-ho boit son café sans rien dire. Kang Dae-su enchaîne:

— Moi aussi, jadis, j'ai travaillé à Séoul. Dans ma grande période, une fois j'ai arrêté les trois responsables d'un énorme crime débordant de violence, alors la police métropolitaine de Séoul m'a engagé. Mais au moment où on est passés aux enquêtes scientifiques, je n'ai pas pu m'y adapter: dans mes investigations, je continuais à ne compter que sur mon intuition, et du coup j'ai perdu toutes mes chances. Après avoir à plusieurs reprises laissé passer des suspects, laissé polluer des scènes de crime et m'être fait aussi reprocher d'avoir raté les premiers instants de l'enquête, je me suis retrouvé mis à l'écart sur cette île, ici. Contrairement à moi, mon copain Kwon Yeo-il a su s'accrocher aux méthodes scientifiques et il a réussi à obtenir un poste dans la police nationale... Ouais, moi aussi, jadis j'ai été un « pitbull »!

Je courais et j'aboyais vaillamment. Ouaf! Ouaf! comme ça!... Ouais, hum.

Il s'allonge sur son lit en poussant un gémissement. Jugeant qu'il est sous l'effet de l'alcool, Kim Seong-ho le recouvre de sa couette.

— Ouais, Yeo-il... mon binôme! Une fois, je suis parti picoler avec des collègues en le laissant tout seul surveiller un cadavre de noyé. Pendant mon absence, il a découvert sur le corps des indices d'un assassinat et a réussi une enquête du tonnerre. Tu la connaissais, cette histoire? Moi, en jetant juste un coup d'œil sur le cadavre, j'avais estimé que c'était un suicide et j'étais parti boire un coup. J'aurais mieux fait de garder toute ma lucidité à ce moment-là... Aïe, aïe! Putain que j'ai mal aux reins! À en crever! Le vieux Dae-su est en train de lâcher la rampe... *mama*... hum.

Kim Seong-ho vérifie que le capitaine s'est bien endormi et il éteint la lumière avant de refermer la porte. Puis il va reprendre le volant.

— Quel plaisir peut-on prendre à vivre ici de cette façon quand on est un gradé de la police comme lui?

À cette question de son passager, le conducteur ne trouve rien à répondre. Au bout d'un instant, Yeo Do-yun reprend:

— Peut-être qu'il ne lui vient rien d'autre à l'esprit que le souci d'attraper des criminels? En un sens, je l'envie, mais en même temps il me fait pitié. En tout cas, tant qu'il est absorbé par son souci d'attraper des criminels, il ne voit pas trop le temps passer...

Lorsqu'ils arrivent à leur pension, il est déjà 11 heures passées. La nuit est tombée pour la seconde fois sur l'île de Sambo. Après avoir pris une douche, Kim Seong-ho se met à relire les documents préparés par le capitaine en y ajoutant le rapport d'expertise graphologique apporté par son voisin de chambre. Mais bientôt la fatigue le gagne peu à peu, il sent lui aussi que ça commence à bien faire.

Pour s'accorder un moment de détente, se préparer un café lui semble une bonne idée. Quand le couvercle de la bouilloire dans laquelle il a versé de l'eau de la bouteille en plastique se met à frémir, il y mélange du café instantané en poudre, s'en verse une tasse et vient s'asseoir à la table. Il met au net sous la forme d'un rapport un résumé de l'affaire, les résultats de ses investigations sur les lieux ainsi que son opinion sur tout ça. Ensuite, il parcourt les enregistrements de la vidéosurveillance d'Ullimsanbang qu'il a fait transférer sur une clé USB. Il regarde attentivement tous les gens qui sont entrés en contact avec Bak Min-suk. Soudain, il réalise qu'il s'est tellement absorbé dans ce travail qu'il a oublié d'envoyer à Séoul un rapport concernant son arrivée sur l'île de Sambo. Une fois cet oubli réparé, il se met au lit. On dirait que le vent s'est levé : la petite porte qui donne sur la véranda n'arrête pas de vibrer.

Est-ce qu'elle serait mal fermée ?

Il se relève et va vérifier. Effectivement, la porte ferme mal. Il passe un bon moment à ajuster le verrou déglingué pour arriver enfin, non sans peine, à le fermer. *Est-ce que j'ai passé la nuit précédente avec déjà la porte mal fermée comme ça ? Après tout, quelle importance ? Personne n'a de raison de pénétrer dans cette pièce, qui au demeurant ne contient rien de très précieux.* Pourtant cette idée le met mal à l'aise... Il faut qu'il reprenne le dessus ! Au minimum penser à autre chose...

Il lui revient à l'esprit ce que Yeo Do-yun a raconté tout à l'heure au restaurant : *On peut ne pas tuer le chat, il suffit d'une illumination...* Or il existe un mot qui surgit automatiquement dans son esprit dès que lui-même entend prononcer le mot « chat » ou qu'il voit un vrai chat passer près de lui.

Ce mot lié au mot chat, c'est « regrets »...

Quand il était en cinquième de l'école primaire, il y avait dans sa classe un garçon qui se conduisait de manière vraiment cruelle. Il s'appelait Hong Tae-gi – un nom gravé dans sa mémoire pour toujours.

Ce Tae-gi rassemblait souvent quelques autres enfants dans le terrain vague près de l'école. Après avoir allumé un feu au centre d'un cercle de grosses pierres qu'il avait entassées, il les faisait s'aligner les uns à côté des autres et les forçait, bon gré mal gré, à fumer des mégots qu'il ramassait dans le terrain vague, où ça ne manquait pas. Peu surveillé par sa mère, il manifestait de plein de façons sa nature sauvage. Par exemple, il pénétrait dans la cour des voisins une paire de ciseaux à la main pour menacer le chien et même lui taillader les oreilles. Un jour, il avait même mis le feu à la colline de derrière de sorte qu'on avait dû faire appel aux pompiers qui avaient rappliqué avec leur motopompe...

Et puis une autre fois, il s'était passé la chose que voici. Ce jour-là, un après-midi comme les autres, Tae-gi avait entraîné le jeune Seong-ho sur le terrain vague. Là, entouré des autres de la classe, il y avait un chat en train de crever, le ventre ouvert, laissant voir ses entrailles sanguinolentes. Un spectacle horrible !

À qui on devait ça ? C'était évident... Ça n'avait pas empêché Tae-gi de déclarer :

— Hé ! les gars, vous savez pourquoi je vous ai fait venir ? Ce chat, il était à moi. C'est moi qui m'en occupais. Et puis y a quelqu'un qui l'a tué, comme ça, pour rien, et ce gars-là, moi je veux lui faire payer !

C'était sûr qu'il mentait, car personne d'autre que lui n'était capable de commettre une pareille atrocité.

— À mon avis, y a aucun doute sur çui qu'a fait ça : ça peut être personne d'autre que la Glandouille... Hé ! Han Nam-gi, viens voir un peu là !

La Glandouille, c'était le surnom de Nam-gi. Il était plus petit que les autres et déjà grassouillet. Toujours discret, toujours assis au premier rang dans la classe, souvent il ne disait pas un seul mot de toute la journée. Mais il ne quittait jamais Tae-gi, il était collé à lui comme un chewing-gum ! De nous tous, c'était le plus docile, le plus faible et le plus facile à tenir à l'écart des autres. Et c'était Tae-gi qui lui avait collé son surnom.

— Hé ! Han Nam-gi, c'est toi qu'as fait ça, hein ? Viens un peu par ici !

Il avait mis le feu à l'extrémité d'un bâton dans lequel il avait planté des clous. Avec ce gros bout de bois fumant à la main, il ne donnait pas l'impression d'être un enfant, il avait plutôt l'air d'un adulte, ou mieux : une personnification du Diable. Nam-gi traînait les pieds, avec la tête de quelqu'un qui va fondre en larmes. À ses côtés, il y avait cinq autres enfants, mais aucun n'avait osé ouvrir la bouche.

— Han Nam-gi, je t'ai dit de rappliquer devant moi !

— C'est... c'est pas moi qui l'a tué...

— Tu parles ! Espèce de petit salaud !

La dénégation n'avait fait qu'augmenter sa colère et il avait donné à Nam-gi un grand coup avec son bâton clouté. L'autre était tombé à côté du chat, le front en sang. Tae-gi lui avait donné de grands coups de pied sur les cuisses et les tibias.

— Hé ! Les copains, venez donc lui taper dessus, à ce fumier !

Les autres se sont mis autour de Nam-gi pour le bourrer de coups de pied.

— Et maintenant, foutez-le à poil !

Là, ils ont hésité. Tae-gi s'est mis en colère et a crié comme un forcené :

— Allez, merde ! Qu'est-ce que vous attendez ?

Ils savaient qu'ils ne devaient pas obéir, mais ils avaient trop peur. Un d'entre eux s'est finalement accroupi pour enlever de force son pantalon à Nam-gi. À cet instant, de grands coups de sifflet ont envahi le terrain.

— Putain ! C'est la police, foutons le camp !

En effet, des policiers qui faisaient une tournée de surveillance avaient aperçu de la fumée au loin et venait leur crier après. Tout le monde s'est enfui. Seong-ho s'est retourné au bout de quelques pas pour voir ce que Nam-gi était en train de faire : allongé sur le ventre, les bras tendus, il caressait du bout des doigts le chat en train de mourir.

Il en avait eu la chair de poule.

Oui, c'est ça, « regrets »... Plus tard, chaque fois qu'il se rappelait ce chat moribond, le mot lui revenait automatiquement à l'esprit. Par association lui revenaient aussi à la fois les yeux diaboliques de Hong Tae-gi et l'air infiniment désolé du pauvre Han Nam-gi. La plupart des enfants de ce village misérable en instance de réhabilitation n'avaient qu'un de leurs deux parents, ou alors leurs deux parents travaillaient toute la journée à l'usine. N'ayant personne pour s'occuper d'eux, devenus aussi incontrôlables qu'on peut l'imaginer, ces gosses commettaient plein d'actes de violence à l'école, actes sur lesquels tout le monde gardait le silence en les considérant comme des jeux d'enfants immatures, car à l'époque les comportements pervers des mineurs n'étaient pas clairement définis du point de vue juridique. Néanmoins, Han Nam-gi devait certainement garder au fond de lui le souvenir des violences qu'il avait subies...

Toc toc, quelqu'un frappe à la porte.

— Qu'est-ce que c'est ?

— C'est Yeo Do-yun. J'avais peur de faire trop de bruit en utilisant la sonnette.

Mais vu qu'il n'y a personne à part nous dans cette résidence, qui donc irait se plaindre à la police d'un coup de sonnette au milieu de la nuit ? Kim Seong-ho ouvre et le fait entrer.

Il est vêtu d'un simple survêtement. Il brandit le bout de papier à moitié brûlé qu'il a rapporté de Sebangnakjo dans une enveloppe transparente.

— J'ai esquissé dans les grandes lignes une expertise graphologique et résultat, c'est quelqu'un de complètement différent de celui qui a écrit la lettre du commissariat. Par exemple, dans la lettre le signe O est tracé en tournant de droite à gauche, tandis que sur ce bout de papier il est tracé dans l'autre sens ; et non seulement la taille du rond est différente, mais sa forme n'est pas non plus pareille : le O était ovalisé dans la lettre, tandis qu'il est très régulier là-dessus. En plus de ça, les S et les R ne sont pas tracés de la même manière. Il est sûr et certain que ce sont les écritures de deux personnes différentes.

Kim Seong-ho commence par comparer lui-même la lettre et le bout de papier, puis il hoche la tête avec l'air de quelqu'un qui est tout à fait d'accord.

— Très bien. Alors on peut partir du principe que c'est Kim Hi-jin qui a écrit ce bout de papier avant de disparaître on ne sait où... Mais il se peut aussi qu'on l'ait forcée à écrire ça... Sans compter cette question qui m'intrigue au plus haut point : qui a jeté ce papier dans le bidon métallique en y mettant le feu ?

— Moi aussi je me suis posé la question... Si les inspecteurs d'ici poursuivent leurs recherches, on arrivera peut-être à le savoir, qui sait ? Car il est toujours possible que quelqu'un de sa famille soit passé essayer d'arranger les choses ?

— Pourquoi pas, oui, après tout...

Yeo Do-yun promène son regard dans la chambre et demande alors :

— J'ai l'impression que vous ne fumez pas ? C'est vrai, je ne vous ai jamais vu fumer... C'est une vieille blague, ça, que dans la police « on n'a jamais l'alcool et la clope très loin du bec » ! Pourtant, il paraît qu'à force de trop boire on risque la démence éthylique ou quelque chose comme ça, non ? Apparemment, vous, vous n'avez jamais envie d'un petit verre quand vous n'arrivez pas à résoudre un problème ?

Kim Seong-ho se sent gêné par les remarques futiles de son interlocuteur, mais puisque dans cet endroit isolé il est la seule personne avec qui parler, il se décide à entretenir un brin de conversation.

— Si, quand même, ça m'arrive parfois !

— Au fait, lieutenant, de quoi rêviez-vous quand vous étiez enfant ? De devenir policier ?

— Je ne me rappelle pas.

Et c'est la pure vérité, je ne me souviens plus.

— C'est bizarre, non ? Tout à l'heure, dans l'après-midi, au Ullimsanbang, en vous voyant vous rappeler parfaitement le passage en coréen du *Byeon-sok-pal-jo* évoqué dans la lettre, je me suis fait la réflexion que vous aviez une sacrée bonne mémoire.

Kim Seong-ho fait non de la tête.

— Il est vrai que j'ai une bonne mémoire à court terme. Quand je passais mes examens pour entrer dans la police, j'ai appris par cœur sans difficulté les livres de préparation. Mais dans mon enfance, j'ai été blessé à la tête accidentellement et à ce moment-là j'ai perdu tous mes souvenirs d'avant. Il me reste encore dans la cervelle quelques bricoles – juste des images fragmentaires, semblables à des instantanés photo. Et puis de temps en temps... il y a aussi des bribes de scènes que je n'arrive pas à oublier.

Pendant qu'il dit ça, la mort du chat, les actes cruels de Hong Tae-gi, le pauvre Han Nam-gi et le mot « regrets » lui reviennent à l'esprit...

— Ah bon ? Et comment avez-vous reçu cette blessure ?

— Eh bien, ça non plus, je ne me...

En fait, il lui semble bien qu'il y a longtemps, quelque part, il a fait une chute assez grave, mais ce souvenir n'est pas très net. L'endroit où l'accident a eu lieu, il en a une vague idée. Il se rappelle aussi que quand il s'est réveillé il était dans une chambre d'hôpital entièrement peinte en blanc, avec un pansement autour de la tête, et que sa mère l'appelait par son prénom en le regardant d'un air inquiet. Sur le coup, sans la quitter des yeux, il avait replongé dans un sommeil sans fond. Ensuite lorsqu'il s'était réveillé de nouveau, sa mère et son père lui tenaient tendrement chacun une main...

Yeo Do-yun insiste :

— C'est vrai qu'il est tout à fait possible qu'on perde la mémoire à la suite d'un choc de ce genre. À une certaine époque, je me suis intéressé à la médecine et j'en ai retenu quelques petites choses. Parmi les troubles de la mémoire, il faut distinguer l'« amnésie rétrograde », qui consiste dans l'impossibilité de faire revenir les informations mises en réserve avant le traumatisme, et l'« amnésie rétrograde » ou « amnésie de fixation » qui, elle, concerne ce qui s'est passé entre la perte de conscience et le moment où l'on retrouve la mémoire. Ce dont vous souffrez, vous, c'est vraisemblablement d'une amnésie rétrograde. Enfin, il y a aussi l'« amnésie dissociative psychogène », lorsque la porte de la mémoire se ferme à cause d'une grande peur éprouvée par le sujet.

Il dévisage Kim Seong-ho, qui reprend la parole en évitant son regard :

— Je ne tiens pas trop à en parler.

Il a dit ça sur un ton suggérant discrètement qu'il est mal à l'aise. Yeo Do-yun se tord les mains, l'air embarrassé.

— Excusez-moi ! Vu qu'on a prolongé notre conversation... Bon, allez, je me sauve en vous laissant les documents.

Une fois seul, Kim Seong-ho regarde le bout de papier dans son enveloppe transparente sur la table, puis il referme la porte et se remet au lit.

L'amnésie rétrograde... Il réfléchit à ce que Yeo Do-yun vient de dire.

C'est quelque chose qu'il a toujours eu envie de savoir : pourquoi ne se rappelle-t-il pas la cause exacte de cette blessure à la tête ? Il a l'impression que ça s'est passé sur le toit-terrasse du bâtiment de l'école... Mais il n'arrive pas du tout à se rappeler ce qu'il était allé faire là-haut... En tout cas, ce qui est sûr, c'est qu'après l'accident il a suivi une longue psychothérapie.

En l'emmenant à la clinique psychiatrique où avaient lieu les séances de thérapie par le jeu, sa mère ne lui a jamais donné de détails. Elle disait seulement que c'était pour guérir sa blessure. Là-bas, Seong-ho modelait avec de l'argile le visage de ses parents, racontait ce qui n'allait pas, tel quel, sans rien cacher, et il dessinait tout ce qui lui passait par la tête.

Il y avait eu pas mal de changements après ce petit drame. La famille avait déménagé. Du coup, il n'a plus jamais revu Hong Tae-gi ni Han Nam-gi. Ceux-ci ne lui avaient pas rendu visite à l'hôpital, et comme il y avait eu les vacances, ils s'étaient trouvés séparés comme ça, d'un seul coup. Et on peut se dire que ça a été tant mieux pour lui. En tout cas, cette séparation a marqué un tournant dans sa vie. À partir du moment où il a été transféré dans un quartier où il y avait des écoles mieux fréquentées, il s'est retrouvé dans une ambiance plus propice aux études et il n'a pas arrêté de progresser. Dès lors, l'ambiance de sa famille s'est aussi améliorée. La chose certaine, c'est que pour lui ça a été un nouveau départ. Il a laissé derrière lui le village misérable, les bâtiments miteux, sinistres et mal entretenus de l'école qu'il avait connue avant de déménager. Désormais, c'en était fini de l'affreux terrain vague et du goût écœurant des mégots...

Il se relève. Assis au bord du lit, les deux pieds par terre, il pousse un grand soupir. Chaque fois qu'il s'efforce de retrouver les souvenirs d'avant cet accident, ça lui donne une migraine atroce. Depuis longtemps, il ne cherche plus à se les remémorer et il a même oublié d'autres épisodes de son passé. Mais voilà que depuis qu'il est sur l'île de Sambo et que le soir il se retrouve seul et mélancolique, ces souvenirs réapparaissent.

D'un autre côté, il ressent un certain soulagement, car si cette mésaventure dont le théâtre était un terrain vague et dans laquelle apparaissaient Hong Tae-gi et Han Nam-gi refait surface, c'est seulement dans son imagination, ce n'est plus dans la réalité.

On est au milieu de la nuit. Même la lune est cachée. De l'autre côté de la jetée qui coupe en deux la plage de sable vient de surgir au bord de l'eau un homme en tenue de randonneur, la tête enfoncée dans sa capuche. Il examine ce côté-ci en ouvrant tout grands les yeux pour profiter de la vague lumière du réverbère. Il repousse sa capuche en arrière et adresse un sourire de satisfaction à une silhouette venue de loin qui s'approche lentement.

— Content de vous voir, Real Love !

Comme ledit Real Love fait semblant de ne pas voir la main droite qu'il a tendue, il la frotte sur son pantalon comme pour l'essuyer et la remet dans sa poche.

— C'est vrai que c'est inhabituel de rencontrer quelqu'un ailleurs qu'en ligne...

Gardant le réverbère dans le dos, après avoir contourné le banc de boue, les deux silhouettes marchent le long de l'eau sur la partie dure de la plage, là où le sable est plein de coquillages, de débris d'étoiles de mer et de petits cailloux.

— Je vous dois une reconnaissance éternelle pour avoir envoyé cette lettre à ma place.

Real Love garde les yeux fixés sur le ciel comme s'il n'était intéressé ni par l'expression de gratitude de son visage ni par ses mots de remerciement.

— On ne risque pas d'avoir été repérés, vous êtes sûr? reprend le nouveau venu d'une voix inquiète.

— Ça ira tant qu'on n'aura pas trouvé les corps. Au fait, dites-moi, où est-ce que vous les avez laissés?

L'homme en tenue de randonneur lance un petit rire, puis affiche un large sourire en forme de grimace.

— Sur la terre.

— Vous voulez dire: dans la terre?

— Non, à traîner dans les champs.

— Comment? Ce ne sont donc pas des cadavres?

— Eh bien! Hum... Pour tout dire, ces femmes-là, je vais vous montrer à quoi ça doit ressembler selon moi...

Il ramasse une grosse coquille d'huître à moitié enfouie dans le sable, la dépose sur un rocher plat, lève un pied et l'abat violemment: la coquille éclate en mille morceaux avec un bruit de verre pilé.

— En fait, j'ai encore une chose à vous montrer. Vous avez une minute pour m'accompagner? Hum... C'est pas pour me vanter mais...

Real Love se contente de marcher sans répondre. L'autre s'arrête soudain et demande en le fixant attentivement:

— Au fait, cher Real Love, dites-moi donc une chose: pourquoi est-ce que vous m'apportez votre aide?

L'autre répond avec beaucoup de résolution dans le regard:

— Je me consacre à cette tâche dans l'intérêt de la justice.

En hochant légèrement la tête comme pour dire qu'il a compris, l'homme en tenue de randonneur l'accompagne jusqu'au bout de la plage. Quoique cachée derrière les nuages, la lune renvoie sur cette étendue de sable une faible lumière. Sous cette lueur, l'eau de la mer qui se retire avec le léger bruissement du flux et du reflux prend une teinte nettement bleu noir.

6

ON COMMENCE À ENTREVOIR LE BOUT DU TUNNEL…

(mercredi 16 janvier)

En s'éveillant, Kim Seong-ho consulte l'heure sur son smartphone : 06:30. Il a plutôt bien dormi, comme la nuit précédente. Sans doute à cause de l'air sain de l'île. En tout cas, cette bonne dose de sommeil l'a mis d'excellente humeur. Il ouvre la porte coulissante et sort dans la véranda pour regarder la mer. Mer d'huile couverte d'un brouillard blanchâtre. À l'horizon, des annonces de pluie régulière.

Sur la plage, personne.

Il se débarbouille le visage, passe une tenue de sport, sort de la pension et se dirige vers le bord de mer. Il trouve l'escalier de pierre et le descend prudemment car la pente est plutôt raide. Il avance jusqu'à l'eau et marche sur la bande de sable pleine de petits cailloux et de coquillages. Le brouillard et les nuages limitent son champ de vision. Pas la moindre trace d'un être humain : uniquement la mer, le gravier, la brume, le vent et lui. Là-bas, au loin, quelque chose qui ressemble à un îlot rocheux émerge par à-coups sur fond de grisaille. Il marche lentement tout au bord de l'eau. À peine une fine couche d'eau s'est-elle retirée qu'elle revient s'immobiliser un instant sous ses pieds…

Le brouillard est dense – comme toutes ces sales affaires qui se sont accumulées sur Sambo ! Il a l'impression qu'une fois noyées dans ce brouillard, elles ne seront jamais éclaircies… Soudain, il bute sur une pierre, la ramasse et l'étudie : des morceaux de coquilles d'huître sont écrasés dessus.

— Lieutenant !

Une voix d'homme parvient à son oreille à travers le brouillard. Il lève la tête et aperçoit Yeo Do-yun. Il porte son blouson militaire, n'est pas rasé, et ses lunettes à grosse monture lui donnent une allure farouche.

— Vous avez bien dormi ?

— Oui, ça va, merci.

— Sur cette île, la brume, c'est quelque chose, hein ?

Ils regardent la mer ensemble un moment.

— Allez, on rentre, il commence à faire frisquet.

D'un signe de tête, Yeo Do-yun acquiesce à cette proposition.

— Aujourd'hui, je n'ai pas besoin d'aller au commissariat, n'est-ce pas ? Je vais en profiter pour enquêter dans les musées. J'aimerais que tout à l'heure vous me déposiez simplement devant la mairie, le musée Sojeon se trouve juste à côté.

— Pas de problème.

Ils remontent lentement l'escalier de pierre abrupt qui conduit à la pension.

À Séoul, au commissariat de Gangnam, des policiers enquêtent sur des suspects qu'ils viennent d'arrêter pour une histoire d'hameçonnage par téléphone. Une jeune femme, une vingtaine d'années tout au plus, se présente dans le bureau. Elle fait impression, avec ses formes sveltes et ses vêtements de belle coupe : tous les regards masculins, des inspecteurs comme des suspects, convergent sur elle en même temps. Bien qu'elle soit simplement vêtue d'un blouson en peau de mouton sur des leggins et chaussée de bottines, elle rayonne, elle déborde de séduction. Sa chevelure naturelle, très noire et qui lui tombe jusqu'à la taille, est éblouissante.

— Euh, s'il vous plaît, puis-je savoir où se trouve le bureau de la gardienne de la paix Yi Ju-yeong, de la surveillance du cyberespace ?

Les joues tout empourprées, un jeune officier de police adjoint en uniforme l'accompagne galamment vers un bureau qu'il a montré du doigt.

— Gardienne de la paix Yi Ju-yeong? Bonjour, je suis Kang Ye-mo.

Elles se dirigent ensemble, guidées par Yi Ju-yeong, vers la salle d'interrogatoire, attirant là encore les regards de tous les hommes de la pièce. Une fois dans la salle, la policière lui offre un café.

— C'est gentil, merci.

— J'imaginais que bien évidemment le *big boss* du site Hebdo-pop était un homme…

L'année d'avant, vers novembre, c'était un employé de la société gérant le site d'Hebdo-pop qui était venu apporter les informations sur les membres. Cette fois, comme Yi Ju-yeong a envoyé un courriel au propriétaire du site en révélant son identité et son lieu de travail pour obtenir un rendez-vous, voilà que la patronne se déplace en personne jusqu'au commissariat.

— Beaucoup de gens pensent comme vous. En fait, que je sois une femme est un secret connu des seuls opérateurs travaillant dans notre site.

— Vous faites tellement jeune…

Kang Ye-mo secoue la tête.

— Ne vous y fiez pas, à l'intérieur les années sont bien là !

— Bon. Si je vous ai invitée à vous présenter ici, c'est pour vous demander un coup de main : nous aider à vérifier l'identité de tous les membres du site d'Hebdo-pop qui ont posté des articles ou des commentaires concernant l'affaire du pauvre Yi Jun-hi. On est en train de s'engager dans une enquête spéciale visant celui de vos membres qui a piraté les informations personnelles du lieutenant Kim Seong-ho pour les poster le premier sur la plateforme du site.

Kang Ye-mo se pince les lèvres, secoue plusieurs fois la tête avec une réelle détermination tandis que ses yeux affichent un regret attristé.

— Je suis vraiment désolée mais ça m'est impossible. Notre plus gros atout est de permettre aux gens de poster des articles de façon anonyme. Chacun peut s'inscrire sur notre site sous un nom dont on a juste vérifié l'authenticité grâce au numéro de son smartphone : c'est très facile et nous nous engageons à garder le secret. L'autre fois, nous vous avons passé le listing des membres sans réfléchir à ce que ça signifiait, mais cette fois-ci nous avons consulté un avocat. Sans mandat d'un juge, nous sommes obligés de refuser.

Yi Ju-yeong revient à la charge d'un air embarrassé.

— En ce moment, le lieutenant Kim Seong-ho connaît de graves ennuis à cause de ce piratage. Avec la tentative de suicide qui a laissé Yi Jun-hi dans le coma, cette affaire risque d'être classée sans suite. Il est également possible qu'une nouvelle affaire de même genre se produise... Nous envisageons de trier à nouveau des suspects parmi ceux de vos membres qui ont posté des commentaires en vérifiant leur identité, car nous pensons qu'il peut y avoir un rapport entre celui qui a piraté les informations personnelles du lieutenant Kim et le meurtre de Ha Na-ri...

Kang Ye-mo relève la tête, réfléchit un moment en fronçant les sourcils et en serrant les poings.

— Mais nous aussi, de notre côté, on a subi beaucoup de dégâts à l'occasion de cette affaire : plus aucune entreprise ne veut acheter de publicité... Le tarif des bannières sur un site est fonction du nombre de membres inscrits, et dès qu'on a su dans le public que les noms des membres avaient été transmis à la police, des milliers se sont désinscrits... Désormais, il vous faudra suivre la procédure officielle prévue par la loi.

Comme si elle n'arrivait pas à comprendre, Yi Ju-yeong réplique :

— Si c'est pour une question d'argent, notez que c'est vous qui êtes en train de trahir l'intérêt général des citoyens pour des raisons mercantiles...

— Notre Hebdo-pop a débuté dans le cadre d'un site de vente sur internet. On vendait des vêtements unisexes, mais sur la plateforme libre sont apparus des slogans à couleur politique que les réseaux sociaux ont répandus çà et là, si bien que notre site a fini par attirer l'attention d'un large public. Au commencement, on en a bavé ! L'équipe fondatrice a passé pas mal de nuits blanches à surveiller le serveur afin d'effacer les propos obscènes. Mais au fur et à mesure que davantage d'informations et de documents se sont affichés à l'initiative des inscrits, le site a pris de l'ampleur. Bientôt un nouveau pouvoir s'est dégagé de cette autonomie : désormais, les utilisateurs habituels de la plateforme sont dominants. Ce sont eux maintenant qui à force de poster des informations et de diffuser des opinions deviennent une véritable tendance politique. J'ai beau n'être rien de plus que l'administratrice du site, j'estime que je commettrais une imprudence en vous communiquant nos listings.

Yi Ju-yeong demande d'un ton ferme :

— Et s'il se produisait une deuxième, voire une troisième affaire semblable à celle de Ha Na-ri, vous diriez toujours la même chose ?

Kang Ye-mo répond en la fixant d'un air résolu :

— Vous n'avez actuellement aucun indice prouvant qu'il existe un tel criminel parmi les membres d'Hebdo-pop. Tout ça, ce ne sont que des présomptions.

La policière se met en colère.

— Madame la présidente Kang Ye-mo, qui croyez-vous être pour émettre une telle appréciation ? Vous pensez à Ha Na-ri quand vous sortez de pareilles énormités ? Des membres de votre Hebdo-pop se sont moqués d'elle et il s'est ensuivi un homicide, rien que ça ! Est-ce que vous vous croyez à l'abri d'une moquerie de ce genre, vous-même – d'un tel *doxing*, comme vous dites ?

Kang Ye-mo ricane.

— Ça ne risque pas, vu que je ne vais jamais sur Twitter ou Facebook et que je n'ai aucun blog nulle part. Si on veut survivre dans cette société dangereuse, il faut savoir effacer toutes ses informations personnelles et éviter toute espèce d'inscription sur internet. S'il n'existait pas des opérateurs comme moi capables de prendre des positions claires en toute bonne conscience, tout le monde finirait par confier tout et n'importe quoi à la police. Et, au bout du compte, la moindre plaisanterie postée sur un site pourrait faire de vous un parfait suspect d'assassinat!

Yi Ju-yeong pousse un soupir: tout n'est pas absurde dans ce qu'elle vient d'entendre. L'autre poursuit:

— Beaucoup de gens critiquent Hebdo-pop. Moi-même, je n'affiche pas le fait que j'en suis propriétaire. Et pourtant, nous sommes fiers d'assumer un rôle de guérisseurs. Certains disent que si jamais on décidait de trier et de collecter les déchets de la vie en société pour les empiler dans des conteneurs à poubelles, ce seraient les membres du site Hebdo-pop qui rempliraient le premier camion. Ça ne signifie pas pour autant qu'on ait le droit de nous traiter comme des ordures.

— Admettons. En ce qui concerne les informations personnelles, nous allons nous débrouiller pour nous renseigner de notre côté. Mais je vous prierai instamment d'effacer sur l'heure tous les écrits concernant le lieutenant Kim Seong-ho, sinon nous lancerons une enquête judiciaire officielle là-dessus, par exemple pour suspicion de diffamation, de détournement d'identité personnelle et d'outrage à un fonctionnaire de police dans l'exercice de ses fonctions.

Devant cette fermeté, Kang Ye-mo répond d'un ton glacial:

— Ça, je vais m'en charger moi-même... Mais nous ne sommes plus au temps où la police censurait les sites internet, on est bien d'accord?... Bon, si vous avez terminé, je vous laisse parce que moi aussi j'ai du travail.

Ayant ainsi déversé tout ce qu'elle avait prévu de dire, elle quitte la salle d'interrogatoire, l'air d'une vraie guerrière. Yi Ju-yeong regarde son dos s'éloigner sans montrer la moindre réaction.

En fait, elle se mord l'intérieur des joues. À s'en faire saigner. Depuis qu'elle exerce son métier de policière, c'est la première fois qu'elle essuie un affront comme celui-là. Il va falloir qu'elle obtienne de l'autorité judiciaire une injonction de fournir l'identité des membres du site Hebdo-pop, mais la nouvelle loi concernant les informations personnelles exige qu'on remplisse pour cela des conditions drastiques. Une sacrée gageure.

Et bien entendu, ce sont surtout les représentants de la loi qui trinquent...

Il arrive très souvent que les enquêtes traînent parce que ça prend du temps pour obtenir une ordonnance d'un juge à propos de tout et n'importe quoi. D'un autre côté, des agences privées achètent les services de certains employés des sociétés de livraison à domicile pour se procurer sans peine les informations personnelles du genre numéro de smartphone, adresse du domicile, etc. Il y a même des entreprises illégales de piratage informatique qui sont susceptibles de vous fournir les mêmes renseignements moyennant finances. Peut-être le moment est-il arrivé où la police devra acheter ce genre d'informations sur son propre budget en s'adressant à des entreprises privées !

Yi Ju-yeong pense qu'il lui faudra apporter quelques aménagements à ses procédures d'investigation habituelles, et elle se dit qu'elle ferait bien d'abord d'envoyer par courriel son rapport au lieutenant Kim Seong-ho.

Justement, avant de se préparer à quitter la pension, le profileur est allé vérifier la messagerie de son portable. Il téléphone aussitôt à Yi Ju-yeong.

— Gardienne de la paix Yi Ju-yeong ? Bonjour, Kim Seong-ho à l'appareil. Je viens de trouver votre courriel.

— Bonjour. Oui, il faut absolument qu'on pousse nos recherches plus loin, mais la première chose à faire, à mon sens, est d'essayer d'obtenir les informations concernant l'identité des membres du site Hebdo-pop. J'envisage de chercher des adresses IP analogues à celles que nous possédons pour savoir si on les trouve également sur Facebook ou Instagram, etc. Après quoi je demanderai une ordonnance pour requérir les listings des deux côtés, d'une part à Hebdo-pop, d'autre part aux grands portails des réseaux sociaux. Pour ce qui se passe sur Hebdo-pop lui-même, comme je le surveille en permanence je vous tiendrai au courant. Heureusement, le nombre des posts vous concernant a beaucoup diminué : comme vous le savez, les membres ont tendance à ne pas conserver plus d'une semaine un même centre d'intérêt. En plus, j'ai demandé à l'opérateur de les supprimer.

— Je vous en suis reconnaissant. Ce sera à moi de vous rendre un service dès mon retour à Séoul, c'est-à-dire une fois résolus les problèmes de Sambo.

Après ce rapide échange téléphonique, il prend une douche. Tout en se rasant, il regarde la colline de derrière par la fenêtre de la salle de bains. À travers le bas de la vitre s'étire sous ses yeux un paysage hivernal de collines boisées : les herbes jaunes, les feuilles mortes, les branches basses dégarnies s'étagent en donnant une belle impression d'hiver en région subdésertique. La brume s'est peu à peu dissipée. L'ensemble donne le sentiment de vivre sur une île saturée de brouillard, de solitude et de mystère.

Sa toilette terminée, il rejoint l'endroit où il a garé la voiture. Yeo Do-yun est déjà là, prêt à partir. Il a revêtu une tenue pratique : un jean et un tee-shirt à carreaux avec par-dessus un gilet rembourré sans manches. Et une sacoche à l'épaule.

— On y va ?

Kim Seong-ho démarre tout en programmant sur le GPS le musée Sojeon.

« Nous prenons la route. » La voix mécanique de l'appareil se met en marche. Pendant que la soufflerie réchauffe l'atmosphère glacée, la voiture parcourt quelques lacets pour atteindre la route du littoral. À partir de là, elle prend de la vitesse. Bientôt, laissant derrière elle la mer et les hautes collines desséchées, elle file vers la ville et le musée à proximité de la mairie. Ils aperçoivent de temps à autre une ou deux fermes, parfois même une église surmontée d'une flèche avec une croix. Quelques paysans dans les champs travaillent leurs terres.

Yeo Do-yun entrouvre sa fenêtre.

— Un peu d'air frais, ça fait du bien, vous ne trouvez pas ?

Concentré sur sa conduite, Kim Seong-ho ne répond rien.

— S'il n'y avait pas une telle solitude, ça serait même sympa de vivre ici, reprend Yeo Do-yun à un moment où il a fallu marquer l'arrêt à cause d'un passage pour piétons.

— Au fait, vous n'avez pas eu peur, cette nuit ?

— Pardon ?

— Non, non ! Ne prenez pas ça pour une vraie question ! C'est juste un truc stupide de ma part... Disons que comme la pension se trouve dans un endroit tellement isolé, j'avais déjà vaguement la frousse et quand en plus j'ai entendu comme des craquements...

— Ça devait être le vent de mer ?

— C'est sans doute ça, oui. Ou alors c'est peut-être que je venais de voir sur une chaîne du câble une émission qui m'a foutu la trouille. Il s'agissait d'un docu où l'on montrait le rituel d'initiation d'une personne qui voulait devenir chamane parce que chaque nuit elle voyait des revenants... La mise en scène était tellement effrayante que, pour dire la vérité, même moi qui en tant que chercheur baigne dans les horreurs des récits folkloriques, il m'est arrivé de sursauter par moments. En fait, ce n'était qu'un fantôme pointant le bout de son nez en sortant de dessous un lit !

Kim Seong-ho a un petit rire moqueur. Il rigole comme ça parce qu'on est en plein jour, mais au fond de lui il n'est pas sûr de ce qu'il aurait ressenti s'il avait vu une pareille émission au beau milieu de la nuit. D'autant plus que ça se passait dans un endroit peu familier comme là-bas, où il n'y a pas l'ombre d'un être humain.

Les gens ordinaires s'imaginent, à tort le plus souvent, que les policiers ne connaissent pas la peur. C'est vrai qu'un policier a couramment affaire à des morts et que nous devons regarder de près des photos de cadavres, mais en réalité les êtres humains sont tous pareils, tous sans exception. Et la peur mêlée de respect devant les mystères, ça se rencontre chez n'importe qui.

— Mouais, vous avez raison, il n'y avait pas de quoi s'inquiéter vraiment...

Yeo Do-yun se tait. La voiture quitte la route côtière sans hésitation, sans ralentir, avant de s'engager dans les rues étroites qui conduisent au centre-ville. Kim Seong-ho dépose son passager près de la mairie devant le musée Sojeon. C'est un bâtiment magnifique fait de briques naturelles avec des piliers de marbre blanc et précédé d'un jardin. Une rareté sur l'île.

— Pour rentrer à la pension tout à l'heure, je me débrouillerai tout seul, ne vous inquiétez pas. J'ai sur moi la carte de visite du chauffeur qui est venu nous prendre à la pension l'autre matin.

— OK !

Kim Seong-ho fait demi-tour et se dirige vers le commissariat. Dans le rétroviseur, il aperçoit le dos de Yeo Do-yun entrant dans le musée.

Dans le bureau, il retrouve Oh Yeong-shik et Kang Dae-su en train de discuter. Il les salue.

— Bonjour ! J'apporte une première nouvelle : hier soir, à la pension, Yeo Do-yun a fait une expertise graphologique sommaire et il affirme que l'écriture de ce qui figure sur le bout de papier à moitié brûlé est nettement différente de celle de la fameuse lettre. Ce que j'aimerais bien savoir, moi, c'est qui est allé jusque là-bas pour mettre le feu à des papiers dans le bidon de métal, et pourquoi...

Oh Yeong-shik prend un air triomphant pour répondre :

— Tiens ! Eh bien, moi aussi j'ai eu tout à coup envie de le savoir, et j'ai téléphoné à la famille de Kim Hi-jin pour leur poser la question. Il paraît qu'un lointain cousin est descendu à Mokpo pour venir jusque-là voir les lieux et que c'est lui qui a brûlé des choses sans intérêt avant de repartir.

— Voilà qui règle la question. Maintenant, deuxième sujet à mettre sur le tapis : est-ce que vous avez repéré dans les enregistrements de la vidéosurveillance qu'on a rapportés d'Ullimsanbang des scènes qui méritent d'être tenues pour des indices ? D'après ce que moi j'ai examiné hier soir, il n'y avait rien de notable.

Oh Yeong-shik reprend la parole en ouvrant son carnet :

— J'ai suivi attentivement Bak Min-suk à partir de la semaine précédant sa disparition. Elle est presque toujours présente dans la billetterie. Elle n'en sort de temps en temps que pour aller aux toilettes ou pour déjeuner. Une fois, elle a dû aller sur le parking pour apporter des tickets à un groupe de touristes. À part ça, je n'ai rien vu qui lui ait donné l'occasion de mettre le nez dehors.

Kang Dae-su se tape une fois sur les cuisses avec énergie.

— Attendez voir... Est-ce que ce ne serait pas par hasard un chauffeur de bus ou quelqu'un comme ça ? Quelqu'un qui stationnerait de longs moments sur le parking et que du coup elle irait rencontrer là-bas avec plaisir ?

— Dans ce cas, je fais une enquête auprès des services d'autocars affrétés à Mokpo par des groupes de touristes ? Et comme je dispose des enregistrements de la vidéosurveillance du parking, je les examinerai de près, quitte à y passer la nuit.

En entendant ces mots de son adjoint, Kang Dae-su prend un air embarrassé.

— Mais il doit y en avoir aussi un sacré paquet qui viennent directement de Séoul, non ? Ouais, renseignez-vous d'abord auprès des gens d'Ullimsanbang et faites votre enquête sur tous les autocars qui sont venus là-bas le jour de sa disparition et les jours un peu avant, sans oublier d'interroger les tour-opérateurs.

Pendant ce temps, Kim Seong-ho secoue la tête.

— Quant à moi, je continue à penser que cette affaire est en rapport avec quelqu'un basé sur cette île plutôt qu'à Séoul ou dans une autre région. À mon avis, si cette affaire de disparitions relève d'un seul et même criminel, l'individu a préparé minutieusement son projet, n'a laissé traîner aucune preuve, ne s'est laissé enregistrer par aucune caméra de surveillance et n'a même pas échangé un coup de téléphone avec ses victimes. Le meurtrier est quelqu'un de connu d'elles, ou qui avait facilement accès à elles.

— Là, je crois que tu as raison, dit Kang Dae-su. Nous avons enquêté sur les trois disparitions et il n'y a pas un seul homme suspect qui soit apparu dans le filet de nos enquêtes, pas un seul qui réapparaisse. Et pas non plus dans les appels téléphoniques enregistrés, rien en dehors de ceux de la famille ou de clients.

— Très bien. Autre chose encore : jusqu'à maintenant, au bout de quatre mois, on n'a même pas trouvé un seul cadavre ni le plus petit indice... Aucun signe de vie donné à la famille, non plus. Si les victimes ont bien été assassinées, ça veut dire que le coupable a su se débarrasser parfaitement des cadavres. Comment est-ce possible ?

Oh Yeong-shik prend le relais en suggérant :

— Ne s'en serait-il pas débarrassé en les jetant à la mer ?

— Oui, il faut aussi envisager cette possibilité... Mais est-ce que les vagues ne risquaient pas de ramener les corps ici ou là sur le rivage ?

Le capitaine poursuit, tandis que son majeur n'arrête pas de tapoter sur la table :

— Tout de même, le truc le plus bizarre, c'est la raison pour laquelle il nous a envoyé cette étrange lettre... Voilà un gars qui s'est efforcé avec une extrême minutie de ne pas se trahir pour ne pas se faire attraper, qui s'est débarrassé des cadavres sans laisser la moindre trace : pourquoi a-t-il tout à coup besoin d'entrer en contact avec nous ? C'est ça qui m'intrigue. Au point que je me demande si ça ne serait pas une autre personne... En tout cas, le fait que celui qui a écrit la lettre a dû passer à Ullimsanbang est confirmé par les formules qui font écho à *Byeon-sok-pal-jo*.

Car là, on est certains qu'il s'agit du criminel, ou au moins d'un complice.

Sur ce, Oh Yeong-shik manifeste un doute en penchant la tête et propose une autre théorie.

— Il y a une autre hypothèse, qui pourrait paraître quelque peu extravagante, mais si celui qui a écrit la lettre a une relation cachée avec un membre de la police, il n'est pas impossible qu'il soit au courant que notre capitaine a demandé au commandant Kwon Yeo-il de nous envoyer quelqu'un à la rescousse : dans ce cas, le « tu » de la lettre pourrait désigner le lieutenant Kim Seong-ho… En plus, mine de rien, ledit lieutenant est connu de beaucoup de monde : je me rappelle avoir lu une interview de lui dans un journal à gros tirage. Ça ne s'est produit que très rarement, mais l'influence de la presse est énorme et l'interview a été plusieurs fois reproduite grâce aux réseaux sociaux. Elle a même été postée dans le blog d'un lycéen qui rêvait de devenir policier. Autrement dit, dans ces conditions, le lieutenant Kim ne serait pas non plus en mesure d'enquêter librement. Face à quelqu'un qui organise et exécute ses crimes avec la minutie qu'on commence à bien connaître…

Kim Seong-ho prend un air sérieux. Kang Dae-su pousse un profond soupir puis s'enfonce pesamment dans le dossier de son fauteuil, les mains sur la nuque, doigts entrecroisés. À ce moment-là, le téléphone sonne.

— Tiens, c'est le poste lié au 112*…

Le lieutenant Oh décroche.

— Ici la brigade criminelle du commissariat de Sambo… Oui… Oui.

Il raccroche et dit d'une voix pressante :

— C'est une déclaration : au carrefour devant la supérette, les deux chiots blancs qui étaient dans une cage grillagée ont été enlevés.

---

* En Corée, numéro national d'un centre d'appels dédié à la déclaration ou dénonciation d'un délit.

— Quoi ? Alors maintenant, voilà qu'on nous demande aussi de rechercher des chiots disparus ? C'est pas vrai ! s'exclame Kang Dae-su.

Rouge de colère, il enlève d'un geste brusque sa casquette de chasseur.

— Non, non, on les a déjà cherchés aux environs du terrain vague et ils viennent d'être retrouvés là, massacrés de manière cruelle.

— Allons voir sur place, propose Kim Seong-ho.

— OK, c'est parti.

Avec Kang Dae-su au volant, la voiture ne met même pas dix minutes pour arriver au terrain vague en question. En approchant, ils découvrent un groupe de trois hommes en train de regarder quelque chose. Kang Dae-su se précipite, Kim Seong-ho et Oh Yeong-shik derrière lui. Ils écartent les gens et aperçoivent des restes calcinés, tout noirs.

— Ts-ts... Pauvres bêtes ! Des chiots de Jindo... Quelle mort atroce ! Il y a quand même de sacrés putains de fumiers ! Qu'est-ce que ça peut vouloir dire, une saloperie pareille ?

Pendant que Kang Dae-su pousse ces exclamations, Kim Seong-ho s'accroupit pour retourner les deux corps presque complètement brûlés. Ce sont bien les chiots auxquels Bak Heung-bok donnait des morceaux de saucisse en les appelant Gangsul et Namsul. L'horreur. Depuis qu'il est dans la police, il a dû se rendre sur de nombreuses scènes de crime, mais chaque fois qu'il lui faut affronter un acte de cruauté commis par un être humain, il est pris de frissons et une main glacée s'abat sur sa nuque. En retournant ces restes, Kim Seong-ho met au jour une bouteille de 200 millilitres contenant du diluant à peinture. Il casse calmement une petite branche sur un arbuste voisin et l'enfile dans le goulot pour mettre la bouteille dans une enveloppe plastique que lui tend Oh Yeong-shik. Il découvre également des gants de sport eux aussi tout brûlés.

— Ah, cette fois, voilà quelque chose qu'on a déjà vu quelque part ! s'écrie Oh Yeong-shik.

Kim Seong-ho se relève.

— Oui, ce sont les gants de l'employé de la supérette...

Les trois policiers se précipitent vers la supérette. Lorsqu'ils ouvrent la porte du magasin, Bak Heung-bok est près de la caisse en train d'étiqueter des produits. Il réagit en bégayant :

— Qu'est-ce... qu'est-ce qui... vous ar-arrive ?

Kang Dae-su crie brutalement :

— Dis donc, mon bonhomme, qu'est-ce qu'il leur est arrivé, à tes chiots chéris ? Bak Min-suk aussi, c'est toi qui l'as tuée ?

— Quoi ?

Le capitaine se jette sur l'employé qui s'élance brusquement en le repoussant pour s'enfuir par une petite porte juste derrière le réfrigérateur à boissons.

— Cette porte communique avec le terrain vague ! s'écrie Oh Yeong-shik.

Kim Seong-ho ressort en courant par la porte principale de la supérette et voit Bak Heung-bok s'élancer à travers le terrain vague. Le jeune court cahin-caha jusqu'à un scooter garé dans un coin qu'il enfourche tout en actionnant le démarreur. Oh Yeong-shik, sorti par la petite porte sur l'arrière, le poursuit tout en criant :

— Lieutenant ! On prend la voiture !

Lui-même se met au volant, Kang Dae-su sortant du magasin monte près de lui et Kim Seong-ho bondit à l'arrière. Gyrophare allumé, les policiers foncent derrière le fuyard. La petite moto chargée d'un homme d'une corpulence démesurée roule en gardant tant bien que mal l'équilibre et se lance à toute vitesse dans la descente vers la rivière. Mais la voiture de police bute contre une grosse pierre et s'arrête brusquement au milieu de cette pente abrupte. Tirant violemment le frein à main, Oh Yeong-shik dit :

— Trop dangereux de continuer comme ça !

Kang Dae-su jaillit de la voiture, suivi par Kim Seong-ho. Le scooter bute à son tour contre un rocher en arrivant près de la rive et se renverse avec fracas, kwarr-bing. Les roues continuant à tourner dans le vide. Bak Heung-bok a roulé à terre, mais il se relève tout de suite et repart en courant. Le capitaine se lance à sa poursuite.

Le cours d'eau devant lequel stoppe le jeune homme étant peu profond, il semble sur le point de continuer, mais soudain il hésite : apparemment, il ne veut pas se mouiller les pieds par le froid qu'il fait.

— Hé ! Stop ! Reviens, on ne veut pas t'arrêter !

— Mais moi j'ai tué personne, pourquoi vous faites ça ? Qu'est-ce qu'y a ?

— Il paraît que c'est toi qui as tué les chiots de Jindo... Quelqu'un t'a dénoncé. On veut juste te poser deux ou trois questions, et dans cinq minutes tu es relâché.

— Non !... Vous parlez de Gangsul et Namsul ? Vous savez comment je les aime ! Alors pourquoi je les tuerais, moi qui leur donne tous les jours de la saucisse ?

Il s'adresse à Kim Seong-ho :

— Monsieur le policier de Séoul, vous le savez, non ? que j'ai pas de raison de les tuer. Témoignez pour moi, s'il vous plaît.

— Vous nous avez dit que vous étiez sûr que Bak Min-suk était allée à Séoul, n'est-ce pas ? Alors reparlons de ce dont on discutait l'autre fois...

Le profileur s'adresse à lui avec calme et d'une voix pleine d'assurance.

— J'en sais rien, en fait : ce jour-là, je travaillais à la supérette.

— Le témoin disant que vous étiez vraiment de service à la supérette le 27 septembre l'an dernier, votre copain Seong-min, on aimerait bien le revoir pour l'interroger à nouveau.

— Mais pourquoi vous me faites ça à moi ? Ne vous approchez-pas ! Non ! Ah, merde, puisque je vous dis que je l'ai pas tuée ! s'écrie-t-il brusquement, le visage grimaçant.

Kim Seong-ho se tourne vers Kang Dae-su :

— Capitaine, vous avez dit que Seong-min confirmait l'alibi de Bak Heung-bok pour le 27 septembre dernier. Mais est-ce que vous avez vérifié sur la vidéosurveillance ?

Kang Dae-su répond d'un air un peu embarrassé :

— Du fait que Bak Heung-bok n'était pas classé parmi les suspects, je me suis contenté du témoignage de la personne concernée.

— J'ai envoyé hier soir un courriel à Séoul au siège de ces supérettes : on recevra bientôt les enregistrements des caméras de surveillance de leur succursale sur l'île.

Kang Dae-su, toujours avec une certaine gêne, approuve de la tête.

— OK... Hé, Bak Heung-bok, viens par ici : tu as entendu ?

Bak Heung-bok se jette brusquement sur Kim Seong-ho, qui recule en trébuchant.

— Poussez-vous, là ! C'est pas moi. J'ai tué personne !

Il essaie de s'enfuir en le faisant tomber, mais Kang Dae-su l'attrape par un poignet, qu'il tord pour l'obliger à se pencher en avant.

— Aïe ! Lâchez-moi ! Lâchez-moi, putain de merde !

Aidé par son adjoint, le chef lui passe les menottes et le fait monter dans la voiture, toujours en lui tordant les bras. Kim Seong-ho se relève péniblement et donne des claques à son pantalon pour faire tomber la poussière.

— Ça va ? lui demande Kang Dae-su.

Il fait la grimace en essayant de dissimuler son embarras. Il se frotte le visage avec les mains. Non seulement il se sent un peu honteux, mais en même temps il montre qu'il ressent une petite douleur dans le dos et aux fesses.

— Quand on est bâti comme toi, c'est pas ton truc, les enquêtes sur le terrain !

Kang Dae-su le regarde d'un air compatissant avant de s'asseoir sur le siège du passager dans la voiture. Cette fois, c'est Kim Seong-ho qui se met au volant, tandis que l'adjoint s'assoit à l'arrière en maîtrisant Bak Heung-bok menotté.

Le profileur se sent mal à l'aise. Quand il était au centre de formation de la police, il a suivi des stages de musculation et d'arts martiaux, mais il n'en reste pas moins qu'au niveau de la forme physique, il est loin du compte. S'il avait à affronter un malfrat au corps à corps, sur beaucoup de points il serait perdant. Là, il se sent submergé par la honte : c'est la première fois qu'il subit une pareille humiliation devant des policiers de terrain en révélant son manque de qualités physiques. Dans le rétroviseur il capte le sourire discret d'Oh Yeong-shik en train de l'observer et ça l'agace.

— Ça vous fait rire ? demande-t-il, à peine crispé, sans aller jusqu'à afficher une expression agressive.

— Pardon ? fait Oh Yeong-shik en guise de réponse.

Sans lâcher le volant, Kim Seong-ho donne un bon coup de coude dans la portière de la voiture et redemande d'un ton glacé :

— Je voulais juste savoir si cette situation vous amusait...

— Euh, non, non... Excusez-moi ! s'empresse de dire Oh Yeong-shik, l'air plutôt gêné.

Kim Seong-ho s'efforce d'évacuer de son visage toute trace d'animosité en promenant la paume de sa main gauche sur ses joues et son menton ; il ressent un étrange plaisir à voir son collègue rester la queue basse. Tout en reprenant lui-même des couleurs, il s'interroge sur la façon dont il va arracher à Bak Heung-bok quelques informations utiles.

Dès qu'ils arrivent au commissariat, ils s'installent tous les quatre dans la salle d'interrogatoire. Oh Yeong-shik tente de ramener son prisonnier au calme en lui servant un gobelet d'eau et lui allumant une cigarette qu'il a réclamée. Assis, toujours menotté, Bak Heung-bok secoue vivement la tête en prenant un air buté.

— Rien à foutre, de vous deux ; là, je parlerai pas avec vous, je parlerai qu'avec le policier qu'est venu de Séoul.

Devant son air déterminé, Kang Dae-su et Oh Yeong-shik quittent la pièce. Le profileur reste seul avec lui. Pour ce qui est d'obtenir une déclaration et des aveux, sûr de son expérience et de ses compétences en psychologie, il a plus confiance en lui-même qu'en quiconque.

— Voyons un peu ce qui a pu se passer... Vous avez déclaré que Bak Min-suk était sans doute partie pour Séoul. Moi, ça me paraît assez bizarre... Qu'est-ce que vous savez, au juste ?

— C'est sûr, j'ai pas tué Gangsul et Namsul, je le jure !

Bak Heung-bok a dit ça les bras haut levés en déployant ses menottes.

Il est urgent de lui inspirer d'emblée un sentiment de confiance.

— Sur ce point, je veux bien vous croire.

Et il revient placidement à son interrogatoire :

— OK, oublions les chiots de Jindo, on va chercher un autre suspect. Je vous repose mes questions concernant Bak Min-suk : selon les enregistrements de la vidéosurveillance, ce jour-là, c'est votre pote Seong-min qui était de service à la supérette et pas vous... Pourquoi vous avez menti ?

En fait, les documents de la vidéosurveillance qu'il a demandés à Séoul ne sont pas encore arrivés : il falsifie un tantinet la réalité en anticipant pour faire pression sur celui qu'il interroge. La respiration de Bak Heung-bok s'accélère fortement. Il baisse la tête et ses mains se mettent à trembler. Alors Kim Seong-ho pose sous ses yeux une photographie grand format de Bak Min-suk, car on a vu des suspects finir par avouer simplement parce qu'ils n'arrivaient pas à surmonter leur sentiment de culpabilité en voyant la photo de leur victime, en particulier s'il s'agissait de quelqu'un de sensible, d'un jeune ou d'un primo-délinquant :

— Ah non ! S'il vous plaît, mettez pas devant mes yeux la photo de grande sœur Min-suk ! Maintenant que je pense qu'elle a disparu, ça me met trop mal à l'aise... Pour dire la vérité, oui, je l'ai vue, ce jour-là... au terminal des autocars de Mokpo.

— C'était le 27 ?

— Oui, un mercredi.

— Non, c'était un jeudi...

— En tout cas, c'était la semaine précédant Chuseok, c'est pour ça que je m'en souviens. On devait avoir plus de monde que d'habitude au magasin, mais comme j'avais quelque chose à faire à Séoul, je me suis fait remplacer par Seong-min.

— Parlez-moi d'abord de ce que vous aviez à faire à Séoul. Pourquoi fallait-il que vous y alliez ?

— Ben, en fait...

Bak Heung-bok commence à bafouiller. Quand on en arrive à ce point, si on trouve comment attraper le bout du fil, on n'est plus très loin de débrouiller toute l'histoire. Sans rien dire, Kim Seong-ho lui tend un mug de café. Bak Heung-bok en boit une gorgée, puis reprend la parole :

— Je... j'avais rendez-vous avec une femme. Grande sœur Min-suk, elle se soûlait et elle débitait toujours des paroles en l'air comme si elle était prête à se laisser aller, mais... bon, ça me foutait les boules : en réalité, une allumeuse, voilà ce qu'elle était. Elle racontait tout le temps qu'elle avait envie de devenir une vedette ou de faire hôtesse d'accueil... Au fond, c'était une vraie garce ! Avec Seong-min, je suis à peu près sûr qu'ils ont eu tous les deux des moments « couci-couça », si vous voyez ce que je veux dire... Mais moi, c'était chaque fois comme si j'existais pas.

— Attendez ! Allons-y doucement. Un pas après l'autre. Pourquoi vous êtes allé à Séoul ? Vous vouliez y aller avec elle ?

Bak Heung-bok réagit fortement en agitant les mains pour dire non.

— Pas du tout ! Tant qu'elle avait pas perdu la boule, elle serait même jamais partie nulle part avec moi... Euh, je sais pas si je peux dire des trucs comme ça...

Il est tout rouge, les yeux baissés. Kim Seong-ho essaie de lui donner un sentiment de confiance en le fixant d'un regard plein de compréhension. Un sourire timide flotte sur les lèvres du jeune homme, qui continue :

— Euh, bon, y a un site appelé Freerandom Chatting où j'ai fait la connaissance par hasard d'une étudiante de Séoul... Ah ! le visage de Jessica, sa silhouette 95-60-85 avec bonnet C, paraît-il, pour 45 kilos... Des super-mensurations, quoi ! On a bavardé un bon moment, elle m'a envoyé par mail une photo d'elle, et même de sa poitrine… Du coup, on avait pris rendez-vous pour le 27, la semaine précédant Chuseok, pour se rencontrer au terminal de Gangnam à Séoul. Eh ben, vous allez pas me croire, mais en fait c'était un mec ! Putain de merde ! J'étais hors de moi de m'être fait foutre de ma gueule. Ce sale con m'avait couillonné en faisant croire qu'il était une femme, et moi je me suis retrouvé le bec dans l'eau… Je l'ai même pas rencontré, ce fumier ! J'étais dingue, le moral dans les chaussettes, et finalement je suis redescendu à Mokpo pour rentrer sur l'île. Une autre fois, déjà, un type avait fait semblant d'être une femme en m'envoyant une photo qui circulait sur internet ; et puis ensuite il m'a envoyé un texto disant franchement qu'il était en fait un lycéen, avant de couper d'un coup la communication. C'était pas trop grave puisque ce connard m'avait avoué qu'il était un mec, mais l'autre jour, là, j'ai dû faire le pied de grue pendant cinq heures pour que dalle…

Il donnait l'impression que ce n'était pas la première fois que ça lui était arrivé.

— Bien. Mais revenons à Bak Min-suk. Quand vous l'avez vue au terminal de Mokpo, est-ce que c'était sur le chemin du retour ou en allant à Séoul ?

— En y allant. J'ai été très étonné de la croiser là-bas. Je prenais le car de 10 heures pour Séoul et par la fenêtre je l'ai vue qui rôdait comme si elle cherchait quelqu'un.

— Elle voulait prendre un car ?

— J'avais l'impression que oui. Mais soudain elle s'est retournée pour rentrer dans le bâtiment du terminal, si bien que j'ai fait semblant de pas l'avoir vue.

— Bon. Mais vous auriez très bien pu descendre du car pour aller la saluer : pourquoi vous ne l'avez pas fait ?

— J'avais peur de manquer mon car, il était presque 10 heures. Et puis pourquoi que je lui aurais dit que j'allais à Séoul rencontrer une femme ? J'aurais été désolé de la vexer. En plus, de quoi j'aurais eu l'air, moi qui lui envoie sans arrêt des textos pour lui dire que je l'aime et tout…

Tout ça est tellement idiot que Kim Seong-ho manque d'éclater de rire. Il réfléchit à une chose avant de lancer une nouvelle question :

— Mais pourquoi est-ce que vous n'avez pas dit tout de suite la vérité ? Vous aviez une raison particulière pour ne pas la dire ?

— Y paraît que la prostitution est punie par la loi pour les deux... Quand j'avais menacé mon lycéen de le dénoncer à la police parce j'étais furieux de m'être fait avoir, il m'avait prévenu que moi aussi j'y aurais droit pour prostitution... Du coup, valait mieux fermer ma gueule.

— En somme, cette fois-là, vous alliez à Séoul avec l'intention de payer une prostituée ?

Bak Heung-bok proteste en agitant ses mains tendues en avant.

— Non. Simplement je croyais au départ que c'était une étudiante et voilà que le gars au bout du fil m'a demandé de lui donner 100 000 wons parce qu'il était complètement fauché, comme ça, tout simplement... J'avais été victime d'une arnaque, quoi ! Putain ! Qu'est-ce que ça me fait chier, ce genre de coups tordus...

Il a fini sa phrase de manière évasive. Kim Seong-ho le rassure en posant doucement une main sur son bras.

— Bon, allez, on va tâcher de vous éviter toute sanction légale pour ça, mais à condition que vous acceptiez de continuer à répondre sincèrement aux questions que je vais vous poser. D'accord ?

— Eh, monsieur le policier de Séoul, vous me croyez, vous, hein ? Alors, vous pourriez pas m'enlever ces menottes ? Aïe ! Ça me serre vachement, c'est affreux !

Kim Seong-ho hésite un instant. C'est toujours mieux d'écouter une demande du suspect pour nouer un lien de confiance ; mais là, question capacités physiques, Bak Heung-bok en face de lui est nettement plusieurs catégories au-dessus. En fin de compte, il fait venir Oh Yeong-shik et lui demande de lui enlever les bracelets.

— Ça va aller ?

— Oui. Pas de problème !

Après les lui avoir enlevés, Oh Yeong-shik quitte la salle d'interrogatoire et Bak Heung-bok prend un air enjoué.

— Vous êtes vraiment un policier qui travaille comme les agents de la CIA qu'on voit dans les feuilletons américains ?

Kim Seong-ho se contente de sourire.

— Vous me croyez vraiment, maintenant, hein ? Pour moi, c'est tout ce que j'ai à dire. Depuis ce jour-là, j'ai plus jamais revu grande sœur Min-suk. Quand on a raconté qu'elle avait disparu, j'ai cru qu'elle était allée à Séoul faire hôtesse d'accueil ou quelque chose comme ça. Je me figurais qu'un jour elle allait devenir une vedette et apparaître à la télé…

Le souvenir des deux chiots calcinés fait irruption dans l'esprit de Kim Seong-ho. Un homme assez cruel pour faire crever des animaux en y mettant le feu aurait aussi la nature résolue qu'il faut avoir pour tuer quelqu'un. En se rappelant les gants de sport à moitié brûlés, il demande donc encore une fois :

— Ce n'est vraiment pas vous qui avez tué Gangsul et Namsul ?

— Non et non ! Je suis prêt à jurer que je les ai pas tués !

Il a l'air si violemment révolté que Kim Seong-ho se recroqueville sans trop le laisser paraître, puis, avant que l'autre ait eu le temps de réfléchir, il attaque :

— On a trouvé vos gants au milieu des cendres.

— Quoi ? Mais c'était pas les miens ! Ces gants-là, tous les employés de la supérette les mettent. Il y en a plusieurs paires du même modèle sur la table à l'entrée. Tout le monde les laisse en quittant le magasin. Là, monsieur le policier de Séoul, je trouve que vous exagérez. Vous êtes en train de me soupçonner ou quoi ? C'est pas du harcèlement, ça, non ?

Il se lève d'un bond en tapant du poing sur la table. Son gabarit massif remplit le champ de vision de Kim Seong-ho, qui se sent vaguement menacé mais garde son sang-froid. Se défendre en comptant sur ses muscles ne conduirait nulle part, c'est sur le plan psychologique qu'il est urgent et impératif de dominer Bak Heung-bok.

— Rassieds-toi sur ta chaise avant qu'on te recolle les menottes ! Même un gaillard comme toi, il me suffit de lever un doigt pour t'immobiliser. Assis, j'ai dit.

Le dominant de toute la puissance de son regard, Kim Seong-ho exerce une pression implacable. Bak Heung-bok commence par résister, trépigne, souffle de rage, mais bientôt baisse la tête avant de s'affaisser sur sa chaise. Son moral s'effondre tout aussi soudainement et il demande en pleurnichant :

— Siouplé, mon brav' polic' de So-oul, faut m'relâcher : si la mémé elle apprend où que j'chuis là main'nant, ça va y faire un coup su'la téte qu'son cœur y peut s'arrêter de batt' ! D'jà qu'y a eu tout'ces années d'école ousqu'j'y en é fé voir de tout les couleurs...

Jusque-là, Bak Heung-bok répondait clairement en coréen standard, mais voilà que son accent régional lui sort spontanément de la bouche. Il se reprend et se met à sangloter :

— Monsieur le policier, c'est vraiment pas correct, pourquoi vous me faites ça alors que j'ai commis rien de grave. Bou-ouh !

Devant ces flots de larmes, Kim Seong-ho retrouve son souffle et son calme avant de proposer :

— Bon, d'accord. À propos des chiots brûlés vifs, nous allons reprendre toute l'enquête à zéro. Mais en ce qui concerne Bak Min-suk, tous les deux on va rédiger une nouvelle déclaration sous serment où tu reviendras sur tes précédentes allégations.

Bak Heung-bok se résigne et reste immobile, la tête basse.

— Alors, comment ça s'est passé ? Tu lui as arraché des aveux ?

— Pour ce qui est des pauvres chiots cramés, on dirait bien que ce n'est pas lui. Les gants, il paraît qu'ils en laissent toujours à l'entrée de la supérette pour que tout le monde et n'importe quel employé puisse les mettre. Les clients peuvent même les emporter sans que le personnel occupé à la caisse s'en aperçoive.

— Je ne parlais pas de ça, je pensais à Bak Min-suk...

— Le 27 avant 10 heures du matin, il l'a vue au terminal de Mokpo en partant pour Séoul rencontrer une femme. Il faut voir avec le terminal pour nous procurer les enregistrements de la vidéosurveillance.

À peine a-t-il entendu ça, Kang Dae-su se précipite sur le téléphone. Kim Seong-ho doit réprimer un certain agacement. Dès que les policiers locaux avaient présumé que la jeune fille était allée à Séoul, ils auraient dû commencer par consulter les enregistrements des caméras de surveillance aux environs de la gare ou du terminal de Mokpo, sans parler du Grand Pont. Il y a de quoi rager qu'ils n'aient même pas lancé les vérifications élémentaires. En durcissant l'expression de son visage, il demande à Oh Yeong-shik d'un ton sérieux :

— Mais qu'est-ce que vous avez foutu jusqu'ici, merde, ce n'est pas au profileur de s'occuper de ce genre de recherches préliminaires !

— Désolé. Je reviens tout de suite avec les documents.

Kang Dae-su jette un regard perçant à Kim Seong-ho qui est en train de s'éloigner. Celui-ci quitte le bureau en laissant derrière lui une ambiance glaciale. Arrivé dans la cour du commissariat, il jette un regard sur les collines hivernales désolées qui s'étendent sur l'arrière du bâtiment. Il est énervé. Il a du mal à se concentrer. Quelque chose le tourmente depuis qu'il est sur cette île...

C'est probablement le souvenir de Hong Tae-gi qu'il cherche toujours à oublier et qui est remonté à sa mémoire.

Il aimerait pouvoir accomplir son travail dans le calme, comme à Séoul, sans laisser affleurer ses sentiments. Il fait quelques pas dans la cour de derrière en tâchant de se ressaisir avant de retourner dans le bureau.

L'après-midi même, Bak Heung-bok est libéré après avoir rédigé et signé une nouvelle déclaration sous serment. Oh Yeong-shik est parti au terminal de Mokpo chercher les enregistrements de la vidéosurveillance ; les documents qu'il en rapporte finalement, Kim Seong-ho reste au commissariat pour les regarder de près jusqu'à une heure avancée de la soirée.

Afin d'examiner avec attention tous les détails de l'intérieur du terminal tel qu'il était autour de 10 heures du matin le 27, il le divise en secteurs : le quai où s'arrêtent les cars, les environs des toilettes, les alentours de la porte principale, la billetterie... Il fouille dans tous ces endroits comme s'il cherchait des poux dans une tête. Bak Heung-bok a été capté deux fois : au moment d'acheter son billet, à 9 h 30, puis au moment de monter dans son car, à 9 h 45. Bak Min-suk aussi a été enregistrée en train de rôder sur le quai à 9 h 50, comme son cadet l'a dit.

Le profileur repartait vers le début quand Oh Yeong-shik s'écrie en pointant son stylo :

— Là-bas, dans le coin, on dirait Bak Min-suk qui passe, juste une seconde... Oui, c'est elle, en train de traînasser.

— Remontons un peu en arrière.

On la voit qui se dirige vers le guichet après une courte hésitation. Elle s'en approche comme pour aller acheter un billet, mais elle hésite de nouveau pendant quelques secondes. Elle a déjà été aperçue à 9 h 40 en train de se rendre à la cabine du téléphone public.

— Tiens, là, vous voyez ? Elle est obligée d'utiliser le téléphone public parce qu'elle a laissé son mobile chez elle.

— Il va falloir demander au central téléphonique qui elle a appelé à ce moment-là. Mais pour ça on a besoin d'une ordonnance du juge.

Kang Dae-su le rassure tout de suite :

— Il y a urgence, mais ne t'inquiète pas trop : sur notre île, la procédure ne prend pas aussi longtemps qu'à Séoul. On doit juste demander au tribunal régional de Mokpo un mandat pour obtenir la liste des communications du téléphone public ; et du temps qu'on y est, une autorisation pour faire restaurer les textos effacés du mobile de Bak Min-suk. C'est l'affaire d'une journée, deux au maximum.

Oh Yeong-shik retourne à sa table pour rédiger les formulaires de demande de mandats. Kang Dae-su s'est remis à faire défiler la vidéosurveillance. Il s'écrie tout à coup :

— Venez voir. Finalement, la voilà qui ressort par l'entrée principale du terminal. Elle n'a pas acheté de billet, elle n'a pas pris le car, voilà la situation à 10 heures pile. Elle n'était donc pas allée là-bas dans l'intention de se rendre à Séoul, mais pour rencontrer quelqu'un... Et maintenant, elle repart sans avoir rencontré personne. Peut-être qu'elle a reçu un coup de fil à la cabine téléphonique et que le lieu du rendez-vous a changé ?

— Ou alors ça veut dire qu'elle avait le projet de prendre le car et qu'elle a changé d'avis. Peut-être y aller en voiture ?

Kang Dae-su approuve d'un grand coup de tête.

— OK. On va d'abord s'occuper des communications enregistrées et ensuite on continuera nos recherches. Il y a des tas de formalités qui m'attendent.

Kim Seong-ho trouve tout de même surprenant et contrariant qu'ils ne se soient jamais encore informés des enregistrements de communications téléphoniques alors qu'ils prétendaient avoir mené une enquête. Cela lui pose problème. D'après Kang Dae-su, c'est la mairie de Sambo et ses supérieurs de la police qui s'étaient opposés à ce qu'on lance une enquête sur cette affaire de disparitions, à commencer par le cas de Bak Min-suk puisqu'on avait retrouvé son mobile chez elle : ils devaient donc avoir épluché la liste des appels passés et reçus sans rien noter de particulier...

Kang Dae-su a sans doute deviné sa pensée car il reprend d'un ton bourru :

— Détends-toi ! Et n'incrimine pas trop notre enquête préliminaire. Pour Ko Hi-jeong et Kim Hi-jin, nous nous sommes informés des appels et textos enregistrés dans leurs mobiles, mais dans le cas de Bak Min-suk qui avait laissé son smartphone dans sa commode, nous avons nous-mêmes ouvert son appareil pour prendre connaissance de son contenu... C'est vrai qu'au départ on n'avait pas fait grand-chose, mais à partir du moment où la télévision locale a révélé l'affaire, malgré la décision de la mairie on s'est engagés à fond dans l'enquête, même si c'était un peu tard. Et comme tu allais descendre de Séoul nous donner un coup de main… Bref, je te fais toute confiance, et on va y arriver !

Kim Seong-ho lui lance un regard d'approbation tout en hochant la tête. *On n'arrivera jamais à rien si on passe tout notre temps à se faire mutuellement des reproches.*

Ayant terminé sa journée au commissariat, il reprend le chemin de la pension. Dans le calme et la solitude de la nuit, il ne règne sur l'ensemble de l'île qu'un ciel sombre noyé dans le brouillard et le clapotis des vagues couleur de cendres. Lorsqu'il arrive à la pension, la chambre de Yeo Do-yun n'est pas encore éclairée.

Cette nuit-là, contrairement à son habitude, malgré tous ses efforts pour s'endormir il n'y arrive pas. Le spectacle cruel des chiots morts ne quitte pas sa pensée. Il revoit sans arrêt la scène où il s'est attardé à les observer en train de gémir dans leur cage grillagée près de la supérette le premier jour de son arrivée sur cette île de Sambo…

Si ce n'est pas Bak Heung-bok, qui donc a bien pu tuer ces chiots ?

Un souvenir de son enfance lui revient à l'esprit : un chien mort… L'image fait irruption dans sa mémoire : un chien qu'il élevait avait lui aussi été cruellement tué par quelqu'un, et son père l'avait enterré sous un parterre à fleurs de leur maison…

Qui donc avait tué mon chien ? Ce devait être quelqu'un qui ne pouvait pas résister à ses pulsions…

Si on relie les jeux d'argent, la drogue, les déviances sexuelles, le viol, le meurtre, etc. à l'incapacité à contrôler ses pulsions, il n'y a rien de surprenant à ce qu'on finisse par basculer dans un comportement pervers.

Supposons une mère de famille qui tombe dans la dépression parce qu'elle sent avec angoisse qu'elle n'existe pratiquement plus aux yeux de son mari et de ses enfants devenus grands. Ce qui la menace, là, toute seule chez elle, ce serait par exemple l'addiction au téléshopping. Elle va passer toute la nuit accrochée au téléphone à hésiter et hésiter, puis au petit matin elle arrivera à la rubrique « Commandes ». Là, à l'autre bout du fil, en attente 24/24, un vendeur va la traiter avec considération. Une fois qu'elle aura commandé plusieurs articles, elle respirera mieux, son angoisse s'évanouira... C'est ça qu'on nomme « troubles du contrôle des impulsions ». Si l'angoisse ne se dissipe pas avec la réalisation des achats, on n'est plus dans ce cas de figure et il faut alors diagnostiquer une autre pathologie mentale...

Pendant qu'il est plongé dans ces réflexions, la porte de côté donnant sur la véranda se met à vibrer, à avoir comme des petites secousses. Il se lève et saisit la poignée de la porte-fenêtre à glissière : elle est en position « ouvert ». Et ça, c'est très étrange car il est certain de l'avoir fermée la nuit précédente en vérifiant à plusieurs reprises... Le verrouillage serait-il déglingué au point qu'il suffit d'un coup de vent pour que la serrure s'ouvre toute seule ? *Il va falloir que je signale ça au responsable.*

Quelques bruissements suspects se produisent encore : il vérifie de nouveau mais à la fin, la fermeture tient bon. Il secoue la tête avec agacement. Décidément, avec la solitude et le dépaysement, il se laisse distraire par des broutilles.

Soudain, il se rappelle qu'il doit rendre compte de la situation à Kwon Yeo-il. Sans doute à Séoul l'activité quotidienne suit-elle son cours d'une manière assez stressante, car depuis qu'il est sur l'île il n'a pas reçu un seul coup de fil ni un courriel. Il consacre alors quelques minutes à rédiger un bref rapport sur les événements récents à Sambo, puis il se met au lit. Ses yeux ne tardent pas à se fermer.

Bam ! Bam ! Il est réveillé d'un coup par le bruit de la porte d'entrée, comme si quelqu'un tapait dessus sans ménagement. Il attrape son smartphone : 2 heures du matin. Assis sur son lit, il écoute une bourrasque de vent arrivant on ne sait d'où. Il tend l'oreille.

Peut-être a-t-il seulement cru entendre quelque chose ?

Bam ! Bam ! Le même bruit recommence. Il se lève et vérifie de nouveau l'état de la porte coulissante donnant sur la véranda :

pas de problème, elle est toujours fermée. Il se dirige alors vers la porte principale. Il longe précautionneusement la table de la cuisine, passe la salle de bains et s'arrête devant la porte pour écouter avant d'ouvrir: il n'entend rien. Une sorte de malaise s'introduit en lui. Sur le point de se retourner malgré cette impression bizarre, il pose la main sur la poignée.

Il la saisit de la main droite. Le morceau de métal se loge dans sa paume sans la moindre difficulté, il le bascule vers la droite et la porte commence lentement à s'ouvrir en grinçant. À part le léger susurrement du vent marin, il ne perçoit toujours rien. Il jette un rapide coup d'œil sur le monde extérieur: on dirait que quelque chose de difficile à distinguer se déplace dans cette noirceur de jais, comme si une giboulée d'hiver se préparait... À l'instant exact où il referme la porte derrière lui, il sent une force qui retient vigoureusement la poignée de l'autre côté. Il sursaute.

— Vous ne dormiez pas?

La tête aux cheveux bouclés de Yeo Do-yun s'insère d'un seul coup dans l'intervalle de la porte. Il fait un pas en arrière. Tout son corps électrisé par la frayeur, aussitôt remplacée par la mauvaise humeur.

— J'avais beau essayer de dormir, rien à faire... Alors j'ai ouvert mon portable pour me remettre à un article que je suis en train de préparer, mais j'ai senti que ça n'avançait pas. Et tout à coup j'ai été pris de peur. Je me suis dit que les policiers avaient un courage hors du commun et me voilà en train de frapper à votre porte... Est-ce très impoli? En plus, on n'a toujours pas pu prendre un pot ensemble pour célébrer notre arrivée dans cette pension. Venir à Sambo, c'est pour ainsi dire faire une excursion!

Quoiqu'il se soit effacé pour le laisser entrer dans son studio, Kim Seong-ho répond d'un air vaguement contrarié:

— Eh, on n'est quand même pas venus ici pour s'amuser... Et puis, dites donc, vous avez un sacré culot d'intercepter la poignée de la porte comme ça...

— Pardonnez-moi si je me conduis comme un malappris...

Tout en s'installant d'autorité à la table, Yeo Do-yun sort une bouteille de vin de son blouson militaire.

— Allez, buvons un petit coup ensemble! Je voulais m'en offrir un quand j'ai compris que je ne n'arriverais pas à m'endormir. Pourtant, même hier soir j'ai réussi à m'endormir, mais aujourd'hui, là, pas moyen...

Sur ce, il enlève son blouson, sous lequel il porte un tee-shirt bleu marine à col rond, avec un pantalon flottant. Ses yeux brillent à travers ses lunettes à grosse monture, pourtant la faible lumière de la lune ne permet pas de les voir distinctement et Kim Seong-ho va rallumer le lampadaire du living avant de venir s'asseoir à la table en face de lui.

— Bon! On prend juste un verre et vous retournez chez vous. Mais vous savez, moi, je ne bois presque jamais...

— Alors, attendez une minute: pour mettre de l'ambiance, rien ne vaut la boîte à musique!

Il sort son smartphone de sa poche et lance un morceau de musique apaisant. Puis, tenant sa bouteille d'une main, de l'autre il tourne lentement la pointe en spirale du tirebouchon pour qu'elle pénètre dans le liège: le métal s'enfonce avec un léger crissement. Une fois la bouteille débouchée, il fouille dans le placard et trouve deux verres qu'il remplit à moitié.

— À la vôtre! Si vous n'en avez vraiment pas envie, je finirai les deux verres puis je m'en irai, promis.

Kim Seong-ho prend son verre et l'approche de ses lèvres d'un geste visiblement résigné. Pendant ce temps, Yeo Do-yun lui pose une question:

— Vous avez déjà entendu parler du rituel appelé *ssitkimgut*?

Kim Seong-ho boit lentement sans rien répondre.

— Puisqu'on est venus jusqu'à cette île de Sambo: il s'agit du rituel chamanique destiné à guider l'âme d'un défunt dans l'au-delà où il jouira d'un bonheur éternel. La chamane purifie le chemin jusqu'à l'autre monde pour ce malheureux injustement arraché à la vie. Lorsque le rituel atteint son acmé, elle attache à un pilier une longue bande de tissu blanc où on a fait par endroits des nœuds, et ces nœuds, elle se met à les dénouer l'un après l'autre en guise de vœux de bon voyage. Vous avez sans doute vu un tissu blanc flotter en l'air dans une scène de rituel chamanique, n'est-ce pas ? Après quoi on enroule un vêtement du défunt dans une natte grossière qu'on nettoie avec une balayette trempée dans l'eau pure…

— On voit que vous avez souvent assisté à ce genre de cérémonies !

— Obligé, ça fait partie de mon travail. On enregistre ce qui se passe tel quel, aussi bien les sons que les images, à fin de publication dans des revues scientifiques. En gros, on peut dire que les rituels chamaniques du *gut* forment le cœur du folklore. Il m'est arrivé d'acheter des instruments utilisés au cours d'une de ces cérémonies pour les déposer dans le trésor d'un musée, puis d'en faire plus tard une exposition. C'est ça, chez nous, faire de la recherche. En tout cas, pour en revenir au *ssitkimgut*, le point essentiel consiste pour ainsi dire à laver les péchés.

Il vide alors son verre, puis il demande :

— Dites-moi, lieutenant Kim Seong-ho, vous est-il déjà arrivé de commettre un crime ?

— Pardon ?

Comme il a l'air estomaqué, Yeo Do-yun poursuit en baissant les yeux :

— C'est une simple curiosité de ma part, notez bien. C'est-à-dire en fait que je me demandais si un chercheur scientifique naïf comme moi serait lui aussi capable de tuer un être humain… Comme le folklore est un domaine qui rassemble diverses disciplines, il y a beaucoup de choses par-ci par-là que j'ai envie de savoir. Et j'aimerais connaître, en particulier, le point de vue d'un criminologue sur le meurtre, le crime et les rituels de purification.

— Je ne connais pas grand-chose dans ce domaine, c'est tellement compliqué… À mon sens, il y a plusieurs raisons qui conduisent à commettre un crime : un accident, l'esprit de vengeance ou quelque motif purement passionnel. Et il existe aussi les meurtres commis pour ainsi dire dans un état pathologique de la psyché, parce que la conscience est devenue floue sous l'effet d'une substance comme l'alcool. Ce qu'on appelle un meurtre « immotivé » est un cas vraiment très rare : c'est un crime commis par un psychopathe qui, vivant depuis longtemps à l'écart de la société, brandit soudain un couteau dans un accès de démence.

— Mais ces criminels particulièrement terrifiants qu'on appelle « psychopathes » – c'est plutôt ceux-là qui m'intéressent –, est-ce qu'ils sont vraiment différents de nous ? Une fois, quelqu'un a expliqué devant moi que pour les écologistes l'être humain lui-même est un psychopathe et que cela a un rapport avec l'écologie. D'après les gens qui pensent comme ça, c'est notre extrême égoïsme qui nous amène à détruire notre environnement naturel et à perturber l'écosystème. L'homme sèmerait le désordre sur la Terre et causerait la disparition de certaines espèces animales. Je me propose d'écrire un article combinant ce thème avec mon folklore familier.

Le conservateur de musée s'est exprimé avec beaucoup de sérieux. Le profileur réplique :

— Ce point-là a encore besoin d'être éclairci, et on n'arrêtera jamais de se pencher sur la question. Mais déjà il paraît qu'il existe des gens qui sont pratiquement incapables d'avoir un sentiment de culpabilité parce que dans leur prime enfance un dérèglement accidentel a endommagé le lobe frontal de leur cerveau, les privant de la fonction qui régule les sentiments. Il arrive aussi que certains deviennent des criminels pour avoir été maltraités quand ils étaient enfants, même si, bien entendu, tous les enfants maltraités ne deviennent pas des criminels en grandissant.

Yeo Do-yun vide son verre d'un trait en conservant son sourire, tandis que Kim Seong-ho revient sur la remarque qu'il avait faite auparavant :

— Le point de vue écologique, ouiii... Mais si vous aviez été élevé à la campagne, vous sauriez que parfois un chien se jette au milieu des poules et en égorge une, comme ça, sans raison... D'un certain point de vue, l'instinct des humains n'est guère différent de celui des animaux : à peine ont-ils aperçu de plus faibles qu'eux, ils les agressent impitoyablement. En poussant à l'extrême ce simple réflexe d'égoïsme, n'importe qui est capable de tromper autrui, par exemple en détournant de l'argent ou un truc comme ça. On arrive vite à ceux qu'on appelle les « psychopathes en col blanc ». Ceux-là, on en croise partout parmi les travailleurs sociaux ou les employés de banque ; rien ne les retient, ils ont toutes les audaces et ne voient toujours que leur propre intérêt. Leur caractéristique est d'être dénués de frein moral et d'avoir une aptitude extraordinaire pour tout oublier en dehors de leur objectif.

Yeo Do-yun réagit en sifflant d'admiration.

— Ouiche ! J'aimerais bien avoir un tempérament comme ça ! Il y a certaines gens qui se laissent tourmenter toute leur vie par un événement de leur passé alors que, avec un caractère tel que celui que vous venez de décrire, ils ne mettraient pas longtemps à connaître le succès. Ça me rappelle le résultat des recherches que l'anthropologue Napoleon Chagnon a menées sa vie durant sur les Yanomami, un peuple primitif de la forêt amazonienne. Là-bas, ils appellent *unokai* ceux qui ont une fois commis un homicide : c'est chez eux un privilège, supposé leur conférer une force particulière, par exemple la capacité d'avoir plusieurs femmes et une moyenne de cinq enfants... En revanche, ceux qui n'ont jamais commis d'homicide font un plus petit nombre d'enfants ou restent même sans femmes. Autrement dit, dans les sociétés primitives, l'homicide n'est pas un crime mais un processus naturel qui vous confère un supplément d'énergie vitale. Vue sous un certain angle, l'agressivité cruelle pourrait être tenue pour un instinct constitutif de notre humanité...

Ayant ainsi parlé, il vide un deuxième verre avant de se lever en chancelant.

— Allez, sur ce, je vais me coucher. Grâce à votre compagnie, j'ai eu un bon moment de réflexion. Si un jour je fais un article sur ce sujet, je creuserai plus profondément. Tenez, pas plus tard que tout à l'heure, je vais me débrouiller pour passer la matinée à m'occuper de mes travaux futurs.

Il s'en va, avec sa bouteille à moitié vide serrée sur sa poitrine. Kim Seong-ho pousse soigneusement la porte et ferme le verrou avant de retourner au lit. Sans doute l'alcool lui est-il monté à la tête, car il se sent tout engourdi, et presque mort de fatigue. Il regarde l'heure : 3 heures du matin. À peine a-t-il fermé les yeux qu'il tombe dans un profond sommeil. Cette nuit encore il va pouvoir dormir. Cette idée lui met du baume au cœur. Son esprit devient progressivement flou jusqu'à ce qu'il bascule dans l'inconscience.

L'homme en tenue de randonneur avec la capuche rabattue sur les yeux fait descendre de sa voiture celui qu'il surnomme Real Love.

— Hum-hum ! Descendez, c'est ici que j'habite. Mais j'aimerais vous montrer quelque chose à quoi je tiens beaucoup.

Real Love secoue la tête.

— Je n'ai aucune envie d'admirer vos collections !

— C'est vrai ? Pourtant ce sont des objets que j'adore tout particulièrement, dit l'homme d'un air embarrassé.

— Soit, mais je filerai dès que j'aurai jeté un coup d'œil, dit Real Love en prenant un air sérieux.

— Bien ! Vous préférez donc voir l'objet réel ? La chose elle-même, hi-hi ?

Il part le premier et s'engage carrément dans le fouillis des bordures surélevées de la rizière. C'est un chemin de campagne sans réverbère et Real Love traîne les pieds et multiplie les faux pas au bas des talus. L'autre progresse à grandes enjambées et il a du mal à le suivre.

— Encore trois pas et c'est là ! Juste ici. Voilà.

— C'est donc ça ?

— Oui, je leur ai prévu un écrin chacune avant de les enfermer dedans.

Il regarde Real Love et demande en adoptant une allure servile :

— Maintenant, donc, vous pouvez me donner l'information que j'attends : demain, où donc les policiers comptent-ils orienter leurs enquêtes ?

Au bout d'un instant de silence, Real Love déclare :

— Demain sera le jour de laver les crimes. Un jour de grande scène de *gut* pour faire advenir la justice.

— Ha-ha-ha ! Une scène de *gut* ? Ça va être amusant, non ? Je n'aurai qu'à grignoter des gâteaux de riz en regardant le *gut**. Mille mercis !

Il affiche un sourire jusqu'aux oreilles, mais sans doute n'est-il pas tellement tranquille, car il observe Real Love avec une certaine inquiétude.

— Euh, faut dire que les mains me démangent... Tenter un autre coup ?

Le visage de Real Love, qui jusque-là n'exprimait rien, se crispe d'un coup, et il affirme d'une voix forte :

— Méfiez-vous, si vous me foutez mon affaire en l'air, je vous préviens, je révèle tout !

L'homme se tortille un peu sur ses jambes et agite les mains :

— Non, n'ayez pas peur, je ne ferai rien ! Jamais de la vie ! Je suivrai vos instructions, mon cher Real Love. Moi aussi je veux coopérer et faire advenir la justice. Je le jure, je ferai advenir la justice ! Hum-hum !

Mais au moment où Real Love se retourne pour rebrousser chemin par les mêmes talus des rizières, il ajoute sur le ton de la plaisanterie :

— En ce qui me concerne, ces bonnes femmes se démenaient avec tant d'impertinence que je leur ai d'abord filé une bonne correction. Moi aussi, j'ai fait advenir la justice à ma façon. Hi-hi !

Real Love se retourne à son tour :

— Il ne faut pas que qui que ce soit apprenne nos rendez-vous. Si l'un de nous deux se fait arrêter avant l'autre et avoue le crime, il sera obligé de tout prendre sur son dos !

---

* Proverbe coréen proche de nos « marrons tirés du feu » : faire discrètement son profit d'une situation tout en restant en dehors.

— Je... j'ai bien compris. Je ne dirai rien, jamais, soyez tranquille !

L'homme en tenue de randonneur se tourne de face et fait semblant de se fermer la bouche avec un zip.

Son rire complice s'égrène sans grands éclats parmi les champs noyés de nuit.

7

DÉBAUCHES D'ÉNERGIE

(jeudi 17 janvier)

En arrivant au commissariat, Kim Seong-ho constate qu'un mandat a été délivré autorisant à consulter les télécommunications et qu'ils ont reçu les documents réclamés la veille au central téléphonique par Oh Yeong-shik. La vitesse avec laquelle ont été prises les mesures nécessaires donne une idée des efforts que les policiers locaux ont dû s'imposer. D'abord, la liste des communications du mobile de Bak Min-suk: elle n'apporte rien de notable en dehors des numéros de téléphone des membres du bureau administratif du musée ainsi que ceux de sa famille. Quant à l'appel depuis la cabine publique qu'elle a effectué à l'intérieur du terminal de Mokpo juste avant 10 heures le 27, c'était pour vérifier si un message avait été enregistré dans son smartphone - mais il n'y en avait aucun.

— Attendez voir: si je comprends bien, elle voulait prendre contact avec quelqu'un, mais il n'y avait aucun message dans son smartphone...

— Sans téléphone à la main ni message enregistré, vous, lieutenant Oh, qu'est-ce que vous feriez?

— Je jetterais des regards de tous les côtés, pour voir si la personne en question ne serait vraiment pas à l'endroit convenu.

— Exact. Alors, retour à la vidéosurveillance ?

— Vous voulez dire qu'on va examiner tout ça une nouvelle fois ?

— Affirmatif ! répond Kim Seong-ho d'un ton résolu.

Quelquefois, il faut fouiller et refouiller toute une plage boueuse pour trouver une perle. Les enquêtes de police peuvent connaître ces débauches d'énergie plus ou moins efficaces. Et pourtant, parfois, à force de découvrir de petits indices épars, on arrive à dessiner le profil d'un criminel. Oh Yeong-shik lance sur l'écran un des enregistrements de vidéosurveillance obtenus du terminal de Mokpo et en partant de 9 heures le 27 septembre il fait glisser doucement le curseur. Sans quitter l'écran des yeux, il pose la question :

— Le conservateur de musée, Yeo Do-yun, est allé faire ce qu'il avait à faire ?

Kim Seong-ho confirme de la tête. C'est alors que Kang Dae-su pénètre dans le bureau :

— Je viens de recevoir un coup de fil de Yi Hoe-nam, le tambour de Ko Hi-jeong : sa chamane n'arrête pas de lui apparaître en rêve et de lui demander de faire un *ssitkimgut* afin de bien purifier le chemin de l'autre monde pour son âme maintenant qu'elle est morte. Il nous invite à venir assister au rituel et nous appellera cet après-midi pour les détails. Je lui ai dit d'appeler plutôt l'inspecteur Oh puisqu'il est possible que de mon côté je doive aller faire mon rapport à mes supérieurs.

— Ce gars, c'est celui qui a remis plusieurs fois des rendez-vous avec nous et qui n'était pas content qu'on vienne l'interroger, c'est bien ça ?

— Qui sait ? Une fois qu'il aura en lui l'âme de Ko Hi-jeong, il se pourrait qu'il nous procure des informations utiles pour notre enquête.

Kang Dae-su a l'air plutôt sérieux, tandis que son adjoint rigole.

— Au point où on en est, n'importe quel bout de fil est bon à tirer !

— Euh, bougez pas… Lieutenant Kim, là, juste en sortant de la cabine téléphonique, est-ce qu'elle n'a pas l'air ennuyée ?

Oh Yeong-shik bloque l'écran sur une image où on voit la jeune femme hésiter un instant après avoir regardé autour d'elle en sortant de la cabine. Il est exactement 9 h 43.

— Elle a aperçu quelqu'un ! s'écrie en élevant la voix Kang Dae-su qui avance sa tête plus près de l'écran.

— Très bien. Maintenant, on zoome sur l'image de l'entrée principale… suggère le profileur.

Oh Yeong-shik agrandit l'image de cette partie-là du terminal autour de 9 h 40. Un homme vêtu d'un blouson de randonneur noir avec la capuche rabattue sur les yeux est en train de s'avancer vers l'entrée du terminal. Il s'arrête sur le seuil et se retourne. Alors la caméra de l'intérieur du bâtiment saisit un court instant Bak Min-suk en train de s'approcher de la porte vitrée de l'entrée principale et de s'arrêter là puis de se retourner : apparemment, cet homme n'était pas celui qu'elle cherchait.

Kang Dae-su reprend la parole :

— Bak Min-suk se retourne après avoir cherché en vain quelqu'un qui ressemble à ce type-là. S'il en est ainsi, ça veut dire qu'elle est allée attendre quelqu'un sur le quai juste avant 10 heures, au moment où elle a été aperçue par Bak Heung-bok, et qu'à peine les 10 heures passées elle quitte définitivement le terminal par l'entrée principale… Elle était sans doute en train d'attendre quelqu'un vêtu d'un blouson de randonneur. Mais alors, comment est-elle entrée en communication avec lui pour être amenée à se rendre là-bas, puisque non seulement elle n'a pas son smartphone sur elle, mais qu'elle n'avait eu aucun message non plus dans sa boîte vocale ?

Kim Seong-ho répond à cette interrogation :

— Peut-être une question d'habitude ? Si elle avait déjà eu rendez-vous de cette façon, elle pouvait aller voir comme ça. Déjà dans le passé, il est sûr qu'elle a dû rencontrer quelqu'un en habit noir de randonneur au terminal pour aller quelque part avec lui.

— Il s'agirait de quelqu'un qu'elle aurait rencontré plusieurs fois, alors ? Mais cette île est si petite que la question de savoir qui on rencontre ce n'est pas un problème. D'après les employés d'Ullimsanbang, elle ne fréquentait personne.

— Comme Ullimsanbang est un site visité par beaucoup de touristes, même si quelqu'un venait la voir, il est tout à fait possible qu'on ne s'en soit pas rendu compte du moment qu'elle ne passait pas trop de temps avec lui.

— Ce qui est sûr, c'est qu'il n'y a pas de trace notable dans son smartphone. Mais à supposer qu'elle aille au terminal l'attendre là où elle l'a déjà rencontré, c'est bien quelqu'un qui peut l'approcher facilement et à qui elle peut faire confiance. Probablement quelqu'un rencontré dans le bureau où elle travaille, ou sinon qui travaille dans le secteur du tourisme.

— Ça pourrait nous inciter à faire de nouvelles recherches auprès des employés d'Ullimsanbang...

— Aujourd'hui, allons d'abord assister au *ssitkimgut* en l'honneur de Ko Hi-jeong. En guise de déjeuner, on ira grignoter rapidement dans les environs. Au fait, lieutenant Oh, où en est-on dans l'enquête sur les chiots brûlés vifs, Gangsul et Namsul ou quelque chose comme ça ?

— D'abord, la bouteille de 200 millilitres de diluant ne fait pas partie des produits vendus à la supérette. Et il paraît que les peintres des chantiers de construction utilisent des bouteilles de plus grande taille. Le produit qu'on a trouvé sur les lieux est un solvant employé pour des travaux ménagers, par exemple pour diluer la peinture. À Séoul, on doit le trouver dans les hypermarchés.

— Mais il devrait y avoir quelqu'un qui en a acheté récemment dans un supermarché ou une boutique de bricolage, non ?

— Finalement, c'est ça qui fait problème : le produit est d'une marque déjà ancienne. On ne fabrique plus ce modèle depuis 1995. On dirait que celui-là est resté enfoui dans un coin de cave ou de grenier chez on ne sait qui avant de ressortir par hasard. On pense à la possibilité que ça ait été trouvé parmi les ordures qui traînaient déjà en masse dans le terrain vague au carrefour de la supérette. On n'a pas encore cherché où le produit a pu être acheté. On a détecté sur le flacon des empreintes digitales, mais qui ne sont que partielles et pas très nettes. J'ai fait envoyer l'objet à la police scientifique pour les identifier ; on saura bientôt ce que raconte le fichier sur les traces restaurées.

« À part ça, hier encore le propriétaire des chiots a téléphoné pour s'étonner qu'on n'ait pas encore attrapé les malfaiteurs. Il les adorait, ces chiens-là, on dirait. Est-ce que par hasard ce ne serait pas une méchante lubie des individus désœuvrés qui traînent toute la sainte journée autour de la supérette ?

Oh Yeong-shik lève les sourcils et intervient :

— À ce propos, on ferait bien de laisser tranquille Heung-bok, dorénavant : il a dégringolé de son scooter parce qu'on l'a poursuivi, sa grand-mère a téléphoné, toute bouleversée de le voir rentrer blessé ; elle parlait de porter plainte contre la police...

— Pour quel motif ? Répression abusive ?

— Oui, ça n'a pas de sens, mais on a eu beaucoup de mal à la calmer, elle était prête à faire n'importe quoi. D'après elle, il est particulièrement terrifié par le policier qui l'a interrogé : depuis qu'il est revenu à la maison, il mouille son caleçon ! Ce gros gabarit dit avoir peur du regard du lieutenant Kim...

Il a dit ça sans insister tout en guettant la réaction de Kim Seong-ho. En écoutant Oh Yeong-shik finir de raconter ça, Kang Dae-su lâche un rire moqueur.

— Qu'est-ce que tu nous dis, là ? De nous trois, c'est le lieutenant Kim qui est le moins impressionnant. En tout cas, d'accord pour ne pas insister sur le gros Heung-bok. Mais quand est-ce que Yi Hoe-nam doit nous faire signe, exactement ?

— Ah ! Tiens, on vient juste de recevoir son texto. C'est à 14 heures que va commencer le rituel auquel il nous invite. Mais il demande qu'on vienne avec un autre véhicule que la voiture du commissariat pour éviter d'inquiéter les gens du village.

— Dans ce cas, il faut déjeuner ici avant de partir. Et comment va-t-on se déplacer ?

Kim Seong-ho intervient dans leur conversation :

— Il n'y a qu'à prendre ma voiture de location, pas de problème.

— Ah oui, c'est vrai, bonne idée !

Une fois avalé le déjeuner, Kim Seong-ho se met au volant, Kang Dae-su à côté de lui et Oh Yeong-shik à l'arrière.

— Nous allons donc à Cheongryong-ri, là où Ko Hi-jeong habitait.

Le conducteur inscrit sur le GPS l'adresse qu'on lui dicte. La voiture s'éloigne du centre-ville pour s'engager sur la route du littoral. La bruine forme un fin rideau blanchâtre qui voile la mer.

— On dirait que sur l'île de Sambo vous avez souvent du brouillard, non ?

— C'est parce qu'on est au bord de la mer, répond le capitaine à la question de Kim Seong-ho.

— Autrement, elle vous plaît, cette île ?

Il éclate d'un rire énorme.

— Au cours de ma carrière, j'ai vu pas mal de coins de la province. J'ai passé trois ans à Gwangju, trois ans à Mokpo et j'ai débarqué ici où je suis depuis deux ans – pendant que ma femme et mes gosses sont à Séoul. À force de vagabonder seul comme ça, l'endroit où je suis, je m'en fous complètement. Qu'est-ce que je pourrais en tirer comme plaisir ? Si je mène cette affaire à son terme, il n'y aura plus d'affaire non élucidée dans ma carrière. C'est de cela que je serai le plus fier dans ma vie !

— Il ne doit pas y avoir beaucoup de problèmes de violence sur cette île, hein ?

— C'est vrai. Il n'y a presque jamais eu non plus d'affaires non résolues ni de meurtres en série.

— Si jamais le suspect qui a fait disparaître Ko Hi-jeong habite non loin d'ici, vous avez de bonnes chances de trouver la solution.

— Qu'est-ce que tu veux dire ?

— Vous n'avez jamais entendu dire que les pyromanes sont les premiers à revenir à l'endroit où ils ont mis le feu ?

Kang Dae-su prend un air grave en tournant son regard vers le profil de Kim Seong-ho en train de conduire.

— Ça, est-ce que ce n'est pas une vieille pseudo-loi des enquêtes qui voudrait que les criminels reviennent au moins une fois sur les lieux de leur crime ?

— Parmi les différents types de meurtres, il en existe un baptisé « meurtre par héroïsme ». C'est le cas de l'incendiaire qui se précipite le premier sur les lieux où il a lui-même mis le feu et qui joue les bénévoles et vient en aide aux victimes. Si le criminel est un soignant, il injectera une dose excessive de cardiotonique à un patient pour provoquer un arrêt cardiaque mais il se précipitera avant tout le monde annoncer que la situation se dégrade.

Oh Yeong-shik, jusque-là silencieux à l'arrière, pose une question :

— Vous suggérez qu'aujourd'hui, sur les lieux et dans le cadre du *gut*, nous pourrions côtoyer notre criminel ?

Kim Seong-ho répond à mi-voix :

— Ce n'est pas du tout impossible...

Selon l'indication du GPS, pour arriver à la maison de Ko Hi-jeong à Cheonryong-ri, il faut franchir une zone de collines assez élevées. La pluie s'est arrêtée depuis on ne sait quand, mais les vitres de la voiture sont couvertes de givre. Au moment où il attaque la montée après avoir augmenté le chauffage, Kim Seong-ho aperçoit un camion d'une tonne garé obliquement au milieu de la pente pour être chargé de poireaux qu'on vient de ramasser. Deux ou trois paysans interrompent leur travail en s'écartant de leur véhicule pour regarder la voiture monter. Une fois parvenu au sommet de la côte, le conducteur aperçoit un panneau d'avertissement signé par le commissaire de police : « L'ACCÈS À CETTE ROUTE EST INTERDIT DE DÉC. À FÉV. EN RAISON DE LA PENTE ET DES RISQUES DE DÉRAPAGE PAR TEMPS DE NEIGE ET DE PLUIE GIVRANTE. »

L'air plein de regret, Kim Seong-ho passe la marche arrière afin de faire demi-tour.

— Je me demande bien pourquoi les paysans là en bas ne nous ont pas avertis...

Kang Dae-su ravale un rire amusé.

— C'est normal. D'abord on ne leur a rien demandé. Ensuite, au premier coup d'œil ils ont reconnu que c'était une voiture venue de l'extérieur, donc des gens qu'on ne connaît pas... Enfin, je constate qu'il existe un panneau d'interdiction que nous-mêmes nous ne connaissions pas.

— Oui, mais vous savez, chef, ça, ça ne dépend pas de nous, c'est l'affaire du service de la circulation, précise Oh Yeong-shik d'un ton résigné.

Lorsque la voiture repasse à côté du camion en redescendant la pente, les paysans regardent Kim Seong-ho dans les yeux en esquissant un petit sourire. Sans le montrer, il se sent un peu vexé.

— Ne les juge pas trop mal : sans doute que les gens du coin sont assez contents d'avoir eu l'occasion de jouer un bon tour à des gens de la ville...

— C'est une bien mince vengeance, contre la ville qui leur enlève leurs enfants !

— C'est vrai, oui, tu as bien raison ! dit Kang Dae-su en éclatant de rire.

Après être passée par Geumgap-ri, où il semble qu'on ait éteint le mobile de Ko Hi-jeong, la voiture arrive à Cheongryong-ri. C'est un village calme avec ses fermes ici et là. Conduit par le GPS à l'adresse indiquée, le chauffeur gare la voiture à proximité. Lorsqu'ils entrent en poussant le portail métallique, ils découvrent dans la vaste cour une longue table abondamment garnie de plats divers. Derrière se profile une maison en bon état, sans étage, de style traditionnel. Un homme aux cheveux blancs, vêtu de blanc avec un chapeau noir également de style traditionnel, s'approche d'eux. Il a l'air d'avoir la cinquantaine, sa peau est encore ferme et sans taches de vieillesse. Des cernes bleuâtres sous les yeux, contrastant avec la blancheur de sa peau, donnent l'impression qu'il est d'autant plus pâle. C'est Yi Hoe-nam, le tambourinaire, dont on a entendu dire qu'il habitait avec Ko Hi-jeong au moment où elle a disparu.

— Monsieur le commissaire Kang Dae-su, bonjour !

— Bonjour à vous... Vous devez connaître le lieutenant Oh Yeong-shik, et voici le lieutenant Kim Seong-ho, de la police de Séoul, qui est venu nous aider dans notre enquête.

Kim Seong-ho incline légèrement la tête.

— Elle m'est apparue en rêve. Elle disait qu'elle ne pouvait pas monter au ciel parce que son corps était écrasé par quelque chose qui pèse trop lourd. Elle m'a supplié de faire un *ssitkimgut* pour elle.

Assis sur la partie du *maru** qui fait face à la cour, Yi Hoe-nam commence ainsi à expliquer la cérémonie. Et il continue de parler en manifestant une réelle sincérité et en montrant par ses gestes le tourment qu'on ressent quand quelque chose vous écrase.

— Elle racontait son supplice d'avoir ce poids sur le corps... Elle m'a communiqué sa terreur... Elle gémissait tellement que moi aussi j'avais l'impression d'être accablé. Nous autres chamanes sommes voués dès notre naissance à cette empathie, mais là, c'était trop réel... Elle a été emportée trop tôt, et si jeune encore !

— Mais qui l'a « emportée » ? demande Kang Dae-su.

— Comme il s'agit d'une âme rancunière, qui pense être morte injustement, ce ne peut être que l'esprit d'un criminel au cœur plein de malveillance... Oui, c'est un être méchant qui a emporté ma Yeon-hwa. Il lui a fait subir une chose horrible, l'a enveloppée dans je ne sais quoi et l'a ficelée avant de la balancer n'importe où...

Apparemment, Yeon-hwa est le nom de chamane de Ko Hi-jeong.

---

* Sorte de terrasse étroite formant comme un plancher surélevé qui occupe la quasi-totalité de la façade sur la cour; devant la pièce principale, elle sert selon le cas d'antichambre ou d'espace d'accueil.

— Jetée dans la mer? Enterrée dans les collines? demande Kang Dae-su d'une voix pressante.

Yi Hoe-nam secoue la tête.

— Là où je l'ai rencontrée, c'était une forêt très sombre. Une forêt noyée dans un brouillard épais. J'y avais été entraîné par un être maléfique. Yeon-hwa criait: «Au secours!» Je ne la voyais pas, mais je l'entendais gémir d'une voix plaintive, disant qu'elle ne pouvait faire un pas, qu'elle avait le corps tout entier ligoté. Avec quelle voix pressante, vous ne pouvez pas savoir!... Ce rêve, je l'ai fait trois fois, toujours le même, et j'ai décidé d'exécuter un *gut* aujourd'hui. S'il vous plaît, retrouvez-la: une fois son corps récupéré, je pourrai déposer son esprit dans un temple bouddhiste, *Namu Amita Bul**.

Oh Yeong-shik se retourne et s'écarte pour demander à Kim Seong-ho:

— Qu'est-ce que vous en pensez, vous, de ce chaman adjoint? Je me demande s'il n'est pas en train de raconter son acte criminel à l'envers pour perturber notre enquête...

Kim Seong-ho hausse les épaules pour indiquer qu'il n'est sûr de rien:

— Je ne sais pas trop... J'ai plutôt l'impression qu'il est sincère...

Oh Yeong-shik se gratte la nuque.

— Oui, peut-être bien, après tout...

Et au bout d'un instant, il reprend la parole avec un air hésitant:

— Euh, lieutenant, au fait, puis-je vous demander comment vous êtes arrivé à entrer dans un département de recherches sur les comportements criminels? D'après votre interview, vous sortiez d'une faculté de psychologie?

— C'est ça. J'ai été recruté lors d'une campagne de recrutement.

— Euh, je ne suis pas spécialisé en psychologie, mais j'aimerais bien travailler comme profileur dans une police provinciale: à votre avis, c'est jouable?

---

* Version coréenne du sanscrit *Nâmo Amitabueddhâya*, invocation adressée à Amitâbha, le bouddha plein de compassion qui règne sur la Terre sainte de l'Ouest.

— Bien sûr. Il vous suffirait d'avancer étape par étape dans le domaine qui vous intéresse tout en poursuivant votre carrière d'inspecteur. On organise souvent des colloques auxquels sont invités des psychiatres experts auprès des tribunaux ou des policiers professeurs de criminologie à l'Université. Vous inscrire à ces cours et y participer vous permettrait de gonfler votre CV. De temps en temps, on voit paraître un avis de recrutement d'agents analystes des comportements criminels pour une police provinciale ou même pour l'équipe spéciale d'enquêteurs en zone ouverte*, alors n'oubliez pas de surveiller toutes ces publications.

Oh Yeong-shik répond d'un air ravi:

— Merci du conseil.

En effet, à l'occasion du débat autour de cette fameuse lettre énigmatique, il avait reconnu, disons par intuition, que Kim Seong-ho avait un sens extraordinaire de l'analyse psychologique comparé aux policiers habituels.

Pendant cet aparté, on a préparé l'emplacement convenable pour le *gut*. Le faisant office de chamane ayant décidé d'appeler l'âme de Ko Hi-jeong dans sa chambre, la pièce la plus spacieuse de la maison, on a servi sur une grande table tout un tas d'offrandes, à commencer par des fruits. Sur une petite table devant la grande ont été déposées une bouteille d'alcool de riz clair et une autre d'alcool de riz trouble, en plus des instruments nécessaires au rituel chamanique: poignard consacré, éventails, clochettes, etc. Et des musiciens portant chacun un instrument traditionnel – *haegeum* pour les cordes, *janggu* et *jing* pour la percussion – sont venus s'installer dans un coin de la pièce. Yi Hoe-nam entre à son tour, toujours vêtu de blanc mais maintenant tête nue avec un bandeau blanc autour du front. Kang Dae-su et Oh Yeong-shik, qui jusqu'ici observaient de l'extérieur de la maison ce qui se passait à l'intérieur, pénètrent dans la salle, tandis que Kim Seong-ho reste à l'écart de tout ça.

---

* C'est-à-dire non rattachés à une circonscription territoriale.

— Mais que font là nos beaux messieurs ?

De la pièce qui fait face à celle où va se dérouler le *gut* vient de sortir Yeo Do-yun portant une caméra vidéo sur l'épaule. Il ajoute :

— Dites-moi d'abord, petite question : est-ce que par hasard la chamane ici nommée Yeon-hwa serait votre Ko Hi-jeong disparue ? J'allais vous téléphoner pour poser la question, on ne sait jamais...

— Et alors vous, vous êtes ici pour enregistrer la cérémonie dans le cadre de vos activités de recherche ?

À la question de Oh Yeong-shik, Yeo Do-yun répond tout en vérifiant le bouton marche-arrêt de son appareil :

— Les rituels chamaniques forment la partie la plus intéressante des recherches en matière de folklore et je ne pouvais pas manquer une occasion comme celle-ci. L'Association des chercheurs en folklore m'a communiqué l'information concernant le *ssitkimgut* d'aujourd'hui et je me suis précipité dès l'aube pour enregistrer dans le détail toute la préparation.

— Ça tombe bien ! En fait, nous aussi on devait enregistrer la cérémonie avec mon smartphone, parce qu'on pense que le suspect pourrait venir ici y assister. Vous nous enverrez vos enregistrements, s'il vous plaît, sans faute ? N'oubliez pas, hein ?

— Entendu.

La mise en place étant enfin terminée, le rituel commence dans la chambre de Ko Hi-jeong. Sur la musique jouée par les divers instrumentistes, Yi Hoe-nam chante une mélopée à tonalité mélancolique :

Allons maintenant tous unis
Après nous être purifiés
Rendons-nous sur les monts sacrés
Faisant confiance au Grand Esprit
Maître des forêts et des prés
Montons ensemble aux monts sacrés
Sanctifiés par le Grand Esprit.

Après avoir ainsi chanté, il sort en dansant sur le rythme de la musique, franchit le grand palier séparant les deux pièces et lance à gorge déployée :

— Reviens vite ici, ma Yeon-wha ! Où donc étais-tu partie ? Es-tu allée en compagnie d'un esprit sacré te préparer pour la grande cérémonie qui va commencer ? Ou bien es-tu partie à Séoul apprendre religieusement ce qu'il faut connaître des rituels du Grand Esprit ?

— Non, non, avant de devenir chamane, moi, Ko Hi-jeong, j'ai déjà visité l'autre côté... !

Bafouillant ces derniers mots à la place de celle que l'on pleure, il éclate lui-même en sanglots.

À ce moment-là, une femme pénètre dans la pièce après avoir poussé la porte d'entrée de la maison. Elle est toute de blanc vêtue. Elle est assez frêle, a un visage ovale où sont harmonieusement placés des yeux bridés, un nez bien profilé et des lèvres minces. Ses cheveux sont remontés en chignon. Sa peau blanche et ses traits proportionnés forment un ensemble tout à fait gracieux. On dirait un lys pur et élégant, au parfum discret. Elle doit avoir tout juste la trentaine.

— Oh ! C'est la petite sœur de Yeon-hwa ! chuchotent les villageois qui sont venus assister au *gut* avec une grande ferveur et sont rassemblés par petits groupes autour de la scène des rites.

Yi Hoe-nam agite en l'air des tiges d'encens dont jaillissent des étincelles. Il ouvre à la nouvelle venue un chemin jusqu'au milieu de la cour, enfin prête pour la cérémonie. Derrière eux, sur la petite table couverte d'offrandes modestes installée à gauche des musiciens se trouvent des fruits et des instruments chamaniques consacrés, parmi lesquels une lame qui brille d'un éclat bleuâtre.

Le *gut* approche de son point culminant, l'heure du dénouement approche. Attachée au tronc de l'arbre que l'officiant a fait dresser au milieu de la cour, il y a une très longue bande de tissu blanc avec des nœuds en plusieurs endroits : il invite la femme censée être la petite sœur de Yeon-hwa à défaire les nœuds en tirant le tissu par un bout.

Kang Dae-su demande discrètement à Oh Yeong-shik:

— Tu as des informations sur celle qui reçoit l'esprit de la défunte aujourd'hui? C'est qui, en fait?

— D'après le conservateur de musée Yeo Do-yun, c'est effectivement la petite sœur de Ko Hi-jeong. Elle était justement ces jours-ci de passage à Mokpo et elle a profité de l'occasion pour venir jusqu'à Sambo.

— C'est donc son corps qui va porter l'esprit de la défunte, on dirait? Ça a quelque chose d'un peu bizarre, non? Je trouve qu'elle a un drôle d'air... Qu'est-ce qu'elle fait dans la vie?

— Je n'en sais encore rien...

Kim Seong-ho, lui, se tient debout, les bras croisés, près du grand portail, à l'écart derrière la foule. En tant que spécialiste et expert à la fois en psychologie et en criminologie, il se sent gêné d'essayer comme ça d'obtenir des informations à travers un *gut*... Pourtant les enquêtes de ce genre existent depuis longtemps aux États-Unis. Il y a même des agents du FBI qui ont poussé leurs investigations, dans des affaires non résolues ou des cas de disparition, jusqu'à faire appel à des médiums pour retrouver un criminel et l'endroit où il avait abandonné le cadavre.

— Ah! voilà enfin le moment du *yeong-don-ma-ri*!

— Qu'est-ce que c'est?

— La procédure consistant à rouler les vêtements du mort étalés sur une natte, puis à lier ce rouleau avec des rubans avant de le mettre debout. Ensuite, après l'avoir lavé avec une balayette mouillée, l'officiant va expulser le mauvais esprit. Mais on dirait qu'il vaut mieux abandonner complètement le *ssitkimgut* d'aujourd'hui...

— Ah bon? Pourquoi?

— Vous voyez bien: l'esprit refuse d'entrer en elle. Tant que son corps ne se retrouvera pas rempli de l'esprit de Ko Hi-jeong, sa bouche ne pourra pas en son nom crier sa rancœur et son ressentiment contre l'injustice qu'elle a subie. Or ici, tout a l'air bloqué.

Une rumeur court dans l'assistance, disant que cette jeune femme s'appelle Ko Yu-ri et qu'elle est en réalité une cousine de Ko Hi-jeong.

Mais Yi Hoe-nam a beau lui tapoter les épaules avec ses clochettes et lui mettre une branche de pin dans la main, Ko Yu-ri ne réagit pas ; elle présente toujours un visage dépourvu de toute expression. Après le rite du *yeong-don-ma-ri*, Yi Hoe-nam empoigne le couteau sacré bleuâtre à la lame bien affûtée qui était posé sur la table d'offrandes ; il le brandit un bon moment dans les airs avant de le lui mettre dans la main. À ce moment-là, la tête de la femme se relève brusquement comme si un éclair l'avait traversée. Les habitants du village poussent des cris. La main tenant le couteau tremble violemment.

— Ça y est ! Elle est entrée !

Au même instant, un homme vêtu d'un habit de randonneur noir avec la capuche bien rabattue sur les yeux se présente subrepticement à la porte d'entrée. Alors que Kim Seong-ho, alerté par une impression bizarre, voudrait s'approcher de lui pour l'examiner, quelqu'un lui empoigne soudain les épaules avec énergie : c'est Yi Hoe-nam, qui secoue la tête pour lui dire d'entrer dans le *gut* avant de fermer le portail métallique. Quoique ne sachant pas à quoi ça peut servir, Kim Seong-ho fait ce qu'on lui suggère.

Ko Yu-ri fusille d'un regard plein d'hostilité les villageois et les assistants chamanes, puis tout à coup elle s'agrippe le cou avec les mains.

— Aïe ! Mais qui donc me brutalise comme ça ? Ah ! Je ne peux plus respirer ! Et qu'est-ce que c'est qui enveloppe mon corps comme ça pour m'empêcher de bouger ? Et puis voilà encore autre chose : qu'est-ce qui me ligote comme ça, que je suis complètement immobilisée ?

Kang Dae-su et Oh Yeong-shik commencent discrètement à se rapprocher d'elle pour mieux prêter l'oreille à ses lamentations. Est-ce qu'il n'y aurait pas par hasard un indice à glaner dans tout ça ? L'expression d'un chien de chasse guettant le bon moment illumine le visage de Kang Dae-su.

Tandis que Kim Seong-ho rigole en douce – *Qui donc a dit que cet homme-là était un pitbull ? –*, voilà que soudain Ko Yu-ri s'avance vers lui à grands pas en brandissant son couteau : toute trace d'amusement disparaît de son visage car elle lui met le couteau sous la gorge. Kang Dae-su essaie de se rapprocher d'eux, mais Yi Hoe-nam le retient en le rassurant du regard.

— Scélérat ! Il n'y a pas pire homme que toi sous le ciel !

Une voix tonitruante capable d'en imposer à la terre entière s'échappe du corps de cette femme si menue. Oh Yeong-shik et Kang Dae-su la regardent d'un air stupéfait ; les habitants du village murmurent entre eux tout en regardant le spectacle que Yeo Do-yun continue d'enregistrer avec sa caméra.

Plein de confusion, Kim Seong-ho s'exclame sans trop s'en rendre compte :

— Quoi ? Quoi ? Qu'est, qu'est-ce que vous rac...

— Scélérat ! L'heure est venue de racheter toutes tes fautes... Et tu n'auras jamais assez payé pour tous tes crimes !

— Qu... quoi ? Il n'arrive même plus à parler.

— C'est toi le coupable ! Tu as commis là un crime abominable !

Impressionnés par les éclats de voix de Ko Yu-ri, les villageois chuchotent :

— Mais qui c'est encore, çui-là ? On dirait ben qu'il arrive du continent... Ça serait pas lui, des fois, not' criminel ?

— Tu as commis un crime abominable, et alors que tu n'auras jamais assez payé pour tes propres fautes, tu cours après les gens pour les juger et les punir ? Toi, le-plus-mons-trueux-scé-lé-rat-du-mon-de ?

Devant cette furie qui hurle en détachant chaque syllabe, Kim Seong-ho recule d'un pas. Il commence à avoir vraiment peur : les yeux farouches de Ko Yu-ri levés vers le ciel, son visage empreint d'une extrême hostilité et sa voix de tonnerre lui font dresser les cheveux sur la tête. Elle agite son couteau dans le vide et le plonge en direction de Kim Seong-ho si bien que la pointe effleure son épaule. Il n'en ressent qu'un choc léger, car contrairement ce qu'on croyait ce n'était pas une lame pointue – ce qui ne l'empêche pas de pousser un cri en fermant les yeux.

— Aarrh !

Ko Yu-ri se retourne avec un ricanement agressif :

— *Ha-ha-ha,* tu reconnais tes fautes, maintenant, tu commences à prendre peur ?

Après quoi, elle dirige la pointe de son couteau vers le bas en roulant des yeux et retourne auprès de Yi Hoe-nam. Là, avec des mains qui tremblent violemment, elle attrape le bâton sacré destiné à chasser les mauvais esprits que celui-ci lui tend. Aussitôt qu'elle commence à bondir partout en frappant l'air, les musiciens reprennent leur musique en se déchaînant à leur tour.

Le profileur s'arrache au cercle du *gut* et sort de la cour pour se diriger vers l'endroit où il a garé la voiture. Il est d'humeur exécrable et en même temps très perturbé : il n'arrive pas à oublier le regard d'un bleu perçant de cette folle qui l'accusait d'être le pire criminel de la terre... Il a un pressentiment sinistre, comme si quelque chose d'effroyable allait lui arriver.

La journée avance, il commence à se faire tard. Le crépuscule est là. Kim Seong-ho reste assis les yeux fermés dans sa voiture. Il n'entend plus les chants bruyants des chamanes à travers les vitres fermées de la voiture. On dirait que le *gut* est complètement terminé. Bientôt les portières de la voiture s'ouvrent, Yeo Do-yun monte à côté de lui, Kang Dae-su et Oh Yeong-shik se mettent derrière.

— ... Finalement, on est venus pour rien. On n'a rien retiré d'intéressant de cette séance.

Kang Dae-su a fait cette remarque en surveillant mine de rien l'humeur de Kim Seong-ho. Celui-ci démarre et dirige la voiture vers le commissariat. Il conduit d'un air complètement absent.

— Lieutenant Kim, ça va ? Pas de problème ?

La question d'Oh Yeong-shik lui fait rompre le silence :

— Ça va. S'il vous plaît, arrêtez de vous inquiéter pour moi.

En même temps, il repousse avec une certaine froideur la main que Oh Yeong-ho vient de poser sur son épaule pour lui manifester sa sympathie. Il ne desserre plus les dents jusqu'à leur retour au commissariat. Après avoir déposé Oh Yeong-shik et Kang Dae-su, il met quarante minutes pour rentrer à la pension, toujours en silence malgré la présence de Yeo Do-yun à son côté. Il arrive enfin à leur lieu de résidence, avec beaucoup de peine, après avoir tourné en rond et s'être égaré sur ce chemin qu'il commence pourtant à connaître. Même les indications du GPS n'ont pas pu l'empêcher de se tromper ; au contraire, il était tellement ahuri que ça le désorientait encore davantage. Il a gardé un visage fermé. Yeo Do-yun non plus n'a pas dit un mot ni fait un geste ; par moments, il avait même l'air de dormir.

Tout le long de la route pour rentrer chez eux, Kim Seong-ho est resté vivement contrarié. Une fois arrivé, il gare la voiture et éteint le moteur. Sur le point de se séparer pour rentrer chacun chez soi, il retient son voisin par le bras :

— Euh, s'il vous plaît, il vous reste un peu du vin de l'autre fois ?

— Oui, bien sûr... Je vous apporte ça dans un instant.

Sa réponse flotte encore dans les airs qu'il est déjà rentré dans son studio. Kim Seong-ho, refermant la porte du sien, allume la télé d'un geste automatique. Il a le sentiment que si cette solitude et ce silence ne cessent pas tout de suite, il va finir par perdre les pédales. Un petit quart d'heure plus tard, Yeo Do-yun vient lui apporter et lui servir du vin.

— Je suis désolé, mais j'aimerais boire tout seul. Ça ne vous ennuie pas ?

Yeo Do-yun hoche la tête :

— Pas du tout, je me mets à votre place. Je ne reste pas plus de deux minutes.

— C'est vraiment absurde que j'aie éprouvé ça ! Ça m'a vraiment retourné.

— Effectivement, vous ne devez plus savoir où vous en êtes, avec cette avalanche d'émotions. Ça a sans doute dû faire remonter toutes les fautes que vous avez commises depuis votre enfance, non ?

— Pardon ?

Yeo Do-yun sourit gentiment.

— Rien, je disais ça comme ça, pour plaisanter... Allez, à demain.

Kim Seong-ho se retrouve seul. Après avoir vidé le premier verre, il le remplit de nouveau à ras bord. Et après l'avoir vidé d'un trait, il se frotte le visage à plusieurs reprises.

Il ne sait vraiment pas quoi dire. Il se sent sale à en mourir. Pris d'une sorte d'étourdissement, il s'abat mollement sur son lit dans l'état où il est, sans même se déshabiller. Le sommeil l'envahit d'un coup. Étrangement, sur cette île de Sambo, il est toujours capable de dormir d'un profond sommeil. À peine a-t-il pensé que c'est peut-être parce qu'il était fatigué d'avoir déambulé çà et là dans des endroits qu'il ne connaissait pas, qu'il s'enfonce dans un sommeil de plomb.

Où est-on, ici ?

« Miaou, miaou » : Seong-ho entend la plainte d'un chat, tout triste, acculé dans un coin. Il le prend dans ses mains et le caresse. L'animal le regarde d'un œil méfiant en ronronnant. Il a des mains petites et fines, avec des doigts d'enfant. Il promène son regard sur son corps : petit, comme un corps d'enfant.

Quel âge est-ce que j'ai, tel que je me vois, là ?

Survenant par-derrière, une main lui arrache violemment la bête des mains. Un monstre, une silhouette noire, dont les yeux brillent d'un éclat perçant, se met à battre sauvagement la pauvre bête, à lui donner des coups de pied, à la frapper avec un bâton. Le chat se défend farouchement, mais chaque fois le monstre l'attrape et le tient en l'air suspendu par la queue.

— Non ! Non !

Seong-ho veut tendre les bras pour l'en empêcher mais il n'arrive pas à bouger. À la fin, le monstre avance à pas lourds vers l'animal, l'attrape et lui enflamme la queue avec un briquet.

Le chat dont l'appendice est en train de brûler se jette tout à coup sur son visage.

Aïe! Il ferme les yeux par réflexe, puis il les rouvre et trouve en face de lui un regard infiniment malheureux: celui d'un petit garçon. Un enfant normalement constitué, vêtu d'un pantalon court à bretelles, avec l'air d'autant plus triste qu'il a des épaules arrondies, presque tombantes.

— Nam..., Nam-gi!

Seong-ho tend la main, le garçon se détourne aussitôt. Puis lui tournant le dos, il s'éloigne lentement et s'enfonce dans l'obscurité. Seong-ho le rattrape: une falaise est là, ils tombent dans le vide. Se sentant dégringoler dans ce gouffre sans fond, tout son corps frissonne. La chute n'en finit pas. Et pendant tout ce temps, les visages moqueurs de quelques garçons apparaissent et disparaissent.

Au moment où il s'écrase par terre, le sol se transforme en un miroir qui lui renvoie le visage de Han Nam-gi. Tous les deux en même temps ils secouent violemment la tête. Seong-ho est pris de tremblements incoercibles...

Kim Seong-ho se dresse d'un coup hors de son lit. Il est complètement trempé de sueur. Sans doute la température du chauffage a-t-elle été réglée trop haut?

Han Nam-gi...

Ce nom, longtemps oublié, erre à nouveau sur ses lèvres. Il regarde l'heure: 3 heures du matin.

Il essuie sa sueur avec une serviette et se sent soudain glacé. Il sort de sa chambre et, après avoir fermé la porte à clé, se précipite dans l'escalier de l'immeuble comme un fou. Il dégringole l'escalier de pierre, et une fois sur la plage il jette les yeux sur la mer calme éclairée par la lune, puis se remet à courir comme un enragé le long du banc de sable –, un sable qui remplit ses chaussures.

Pauvre chat... Pauvre Han Nam-gi, dont les regards attendrissants ne décollaient pas du visage de son bourreau... Sans parler des gestes méchants et des coups d'œil cruels du monstre, car c'est surtout d'eux qu'il voudrait se débarrasser…

Ce n'est que lorsqu'il sent les vagues contourner ses chevilles en emportant le sable qu'il retrouve enfin ses esprits et regarde autour de lui. Il n'y a rien d'autre que la plage, totalement déserte dans la lumière incertaine des réverbères. Une solitude qui fait peur. Il revient sur ses pas, grimpe lentement l'escalier de pierre menant à la pension. Retrouve avec plaisir sa clé dans sa poche. Au moment de rouvrir sa porte, il jette un coup d'œil sur celle de Yeo Do-yun : tranquille, pas le moindre mouvement. Il rentre dans sa chambre après avoir brossé de la main le sable sur son pantalon et va tout droit s'avachir sur son lit. La vitre donnant sur la véranda réfléchit vaguement son visage. Il a l'air fatigué, même épuisé. Il avale le reste de la bouteille de vin en la tenant par le goulot.

Étendu sur le lit, il ferme les yeux. Il a trop peur de contempler l'obscurité. Les yeux obstinément fermés, le visage bien enfoncé dans l'oreiller, il agrippe désespérément la taie. De sa bouche dégouline un interminable gémissement. Tout en sentant sa langue remuer pour marmonner quelque chose, il se force à s'endormir.

8

MENACES SUR LA DIGNITÉ HUMAINE : SOUVENIRS...

(vendredi 18 janvier)

La sonnerie du smartphone éclate dans le silence. Kim Seong-ho se réveille avec un mal de tête si horrible qu'il a l'impression qu'elle va se fendre en deux. Les rayons du soleil pénètrent dans la chambre à travers les rideaux. Quand il décroche, il entend une voix de femme à l'autre bout. Il se ressaisit mais parle d'une voix enrouée ; et il n'entend pas très bien ce que dit la voix.

— A-a-allo !... Kim Seong-ho à l'appareil, j'écoute.

— Bonjour. Vous avez mal quelque part ?

— Pardon ? Qui... qui est à l'appareil ?

— C'est moi, Shim Jae-yeon. Il y a quelque chose qui vous empêche de parler au téléphone ?

Kim Seong-ho reprend ses esprits d'un seul coup.

— Non, non, vous pouvez y aller.

— Grosso modo, j'ai maintenant une vue claire de la situation. En fait j'ai mis en marche le programme d'analyse géographique en inscrivant comme vecteurs les lieux d'habitation des trois disparues et les lieux présumés de leurs disparitions.

Kim Seong-ho se lève d'un bond.

— Oui, je vous écoute.

— Résultat : il est très probable que c'est dans un rayon de 3,8 kilomètres que se cache le criminel, en prenant pour point central Cheongryong-ri, là où habitait Ko Hi-jeong, ainsi que les lieux des premières disparitions comme Geumgap-ri où Ko Hi-jeong a disparu et où son mobile a été coupé. Que diriez-vous de faire des enquêtes pour cerner des suspects parmi les habitants de la zone voisine, comprenant entre autres Mangil-ri, Yeonju-ri et Goryong-ri ? Le hic, c'est la pension *Sebang*, lieu de la troisième disparition, qui me préoccupe un brin parce qu'elle se trouve assez à l'écart des autres... On dirait qu'après avoir réussi sa première tentative de meurtre près de son domicile, il a élargi son rayon d'action pour aller plus loin, mais la chose ne se passe pas toujours comme le voudrait la théorie. Dans le principe, ce que l'on constate habituellement est que si l'auteur réussit son premier coup loin de son domicile, le sentiment qu'il a d'avoir à se tenir à distance du lieu de son crime finit par s'effacer en lui peu à peu, ce qui lui permet de se rapprocher de chez lui pour les coups suivants. Mais dans notre affaire, je soupçonne davantage les environs de Geumgap-ri à cause de la simultanéité de plusieurs crimes. En plus, vu qu'ils ont eu lieu en plein jour, le kidnapping est le plus probable... Vous êtes toujours là, ça va ?

— Oui, oui, je vous écoute.

— S'il n'avait pensé qu'à un viol, il aurait choisi la nuit ou le petit matin. En ce moment, il ne bouge plus. Mais avec l'assurance que lui donne le fait de ne pas avoir été pris, il est sans doute tourmenté par l'envie de recommencer, ça doit le démanger. Psychologiquement, il s'impose la prudence de ne tenter son coup qu'en restant toujours près de la mer... Ça pourrait être une solution de pousser l'enquête en commençant par trier les récidivistes en crime sexuel ou les célibataires, en partant des environs de Mangil-ri pour un premier banc de suspects. Il doit bien y en avoir un dans le village qui ment souvent, ou qui a volé, ou encore un qui n'est pas autochtone mais qui est descendu en fuyant Séoul après avoir commis quelque méfait, ou qui a déjà été condamné : c'est parmi ceux-là que devrait se trouver celui qu'on recherche. Car il est très possible qu'il s'agisse d'un repris de justice... Ça doit être aussi quelqu'un qui est non seulement au courant de la profession des victimes et de leurs horaires de travail, mais encore qui connaît par cœur le trajet de leurs déplacements. Étant donné qu'il n'a laissé aucune trace derrière lui, c'est quelqu'un qui monte ses projets avec précision et qui contrôle leur déroulement... Il est même possible qu'il y ait quelqu'un qui l'aide à dissimuler les cadavres. Le fait qu'il les a parfaitement cachés sans laisser d'indice le suggère, en tout cas... Voilà !

— Bon. J'ai bien entendu tout ce que vous m'avez dit, merci !

— À part ça, côté moral, ce n'est pas trop dur pour vous là-bas ?

Kim Seong-ho garde le silence un petit moment en se contentant de battre des cils.

— Allez ! Je vous enverrai tout ça par e-mail dès que je l'aurai mis au net. Appelez-moi sans hésiter si vous avez besoin de mon aide, d'accord ?

— D'accord. Et mille mercis.

C'est là-dessus que s'arrête la conversation avec la collègue Shim Jae-yeon. Kim Seong-ho se relève d'un bond.

Quelle heure est-il donc ?

Déjà 9 heures passées. On dirait qu'il a dormi sans même avoir tiré les rideaux. On voit la vaste mer matinale au-delà de la véranda. Son smartphone lui signale qu'il a manqué deux appels, un de Oh Yeong-shik, l'autre de Yeo Do-yun. Il met de l'eau à chauffer pour se faire du café. Le goût, très amer, lui semble différent de celui de d'habitude. Il a dû boire trop de vin hier soir. L'excès d'alcool, qu'il n'avait pas connu depuis longtemps, lui a provoqué des courbatures un peu partout. Et puis il y a cet horrible mal de crâne, à croire que sa tête va éclater !

— Ah-ah !...

Complètement apathique, il reste assis sur la chaise devant la table. Il faudrait qu'il se précipite prendre sa douche, puis qu'il fonce au commissariat, mais il n'arrive pas à bouger. Il sent qu'il étouffe. Il a le sentiment que ce qui s'est passé hier est une chose revenue d'un temps très ancien. Ses échanges avec Ko Yu-ri, la cousine de Ko Hi-jeong, semblent remonter des abîmes de sa mémoire.

— Scélérat ! Tu vas racheter toutes tes fautes. Et tu n'auras jamais assez payé pour tous tes crimes !

Le regard glacial de Yi Hoe-nam qui se tenait derrière elle à ce moment-là, les sourcils froncés de Kang Dae-su, le visage interrogateur nuancé de curiosité d'Oh Yeong-shik, l'expression incompréhensible qu'il avait entrevue à travers les lunettes de Yeo Do-yun, tous ces détails lui reviennent à l'esprit. Yeo Do-yun enregistrait scrupuleusement son visage avec la caméra vidéo qu'il avait entre les mains...

— Enfin, elle parlait de crimes ! De crimes !

Il serre les poings très fort en fronçant les sourcils. Depuis qu'il travaille dans la police, il va de soi qu'il n'a jamais reçu de l'argent malhonnête ni traité une seule affaire de manière injuste, que ce soit en faveur du suspect ou de la victime. En plus, les années du lycée et de l'université se sont écoulées tant bien que mal, mais sans problème particulier. Tout s'est toujours passé sans incident notable. Même quand son amie, sa cadette du département de psychologie, l'a quitté : cela s'est terminé sans drame. Il ne s'agissait pas d'une trahison ou de quelque chose comme ça, c'est faute d'arriver à voir l'ombre au fond du gouffre qui s'était creusé dans l'intérieur de Seong-ho qu'elle a décidé de s'effacer elle-même de sa vie.

Il n'arrive pas à voir clair dans ce qui se passe.

Et pourquoi ne pas remonter à l'époque du collège ? Voire de l'école primaire ? Telle est la question qu'il se pose. Et tout à coup une douleur lancinante lui envahit la tête, on dirait même – idée horrible – qu'un millier d'aiguilles viennent se planter dans son front.

Ah ! Avec un cri aigu il retombe assis sur la chaise juste au moment où il entend frapper à la porte. Ce doit être Yeo Do-yun. Après s'être péniblement ressaisi, il ouvre la porte, et en effet son voisin entre, tout prêt à partir.

— Vous ne venez pas? Je voulais vous demander de me conduire chez Ko Hi-jeong. Pour prendre une interview du chamane Yi Hoe-nam avec la caméra. Mais si ça vous dérange, j'appelle un taxi...

— Euh, j'aurais d'abord une question à vous poser...

Yeo Do-yun baisse la tête et le regarde de biais, les yeux à moitié fermés.

— Je vous écoute.

— Vous vous rappelez que Ko Yu-ri possédée par l'Esprit m'a fait des reproches?

— Ah! Ça? Oui, bien sûr!

— Je n'arrive pas du tout à m'y retrouver dans cet épisode. Est-ce que les chamanes jouent vraiment le rôle d'intermédiaires entre les esprits et les humains? Affirmer que l'Esprit peut entrer dans le corps d'un homme vivant, n'est-ce pas un stratagème leur permettant de conspirer contre le reste de l'humanité?

— La plupart des chercheurs en folklore sont plus ou moins convaincus qu'il y a quelque chose de vrai dans ce phénomène. Les psychiatres, eux, affirment en général que c'est un symptôme psychotique tout comme la schizophrénie, le délire, les hallucinations auditives ou visuelles; mais il y en a aussi certains qui considèrent un peu différemment les gens qui bénéficient d'un *naerimgut** pour réceptionner un esprit ou qui sont déjà possédés par un esprit. Car d'abord, ils sont capables d'avoir une conversation normale, au lieu de se livrer à des monologues extravagants comme font ceux qui sont atteints des diverses pathologies psychiatriques, et en plus, lorsqu'ils ont reçu un esprit en eux, ils bondissent comme des possédés, dansent sur des lames de faux et sont pris de tremblements incoercibles dès qu'on leur met le bâton sacré entre les mains.

---

* Cérémonie au cours de laquelle un(e) possédé(e) réceptionne officiellement en lui un esprit et se débarrasse des éventuels mauvais esprits qui parasitent son corps. C'est par exemple en bénéficiant d'un *naerimgut* qu'on devient un vrai chamane.

— En somme, vous êtes prêt à dire qu'on peut trouver à tout ça un « fondement scientifique » ?

Yeo Do-yun fait non d'un mouvement de tête.

— Pas exactement... Ça n'a pas de réelle d'explication scientifique. Mais si toutes les choses de notre vie bénéficiaient de preuves scientifiques, pourquoi aurait-on besoin des religions ou des travaux des chercheurs ? Qu'il y ait quelque part dans le monde une énergie mystérieuse qu'on n'arrive pas à clarifier, ça semble évident, non ?

Kim Seong-ho lui jette encore un regard inquiet.

— Vous suggérez que tout ce que Ko Yu-ri m'a dit hier pourrait avoir un fond de réalité ?

— Pardon ? Ah, vous voulez dire : quand elle vous déclarait coupable ? Eh bien, si la personne concernée dit que c'est faux, c'est que c'est faux, non ?

Si la personne concernée dit que c'est faux... Alors, il suffit que l'accusé le nie et automatiquement ça devient faux ?

Kim Seong-ho dit à Yeo Do-yun de l'attendre dans la voiture en lui donnant la clé, puis il prend une douche rapide et finit de se préparer.

Pour mériter que Ko Yu-ri m'ait adressé de telles accusations, ne devrais-je pas être au moins aussi méchant que Hong Tae-gi ?

Le visage de Hong Tae-gi jubilant de malmener avec tant de cruauté son camarade de classe Nam-gi émerge dans son esprit. Affichant l'expression qu'il avait chaque fois que Nam-gi exécutait un acte dégoûtant en obéissant à ses ordres, ou chaque fois que les autres camarades battaient Nam-gi à coups de cravache, une expression grimaçante qu'il transformait peu à peu en sourire en relevant lentement les commissures de ses lèvres... Kim Seong-ho se tourne vers le miroir accroché à l'armoire à chaussures : à l'instant même, son visage tente de reproduire l'expression de Hong Tae-gi, cette grimace devenant insensiblement un sourire qui va d'une oreille à l'autre... Ça lui donne la chair de poule sur tout le corps. Il lui semble que c'est tout à fait la même expression. Il secoue violemment la tête et se précipite dehors.

Yeo Do-yun, qui s'était déjà installé sur le siège du passager, tend le bras par la portière pour le saluer de la main.

La gardienne de la paix Yi Ju-yeong commence sa matinée par un café léger tout en retournant dans sa tête ses projets de la journée. Il y en a un entre autres auquel elle a passé toute la nuit à réfléchir, de quoi se retrouver avec des cheveux blancs !

La veille au soir, elle a examiné la plateforme des utilisateurs du site Hebdo-pop. Presque tous les écrits concernant le lieutenant Kim Seong-ho avaient été effacés. Elle a l'impression que la responsable du site, Kang Ye-mo, a effectivement veillé à ce qu'on les supprime. Mais cette fois elle retourne sur le fond d'écran de son ordinateur pour ouvrir le fichier dans lequel elle a capturé et enregistré les premiers posts qui rattachaient le lieutenant Kim Seong-ho à cette affaire Ha Na-ri. Elle avait sélectionné et enregistré quelques-unes des interventions postées sur le panneau. Elle en relit une avec la plus grande attention :

reallove12 - 11 janvier 2013 - 19:20

Bonjour ! Je vous fais part d'une information certaine que je viens d'obtenir. Il y a un certain lieutenant Kim Seong-ho qui travaille au département des recherches sur les comportements criminels du Centre d'investigations scientifiques de la police nationale; vous comprendrez mieux ce qu'il est si je le présente comme « profileur ». C'est lui qui après avoir interviewé Yi Jun-hi a présenté le rapport qui a fini par mettre ce dernier dans une situation intolérable et qui a créé un prétexte pour convoquer plus tard à la police les membres d'Hebdo-pop. Plusieurs de ces membres avaient d'abord été dénoncés à cause de l'affaire de la défunte Ha Na-ri et avaient dû passer un compromis avec elle. Et ce n'est pas tout : ils ont même été ensuite impliqués dans son assassinat. Moi, j'affirme non seulement que c'est une combine sans fondement, mais aussi que Yi Jun-hi est innocent. Allons, pourquoi les informations personnelles concernant un policier devraient-elles toujours rester secrètes ? Je vous incite à aller les pirater ! De quoi bien se marrer !

Yi Ju-yeong prend des notes à toute vitesse en parcourant à nouveau les textes qu'elle avait sauvegardés :

— 10 jan lt KSH matin : tests psycho + interview YJH. Ap-midi : rencontre deux camarades de classe de YJH.
— 11 jan lt KSH matin : interview Yi Sang-hi, mère de YJH.
— 11 jan après 19:20 sur platef. Hebdo-pop, lt KSH subit doxing. De +, des obscénités et mensonges postés ds plusieurs sites à son nom.
— 12 janvier 06:00, TS de Yi Jun-hi.
— 14 janvier lt KSH part pr île Sambo.

Elle réfléchit. Tout ça s'était déroulé trop vite... Voilà une plateforme où sont postés des milliers, même des dizaines de milliers d'articles, et dans laquelle on dit que même les journalistes censés s'occuper de tout ce qui se passe dans le vaste monde viennent farfouiller : comment se peut-il que le fait que le lieutenant Kim Seong-ho effectuait un travail de profilage à propos de Yi Jun-hi se soit affiché en temps réel ? Quelqu'un de l'intérieur du commissariat de police avait forcément dû insérer cette information, ou alors peut-être qu'il y a quelqu'un qui surveille l'affaire Ha Na-ri depuis le début ? La précision du moment où a eu lieu cette insertion permet même de déduire qu'il s'agit de quelqu'un d'impliqué dans l'affaire.

Et puis surtout, il y a ce « reallove12 » qui a lancé le premier post et qui est quelqu'un de tout à fait suspect. Depuis que Kang Ye-mo est venue au commissariat, Yi Ju-yeong lui a officiellement redemandé de lui confirmer au moins l'identité de cette personne-là, mais elle s'est toujours heurtée au même refus.

La nuit dernière, en surfant sur internet, il lui est soudain venu à l'esprit une idée fulgurante telle qu'elle a crié « Eurêka ! ». Kang Ye-mo avait bien dit qu'Hebdo-pop était né dans un centre commercial et s'était développé en site autonome sans que la chose ait été prévue. Il y a un dicton qui prétend qu'on ne peut pas ne pas refiler ses propres habitudes à son chien. La tenue vestimentaire de Kang Ye-mo donnait l'impression d'un mannequin de centre commercial surgissant d'un coup dans la réalité ; et elle avoue elle-même qu'elle ne se présente jamais en tant que propriétaire du site Hebdo-pop. Alors, son nom réel, où est-ce qu'elle pourrait bien l'utiliser ? Ne serait-ce pas par hasard dans un centre commercial de mode ?

À peine Yi Ju-yeong a-t-elle inscrit sur un portail dans la case des recherches les mots-clés « Kang Ye-mo », « vêtements », « centre commercial », « style » etc., plusieurs dizaines de sites apparaissent.

Elle découvre ainsi une boutique appelée Yeni Mode. « Pour les filles dans le vent ! » et en même temps le nom de son gestionnaire : Kang Ye-mo.

Voilà, c'est ça !

Le siège du site commercial est à Séoul dans le quartier Nonhyeon, arrondissement Gangnam. Lorsqu'elle entre sur le site en question, l'écran lui présente des photos de mannequins très sveltes, portant des vêtements conçus manifestement pour des jeunes femmes de vingt ans. Kang Ye-mo ne semble pas faire partie des top-modèles. En parcourant les pages du site, elle repère certains articles dont elle se dit « Voilà ! » avec une chiquenaude sur son smartphone, puis, avant de quitter l'écran, elle capture l'image de quelques marchandises accompagnées de leur prix, par exemple « Sac à main style Chanel, 150 000 wons » ou « Veste style Prada, 250 000 wons* ».

Dans la matinée elle prend sa décision : elle informe le chef de la surveillance du cyberespace qu'elle sort mener une enquête concernant le *doxing* des informations personnelles du lieutenant Kim Seong-ho. Juste à ce moment-là, la porte du bureau s'ouvre brusquement et le capitaine Bak Min-cheol entre, tenant à la main un papier, et s'écrie avec un visage très en colère :

---

* Soit environ 110 et 190 euros.

— Ça, c'est le bouquet ! Yi Sang-hi est venue déposer une plainte contre Kim Seong-ho et moi auprès des services civils ! C'est en train de virer à la cata !

Les policiers qui travaillaient dans le bureau se précipitent autour de leur patron et lisent à tour de rôle le papier.

— Il va d'abord falloir que quelqu'un aille à l'hôpital persuader la mère du gamin de retirer sa plainte, dit l'un d'entre eux.

Le chef de la brigade criminelle s'adresse à la gardienne de la paix Yi Ju-yeong :

— Yi Sang-hi et toi, vous vous êtes déjà rencontrées une fois, non ? Si tu essayais de lui transmettre la requête d'annuler sa démarche au nom de la surveillance du cyberespace ?

— Entendu, je m'en occupe.

Justement, elle pensait retourner à l'hôpital. Un instant plus tard, elle sort du commissariat, attrape un taxi qui vient de s'arrêter pour déposer un client et se dirige vers l'hôpital où se trouve Yi Jun-hi. C'est tout près, en fait, mais il s'agit d'une urgence.

Une fois à l'hôpital, elle examine les salles de malades du troisième étage, car l'ado a quitté le service des soins intensifs et a été transféré dans une salle ordinaire, même si, paraît-il, il n'a toujours pas retrouvé pleinement ses esprits et souffre d'une aphasie passagère. Elle se déplace en vérifiant les noms des malades demeurant dans chaque salle, mais elle a du mal à repérer son nom. Alors qu'elle se dispose à aller s'informer au bureau des infirmières, elle aperçoit Yi Sang-hi qui sort d'une salle, tenant le réservoir d'eau de l'humidificateur.

— Madame Yi !

— Ah ! La gardienne de la paix Yi ! Bonjour.

Yi Ju-yeong s'avance à sa rencontre et lui prend le réservoir des mains.

— Je vais le remplir et je vous le rapporte, ce truc-là. Retournez auprès de Jun-hi dans la salle, ce sera mieux.

Quand elle a remis en place le petit réservoir rempli d'eau, elle prend la parole à mi-voix, les yeux fixés sur Yi Jun-hi qui dort profondément.

— Madame Yi, cette situation doit vous faire beaucoup de peine : je vous adresse les excuses de tout le personnel concerné de chez nous, veuillez nous pardonner.

Elle fait une petite pause, puis elle reprend :

— Vous savez, nos inspecteurs sont dans un très grand désarroi à cause de votre plainte : est-ce que ça vous ennuierait beaucoup de la retirer ?

Sans lâcher la main de Yi Jun-hi et gardant un visage très sombre, Yi Sang-hi dit :

— Jun-hi est allé jusqu'au seuil de la mort. J'ai laissé tomber mon boulot pour vivre en me consacrant à mon fils. J'aurais dû le faire depuis longtemps. Combien de fois depuis qu'il est tout petit je l'ai vu avec les yeux vides, tout seul devant un écran d'ordinateur dans sa chambre, lumière éteinte ! Et pourtant, je m'obstinais à aller travailler pour de fichues questions d'argent... Cette fois, c'est décidé, j'en ai plus qu'assez.

Yi Ju-yeong la laisse parler.

— Au départ, j'avais pas l'intention de porter plainte, mais à un moment donné, la colère m'est montée à la tête : on a convoqué chez vous un mineur sans la moindre preuve alors qu'il n'est pas un criminel, on lui a fait peur, on l'a intimidé en lui criant dessus, puis on a fini par le pousser à...

Ses sanglots l'empêchent de terminer sa phrase. L'air désolé, Yi Ju-yeong baisse la tête et fixe Jun-hi des yeux avec douceur. En toute sincérité, elle a beaucoup de peine pour lui et éprouve une grande sympathie pour Yi Sang-hi.

Quelques instants plus tard, celle-ci se ressaisit et dit d'un ton plus calme :

— Je n'ai pas vraiment voulu que les choses tournent comme ça... Mais maintenant je ne sais pas comment faire pour retirer ma plainte. Il me faudrait demander à cet homme appelé « Seuls au Tribunal ? » ou quelque chose comme ça...

— Comment ça ? Vous n'avez pas préparé le dossier avec un avocat ou un conseiller en affaires juridiques ?

— Pas du tout. Il y a un monsieur qui est venu me voir à mon usine. Il s'appelait Yu Jeong-yeol ; il se présentait comme un

« ami supporteur de la Justice ». C'est lui qui m'a conseillée pour rédiger la plainte dans les formes.

– Euh, vous pourriez me montrer sa carte de visite ?

– Je ne l'ai plus, mais j'ai pris la photo de ses coordonnées pour les garder sur mon smartphone. Les voici.

Yi Ju-yeong regarde l'appareil qu'elle lui tend. Sur la carte de visite portant « YU JEONG-YEOL, UN AMI SUPPORTEUR DE LA JUSTICE » sont inscrites ses coordonnées, y compris son adresse courriel et, tout en bas, un petit dessin représentant une abeille.

– Envoyez-moi ce fichier sur KaTalk, s'il vous plaît, je voudrais pouvoir prendre contact avec lui si jamais les choses se compliquent.

– Très bien. Je compte sur vous, gardienne de la paix Yi. Je ne peux pas me déplacer pour aller au commissariat me désister parce que je dois rester ici à m'occuper de Jun-hi. Je le ferai plus tard. Mais ce sera bien grâce à vous si je pardonne à ce policier appelé Bak ou je ne sais quoi !

En la quittant, Yi Ju-yeong ressent au fond d'elle-même une vague confiance : Yi Jun-hi pourra avoir une vie normale malgré tout ça lorsqu'il aura retrouvé sa pleine santé. Elle a eu beaucoup de contacts avec des enfants ou ados impliqués dans des affaires de *flaming* ou de diffamation sur le cyberespace et elle a aussi eu beaucoup d'entretiens avec leurs parents.

Il y a ceux qui disent : « Corrigez ce sale gosse, s'il vous plaît ! Envoyez-le dans un centre de redressement, c'est sûrement lui qui s'est mal comporté, il mérite d'être puni ! » ; ceux-là ont pour ainsi dire complètement abandonné leur enfant. Pour un gamin enfermé dans sa chambre, coupé de toute vie sociale, qui ne va pas à l'école, qui passe son temps accroché à l'écran et qui ne rencontre des gens que sur le réseau, son unique mode de conversation avec les autres, d'un certain point de vue, doit être de tenir des propos incendiaires. Au bout du compte, les parents comme ça, qui tournent le dos à leur gamin en considérant qu'il s'agit là d'une sorte de perversion, sortent du commissariat en poussant violemment la porte et en grommelant des paroles pleines de rage, mais le jeune laissé derrière eux empêtré dans un abîme de désespoir perd de vue ses derniers repères.

Il y a aussi des parents qui reconnaissent les fautes de leur enfant, quitte à se mettre à genoux devant lui pour le convaincre en lui prenant les mains. Dans ce cas-là, le regard de l'enfant aussi retrouve visiblement de l'éclat au cours de l'interrogatoire. Sa manière silencieuse de manifester sa souffrance prend fin et il arrive qu'il quitte le commissariat rassuré, tenant ses parents par la main.

Il est facile de deviner comment ces deux catégories d'enfants vont se transformer dans l'avenir. Le regard rigide jeté sur eux par les parents qui les tiennent pour des criminels a toute chance de laisser une blessure ineffaçable qu'ils ne pourront jamais oublier de leur vie, et ils s'achemineront vers la rupture totale avec la société.

En sortant de l'hôpital, Yi Ju-yeong avait décidé qu'en sortant elle irait déstabiliser Kang Ye-mo en lui rendant une visite surprise à son bureau. Maintenant qu'elle a entendu de la bouche de Yi Sang-hi sa décision ferme de retirer sa plainte, elle retournera la voir plus tard, après avoir préparé les papiers. Quant à Kim Seong-ho, étant donné que le commissariat de Gangnam a dû lui faire part officiellement des accusations portées contre lui, il sera bien temps de communiquer avec lui une fois qu'elle aura fait sa petite enquête du côté de Kang Ye-mo.

Pour se rendre de l'hôpital jusqu'au quartier Nonhyeon où se trouve le siège en question, son taxi n'a même pas mis une demi-heure. Elle monte au premier étage et s'arrête devant la porte sur laquelle est fixée une plaque disant : « YENI MODE. POUR LES FILLES DANS LE VENT ! » Elle frappe, mais personne ne répond. Du coup, elle pousse doucement la porte et entre.

— Bonjour...

Lorsqu'elle voit l'uniforme de policière de Yi Ju-yeong, l'employée qui était en train d'essayer une jupe à un mannequin en plastique ouvre des yeux ronds en jetant un regard interrogateur.

— Je pourrais voir Mme Kang Ye-mo, s'il vous plaît ?

— Hein ? Qui, ça ? Ah oui, madame la directrice...

La fille disparaît par la porte au fond de la salle. En allant du centre de cet espace vers le côté fenêtre, huit employés – en majorité des hommes – sont assis à des bureaux alignés les uns à côté des autres ; c'est sans doute l'équipe qui s'occupe d'édifier et de surveiller le système opérateur du site Hebdo-pop. Rien qu'à les voir le nez plongé dans leur ordinateur à ne faire que taper sur le clavier comme des fous, on devine que ce sont des programmeurs informatiques ou des *hackers*. L'autre côté est occupé par trois femmes donnant l'impression d'être des stylistes, qui sont en train de travailler sur une table couverte d'un capharnaüm de morceaux de mannequins en plastique, de bouts de tissu et de vêtements. La porte du fond de la salle s'ouvre bientôt et Kang Ye-mo apparaît. Elle porte un jean avec un lainage déstructuré. Les cheveux ramassés en un vague chignon, le visage sans trace de maquillage, elle donne à Yi Ju-yeong une impression bien plus familière que l'autre fois, sans doute parce qu'elle a l'air plus fraîche.

— Oh ! C'est vous ? Comment saviez-vous que je pouvais être ici ?

Devant sa tête étonnée, Yi Ju-yeong fait un grand sourire.

— Une copine à moi achète souvent des vêtements fabriqués par Yeni Mode. Je l'ai appris tout à fait par hasard.

Pour sauver les apparences, Kang Ye-mo l'entraîne avec une tasse de thé vert dans une minuscule salle de réunion.

— Maintenant, dites-moi pour quelle raison vous êtes venue me voir.

— Madame Kang Ye-mo, ça ne doit pas être facile pour vous de gérer un site commercial, n'est-ce pas ?

Les sourcils se plissent d'un seul coup sur le front de Kang Ye-mo.

— Qu'est-ce que vous voulez insinuer ?

Yi Ju-yeong lève son smartphone pour lui montrer les images qu'elle a enregistrées sur le site Yeni Mode.

— Je trouve ce sac à main et ce vêtement très jolis. Mais à ma connaissance, baptiser des marchandises du nom de « style Chanel » ou de « style Prada », c'est une violation du droit des marques ; en mentionnant des marques déjà existantes, vous risquez de donner aux consommateurs des informations erronées et en même temps vous prêtez le flanc au soupçon de proposer à la vente des contrefaçons.

Kang Ye-mo écarte son smartphone de la main et lui répond, avec colère :

— Mais c'est l'usage, ça ! Partout on fait comme ça ! Je vous remercie d'être venue jusqu'ici m'apprendre ce genre de choses. On dirait que de nos jours les policiers n'ont vraiment rien à faire... Bon, je vais tout de même supprimer ces pages-là du site... Puis-je disposer maintenant, si vous n'avez rien d'autre à me dire ?

Elle était sur le point de repartir quand la réponse de Yi Ju-yeong l'arrête :

— En dehors de ça, je note que vous êtes en train d'utiliser sans autorisation un logiciel et une police de caractères qu'il est interdit d'utiliser parce qu'ils sont en procès à cause d'un problème de droits d'auteur... En outre, vous avez affiché sur un site commercial une annonce disant : « Une remise spéciale et un coupon de faveur exceptionnel vous seront offerts si vous réglez vos achats en liquide » : là, vous risquez une contravention pour manquement à la législation sur la loyauté des pratiques commerciales, parce que vous incitez à régler un gros achat en liquide... Et j'espère que vous n'omettez pas de déclarer scrupuleusement toutes ces ventes-là aux impôts, bien entendu ? Vous n'ignorez pas que la fraude fiscale est un délit grave ?

L'air fâché, Kang Ye-mo se retourne.

— Vous avez les preuves de tout ça ? Je dis bien : des preuves !

— En fouillant bien, ça m'étonnerait qu'on n'arrive pas à en trouver ici ou là.

La commerçante a l'air de se dire qu'elle n'a pas moyen d'échapper au filet tendu par la policière. Elle s'écroule dans le fauteuil profond qui fait face à Yi Ju-yeong.

— Soit... Alors, soyons claire : qu'est-ce que je peux faire pour vous ?

— Il vous suffit de me fournir les informations personnelles d'un de vos abonnés : je veux le nom de celui qui a fait savoir le premier que le lieutenant Kim Seong-ho était impliqué dans l'affaire de la défunte Ha Na-ri.

— Bon, d'accord. Quel était le message ?

Yi Ju-yeong lui montre le papier qu'elle a imprimé avant de venir.

— Attendez un instant. S'il ne s'est pas déjà désabonné, nous devons avoir encore au moins son numéro de mobile et son adresse de courriel.

Au moment où Kang Ye-mo va sortir de la salle, Yi Ju-yeong dit avec un grand sourire de satisfaction :

— Et puis vous feriez bien d'effacer du site les produits concernés par la violation du droit des marques et d'effacer la présentation et les textes utilisant la police de caractères ainsi que le logiciel litigieux. Je vous invite aussi à faire le maximum pour respecter toujours et partout la loyauté des pratiques commerciales...

Kang Ye-mo pousse un profond soupir avant de sortir de la salle. Au bout d'une quinzaine de minutes, pendant lesquelles Yi Ju-yeong sirote son thé vert, elle est de retour.

— Voilà ! J'espère qu'avec ça, maintenant tout est en règle ?

Yi Ju-yeong la salue d'un léger coup de tête, puis sort du bureau en tenant le papier qu'elle vient de lui remettre. Elle se dirige lentement vers la station Hakdong indiquée par un panneau, puis au bout d'une minute elle ressort son smartphone.

— Lieutenant Kim Seong-ho ? C'est Yi Ju-yeong.

— Oui, bonjour, je vous écoute.

— Vous êtes au courant de la plainte qu'on a reçue ?

— Oui, bien sûr.

— Bon, alors ne vous inquiétez plus, je suis en train de faire en sorte qu'elle soit retirée. Mais en ce qui concerne les paperasses, il vous faudra vous rendre au moins une fois à notre commissariat. Quand aurez-vous terminé votre travail là-bas, à Sambo ?

— Au départ, on avait prévu une semaine, mais je ne peux rien garantir. Nous en reparlerons plus tard ?

— D'accord. J'ai réussi à me renseigner en partie sur celui qui a fait connaître le premier dans Hebdo-pop les informations vous concernant. Je vous rappellerai dès que j'en saurai plus là-dessus.

— Entendu. Et merci !

Yi Ju-yeong raccroche avant d'entrer dans la station Hakdong. Pour retourner au commissariat, il va lui falloir changer deux fois de ligne, mais puisqu'elle est déjà dans la station, elle décide de prendre le métro. Une fois dans le wagon, elle ressort de son sac le papier qu'elle a reçu des mains de Kang Ye-mo :

ID : reallove12
Mobile : 010-4321-XXXX
Mail : *reallove@ssooo.net*

— Voyons un peu ça... Tiens, j'ai déjà vu cette adresse de courriel quelque part...

Elle retrouve le fichier contenant la photo de la carte de visite qu'elle a obtenue de Yi Sang-hi :

Yu Jeong-yeol, un ami supporteur de la Justice
Mail : *reallove@ssooo.net*

Elle est stupéfaite.

— Ça alors ! C'est pas croyable...

Elle pense tout d'abord téléphoner à Kim Seong-ho, mais elle actionne le bouton rouge pour raccrocher : il n'y a encore rien de certain, il vaudra mieux faire un rapport définitif après avoir mené une enquête plus sérieuse.

Kim Seong-ho met la sonnerie de son smartphone en mode vibration avant d'entrer dans la salle d'interrogatoire où Kang

Dae-su et Oh Yeong-shik sont déjà en train de discuter. Des documents sont déployés sur la table.

— J'ai déjà reçu en fichier vidéo les images du *gut* enregistrées par le conservateur de musée Yeo Do-yun. Je n'ai pas encore pu les examiner dans le détail, mais il me semble qu'il n'y avait là que des habitants du village, personne de l'extérieur. Et pendant le rituel, j'ai observé les gens attentivement : la plupart des spectateurs étaient des gens âgés qui doivent être des connaissances de la communauté traditionnaliste venues pour le *gut*.

Kim Seong-ho repense à l'homme en tenue de randonneur qui rôdait près du portail, mais ne voulant pas prolonger la conversation sur l'épisode du *gut*, il garde le silence.

Kang Dae-su approuve de la tête le rapport d'Oh Yeong-shik et dit :

— Bon. On resserre davantage les mailles de nos enquêtes. D'abord, concernant Bak Min-suk, les gens qu'elle aurait pu rencontrer. On peut penser aux chauffeurs de car, aux chauffeurs de taxi et aux particuliers conduisant leur propre voiture. Tu n'as rien trouvé d'intéressant dans les enregistrements de la caméra de surveillance du parking ?

— Pas grand-chose... Je les ai parcourus en détail la nuit dernière. Deux jours avant sa disparition, elle a pris contact avec le chauffeur d'un car et le guide pour distribuer les billets d'entrée à des touristes. Je me suis informé sur le chauffeur : son casier judiciaire est vierge. En fin de compte, si on veut un dépistage sérieux, il me paraît insuffisant de remonter seulement à une semaine avant sa disparition. À mon avis il faudrait creuser davantage Ullimsanbang.

Kim Seong-ho intervient en lui coupant la parole :

— Pardon, mais je voudrais interroger personnellement certains suspects, quitte à réduire leur nombre. Ce matin, j'ai reçu un coup de fil de la police nationale de Séoul. Ils ont mis en marche le logiciel de profilage sur ordinateur et voici ce que ça donne : sur le plan géographique, il y a de très fortes chances que le criminel soit caché aux environs de Cheongryong-ri et

Geumgap-ri, où la première disparue a habité et où ce crime a eu lieu.

Kang Dae-su secoue la tête en faisant une grimace d'embarras.

— Si maigre que soit le nombre d'habitants de l'île, ça ne va guère être possible de les examiner tous de cette manière-là. Mais enfin, on peut toujours essayer?

Kim Seong-ho reprend:

— Limitons d'abord la zone d'enquête à ces environs-là, en tenant compte de la profession des gens. Les chauffeurs de car, étant donné qu'ils sont sans cesse sous les yeux du guide et des touristes, et qu'en plus ce sont des professionnels qui ont un emploi fixe sur place, on les imagine mal en train de prendre de tels risques et il me semble difficile de les soupçonner; en plus, ils sont en général trop âgés pour attirer l'attention de Bak Min-suk. Mais ça pourrait être différent pour un chauffeur de taxi, non? Le fait que le jour de sa disparition elle soit allée quelque part en sortant du terminal de Mokpo retient mon attention. Qu'elle aille d'elle-même à un endroit où l'homme en question pourrait venir la retrouver sans avoir besoin d'une communication par mobile, cela permet tout de suite de présumer qu'elle l'avait déjà rencontré, par exemple dans un café; mais on peut aussi envisager la possibilité que ce soit un chauffeur de taxi en attente à la station officielle. Si notre homme est un taxi, il est naturel qu'il ait déjà été là-bas. Au fait, sur votre île, là, je n'en vois guère, des taxis: quand on en a besoin, comment fait-on pour en appeler un?

— Sur Sambo, on compte sept entreprises de taxis; et le nombre total des véhicules approche les cent dix. En général, les numéros des chauffeurs sont mis à la disposition de tous dans les hôtels. Quand ils n'ont pas de réservation, ils vont marauder autour du terminal de Mokpo. En saison, si on les voit attendre un client, le plus souvent c'est qu'ils ont reçu un appel de réservation.

Kim Seong-ho pose une question à la suite de la réponse d'Oh Yeong-shik:

— Ils appartiennent donc tous à une société ? Et est-ce qu'on est bien assurés de leur identité ?

— Ça, euh, faut voir. Certains chauffeurs sont inscrits dans une entreprise, mais en réalité ils ont une gestion personnelle de leur véhicule ; ce ne sont plus des employés, ils ont simplement loué un taxi à l'entreprise comme s'ils y étaient employés. C'est illégal, bien sûr. Du coup, on ne peut pas considérer que tous les chauffeurs appartiennent à une entreprise. Sans parler des véhicules de location que peuvent conduire des chauffeurs sous-qualifiés... Quoi qu'il en soit, on est pas toujours sûrs de l'identité des chauffeurs.

— Commençons donc par examiner les taxis confirmés. Parmi la centaine de conducteurs en tout, essayons de repérer les jeunes, ayant disons la trentaine, en allant jusqu'à la cinquantaine au maximum.

— Je vais téléphoner aux entreprises des taxis pour dresser une liste et on va essayer de voir si on pourrait avoir des entretiens avec eux.

— Attends un peu. Ils risquent de répondre par une échappatoire, ils vont croire qu'ils ont été dénoncés comme faisant de la location à titre personnel : il faut souligner que c'est juste pour une enquête qui n'a aucun rapport avec ça. Précise bien que ça n'a aucun rapport avec leur permis.

— Entendu, capitaine.

— Et encore un point, peut-être.

Cette fois c'est Kim Seong-ho qui retient Oh Yeong-shik.

— Je pense qu'on peut limiter l'objet de l'enquête à ceux qui sont descendus sur l'île ces temps derniers venant du continent, à commencer par Séoul, en excluant ceux qui n'ont pas quitté l'île depuis longtemps. Ça diminuera déjà le nombre des gens à interroger. Essayons d'abord comme ça.

— Bonne idée, lieutenant Kim. Votre participation aux enquêtes sur le terrain nous aide vraiment beaucoup. Vous savez qu'un autre profileur est déjà venu de la police provinciale de Jeonnam ? Lui, il ne s'intéressait qu'aux documents et pour tout dire cela nous avait laissés sur notre faim.

Kim Seong-ho répond seulement par un léger coup de tête au compliment d'Oh Yeong-shik.

— Je reviens bientôt avec le résultat de ces investigations.

Après son départ, Kang Dae-su demande en prenant un air gêné :

— Ça a dû te faire un choc, ce qui s'est passé au *gut*, non ? Mais comment aurait-on pu imaginer que la cérémonie tournerait comme ça ?

— Hum-hum, n.. non, ça va, rien de grave !

— Tu as raison, n'y prête pas trop attention. Dans la vie, il peut toujours arriver n'importe quoi.

— Ça, c'est sûr.

Tels sont les quelques mots qu'ils échangent, mais Kim Seong-ho a le visage tout rouge : il se sent comme un criminel en face d'un policier.

Lorsqu'ils reviennent au bureau après un déjeuner sur le pouce, ils trouvent Oh Yeong-shik qui les attend avec une liste imprimée.

— Comme le lieutenant Kim l'a proposé, j'ai fait trier par chaque entreprise les chauffeurs plutôt jeunes et qui sont venus sur l'île après avoir habité ailleurs. Au final, ils sont quatorze.

— Rencontrons d'abord ceux qui ont déjà été inculpés parmi ceux qui viennent de grandes villes comme Séoul et Gwangju, entre autres. C'est possible de les cocher, là ? demande le profileur.

— On n'a qu'à demander aux entreprises de nous envoyer les informations personnelles de ces chauffeurs-là, puis on s'informera de leurs inculpations antécédentes à partir de leur carte d'identité. Cela va nous prendre à peine une petite demi-heure.

— Bien. On compte sur toi, lieutenant Oh.

Kang Dae-su lui donne une petite tape dans le dos en guise d'encouragement. Pendant que Kim Seong-ho et lui font une pause-café, l'adjoint disparaît et revient bientôt avec un listing sur papier.

— En consultant les archives des inculpations antérieures, j'ai tout de suite récolté quelques noms. D'abord Choe Gu-yeong, vingt-cinq ans, habitant Okdae-ri, le village le plus près de Cheongryong-ri où habitait Ko Hi-jeong. Ensuite, Ko Du-nam, quarante ans, habitant à Geumgap-ri où la victime a disparu. Puis Kim Cheong-gyu, cinquante et un ans, habitant Sopo-ri. Enfin, Yi Jin-su, trente-deux ans, habitant Haechang-ri.

Choe Gu-yeong a été mis en détention provisoire pour harcèlement sexuel, mais grâce à un compromis avec la victime, il a bénéficié d'une mesure de sursis. Ça s'est passé il y a deux ans. À part ça, il a été aussi inculpé pour des actes de violence.

Ko Du-nam a été condamné quatre fois pour des délits de vol et il a fait de la prison ferme, deux ans. Ensuite il a été chauffeur de taxi à Séoul avant de redescendre l'an dernier à Geumgap-ri, où habite son père, Ko Gyeong-shin.

Kim Cheong-gyu a été condamné une fois pour cambriolage et il a fait un an de prison ferme. Il est arrivé sur l'île il y a cinq ans, mais il était originaire de Sambo.

Yi Jin-su a été condamné deux fois pour actes de violence d'une part et pour un crime sexuel d'autre part : il a fait subir une agression sexuelle à une femme dans un bar à hôtesses et l'a frappée. Il a fait de la prison ferme, six mois, avant d'arriver sur l'île il y a un an et demi.

Derniers détails : Choe Gu-yeong est célibataire, Ko Du-nam et Yi Jin-su divorcés. Seul Kim Cheong-gyu est marié.

— Quelles existences exemplaires ! Puisque Okdae-ri est proche de Geumgap-ri, on ira y enquêter dès aujourd'hui. Et si on n'a plus suffisamment de temps, on rencontrera demain Kim Cheong-gyu et Yi Jin-su. Essaie d'abord d'avoir Choe Gu-yeong au téléphone.

Oh Yeong-shik appelle chez Choe Gu-yeong. C'est lui justement qui répond : rendez-vous est pris à son domicile dans vingt minutes. Et puis un autre rendez-vous est pris, deux heures plus tard, avec Ko Du-nam qui habite près de là. Comme la voiture de police peut être un handicap, les trois policiers prennent la voiture de location conduite par Kim Seong-ho pour se diriger vers Okdae-ri en longeant la côte.

Okdae-ri, situé juste à côté de Cheongryong-ri, est un hameau de campagne paisible avec des rizières et des prés de petites dimensions. Descendus à l'entrée du hameau, ils cherchent le bâtiment indiqué par l'adresse. C'est une ferme délabrée, où dans un coin de la cour se trouvent des ordures entassées ; on voit traîner des assiettes et des bols à laver à côté de l'arrivée d'eau. Kang Dae-su, ayant prêté attention au tas d'ordures, ramasse un long bout de bois et essaie de fouiller dedans. Oh Yeong-shik crie :

— Monsieur Choe Gu-yeong !... Y a quelqu'un ?

— Qui êtes-vous ?

Une femme, début de la trentaine, pas maquillée, sort de la chambre donnant sur la cour en enfilant un manteau par-dessus un pantalon de pyjama. Elle a l'air fatiguée ; vu son ventre bombé, elle doit être enceinte.

— Nous sommes venus voir M. Choe Gu-yeong. On lui a téléphoné il y a vingt minutes.

— L'est pas là. Y vient juste de partir.

Elle a répondu avec un air inquiet. Kim Seong-ho, qui n'a pas manqué de balayer du regard l'intérieur de la chambre quand la porte s'est ouverte, remarque :

— Il y a quelque chose de pas net, là...

Oh Yeong-shik essaie d'appeler le disparu avec son mobile tandis que Kang Dae-su regarde la femme dans les yeux en lui demandant d'un ton menaçant :

— Quels sont vos rapports avec lui ? Autant que je sache, il n'est pas marié...

Visiblement embarrassée, la femme répond d'une manière évasive :

— On se connaît comme ça...

— Allons donc, il est là à l'intérieur, non ?

Kim Seong-ho s'avance à grands pas vers la chambre et à l'instant où il approche de la porte, celle-ci s'ouvre brusquement tout grand et un homme avec les cheveux ébouriffés, vêtu d'un maillot de corps et d'un pantalon de jogging, sort en le bousculant et s'enfuit en courant.

— Attrapez-le !

Kang Dae-su part à ses trousses en criant d'une voix tonitruante. L'homme se précipite dans la cour de derrière et, après avoir franchi d'un bond la murette, il fonce vers son taxi. Une fois dedans, il file le long de la bordure des rizières avant de disparaître sur la route de la côte.

— Allez, grimpez vite !

Kim Seong-ho qui s'est rendu compte de ce qui se passait, a couru à sa voiture et s'est déjà mis au volant. Le capitaine n'a pas le temps de monter que la voiture démarre, avec juste le lieutenant à bord. Une fois engagé sur la route littorale, le taxi roule à grande vitesse, mais Kim Seong-ho le rattrape et se maintient à sa hauteur :

— Arrêtez ! On veut juste vous poser quelques questions ! crie Oh Yeong-shik après avoir baissé la vitre de son côté.

— Ah, merde.

L'homme change tout à coup de voie pour se lancer à contresens sur la file de gauche. À ce moment-là, un camion de choux arrive en face. Choe Gu-yeong braque brusquement à droite pour se rabattre et jette sa voiture dans la rizière. Kim Seong-ho, déséquilibré à son tour pour éviter le camion en catastrophe, s'arrête de justesse, l'avant de la voiture à quelques centimètres de la rizière. Heureusement le taxi de Choe Gu-yeong ne s'est pas renversé, ce qui lui permet de sortir tout seul en ouvrant sa portière.

Oh Yeong-shik veut le menotter, mais Kim Seong-ho l'en empêche.

— Pourquoi vous êtes-vous enfui ?

Choe Gu-yeong répond en jetant des regards effrayés :

— Z'êtes pas là pour ma conduite sans permis ? Putain, si seulement je n'avais pas été arrêté pour une conduite en état d'ivresse !

Une semaine auparavant, il était allé à Mokpo picoler un soir avec des copains et au retour les flics avaient contrôlé son alcoolémie. En ce moment, donc, son permis est suspendu, mais il n'en a pas encore informé son entreprise.

— Non, nous, on est juste venus vous poser quelques questions parce qu'on est en train d'enquêter sur une affaire de disparitions qui a eu lieu en septembre-octobre l'an dernier.

Après avoir appelé les services d'assurance, les deux policiers font monter le chauffeur dans leur voiture et le ramènent chez lui. Grâce au témoignage de sa compagne, il a un alibi : elle déclare avoir été avec lui toute la semaine précédant Chuseok ; elle l'avait emmené chez elle à Mokpo pour le présenter à sa famille. Kang Dae-su n'arrive pas à effacer le doute de son visage, mais il se dit qu'il vaut mieux pour le moment se contenter de notifier son absence de permis au patron de son entreprise.

Ils ont pris du retard pour diverses raisons, mais ils se déplacent vers Geumgap-ri, à dix minutes en voiture. Sur la route, Kang Dae-su demande à Kim Seong-ho :

— Qu'en penses-tu ? La justification de ses alibis par sa compagne n'était-elle pas trop facile ? Et je trouve déjà pas mal suspect le fait même qu'il se soit enfui comme ça, en risquant sa vie, juste pour une question de défaut de permis...

— Oui, c'est vrai... Mais on ferait mieux de faire un bilan de nos hypothèses une fois qu'on aura rencontré Ko Du-nam à Geumgap-ri.

Le capitaine approuve de la tête. Lorsqu'ils arrivent à Geumgap-ri, le crépuscule commence à tomber, le soleil va bientôt se coucher. Ils distinguent une ferme plutôt petite et plaisante au milieu d'une rizière assez vaste. Dans la cour, divers engins et outils agricoles sont rangés bien à leur place et les abords de la maison font bonne impression.

— Monsieur Ko Du-nam... ! Il y a quelqu'un ?

Tandis que Oh Yeong-shik observe la maison en lançant ces appels, Kang-Dae-su frappe dans ses mains après avoir écarquillé les yeux.

— Mais oui ! Ici c'est la maison de Ko Gyeong-shin, non ? Ce septuagénaire, on lui a rendu visite pour avoir des informations après avoir reçu une lettre bizarre émanant de quelqu'un qui se disait victime de violences de la part des services de la Sécurité politique. Voyons... ça fait à peine quelques mois... c'était peut-être fin octobre… On avait attendu une dizaine de jours avant de venir le voir…

— Vous avez raison, capitaine. C'est cet homme dont on disait qu'il avait été emmené à la Sécurité nationale. Là il aurait été frappé pour avoir été impliqué dans les activités du Mouvement pour la démocratisation des années 1980. Ah! Tiens, le voilà justement qui arrive, je le reconnais!

Kim Seong-ho se tourne vers la rizière et aperçoit un vieil homme de petite taille et voûté, portant des vêtements de travail usés et une casquette à visière marron clair, qui approche à grands pas.

— Qui êtes-vous pour entrer ainsi chez moi sans avoir demandé la permission?

— Bonsoir, monsieur Ko Gyeong-shin, je suis Kang Dae-su, nous nous sommes déjà rencontrés…

— Ah oui! Bonjour, commissaire. Qu'est-ce qui me vaut cette visite?

Malgré son âge qui a l'air de dépasser les soixante-quinze ans, l'homme a un regard vif et franc. Bien qu'il ait le dos assez arqué, ses jambes donnent l'impression d'être solides, et ses épaules larges, malgré sa petite carcasse, laissent deviner un corps en forme entretenu par son travail d'agriculteur.

— Votre second fils, Du-nam, est descendu de Séoul jusqu'ici pour habiter chez vous, c'est bien ça? On croit savoir qu'il vit avec vous sur l'île depuis mars 2012.

— Ah, lui? Écoutez, comme depuis toujours il fait sans arrêt le va-et-vient entre Séoul et l'île, je ne sais jamais trop ce qu'il fabrique.

— Il ne vit plus ici? Mais si, on lui a téléphoné tout à l'heure pour prendre rendez-vous… On est en retard à cause d'un incident, mais…

— Eh ben en fait, euh…

Avant même que Ko Gyeong-shin ait fini sa phrase, on entend un chien aboyer bruyamment. Kim Seong-ho se retourne et aperçoit un homme qui arrive, tenant en laisse un énorme chien de Jindo blanc qui lui arrive à la ceinture. C'est un homme de taille moyenne, portant de petites lunettes de soleil ovales, avec des sourcils marqués et un menton carré ; lui aussi a l'air solide et en bonne forme. Le lieutenant a le sentiment de l'avoir déjà vu quelque part.

— Tu tombes bien, Victor, ces messieurs sont à ta recherche.

Ah oui, ça y est ! c'est le chauffeur qui est venu nous chercher à la pension le lendemain de notre arrivée à Sambo ; en nous conduisant au commissariat, il a même fait des commentaires à propos des affaires de violence sur l'île. Ça ne fait même pas une semaine. Je me rappelle avoir trouvé un peu bizarre ce nom de « Victor » inscrit sur sa carte de visite...

— Oui, père, c'est moi qui les ai invités à venir ici.

Il enlève ses lunettes de soleil et les enfonce dans sa poche arrière avec un sourire plein d'assurance. Son chien gronde contre Kang Dae-su et Oh Yeong-shik : il lui donne un coup de pied très sec dans les flancs. Le chien recule en poussant une sorte de glapissement aigu.

— Eh, dis donc, toi, tu pourrais être plus accueillant avec mes invités ! Bon, messieurs, pour quelle raison souhaitez-vous me voir ? Je ne fais pas le taxi de location, je suis un employé régulier.

Il s'explique en faisant de grands gestes avec les mains. Kang Dae-su sent l'arrogance qui s'installe petit à petit en lui. Une intuition inexpliquée produit en lui une sensation électrique. Il s'approche tout près de lui en enfonçant sa casquette de chasseur et lui adresse la parole à voix basse :

— Au fait, monsieur Ko Du-nam, c'est quoi, ce « Victor » ? Votre nom de baptême de chrétien ?

— Oui, exactement. Je me suis pas encore fait baptiser, mais j'ai déjà préparé un prénom. Même mon père m'appelle comme ça, en espérant que ça me mettra du plomb dans la tête !

— C'est vrai que vous avez été condamné quatre fois pour vol... C'est bien ça ?

Kang Dae-su lance doucement un crochet au menton tout en feignant de viser le foie ; Kim Seong-ho et Oh Yeong-shik reculent d'un pas en admirant l'habileté de cette attaque.

— Ah, mais ça, c'était à Séoul, au temps où je ne savais pas bien juger les choses du monde... Parce que mon divorce m'avait foutu la tête à l'envers...

— Oui, mais il y a quand même quelque chose qui me chiffonne. J'ai noté un truc bizarre : lors de votre dernier délit, en ressortant de la maison que vous aviez cambriolée, vous avez provoqué un incendie, n'est-ce pas ? Puis vous avez affirmé que vous ne saviez pas qu'il y avait quelqu'un qui dormait dans la chambre principale, grâce à quoi on a allégé votre condamnation, et finalement vous avez été libéré pour bonne conduite plus tôt que prévu, en tant que prisonnier modèle...

— C'est vrai, ça : je ne savais pas qu'il y avait quelqu'un dans la maison.

Avec un sourire, il ressort ses lunettes de soleil de sa poche et les remet. En même temps, il va jusqu'à la niche du chien et agace du pied la pauvre bête qui n'y est pour rien.

— Comme il m'obéit pas bien, je dois le traiter comme ça, cette saloperie de clébard !

L'animal se retire au fond de sa niche. Attrapant un bâton rangé là-derrière, il le fait sortir et se met à le battre à grands coups. Ko Gyeong-shin détourne les yeux et retourne vers la rizière devant chez lui pour ramasser divers déchets qui traînent. Kim Seong-ho suit le vieil homme du regard. Celui-ci s'absorbe dans cette activité comme s'il se fichait complètement du reste, mais il semble agacé par la visite des policiers. Sur l'étendue de la rizière devant laquelle il se dresse, quatre ou cinq rouleaux d'ensilage empaquetés de blanc sont étalés à intervalles réguliers. Au moment où Kang Dae-su, qui ne peut plus se retenir, veut s'approcher de Ko Du-nam, le vieil homme revient de la rizière et se précipite vers eux en laissant tomber ses déchets dans la cour. Il retient le policier avec une grande force.

— S'il vous plaît, ne venez pas me le perturber. Il a enfin fini par s'assagir, maintenant. Il m'a causé beaucoup d'ennuis avant ça, mais il s'est calmé et aujourd'hui il aide son vieux père aux travaux des champs. Je vais me renseigner auprès d'une entremetteuse pour le marier, alors ne vous inquiétez pas pour l'avenir. En tout cas, je vous garantis bien qu'il est pour rien dans l'affaire dont on cause partout sur l'île.

Kang Dae-su ne peut ignorer le regard suppliant de Ko Gyeong-shin.

— Bah ! Que ce soit un chien ou une femme, quand ça déconne, le fouet – y a pas à hésiter !

Sur ces paroles surprenantes de Ko Du-nam, le capitaine s'écrie d'une voix de tonnerre :

— Quoi ? Répète un peu ce que tu viens de dire là !

Ignorant totalement la compagnie, Ko Du-nam entre dans sa chambre qui donne sur la cour et en ferme la porte à clé. Oh Yeong-shik monte sur le *maru* et lui demande de ressortir en frappant bruyamment à sa porte, mais on n'entend aucune réponse venant de l'intérieur. Pour avoir une conversation plus approfondie, il faudra donc le faire venir au commissariat sur convocation d'un juge, mais dans la situation actuelle, étant donné qu'il n'y a aucune preuve de rien, il va être difficile d'obtenir un mandat.

Les policiers ne quittent les lieux qu'après avoir obtenu à travers la porte la promesse de Ko Du-nam qu'ils auront plus tard un entretien en ville.

La Sonata conduite par Kim Seong-ho roule sur la route longeant la côte. Il fait nuit depuis un moment. Kang Dae-su et Oh Yeong-shik ne disent rien. Et puis soudain, voilà le capitaine qui lance sur un ton plein de colère :

— Mais qu'est-ce qui lui a pris de foutre des coups de pied comme ça à son chien ? C'est un putain de salaud, ce gars-là ! Enfin ça, vous deux, ça ne vous inspire aucune réflexion ?

— Oui, c'est vrai : on dirait qu'il a un tempérament sacrément cruel, dit Oh Yeong-shik.

Et Kim Seong-ho ajoute :

— Le fait qu'il ait mis le feu après un cambriolage, ça, là, moi, ça me préoccupe. Il dit avoir fait ça sans savoir qu'il y avait quelqu'un, mais ça n'a pas de sens. Allons donc, comment pouvait-il ignorer s'il y avait quelqu'un qui dormait la nuit dans la maison ? Heureusement qu'il n'y a pas eu de victime ! Mais peut-être qu'il avait au départ la ferme intention de commettre un délit plus grave qu'un vol ?

— Une fois un crime commis, ça se développe très souvent en un second crime. On ne dit pas pour rien que « qui vole un œuf vole un bœuf » !

— Et puis cette manière de faire de grands gestes avec les mains en parlant, ça aussi ça me gêne. Je pense qu'il n'est pas à l'aise pour exprimer ses sentiments et que du coup il parle en décomposant sa phrase en unités fondamentales, ce qui est typique du parler des psychopathes.

Oh Yeong-shik prend la parole à son tour :

— Alors Ko Du-nam devient particulièrement suspect ?

Kim Seong-ho fait non de la tête.

— Il ne faut pas pour autant généraliser. Ce qui compte par-dessus tout, ce sont les preuves.

Oh Yeong-shik réplique sur le ton de quelqu'un qui en a marre.

— Quand on fait un travail de détective, on ne voit que des mecs comme ça. Et ça ne va pas sans risques pour l'enquêteur : moi, ça me fait faire des bonds dans mon lit la nuit tellement j'ai la trouille de devenir pareil qu'eux...

Kang Dae-su n'arrive pas à se retenir d'éclater de rire.

— Allons, vous savez bien, c'est des conneries, ça, quand on raconte qu'à force d'avoir sous les yeux des malfaiteurs on finit par leur ressembler et devenir des malfaisants. Les inspecteurs de police travaillent justement parce qu'ils ressentent une grande joie à résoudre une affaire, à attraper un criminel en raisonnant de manière rationnelle. C'est pour ça qu'ils ne font pas que détester de voir survenir des drames, ça les passionne même d'avoir à sortir sur le terrain. Mais parfois, c'est vrai qu'il existe aussi des criminels qui font pitié, car parmi eux, il y en a très peu qui ont reçu une éducation convenable. Pour tout dire, je me demande comment il se fait que tant de mères abandonnent leur foyer en laissant leurs gosses tout seuls... Si on peut devenir criminel pour avoir été ainsi mal élevé, comment pourrait-on estimer que notre monde ne marche pas à l'envers ? Vous n'êtes pas d'accord ?

Oh Yeong-shik hoche la tête en signe d'assentiment. Kang Dae-su baisse la vitre en chantonnant, et la main tendue hors de la portière, il profite du vent de mer pour se rafraîchir. Le rétroviseur reflète son visage illuminé d'un bizarre mélange d'entêtement et d'excitation.

Après avoir déposé ses deux passagers chacun près de sa maison, Kim Seong-ho reprend la route de la côte pour se diriger vers la pension. Lorsqu'il a garé la voiture, le numéro de la chambre 201 est éteint, autrement dit Yeo Do-yun n'est pas encore rentré. Il monte à l'étage et entre dans sa propre chambre. Là, enfin, il lâche un long soupir : ça a été une dure journée. Il a failli avoir un accident grave en poursuivant la voiture de Choe Gu-yeong et il a ressenti une cruauté impressionnante dans les yeux de ce soi-disant Victor qu'il a entrevus à travers ses lunettes de soleil.

Il allume la pièce avant de s'asseoir à la table. Il n'apprécie pas trop ces moments où il se retrouve seul. Il allume la télé. Tout en suivant du coin de l'œil une émission d'actualité, il lave la tasse à café qu'il a laissée sale le matin en partant. Sans qu'il s'en rende compte, l'émission se transforme en infos du soir. Il s'étend sur son lit en se massant les paupières du bout des doigts. Une fatigue pesante l'envahit, si bien qu'il se sent glisser petit à petit au bord du sommeil sans pour autant être certain de s'endormir. Il a le crâne rempli d'idées compliquées, en n'oubliant pas les choses du passé qu'il ne veut pas se rappeler. Il est presque dépourvu de souvenirs d'enfance, sauf pour Hong Tae-gi et quelques fragments de scènes concernant Han Nam-gi qui se présentent à sa mémoire comme s'ils avaient eu lieu la veille.

Les souvenirs qui s'entassent dans la cave la plus obscure parmi les dépotoirs de souvenirs qu'il a fermés, verrouillés et scellés derrière plusieurs portes l'une après l'autre, ce sont ceux-là qui se démènent pour ressortir. Si c'était comme d'habitude, puisqu'il déteste les voir se réanimer, il se forcerait à se relever et essaierait de s'en débarrasser, par exemple en prenant une douche. Mais sur le moment, là, il n'a pas la force de réagir comme ça. Des fragments du passé font irruption à grands jets dans son esprit et il n'est même pas capable de lever le petit doigt pour empêcher ça. Ce sont autant de poignards qui le transpercent. Et puis il y a cette douleur lancinante dans sa tête, comme si on lui enfonçait des clous...

Poussant un gémissement, il finit par se rappeler l'ensemble de cette histoire avec tous les détails : l'épisode où Hong Tae-gi avait tourmenté Han Nam-gi jusqu'à l'amener à deux doigts de perdre la vie.

Même dans la petite école d'un village très pauvre, on mettait sur pied un projet de voyage scolaire pour les élèves de cinquième année de primaire*. Dans la classe, environ six ou sept élèves de familles défavorisées, à commencer par celle de Nam-gi, ne pouvaient assumer les frais du voyage, mais grâce à une aide venue d'ici ou là, toute la classe a finalement pu partir cette année-là en voyage à Sokcho, sur la côte est. Une fois arrivés à la pension où ils logeaient, il fallait mettre sept élèves dans la même chambre. Hong Tae-gi n'était pas prévu dans la même chambrée que Han Nam-gi, mais il s'était fait remplacer par quelqu'un d'autre pour dormir dans la même pièce que ce dernier, où le jeune Seong-ho avait lui-même été affecté. Vers 3 heures du matin, Tae-gi a réveillé ses camarades en plein milieu de leur sommeil et les a fait asseoir en rond, après quoi il a tiré de ses affaires une bouteille de *soju* et un paquet de cigarettes pour les forcer à en consommer. Puis il a dit :

— Maintenant, attrapez les bras et les jambes de Han Nam-gi ! Et sans traîner !

Sur cet ordre, les enfants se sont mis en cercle autour de Nam-gi et lui ont empoigné les quatre membres.

— Vous allez voir comment la Glandouille va se métamorphoser. D'abord, on le fout à poil !

On aurait dit que l'alcool était monté à la tête des gamins : sans la moindre hésitation, selon l'ordre reçu, ils lui ont ôté de force son pantalon, puis son caleçon.

---

* Les jeunes Coréens entrent à l'école primaire six mois plus tard qu'en France (en mars) : ces gamins doivent avoir environ onze ans.

— Et maintenant, on va voir comment un vermisseau mue et se transforme. Allez, hop ! Exécution !

Suivant les indications de Tae-gi, deux des enfants se sont amusés à répéter le geste de serrer et relâcher avec la main le pénis de Nam-gi ; ce jeu a duré un temps considérable. Les autres, saisis de peur, s'étaient reculés sans cesser de regarder. À l'époque, personne ne disait haut et clair que c'était là un acte répréhensible ; on n'avait pas encore pris conscience de la nécessité de faire l'éducation sexuelle des adolescents tellement on était ignorants des agressions sexuelles et des dommages liés à ce type de comportements. Toutefois, chacun savait intuitivement que cela risquait de léser une personne jusqu'à la pousser au suicide.

Nam-gi s'est débattu violemment, tandis que sans perdre son sang-froid Tae-gi lui fermait la bouche en y enfonçant son caleçon. C'était d'une cruauté vraiment barbare. Nul ne savait ce qui avait rendu Tae-gi à ce point féroce et brutal. Pourtant, il était impossible de ne pas obéir à ses ordres, sinon il en aurait tiré une vengeance encore plus affreuse, et cela signifiait la mort de toute dignité humaine.

À la fin, les enfants ont vu : de l'organe de Nam-gi a giclé un liquide blanchâtre.

Ils l'ont relâché, toujours sur l'ordre de Hong Tae-gi. Nam-gi a rejeté son caleçon de sa bouche et a éclaté en sanglots qu'on entendait à peine. Le corps roulé en boule telle une chrysalide, il n'arrêtait pas de pleurer avec une voix étouffée comme s'il ravalait ses pleurs.

— Chut ! Silence ! C'est l'heure de la ronde du maître !

Les enfants ont tous fait semblant de dormir, Tae-gi le premier, tout en tenant fermée la bouche de Nam-gi avec son poing et en lui appuyant de toutes ses forces sur la gorge avec l'autre main. L'instituteur n'a fait que passer dans le couloir en faisant du bruit avec ses pieds, mais il n'est pas entré dans la pièce. Lorsque ses pas se sont éloignés, Hong Tae-gi s'est écrié d'un rire étouffé en s'esclaffant :

— Vous avez bien vu que des vers lui sortent du corps, non ? Voilà comme il est dégueu, Han Nam-gi la Glandouille ! Han Nam-gi le Détraqué, hi-hi-hi !

Lorsque Hong Tae-gi a dit ça en imitant le ton d'un gagman populaire de l'époque, les autres se sont forcés à rire, mais ils étaient tout pâles.

Peu de temps après, Nam-gi toujours nu s'est mis à trembler violemment en se retournant comme s'il avait un accès d'épilepsie. Cela a stupéfié les enfants. Son dos se courbait comme un arc en même temps que son ventre s'élevait progressivement vers le haut. Et il frissonnait de partout en poussant des cris silencieux. Les enfants ont reculé, même Tae-gi qui, paralysé par la peur, n'osait plus s'approcher de lui.

Le corps de Nam-gi est sorti de son accès d'agitation et s'est apaisé lentement. Il avait l'air d'avoir sombré dans un profond sommeil. La nuit s'est terminée comme ça. Le matin, une couette avait été étalée sur le corps de Nam-gi par on ne sait qui, mais lui, les yeux fermés, ne se levait pas... Finalement, il a été transporté à l'hôpital par une ambulance et toute l'histoire a été racontée à l'instituteur, qui a gardé ça pour lui. Aussitôt, le voyage scolaire des enfants qui avaient passé la nuit dans la même chambre que lui a été annulé. Et une fois rentrés à l'école, ceux qui étaient impliqués dans cette histoire, à commencer par Hong Tae-gi, ont été convoqués plusieurs fois dans la salle des maîtres. Mais tout ce qu'on a fait a été de leur interdire de divulguer l'histoire.

Seong-ho ne se souvient pas de tous les détails, mais il croit se rappeler plus ou moins que les parents de Han Nam-gi ont protesté à l'école en demandant des comptes sur tout ça.

Peu après, l'instituteur ayant surpris Nam-gi en train d'essayer de se suicider sur le toit-terrasse de l'école, l'enfant a été dispensé de venir à l'école. Mais comme sa mère ne supportait plus de voir son fils s'enfermer dans sa chambre, elle l'a interrogé et réinterrogé, et c'est comme ça que toutes les actions atroces de Hong Tae-gi ont fini par être connues. Il restait un hic : le père de Hong Tae-gi faisait partie du Conseil pour l'amélioration de l'école communale. Tant que Nam-gi a continué de refuser d'aller à l'école, les enfants se sont sentis très mal à l'aise, mais Hong Tae-gi, lui, gardait un air très sûr de lui... L'histoire s'est terminée en queue de poisson, Han Nam-gi ayant accepté de changer d'établissement scolaire.

Vingt ans plus tard, Kim Seong-ho repense à lui de temps en temps. Si cette histoire avait lieu aujourd'hui, il est certain qu'on la considèrerait comme une affaire de violence scolaire : on aurait appelé le 112, numéro d'urgence de la police, ou le 117, numéro du service des plaintes pour violences scolaires ; les agresseurs seraient transférés dans une autre école ou mis dans un établissement pénitentiaire pour mineurs, tandis que les victimes bénéficieraient d'un service d'assistance psychologique.

Mais il arrive aussi que dans ces enchaînements de méfaits les victimes soient blessées plus grièvement. Incapables de supporter le harcèlement des parents de l'agresseur qui cherchent un compromis, le plus souvent, pour éviter ça, ce sont les victimes qui demandent les premiers à changer d'école.

Vingt ans passent, mais quant aux situations des victimes et des agresseurs, finalement rien n'a changé. Ils affrontent leur âge adulte, qui survient sans qu'ils aient eu le temps de s'y préparer. Plus tard, si le hasard fait qu'ils se rencontrent, il se peut même que les agresseurs rient avec leurs victimes en leur tapotant le dos.

— À l'époque, on a eu ensemble une vie scolaire vraiment marrante, tu te rappelles ?

Rien que d'imaginer cette saynète, Seong-ho frémit d'horreur.

Ce qu'il ne comprend pas, surtout, c'est pourquoi c'est juste à cet endroit où il se trouve actuellement que les horribles souvenirs qu'il a envie d'oublier lui reviennent à l'esprit avec tant d'insistance...

C'est aussi la première fois depuis ce temps-là qu'il débarque dans un lieu où il se retrouve à ce point isolé. Vivant sans jamais prendre le temps de souffler, il ne lui est jamais arrivé de se voir dans un endroit sans l'ombre d'une présence humaine, réduit à s'absorber chaque soir dans les abîmes de son intériorité. À mesure qu'il rumine un passé qu'il n'a jamais eu la moindre envie de se remémorer, une sueur épaisse lui ruisselle sur tout le corps. Il se sent très mal à l'aise.

Lorsqu'il a péniblement repris quelques forces, il sort sur la véranda. Les gouttes de pluie qui avaient commencé à tomber au crépuscule par petites ondées ont grossi entre-temps. Un vent d'hiver souffle rudement, au point que ses cheveux volent dans tous les sens ; il le sent glacial, lui griffant la peau à coups de poinçon. C'est une nuit aussi effroyable que celle de l'autre fois : les flots bleu noir s'écrasent rudement sur les petits îlots rocheux avant de repartir vers l'arrière, les vagues se retirent en balayant la plage dans un grondement tonitruant. Ce vent furieux ajouté à la mer profonde et insondable crée une atmosphère sinistre qui envahit Kim Seong-ho.

Toc toc ! Quelqu'un frappe discrètement à la porte. On dirait que le conservateur de musée Yeo Do-yun est rentré. Kim Seong-ho revient dans la chambre avant de refermer la porte coulissante et va lui ouvrir la porte d'entrée.

— Hé-hé, vous ouvrez la porte comme ça, sans savoir qui c'est ? Comment feriez-vous si jamais un méchant surgissait en vous pointant un poignard sur la gorge ?

Yeo Do-yun est tout mouillé. Sans doute la pluie.

— Qu'est-ce qui vous arrive ?

— Je suis revenu en taxi, mais figurez-vous que le chauffeur a refusé de monter jusqu'ici et que j'ai dû faire le dernier tronçon du trajet à pied ! Sans parapluie, comme vous voyez. Je suis trempé jusqu'aux os.

— Entrez vite.

Yeo Do-yun secoue la tête ; on dirait que ses yeux émettent de la lumière à travers ses lunettes à grosse monture.

— Hum, j'ai une chose à vous demander. Euh, demain soir, lorsque vous aurez terminé votre travail, j'aimerais bien que vous me conduisiez au terminal de Mokpo : je dois retourner à Séoul avant vous, j'ai une chose à régler d'urgence. Vous, vous y retournez le 20, n'est-ce pas ?

— Pas de problème, je vous appelle une fois terminé mon travail au commissariat.

— Merci.

Yeo Do-yun le quitte après l'avoir regardé un moment dans les yeux en faisant insister doucement son regard. À peine la porte refermée, un sentiment énigmatique assaille le policier : quel chauffeur de taxi a pu avoir le culot de faire descendre son client sous la pluie avant d'arriver à destination ? À Séoul, il y a souvent dans les taxis des cas de refus de passager, mais ici, c'est une région très tranquille où il y a très peu de monde. C'est sûr que si ce n'avait pas été pour une chose vraiment urgente, un chauffeur normal n'aurait pas abandonné son client au milieu du chemin... Kim Seong-ho dirige pendant un moment son regard vers le mur du côté de la chambre où se trouve la récente victime de cette incivilité.

Dès demain, une fois le conservateur de musée reparti à Séoul, ils ne seront plus que deux à résider dans cette pension, en comptant le gardien dans sa chambre annexée au bureau de l'administration. Il n'a jamais essayé de vérifier si ce garçon passait la nuit sur place. Lorsqu'il remontait du parking la nuit, les deux fois il a constaté que la lumière était éteinte dans le bâtiment où se trouvent les bureaux. S'il n'y a même pas le gardien, cela voudra dire que Kim Seong-ho se trouve tout seul dans cet endroit isolé.

Après avoir bu un café, il s'allonge sur son lit. Il se sent fatigué, ça a encore été une grosse journée. Le sommeil commence à l'envahir progressivement. Soudain, la peur de s'endormir le saisit : il est convaincu qu'il va revoir en rêve les atrocités commises par Hong Tae-gi, mais en même temps le tout-puissant marchand de sable se jette sur lui comme un tsunami.

Ses yeux se ferment.

9

L'HEURE DES RÉVÉLATIONS APPROCHE

(samedi 19 janvier)

Dans le métro qui l'amène au travail, Yi Ju-yeong est déjà en train de réfléchir à des choses sérieuses. Comme c'est l'heure de pointe, les passagers du wagon sont serrés les uns contre les autres, et on a l'impression que chacun essaie de s'accrocher à son smartphone, pour oublier un moment ces embarras en jouant ou en envoyant des messages. Elle, elle s'efforce d'oublier les contraintes physiques de ce genre en se plongeant dans ses réflexions.

Depuis hier après-midi, elle a téléphoné plusieurs fois à Yu Jeong-yeol sans être arrivée à le joindre. Elle lui a aussi envoyé un courriel pour lui poser quelques questions, mais elle n'a pas eu de réponse. Elle trouve ça bizarre. Pendant qu'elle ruminait ce sombre bilan, son métro est arrivé à la station Samseong, la plus proche du commissariat de Gangnam. Une fois dehors, même pendant la dizaine de minutes de marche qu'il faut pour parvenir à son bureau, elle reste plongée dans ses réflexions sur la façon de traiter cette affaire. Comme elle est de garde aujourd'hui, elle ne doit pas quitter le commissariat. Elle a aussi téléphoné à Yi Sang-hi pour le cas où, mais d'après sa réponse, celle-ci non plus n'avait pas pu avoir Yu Jeong-yeol lorsqu'elle l'avait appelé pour demander comment faire pour annuler sa plainte.

Est-ce que par hasard il serait parti à l'étranger ?

Yi Ju-yeong se demande si elle ne devrait pas s'informer auprès du bureau de l'immigration, mais elle secoue la tête toute seule, en douceur pour que personne ne le remarque : on dirait bien que c'est exprès qu'il ne répond pas. Elle a également pensé qu'elle pourrait téléphoner à la messagerie qui gère ses courriels pour obtenir l'adresse IP grâce à laquelle il se connecte, mais obtenir les informations personnelles de cet homme et recueillir des renseignements de ce genre sans mandat risquerait d'être considéré comme une enquête illégale. Et pour ce qui est de demander un mandat, manifestement elle manque de preuves.

Elle arrive au commissariat sans même s'en être rendu compte. Elle s'installe à son bureau et inscrit par hasard dans un moteur de recherche le nom de Yu Jeong-yeol ainsi que son numéro de téléphone et son adresse de courriel. De nos jours, il y a beaucoup de gens qui publient sur les réseaux sociaux leur adresse, ou le nom de leur établissement scolaire, ou encore leur numéro de mobile, si bien qu'on n'a pas trop de difficulté à vérifier les domiciles, et ça, ce n'est pas illégal. Aussitôt qu'elle a tapé le nom et le numéro de téléphone, elle voit s'afficher la page Facebook qu'elle a déjà vue l'autre fois.

L'intitulé « Yu Jeong-yeol, un ami supporteur de la Justice » et le dessin représentant une abeille apparaissent. Sur le site, il y a beaucoup de messages qui posent des questions sur la loi et les procès, ou alors qui répondent. Elle survole des documents et des noms d'« amis », ainsi que les dialogues qu'ils ont échangés, et en fin de compte elle découvre une information utile.

À la question *Monsieur Yu Jeong-yeol, j'aimerais vous rencontrer personnellement, est-ce que par hasard je pourrais venir à votre bureau ?* se trouve attachée la réponse que celui-ci a donnée : *En ce moment, non, ce n'est pas possible parce que je suis en train de déménager mon bureau pour m'installer ailleurs, mais si c'était un rendez-vous tout près de chez moi, alors oui, on pourrait se voir. Aux alentours du métro Hapjeong ? À la sortie 8, il y a le bâtiment où est présenté l'appartement-témoin de l'entreprise « L » ; en sortant par là, vous verrez un café nommé* Angel. *Je serais d'accord pour qu'on se retrouve là-bas.*

Station Hapjeong : voilà un autre indice. Cette fois, elle passe à un autre moteur de recherche et inscrit le nom du quartier, Hapjeong, celui de l'homme, Yu Jeong-yeol, ainsi que son numéro de téléphone. Elle découvre un texte qui a été enregistré sur internet. C'est une brève note laissée par le client concernant l'envoi d'un document à un service de coursier sur internet :

L'adresse pour la réception des livraisons à domicile est : Yu Jeong-yeol, 101 Noble White House/100 Hapjeong-dong, Mapo-gu, Séoul. En cas d'absence, déposer l'enveloppe dans la boîte de garde automatique et m'avertir sur mon mobile : 010-4321-XXXX.

Cela date du 17 décembre. Il ne doit pas avoir déménagé depuis. Elle recopie soigneusement l'adresse. Si elle n'est toujours pas arrivée à l'avoir au téléphone lorsqu'elle rappellera tout à l'heure, elle se promet d'aller le rencontrer chez lui après avoir terminé sa journée de travail.

Kim Seong-ho échange quelques mots avec Kang Dae-su dans la matinée avant de téléphoner à Yeo Do-yun. Celui-ci dit qu'il aimerait bien prendre le car de 21 heures pour Séoul au terminal de Mokpo. Ils prennent rendez-vous dans la cour de leur pension entre 17 h 30 et 18 heures pour avoir du temps avant l'heure de départ du car.

Kim Seong-ho quitte le commissariat avec Kang Dae-su et Oh Yeong-shik pour avoir des entretiens avec quelques-uns des chauffeurs de taxi qu'ils ont sélectionnés la veille. D'abord Kim Cheol-gyu, la cinquantaine, et Yi Jin-su, la trentaine, qui habitent respectivement à Sopo-ri et à Haechang-ri. Leur conversation avec le premier, ne leur apprend rien de particulier. Sa femme lui fournit un alibi en disant que la semaine précédant Chuseok, il l'avait accompagnée dans sa famille à elle. Quant au chauffeur lui-même, après un bref entretien avec les policiers, il se dépêche de repartir parce qu'il a justement une réservation.

Ils se déplacent jusqu'au village voisin, Haechang-ri, où ils rencontrent Yi Jin-su. Celui-ci habite seul dans une ferme vétuste. Un homme de petite carrure, les cheveux courts, des yeux durs, de ces oreilles aux lobes attachés qu'on appelle couramment « oreilles-couteaux », avec l'arête du nez fine dans un visage plutôt allongé.

— Je ne vois pas de quoi vous me parlez...

— Bon. Nous sommes engagés dans une enquête concernant l'affaire des trois disparitions, celle de Ko Hi-jeong dernièrement disparue dans Geumgap-ri, celle de Kim Hi-jin, la propriétaire de la pension près de Sebangnakjo, et celle de Bak Min-suk, présumée avoir disparu au terminal de Mokpo.

Oh Yeong-shik doit répéter une seconde fois, mais Yi Jin-su répond complètement à côté :

— Je ne suis pas un de ces chauffeurs de taxi qui font illégalement de la location sans être qualifiés ; mon entreprise a un statut tout à fait légal, elle m'a confié un taxi que je fais rouler avec un contrat inattaquable. Alors, qu'est-ce que vous avez à venir emmouscailler comme ça un brave type dans mon genre ?

— C'est tout simple : où étiez-vous le vendredi 14 septembre et le jeudi 27 septembre de l'an dernier ?

— Vous croyez vraiment que votre question est sensée ? Comment je pourrais m'en souvenir, moi ? Si j'étais au travail dehors, je devais être en train de rouler, et si je n'avais personne à conduire, je devais être chez moi... Tout de même, tenez : votre 27 septembre, est-ce que c'était pas par hasard juste avant Chuseok ?

— Si.

— Alors je suis allé à Séoul chez mon frère aîné le saluer pour la fête deux ou trois jours en avance. Vous avez qu'à lui téléphoner. Vous voulez son numéro ?

— Oui, allez-y.

Oh Yeong-shik le prend en note. Aussitôt qu'ils ont quitté Yi Jin-su, Oh Yeong-shik appelle le frère en question, qui confirme l'alibi tout en s'inquiétant pour son cadet, demandant quelle connerie il a encore faite ; en tout cas, il certifie qu'il l'a hébergé chez lui du 26 au 30.

Kang Dae-su regarde Kim Seong-ho avec l'air de réfléchir.

— Au bout du compte, parmi tous ceux qu'on a vus depuis hier, il n'y a que Ko Du-nam, le fils de Ko Gyeong-shin, qui retienne mon attention.

— Ah ! Vous parlez de Victor ? Oh Yeong-shik partage la même opinion.

— J'aimerais bien qu'on pousse notre enquête sur lui plus loin... Qu'en dis-tu, lieutenant Kim ?

— Je pense comme vous. Il ne faut pas croire aveuglément aux intuitions, mais on ne doit pas les négliger non plus.

— Il a dit qu'il se présenterait au commissariat si on lui donnait un autre rendez-vous, mais est-ce qu'il va vraiment venir ?

— Sinon est-ce qu'on ne pourrait pas trouver moyen de le faire venir de lui-même au commissariat et mener notre enquête avec son accord ?

Oh Yeong-shik pose à son tour une question :

— Et qu'est-ce qu'on ferait si jamais il foutait le camp avant même qu'on aille le chercher ?

Kim Seong-ho réfléchit un moment, puis secoue la tête.

— S'il faisait ça, il signerait sa culpabilité. Je ne pense pas qu'il disparaîtrait comme ça inconsidérément... Bon, sur ce, je dois partir maintenant parce que j'ai promis au conservateur de musée Yeo de le conduire ce soir au terminal de Mokpo.

— OK. Il faut même qu'on ne traîne pas car vous devez récupérer votre voiture.

Il démarre. Ils retournent donc au commissariat après des entretiens qui ne leur ont rien apporté de significatif. Sous un ciel couvert de nuages clairs, la mer d'huile avec des vagues paisibles leur permet de se rafraîchir un bon coup en laissant derrière eux un air étouffant. Dès leur arrivée sur le parking du commissariat, Kim Seong-ho saute dans sa Sonata en disant qu'il reviendra après avoir emmené le conservateur à Mokpo.

— Cassez la croûte tous les deux sans vous inquiéter pour moi, je me débrouillerai.

— Entendu. Mais reviens ici : comme tu vas bientôt retourner à Séoul, ce serait une bonne idée de boire un verre pour discuter à cœur ouvert.

Kim Seong-ho fait un petit sourire en démarrant. Une fois engagé sur la route de la côte, il appuie progressivement sur l'accélérateur tout en levant les yeux vers le ciel, dont on dirait qu'il va bientôt s'embraser des lueurs du crépuscule. Une fois sur la grand-route qui rase la ligne continue des collines, la voiture prend de la vitesse. Il ne met pas tout à fait trente minutes avant de s'engager dans la partie étroite menant au petit col avant la pension. Quand il gare la voiture sur le parking, il aperçoit Yeo Do-yun en train de l'attendre devant le bâtiment de la pension à côté de sa valise à roulettes.

Après avoir rangé sa valise dans le coffre, Yeo Do-yun s'installe sur le siège passager.

— Merci infiniment. Puisque nous sommes en avance, j'aimerais vous inviter à dîner une fois arrivés là-bas. J'ai remarqué un restaurant de poissons qui avait l'air sympa.

Il s'agit de celui qui se trouve au carrefour quand on prend vers Mokpo en quittant le Grand Pont de Samboseom. Kim Seong-ho s'assied en face de Yeo Do-yun près de la fenêtre d'où l'on voit la statue du célèbre amiral Yi Sun-shin. Ils commandent des plats simples, un bol de riz vinaigré garni de poisson cru pour l'un, une soupe piquante aux œufs de poisson pour l'autre. Au cours du repas, Yeo Do-yun aborde la question du bilan de cette équipée.

— Est-ce que vous êtes arrivés à résoudre les problèmes posés par votre enquête ? En ce qui me concerne, j'ai profité de ce voyage : non seulement j'ai accompli la mission dont m'avait chargé le professeur An Chang-sun, mais j'ai aussi terminé mes recherches concernant un article scientifique sur le folklore. En plus, j'ai même pu enregistrer une scène de *ssitkimgut* qui fait partie des biens culturels immatériels.

— Eh bien, quant à nous, ça avance petit à petit... On a repéré des suspects parmi les chauffeurs de taxi et on est en train de faire les vérifications nécessaires. Il y en a quelques-uns qui retiennent notre attention. Parmi ceux qui ont un casier judiciaire chargé et qui sont descendus récemment de Séoul, vous vous rappelez peut-être celui qui selon sa carte de visite portait un nom de baptême particulier, « Victor » ? Comme nous avions dû laisser la voiture au parking du commissariat après avoir bu le soir de notre arrivée sur l'île, c'est lui qui nous a ramenés là-bas le lendemain matin, vous voyez ?

— Ah oui ! Vous parlez de celui qui a de gros sourcils très noirs et un menton carré ?

— Vous avez une sacrée bonne mémoire visuelle !

— Pas tellement, non. Mais j'ai fait appel à lui pour me faire conduire ici ou là dans l'île, sans rien remarquer de particulier.

Yeo Do-yun se tait un moment, hésite, puis reprend :

— Mais enfin, je ne suis guère compétent dans le domaine des enquêtes policières.

— Après avoir poussé nos investigations un peu plus loin, on devra encore discuter sur les mesures à prendre.

— Tiens, le soleil est en train de se coucher.

Il s'est exclamé le nez pointé sur la fenêtre : le crépuscule teinte de rouge le détroit d'Uldolmok où se dresse la statue de l'amiral Yi Sun-shin. Il poursuit d'une voix où perce une certaine émotion :

— Si je puis me permettre, lieutenant, quelle sorte d'enfance avez-vous eue ? Vous ne maltraitiez jamais personne ? Vous ne disiez jamais de mensonges ? Vous ne provoquiez jamais d'incidents ? Je vous pose cette question par curiosité, car j'imagine que les policiers se sont toujours bien conduits depuis leur plus jeune âge.

Kim Seong-ho fait non de la tête.

— Je crois vous l'avoir déjà dit : j'ai eu une blessure à la tête pendant les vacances d'hiver de ma cinquième année d'école primaire et je ne me souviens guère de ce qui s'est passé avant. Je n'en ai que des souvenirs fragmentaires. Je ne sais pas du tout comment s'est déroulée ma vie scolaire. En plus, j'ai changé d'école et j'ai perdu de vue mes copains de classe.

— Alors si vous revoyiez d'anciens camarades de l'époque, vous ne les reconnaîtriez pas ?

— Ça ne s'est jamais produit. Continuer à vivre, pour moi, c'était déjà pas mal !

Kim Seong-ho hésite à son tour un instant, puis ajoute d'un air interrogateur :

— Mais vous m'avez déjà posé cette question l'autre jour, non ?

— Vraiment ? Hum... C'est une simple curiosité de ma part.

— Oui, mais j'avoue que ça m'intrigue...

Yeo Do-yun lève les deux mains comme pour lui demander pardon, tout en disant :

— Allez, séparons-nous sur une bonne impression. Ne m'en veuillez pas de mon attitude, s'il vous plaît. Ne vous fâchez pas au point de me laisser en rade ici ! Je vous serai très reconnaissant de m'emmener comme prévu au terminal de Mokpo.

Kim Seong-ho hoche la tête, finit son dîner, pose sa cuillère et ses baguettes sur la table. Yeo Do-yun se lève avant lui en s'essuyant la bouche avec une serviette en papier.

— Cette fois-ci, c'est moi qui paie. Ces jours-ci, je vous ai laissé régler trop souvent, hi-hi.

Une fois sortis du restaurant, ils contemplent quelques instants l'embrasement du couchant avant de monter dans la voiture. Maintenant, pour arriver au terminal il va falloir traverser la ville de Mokpo. Kim Seong-ho prend la route nationale, ayant dans le parebrise une vue dégagée sur toute la jetée. Comme il n'y a pas beaucoup de circulation, il ne met pas longtemps avant de pénétrer dans le centre-ville. Au loin, on aperçoit les bâtiments et les magasins qui entourent le terminal.

Enfin, la voiture s'arrête dans le petit parking situé à côté de leur destination. Kim Seong-ho retire du coffre la valise couverte d'autocollants multicolores de son passager.

— Je vous accompagne à l'intérieur.

— Pas la peine, ça va, merci.

— J'ai envie de marcher, moi aussi.

Il tire la valise de Yeo Do-yun, qui marche lentement à côté de lui.

— Vous devez vous sentir un peu mal à l'aise de n'avoir pas réussi à dénouer l'affaire, non ?

Le policier répond avec un rire silencieux :

— Non. S'il s'était agi d'une affaire qui puisse être résolue en une semaine, elle ne serait pas restée sans avancer pendant quatre mois. Et même quand je serai retourné à Séoul, je serai tenu au courant du déroulement de l'enquête. En réalité, moi je ne fais que proposer des orientations, ce sont les inspecteurs de terrain qui les mènent à leur terme. Mais après tout, pourquoi ne remonteriez-vous pas à Séoul demain en même temps que moi ?

— Eh, dites donc, on dirait que vous vous êtes pris d'affection pour moi ? Au fait, vous savez, à propos de la fameuse formule du maître Sochi, Heo Ryeon, *Byeon-sok-pal-jo,* j'ai quelque chose à vous dire.

— Vous n'êtes pas trop pressé pour le car, on a le temps de prendre un café ?

Ils vont s'asseoir dans un des comptoirs à l'intérieur du terminal où l'on vend des beignets et du café. Une fois servis, c'est Yeo Do-yun qui prend la parole après avoir bu une gorgée :

— *Byeon-sok-pal-jo* est farci de la morale de la dynastie Joseon qui incitait les femmes à surveiller de près leur comportement.

— Alors ces passages : « Pourquoi j'ai fait ce que j'ai fait ? Une femme jeune n'a pas à marcher toute seule dans les rues ; en plus, elle ne doit pas fréquenter un homme, ni travailler ou simplement plaisanter avec un collègue ; enfin, si elle veut éviter ce genre d'ennuis, qu'elle commence par ne pas recevoir seule un visiteur dans la pièce où elle dort », ces messages sont donc essentiellement des remontrances adressées aux femmes ?

Yeo Do-yun a un sourire gêné.

— Pas seulement ce passage : tous les autres articles concernent la conduite impudique des femmes.

— Mais quel rapport cela a-t-il avec notre affaire ? Est-ce que par hasard les trois victimes auraient manifesté de telles habitudes ? Moi aussi j'ai été tenté d'aller vers cette hypothèse, mais leurs familles ne disaient pas qu'elles se comportaient d'une manière extravagante. Si elles avaient eu une relation compliquée avec un homme, on aurait immédiatement tenu le malheureux pour suspect.

— Vous savez, dans la période Joseon, les femmes ne devaient même pas croiser le regard d'un homme n'appartenant pas à la famille. Ça n'a guère de sens de comparer ces mœurs avec celles d'aujourd'hui, mais en tout cas des façons de punir l'impudeur des femmes étaient prévues, et c'est ça que je voulais vous rappeler.

— Des façons de punir ? De quoi vous parlez ?

— On les promenait dans une charrette à travers le village pour faire éclater leur déshonneur. Ou alors on les enroulait dans une natte pour leur infliger des coups de bâton... Ça reste une opinion personnelle, mais vous feriez bien de fouiller dans les fermes en cherchant des endroits ayant un possible rapport avec un enroulement dans une natte... Je ne sais pas si ce détail pourra vous mettre sur une piste.

Kim Seong-ho réfléchit un moment. Yeo Do-yun jette un œil sur son smartphone et se lève d'un coup.

— Eh, ça va être l'heure de mon départ, il faut que je vous laisse.

Sur le point de quitter lui aussi le comptoir, devant la caisse Kim Seong-ho le salue d'une légère inclination de la tête.

— Bon retour ! Et merci beaucoup pour votre collaboration !

Yeo Do-yun, un grand sourire dans les yeux derrière ses grosses lunettes, remonte sur son front avec la main une mèche de cheveux qui flotte au vent.

— Ah, mes cheveux ont poussé entre-temps ! Je vais me les faire couper dès mon arrivée à Séoul. Allez, salut !

Il entre dans le bâtiment en tirant sa valise à roulettes, tandis que Kim Seong-ho se dirige vers le parking en sortant de sa poche la clé de la voiture. Il se dit qu'il va examiner de plus près cette histoire d'enroulement dans une natte...

Il commence à faire nuit. Au moment où il s'apprête à monter dans sa voiture, une silhouette attire son attention. Celle d'une femme svelte, portant une minijupe avec des chaussures à talons hauts, qui se dirige quelque part en transportant une bouteille thermos et des mugs enveloppés dans un carré de tissu. Son visage lui paraît familier. Elle a l'air de dépasser tout juste la trentaine, mais le contour ovale de son visage avec des traits classiques et une expression suggérant sans qu'il sache exactement pourquoi une certaine mélancolie, tout cela lui dit qu'il a déjà vu cette tête-là. Ils se croisent comme des étrangers, puis il se retourne et fixe son dos. Mu par un sentiment indéfinissable, il fait demi-tour et se met à la suivre à pas rapides : il est persuadé que c'est Ko Yu-ri, la cousine de Ko Hi-jeong, la première disparue.

C'est elle qui a commis une grave erreur à son détriment en le faisant passer pour le pire « scélérat » du monde. Est-ce qu'elle travaille dans les environs ? Il devrait poursuivre son chemin en l'ignorant, mais sur l'instant il préfère obéir à son étrange pressentiment.

Elle est donc en train d'avancer devant lui. Elle tourne dans une ruelle entre deux vieux bâtiments sans étage, déjà assez loin du terminal. Il continue à marcher derrière elle, tout en restant à une certaine distance. Soudain elle s'arrête. Il se cache derrière un poteau électrique. Elle repart en pressant le pas. Au moment même où il redémarre après une petite attente, un homme surgit d'une ruelle.

Un homme en tenue de randonneur noire avec la capuche rabattue sur les yeux, qui lui aussi se met à suivre Ko Yu-ri. Curieux spectacle : une femme en train de se presser, dangereusement perchée sur des talons hauts, un inconnu louche qui la suit, et Kim Seong-ho derrière eux...

Il pense un instant à arrêter sa poursuite parce que ça pourrait devenir dangereux, mais il craint de manquer à jamais une chance de résoudre l'affaire en cours s'il laisse passer ce moment. Tout cela est tellement bizarre... Son intuition lui dit en fin de compte de ne pas manquer pareille occasion.

Il piste donc Ko Yu-ri et l'inconnu en tenue de randonneur. Celui-ci n'a pas l'air d'avoir une carrure très imposante. Au bout d'un temps de poursuite considérable, ils se retrouvent tous les trois dans une zone vouée à la réhabilitation où ne s'alignent que de vieux bâtiments délabrés alternant avec des ruines et des terrains vagues. On entend un chien aboyer quelque part, mais on ne voit aucune trace d'une présence humaine. Ko Yu-ri hésite un instant devant l'entrée d'un bâtiment vétuste de trois étages avant d'y pénétrer. L'homme en tenue de randonneur continue d'avancer tout droit dans la ruelle. Kim Seong-ho hésite un moment avant d'entrer dans le bâtiment à la suite de la femme. Des ordures qui traînent, un escalier sombre, bientôt apparaissent des bureaux avec des battants de porte arrachés : il ne la voit nulle part. Il jette un coup d'œil dans les bureaux : des meubles en désordre. L'électricité étant coupée, il profite de la lueur de la lune qui pénètre à travers les fenêtres aux carreaux cassés et monte l'escalier en tâtonnant d'une main le long du mur. Une fois arrivé au deuxième étage, il traverse le couloir. Il n'entend aucun bruit de pas nulle part. Impossible de retrouver la trace de la femme... Il essaie de tirer la porte du premier bureau : fermée. Puis celle du deuxième, qui s'ouvre en grinçant. La pièce est vide et répand une odeur typique des vieilles bâtisses abandonnées. Une forte senteur de parfum s'infiltre derrière lui : il se retourne, il n'y a personne. À l'instant précis où il veut se retourner de nouveau, il sent une douleur aiguë à l'avant-bras droit, comme si quelqu'un y avait enfoncé une aiguille.

— Aïe ! Qu'est-ce que... ?

Les yeux ronds, il découvre debout devant lui l'homme en tenue de randonneur à la capuche rabattue sur les yeux, dont le plus gros du visage est toujours dans l'ombre.

Il l'attrape au collet.

— Qui êtes-vous ? Qu'est-ce que vous m'avez fait ?

L'homme le repousse brutalement, mais au lieu de reculer Kim Seong-ho l'accule contre le mur.

— Qui es-tu ? Montre enfin ton visage !

Les deux hommes s'empoignent, décollent du mur et essaient de se faire tomber. Finalement, Kim Seong-ho réussit à serrer son adversaire à la gorge avec la main droite et à envoyer en arrière sa capuche de la main gauche. Le visage apparaît, mais au même instant les yeux du lieutenant cessent de résister à la piqûre et se ferment malgré lui.

Par une de ces soirées d'hiver où la température descend à moins 10 °C et où on se sent gelé, la gardienne de la paix Yi Ju-yeong s'habille en civil et enfile par-dessus ses vêtements une parka bien rembourrée. Elle se dirige tranquillement vers la station Samseong de la ligne 2. Quelques flocons de neige commencent à voltiger. Elle souffle dans ses mains pour les réchauffer mais finit par sortir ses gants de son sac. Elle regarde les embouteillages des heures de pointe le long des trottoirs. Une fois arrivée à la station, elle descend l'escalier et va prendre un métro qui se dirige vers la station Hapjeong. Elle arrive à y monter grâce à un des rares passagers qui en descendent. Pendant qu'elle regarde un garçon qui semble être collégien et qui a le nez plongé dans son smartphone, ses lèvres esquissent un sourire presque imperceptible.

Personne n'aurait pu deviner que cette petite fille assise au premier rang* dans la salle de classe postait régulièrement en ligne des fragments de récits policiers. Les personnes qui lui tenaient compagnie à la place de ses parents toujours occupés chacun par son travail, c'étaient les personnages des livres où apparaissaient Sherlock Holmes ou Emma Watson... Sherlock Holmes, le défenseur de la Justice qui punit les criminels hors du commun, par exemple Moriarty: elle lisait ses aventures sans arrêt jusqu'à l'heure où ses parents rentraient du travail. Elle était considérée comme une élève exemplaire qui parlait peu, mais sur la Toile, toute jeune encore, elle était une autrice qui avait déjà, comme on dit, de la bouteille. Elle passait tous ses après-midis à jouer ou à tchatter en ligne, mais aussitôt la nuit tombée, après avoir terminé ses devoirs pour l'école, elle postait sur un site d'amateurs confirmés un fragment de polar où apparaissait une détective appelée... Yi Ju-yeong.

Après avoir interrogé les suspects avec une superbe énergie, cette détective réussissait toujours à confondre le criminel en mobilisant son extraordinaire capacité de concentration. Le malheureux ne pouvait pas passer à travers les mailles de ses raisonnements impeccables, basés sur des faits et des indices objectifs. Dotée d'un caractère dynamique et bénéficiant de capacités physiques extraordinaires – avec non seulement le grade de huitième dan tant en judo qu'en taekwondo, mais encore un cerveau exceptionnel comparable à un superordinateur de la Nasa –, la détective Yi Ju-yeong avait ainsi occupé une grande partie de l'adolescence de la petite fille.

Après sa licence, pendant qu'elle se préparait au concours pour le recrutement dans la police, elle se faisait encore des illusions en se disant que tout se résoudrait toujours comme sur des roulettes pour peu qu'elle devienne policière. En ce temps-là, elle n'avait aucune expérience de rien. Sa carrure et sa musculature

---

* L'usage coréen veut que dans les classes les petits s'installent devant, et les grands derrière.

étaient nettement insuffisantes pour affronter un criminel, et les sept ou huit heures qu'elle pouvait passer assise devant l'ordinateur pour découvrir une preuve ou un indice finissaient très souvent en queue de poisson, selon l'expression consacrée. Une fois, il lui était même arrivé de subir une réprimande sévère de son supérieur car, alors qu'elle n'était pas parvenue malgré de grands efforts à récolter la moindre information utile en fouillant partout dans une communauté en ligne, un des membres de celle-ci s'était retrouvé impliqué dans un crime sauvage.

Une suite d'heures perdues et de vains efforts qui se répètent indéfiniment, voilà ce qu'est au bout du compte le métier de policier. Une enquête hyperconcentrée sur une affaire comme celles de Sherlock Holmes, aboutissant avec clarté et en peu de temps à sa résolution, ça n'existe pas. La réalité, chaque fois, c'est manquer le criminel après avoir établi des centaines de pages de procès-verbal et avoir échangé des dizaines de messages officiels.

Toutefois, une chose est certaine, c'est qu'elle ne déteste pas ça.

Peut-être est-ce même pour ça qu'elle est entrée dans la police.

Déjà une heure s'est écoulée, le train arrive à la station Hapjeong. Elle sort par la sortie 8. Une fois qu'elle est passée devant le chic appartement témoin couleur beige au toit en ligne courbe, elle aperçoit le café *Angel*. Elle tient dans la main le plan du quartier qu'elle a récupéré sur internet. Pour atteindre Noble White House 100 Hapjeong-dong, il faut prendre la ruelle descendant derrière le bâtiment de l'appartement témoin. En cours de route, elle aperçoit une ruelle où s'alignent des cafés ; elle s'y s'engage et découvre aussitôt un bâtiment de briques peint en blanc, qui ressemble à un immeuble de studios. Au rez-de-chaussée, il n'y en a qu'un seul, le 101. Les 201 et 202 occupent l'étage au-dessus, et même chose pour 301 et 302 au deuxième étage. Il y a un parking extérieur le long du mur. Devant la porte 101, elle appuie sur le bouton de la sonnette. Aucune réponse.

Qu'est-ce que je fais ?

Elle attend un moment sur place avant de téléphoner à Yu Jeong-yeol avec son smartphone. Là non plus, pas de réponse. Elle va regarder la boîte aux lettres : vide. Du coup, elle s'arrête devant la boîte de garde automatique des livraisons et hésite un moment. Elle se demande si elle va rebrousser chemin comme ça... Puis elle revient devant la porte du 101. Coup d'œil sur le parking : deux voitures garées ; le numéro de la porte du résident n'est pas inscrit. Elle a la conviction que Yu Jeong-yeol n'est pas dans son studio. Tant pis, elle se contentera de poser quelques questions aux voisins. Elle monte au premier étage et appuie sur la sonnette à la porte 201. Elle attend un bon moment, mais toujours pas de réponse. Elle appuie sur celle de la 202.

— Qui c'est ?

— J'aimerais vous poser quelques questions, si ça ne vous dérange pas.

— Désolée, non !

C'est une voix de femme. Juste à l'instant où l'interphone va s'interrompre, Yi Ju-yeong reprend la parole :

— Bonjour, madame. J'arrive du commissariat de Gangnam, je suis la gardienne de la paix Yi Ju-yeong, vous pouvez téléphoner à la surveillance du cyberespace au commissariat de Gangnam pour vérifier mon identité...

— ... un instant s'il vous plaît. Attendez.

Dans un cas pareil, le fait d'être une femme est pour elle un grand avantage. Ceux qui refusent d'ouvrir la porte faute de faire confiance quand c'est un policier homme ouvrent tout de même la porte à une policière, fût-ce après un instant d'hésitation.

Elle entend la serrure à clavier digital annuler le verrouillage et la porte s'ouvre. Une jeune femme d'une vingtaine d'années avec les cheveux ébouriffés passe juste la tête par la porte entrouverte. Une trace de méfiance apparaît sur son visage. On dirait qu'elle vient de sortir du lit.

Après avoir dévisagé sa visiteuse, elle sort dans le couloir pour un moment. Elle croise les bras en tenant fermés les pans de son gilet et demande :

— C'est pourquoi ?

— J'arrive du commissariat de Gangnam pour une enquête, voici ma carte professionnelle. Savez-vous par hasard qui habite au 101 ?

Après avoir jeté un coup d'œil sur la carte, elle fait non de la tête.

— Je suis désolée, mais ici personne ne connaît son voisin. Tout le monde sort et rentre sans faire de bruit. J'ai quelquefois entendu l'habitant du 302 crier à cause d'un problème de parking : peut-être que c'est au locataire du dessous qu'il téléphonait, si ça se trouve ? Moi, je n'ai pas de voiture. Je travaille surtout de nuit et je dors le jour chez moi. Je ne connais vraiment personne, je suis désolée.

À peine a-t-elle terminé sa phrase qu'elle rentre et referme sa porte.

Yi Ju-yeong reprend l'escalier et monte au deuxième étage. Elle appuie sur la sonnette du 301 puis du 302, mais personne ne répond. C'est pareil au troisième étage. Faute de mieux, elle redescend l'escalier et sort de Noble White House. Elle appuie encore une fois sur la sonnette du 101 : toujours pas de réponse. Au moment où elle se retourne pour partir, elle remarque que la porte est mal fermée : il y a quelque chose de coincé en bas. Elle s'accroupit pour le tirer avec ses ongles : c'est un paquet de feuilles de journal. À l'instant où la porte va se refermer, elle passe la main dans l'intervalle et la retient. Est-ce que quelqu'un a inséré ces feuilles de papier exprès en bas de l'encadrement avant que la porte se soit refermée ?

Elle hésite en regardant à l'intérieur du studio entièrement obscur. *Que faire ? Entrer ? Ou alors retourner d'abord au commissariat et demander une autorisation d'enquêter et revenir avec un mandat très officiel ?* Elle n'arrive pas à prendre une décision.

Elle reste indécise une poignée de secondes, puis décide de laisser la porte se refermer. Mais si la porte se referme, elle va automatiquement se verrouiller… À l'instant même où elle retire la main qui maintenait la porte entrouverte, voilà qu'une odeur acide et âcre envahit ses narines. Sa curiosité s'éveille aussitôt. Ou plutôt non : la peau de sa nuque se hérisse et c'est cela qui éveille sa curiosité.

C'est une sensation analogue à celle qu'elle a déjà ressentie une fois dans le passé. On devait arrêter une bande de malfrats qui se livraient à du *phishing* vocal dans le quartier de Gangnam en racontant à des parents qu'ils avaient kidnappé leur enfant. Elle se tenait en embuscade au pied de l'escalier menant à la salle où étaient réunis les truands. Un jeune type mince avait soudain pénétré dans le bâtiment par l'entrée près de laquelle elle était dissimulée. Elle s'était dressée devant lui pour lui barrer la route tandis que les collègues qui étaient en haut enfonçaient la porte avec un bélier et menottaient les membres de la bande. Celui qu'elle avait alpagué était le second du chef de bande. Elle s'était cramponnée à une de ses jambes et ne l'avait plus lâchée : le type avait eu beau tout faire pour se débarrasser d'elle en lui donnant de violents coups de pied à la tête et à la poitrine, elle avait tenu bon, s'accrochant à lui avec une égale obstination. C'est seulement lorsque les autres policiers étaient descendus appréhender celui-là aussi qu'elle l'avait lâché… Ce qu'elle ressent en ce moment lui rappelle les sensations qu'elle a éprouvées en face de ce gangster.

Finalement, elle s'infiltre dans l'intervalle de la porte en train de se fermer. C'est sombre, elle se sent soudain saisie par la peur. Elle entend le bruit mécanique de la serrure automatique en train de se verrouiller. Elle crie aussi fort qu'elle peut :

— Il y a quelqu'un ? Monsieur Yu Jeong-yeol !

Elle entend un bruit sec et sourd qui lui donne la chair de poule sur tout le corps. Elle sent ses cheveux se dresser sur sa tête. Elle n'a rien sous la main avec quoi elle pourrait maîtriser son adversaire : s'il s'agit d'un homme, c'est un handicap majeur. Sans compter qu'elle est en train de se livrer à une intrusion illégale dans ce studio.

— Monsieur Yu Jeong-yeol ?

Elle prononce ce nom de nouveau, sans hurler cette fois. Elle entend encore le bruit sec et sourd. Elle s'accroupit tout en se tournant et lève un bras pour tâtonner le mur à la recherche d'un interrupteur. C'est sûr qu'il y en a un à côté de l'armoire à chaussures, il y a toujours un interrupteur quelque part à côté de l'armoire à chaussures. *Ah, zut, où il est, ce foutu interrupteur ?*

Un courant d'air froid effleure ses joues. On dirait qu'on n'a pas allumé le chauffage depuis plusieurs jours.

— Monsieur Yu Jeong-yeol ?

Elle appelle encore une fois en haussant la voix, puis elle s'avance pas à pas sans avoir ôté ses chaussures. Elle sort ses gants de la poche de sa parka et les enfile, puis les poings fermés elle entre dans la pièce à pas de loup. Heureusement, les rideaux sont restés ouverts et la lueur de la lune s'infiltre par la fenêtre. Ses yeux s'habituent à l'obscurité. Elle commence à discerner petit à petit des formes vagues. Tout à coup, quelque chose passe très vite devant elle et la fait sursauter.

— Monsieur Yu Jeong-yeol ? C'est la police !

Elle tâtonne toujours le long du mur tout en s'efforçant de calmer ses tremblements et sa main finit par tomber sur l'interrupteur : elle allume. Sous le tube fluorescent apparaissent quelques meubles simples et un bureau avec un ordinateur. Il n'y a personne. Elle s'avance lentement à l'intérieur de la pièce, et soudain quelque chose tombe devant elle et rebondit aussitôt : un chat, gris cendré. La fixant avec de ses yeux écarquillés, il se méfie d'elle.

— Minou-minou... Mais oui, t'es tout mignon... Où il est parti, ton maître ?

La queue dressée en l'air, le chat fait le gros dos avant de sauter avec légèreté, puis en un clin d'œil il se retrouve sur le meuble à tiroirs. Elle promène son regard autour d'elle. Tout est bien en ordre, rien de spécial à signaler. Ses yeux parcourent le bureau, sur lequel sont entassés plusieurs livres d'histoire et de folklore. Elle feuillette un livre intitulé *L'Île de Sambo et ses habitants à travers l'histoire.*

L'île de Sambo ? Elle a une impression étrange... *Il me semble que c'est justement là-bas que le lieutenant Kim Seong-ho est allé pour une enquête...*

Elle jette un coup d'œil rapide en faisant défiler les pages et remarque des passages soulignés en rouge dans le chapitre expliquant le rituel du *ssitkimgut* ; et dans un chapitre intitulé « *Byeon-sok-pal-jo* », les huit règles sont surlignées. Elle referme le bouquin et se retourne.

Grosso modo, il y a encore un canapé, une télévision et une chaîne pour écouter de la musique. Dans un coin, une énorme valise à roulettes. Tout à coup, elle sent ses antennes se dresser. Une douleur lancinante lui vrille les tempes et ses sourcils se froncent tout seuls. Les mains tremblantes, elle s'approche à pas lents de la valise. Elle est incroyablement lourde. Elle essaie de la tourner sur le côté, mais le poids est tel que ça ne bouge pas d'un pouce. Elle remarque en bas à gauche l'amorce d'une fermeture Éclair, elle entreprend de la remonter : le zip se coince en plein milieu. On dirait que quelque chose, sans doute un vêtement, s'est pris dans la rainure. La valise dont la fermeture avait progressivement commencé à s'écarter s'ouvre alors d'un seul coup, les deux pans ne résistant plus : un homme en sort et roule à ses pieds.

— Mais qu'est-ce que... ? Qui êtes-vous ?

Elle secoue l'homme, qui porte un blouson et un jean. Elle écoute sa respiration et lui prend le pouls : pas le moindre signe de vie. En outre, le visage commence à se décomposer, ses lèvres et ses paupières sont toutes gonflées. L'homme doit avoir la trentaine. Un corps plutôt maigre, une taille qui dépasse légèrement 1,70 mètre. Étant donné que les muscles des membres sont relâchés, elle estime qu'il a dépassé la période de la rigidité cadavérique. Elle se remémore les articles qu'elle a lus en préparant les examens pour entrer dans la police concernant la façon d'estimer le moment de la mort par la raideur et la souplesse des articulations: «Décontraction au bout de onze heures après la mort; relâchement de la mâchoire au bout de trente heures...»

La *rigor mortis* a disparu: ça doit faire au moins quarante-huit heures qu'il est mort... Il est grand temps qu'elle arrête de traîner là comme ça.

En fouillant dans les poches du blouson, elle trouve un portefeuille mais pas de carte d'identité. Elle découvre pourtant un nom inscrit sur une carte bancaire: «YEO DO-YUN». Submergée par le pressentiment d'un drame de grande envergure, elle n'arrive pas à décider rapidement à qui elle doit téléphoner en premier. Finalement, elle cherche le numéro du lieutenant Kim dans son smartphone, elle l'appelle, mais ça sonne indéfiniment dans le vide. Kim Seong-ho ne répond pas.

10

L'ASSASSIN CONFONDU

Kim Seong-ho a du mal à ouvrir les yeux. Il a été réveillé par une musique qui résonnait dans ses oreilles. Une voix féminine, pure et mélancolique, vibre dans les airs. *Qu'est-ce que c'est, déjà, cette chanson ?* Il peine à garder les yeux ouverts mais s'efforce de garder l'esprit clair…

— Tiens, voilà ton smartphone. Je viens de changer la sonnerie. Tu te rappelles cette chanson ? On l'a souvent écoutée chez moi, sur une cassette. Un jour de pluie, elle a été comme une douce caresse à nos oreilles malgré le grésillement des vieilles enceintes.

Le titre de la chanson lui revient à l'esprit : *L'amour est comme du verre.*

— Ah ?…

— Tiens donc, réponds, tu as un appel.

Alors qu'il n'est pas encore tout à fait réveillé, Kim Seong-ho fronce les sourcils en essayant de tendre un bras pour attraper son smartphone. Quelqu'un prend sa main et y dépose l'appareil. Il essaie de le tenir mais n'y arrive pas.

— Heeeuuu ?

Il tente d'ouvrir la bouche mais elle est bâillonnée. Ce n'est qu'à ce moment qu'il comprend la situation : il peut remuer les mains et les pieds, mais ses membres n'arrivent pas véritablement à bouger. Ses poignets sont étroitement liés dans son dos par des colliers de serrage. Il en va de même pour ses chevilles. Il a mal partout. Il ouvre grands les yeux. Il est assis, pieds et poings liés, sur un fauteuil pivotant comme on en trouve partout dans les bureaux. L'homme en tenue de randonneur avec la capuche rabattue sur les yeux, qui jusque-là se tenait immobile devant lui, passe derrière, attrape l'appareil qui diffuse la chanson, va en deux pas à la fenêtre et le balance dehors.

— Maintenant, on est tranquilles, plus personne ne nous dérangera. Pendant que tu dormais, j'ai relevé tes empreintes digitales avec de la silicone pour les déposer aux endroits stratégiques.

Sur ces mots, il relève sa capuche. Les yeux de Kim Seong-ho s'écarquillent : il est certain de connaître ce visage...

Profitant de la faible lueur de la lune qui pénètre dans la pièce, il s'efforce de voir avec plus de précision la personne qui vient de le kidnapper.

— Au moment où je me suis retrouvé en face de toi pour la première fois, tu avais l'air d'avoir beaucoup changé pendant ces vingt ans, mais tes yeux étaient restés les mêmes et je t'ai reconnu tout de suite.

Kim Seong-ho serre fort les paupières. *Qui donc est cet individu qui prétend m'avoir connu il y a vingt ans ?*

— Alors, comment s'est passé ton premier jour sur l'île de Sambo ? Tu n'as pas surfé sur internet au lieu de dormir, comme tu fais à Séoul ?

Kim Seong-ho est estomaqué. L'autre vient se mettre bien en face de lui, et d'un ton amical, tout en faisant glisser son index et son majeur sur son front, il lui explique :

— Oui, je connais tes habitudes. J'ai loué le studio au-dessous du tien au 100 Noble White House, Hapjeong-dong. J'occupe le 101 et toi le 201. Chaque nuit, j'ai grimpé par la tuyauterie du gaz pour accéder à ta fenêtre et quand tes rideaux étaient restés ouverts j'ai étudié en douce ton comportement.

Le policier serre toujours fermement les paupières. Voilà le comble de l'horreur : *Le salopard qui se trouve devant moi en ce moment aurait mis au point tout un stratagème en habitant au-dessous de chez moi depuis trois mois ? C'est pas vrai !*

— Arrête de garder les yeux fermés comme ça, il est temps que tu regardes la réalité en face au lieu de toujours chercher à l'éviter selon ton habitude.

Disant cela, il lui ouvre les yeux de force en tirant ses paupières vers le haut et approche son visage de celui de sa victime pour le regarder de tout près. En même temps, il relâche un peu son bâillon.

— La Ko Yu-ri que tu as suivie s'appelle en fait Kim Hae-jeong. Elle travaille dans un bar à hôtesses des environs. Sans doute parce qu'elle espérait devenir actrice à Séoul, elle a pas mal joué son rôle. Ce soir aussi, puisqu'elle a parfaitement réussi à t'entraîner jusqu'ici. Quant à Yi Hoe-nam, au départ il hésitait à exécuter le *gut*. Mais dès que je lui ai proposé d'enregistrer la scène du *ssitkimgut* sous l'angle du folklore et d'offrir une partie des frais du rituel, il a accepté, ravi. Et lorsque je lui ai présenté la petite Hae-jeong comme une cousine de Ko Hi-jeong, il l'a introduite dans le *gut* sans vérifier quoi que ce soit. Et voilà.

Kim Seong-ho serre les poings. *Va falloir que je me sorte de cette merde !*

— Mais là, tu dois être encore mal réveillé. Je t'ai fait une piqûre avec un mélange de somnifère et de poudre de perlimpinpin. T'inquiète pas, ça ne risque pas de te plonger dans un sommeil définitif !

Il regarde Kim Seong-ho dans les yeux en lui tapotant l'épaule. Et il reprend :

— Tu te rappelles la lettre ? Je l'ai écrite le 17 octobre de l'an dernier. Pour l'instant, tu dois avoir envie de savoir ce qui est arrivé à ces trois femmes, Ko Hi-jeong, Bak Min-suk et Kim Hi-jin ? Mais ça, je te le raconterai plus tard.

Kim Seong-ho essaie d'élever la voix à travers le bâillon légèrement desserré, tout en s'efforçant de tenir ouverts des yeux qui se ferment tout seuls :

— M... mais tout ça, qu'... qu'est-ce que...

Il n'arrive pas à conserver sa voix en état jusqu'à la fin de sa phrase.

— Tu t'es endormi très vite, après avoir bu du vin avec moi là-bas, sur l'île, n'est-ce pas? C'est parce que j'avais mis dans ton verre sans que tu t'en aperçoives des cachets de somnifère que j'avais moulus moi-même. En fait, dès le premier soir, j'ai tartiné le bec de ta bouilloire avec un narcotique en poudre et saupoudré ton mug à ton insu.

Tombant des nues, Kim Seong-ho demande:

— T... T... tout ça... Qu... qu'est... qu'est-ce que...

— Ferme-la et écoute-moi. Tu sais combien de temps ça m'a pris de mettre cette affaire au point? Ça fait déjà un mois que je me suis informé en secret de la pension avec laquelle le commissariat de Sambo avait ses habitudes. J'ai appris par une petite enquête personnelle que le centre de formation où logent les policiers en visite est toujours plein. J'ai déglingué les serrures des portes coulissantes côté véranda dans les deux pièces du premier étage, mais le patron de la pension ne l'a pas vu et ne les a pas réparées; puisque c'est toujours au premier étage qu'il loge les clients qui arrivent seuls, je n'ai rien eu à faire dans les pièces du rez-de-chaussée.

Kim Seong-ho a la chair de poule.

L'homme enlève ses lunettes et retire délicatement ses lentilles de couleur noire. Son visage prend une allure différente.

— Regarde bien: tu ne te souviens toujours pas de moi?

Ses lèvres sont sans doute en train de dire ça sans qu'il émette le moindre son. Il regarde Kim Seong-ho d'un air triste avec un regard flou. Ça y est, soudain Seong-ho se rappelle: l'enfant qui était le souffre-douleur de la classe, comment s'appelait-il, déjà? Nam-gi, oui, c'est ça: Han Nam-gi.

La bouche de Seong-ho se crispe comme s'il essayait de dire quelque chose. L'homme desserre encore son bâillon.

— Han Nam-gi... la Glandouille!

— Oui, c'était bien ça mon surnom... Mais tu peux crier: nous sommes dans une zone en instance de réhabilitation, tous les bâtiments ont été évacués, personne ne risque de venir.

— Na... Nam-gi... Mais pourquoi tu fais ça? Qu'est-ce qui t'est arrivé?

— Enfin ça y est, tu me reconnais?

— Qu'est-ce qui t'a pris? Et Yeo Do-yun, alors, qu'est-ce qu'il est devenu?

— Lui, pour tout dire, je m'en suis débarrassé quelque part - disons que c'était un cas de force majeure, un dommage collatéral. Puisque le professeur An Chang-sun est réellement parti à un colloque international, personne ne pouvait dire que je ne n'étais pas Yeo Do-yun, voilà pourquoi j'ai pu si facilement me faire passer pour lui. Pour confirmer l'impression, je me suis fait faire une permanente et une décoloration. Et pendant trois mois, dans le studio au-dessous de chez toi, j'ai lu tout un paquet de livres appartenant aux bibliothèques spécialisées des conservateurs de musée.

Il s'arrête net. Le silence qui en résulte a quelque chose d'inquiétant. Puis il tire un fauteuil devant Seong-ho et s'assied en face de lui. Le grincement que font les roulettes du fauteuil malmène les oreilles de Seong-ho. Qui reprend la parole:

— Mais à quoi ça rime, toute cette histoire?

— Ah-ah! Les fameuses disparues... Dire que tu as été à deux doigts d'attraper le criminel! Il fait partie des gens que tu as rencontrés sur place. Dans la lettre que je vous ai remise il y a aussi un indice: si tu en parcours à nouveau le contenu très attentivement, tu parviendras sûrement à éclaircir la chose. Lui et moi, nous nous sommes rencontrés sur le Darknet. On s'est tout de suite bien entendus. C'est le genre de type à toujours vouloir tenter quelque chose avec les femmes tout en les haïssant... En m'efforçant de lire dans ses pensées, j'ai appris qu'il avait déjà fait une grosse connerie et qu'il était prêt à recommencer, mais il hésitait de crainte de se faire attraper par la police. Il racontait que s'il se débrouillait bien pour l'appâter, il réussirait à se farcir l'employée d'Ullimsanbang qui souhaitait aller à Séoul, mais qu'il avait trop peur d'être arrêté.

« Comme tous les deux on était déjà devenus pas mal familiers, je l'ai incité à passer à l'acte. Je lui ai promis d'envoyer depuis Séoul au commissariat de Sambo une lettre qui embrouillerait l'enquête des policiers locaux et dissimulerait ses délits. Je l'ai postée une dizaine de jours après son troisième meurtre. Et je savais que pour expertiser l'écriture de cette lettre de source inconnue, il y aurait une intervention du professeur An Chang-sun, qui est le grand expert dans ce domaine, et du commandant Kwon Yeo-il, qui est un grand ami de Kang Dae-su, le chef de la brigade criminelle de l'île. Et j'ai anticipé que toi, qui travailles sous la direction de Kwon Yeo-il, tu serais amené à participer un jour ou l'autre à l'enquête sur cette affaire. J'ai composé mon scénario avec une extrême minutie, mais la chose ne s'est pas tout à fait déroulée comme je l'avais prévu.

Han Nam-gi s'interrompt un instant, puis reprend la parole :

— En tout cas, lorsque le gamin, Yi Jun-hi, a posté le texte qui demandait ce qu'on ferait à Ha Na-ri, je me suis aventuré là-dedans sans hésiter. Je me doutais qu'on te chargerait de cette affaire parce que tu avais souvent mené à bien des profilages de meurtriers adolescents. Alors j'ai posté sur le site Hebdo-pop le résultat du *doxing* que j'ai fait de ta personne pour te mettre dans une situation défavorable telle que tu finirais par être expédié à l'autre bout du pays, à l'île de Sambo. J'ai piraté la boîte mail du conservateur de musée Yeo Do-yun et imprimé le rapport d'expertise de l'écriture avant de te rencontrer, et lui, je l'ai tout simplement liquidé. Quant aux passages de *Byeon-sok-pal-jo,* je les ai lus dans un bouquin sur le folklore.

Il s'interrompt de nouveau et bat des mains en rythme.

— Tu sais ce qu'on appelle la polyrythmie ? C'est un rythme composé par l'emploi simultané de deux rythmes différemment accentués. Autrement dit, je t'ai attrapé en me servant de deux compositions rythmiques, l'affaire de Sambo et celle de Ha Na-ri.

Kim Seong-ho serre très fort les paupières, puis les rouvre. Il ne faut surtout pas qu'il relâche sa vigilance même si son esprit n'arrête pas de s'embrumer, sans doute à cause d'un effet résiduel du somnifère. Je ne dois pas se laisser dominer dans cette bataille psychologique, sinon c'en est fini de moi.

— Han Nam-gi, qu'est-ce que tu veux, à la fin? C'est vraiment toi qui as tué Ha Na-ri et Yeo Do-yun?

L'autre a un sourire cynique.

— Si je dois me livrer un jour à la police, je te jure que c'est à toi que je me rendrai. Et pourtant, toi, tu as méprisé mon offre d'amitié sur Facebook... Sous le nom de Yu Jeong-yeol, j'ai rendu service en ligne à beaucoup de gens qui étaient dans les ennuis - tu as bien dû en entendre parler, non?

Kim Seong-ho a la nuque qui se hérisse comme si quelqu'un le tirait par le cou. Han Nam-gi continue de parler en ricanant.

— Je n'ai fait que leur communiquer les connaissances en matière de lois et de procès que j'ai ramassées et classées puisqu'on les trouve partout sur le Web. Il m'est aussi arrivé de rencontrer des gens dans la réalité. Alors pendant les cinq dernières années où j'ai mené une vie confinée dans ma chambre comme un *hikikomori,* j'ai eu le temps de me faire des cartes de visite...

Dans l'esprit de Han Nam-gi émergent peu à peu des images résiduelles appartenant au stock de ses souvenirs. Il se consacrait entièrement à internet, alors que sa mère, couchée dans la pièce d'en face, toussait continuellement en luttant contre l'asphyxie grâce à un appareil respiratoire à usage médical. Au départ, il avait fréquenté des sites de jeu, de tchat, de paris, ou des communautés en ligne, et parfois il lui arrivait de poster quelque chose sur la plateforme du site Hebdo-pop. Un jour, sur cette plateforme, il a lu un texte qui demandait un coup de main à propos d'un procès au pénal et il a donné les informations qu'il possédait, c'est ça qui a été le point de départ de tout. En affichant ses connaissances concernant les expériences de mise en jugement, la meilleure façon de solliciter, comment accueillir une sentence et comment apprendre à survivre dans des établissements pénitentiaires pour mineurs, il a acquis une certaine popularité. Il a étudié le droit en se fabriquant un pseudonyme, Yu Jeong-yeol. Il prêtait main forte à quiconque voulait intenter un procès ou se présenter au tribunal sans avocat.

Han Nam-gi met fin à ses souvenirs et se remet à parler en regardant Kim Seong-ho bien en face.

— Tu sais quoi ? Depuis le jour où on est arrivés sur l'île, j'ai rencontré trois fois le criminel à l'insu de tous. Pendant que les policiers – toi y compris – se donnaient du mal, moi je suis allé visiter l'endroit où se trouvent les cadavres : l'autre était tout fier en me montrant leur cachette. Et il m'a demandé avec insistance des informations parce que son vœu était d'observer de loin une scène où l'on verrait des policiers en train de mener une enquête. Il avait envie d'éprouver à quelques mètres d'eux le plaisir de ne pas être attrapé après ses multiples meurtres.

Il fait une pause. On dirait qu'il a la gorge nouée. Puis il dévisage Kim Seong-ho.

— Ah ! C'est vrai, tu savais pas : juste avant que tu changes d'école, il y a eu un incendie et ma mère a eu les poumons gravement endommagés par la fumée.

— Je... Non, je ne savais pas.

— Tu ne sais pas ? Hum... Vraiment tu ne savais pas ?

Kim Seong-ho lui coupe la parole et crie d'un ton rageur :

— Ce n'est pas moi qui t'ai fait souffrir, c'était Hong Tae-gi ! Tout le temps ! Si je ne t'ai pas secouru, c'est que j'avais peur comme les autres de cette ordure. Je suis même devenu policier pour arrêter des types comme lui et les foutre en taule...

Devant son ancien camarade de primaire et dans le contexte absurde de ce moment dramatique, Kim Seong-ho se retrouve dans l'état émotionnel d'un écolier de onze ans.

— C'est simple, je-ne-pou-vais-pas, quoi que je fasse !

— Calme-toi et écoute-moi jusqu'à la fin. Tu te rappelles l'histoire du vermisseau ?

Pendant un moment, le silence règne entre tous les deux.

— Depuis cette affaire, tu sais ce qu'est devenu l'agresseur qui m'a tellement martyrisé ? Ses parents qui jusque-là vivaient séparés se sont remis ensemble et son histoire a fini en *happy end* ! Ayant bénéficié d'une meilleure éducation, il est aujourd'hui bien intégré dans la société, sans aucun problème. Lorsque j'ai lu un article de journal sur internet qui célébrait sa réussite, tu imagines ce que j'ai ressenti ?

Seong-ho a une atroce migraine qui lui serre la tête. Il ne se souvient de rien. Il a eu beau essayer pendant des dizaines d'années de se rappeler pourquoi il s'était blessé, ce qui s'était passé à cette époque, seules quelques images représentant des scènes où Hong Tae-gi faisait souffrir le petit Nam-gi lui revenaient à l'esprit, fragmentaires et intermittentes, comme découpées dans un film.

— Tu ne te rappelles vraiment pas comment tu t'es blessé à la tête ? En plein hiver, tu m'as fait sortir en m'appelant au téléphone. Rendez-vous sur le toit-terrasse de l'école. D'habitude, on gardait fermée la porte donnant accès au toit pour empêcher les enfants d'y aller parce que la rambarde n'était pas assez haute. Mais ce jour-là, cette porte était restée ouverte. Il faisait très froid. Tu es monté sur le toit en passant devant moi et tu m'as demandé : « Est-ce que par hasard l'autre fois... tu... m'as... vu... ? »

Une voix familière résonne dans la tête du profileur. *Est-ce que par hasard à ce moment-là... tu... m'as... vu ?*

Seong-ho tord ses mains liées. À cet instant, sa migraine s'arrête net et des images surgissent soudain dans son esprit comme un flashback.

Oui, j'ai bien rencontré Nam-gi, sur le toit-terrasse. Il était terrorisé. Avec ses yeux de gentil chienchien il essayait de deviner mon humeur. Puis il m'a demandé :

— Pourquoi tu m'as fait venir ici ?

— Est-ce que par hasard à ce moment-là... tu... m'as... vu ?

Nam-gi a secoué la tête.

— N... non.

— Comment va ta maman ?

— Elle est encore à l'hôpital. Elle souffre beaucoup des poumons. Il paraît qu'elle doit se faire soigner avec un appareil respiratoire.

— Tu es au courant, n'est-ce pas ?

En même temps que mon regard devenait agressif, je l'ai pressé avec ma question.

— Non, je ne sais rien. Et je ne le dirai à personne! Je te le promets! Je ne dirai jamais que tu a mis le feu chez moi!

J'ai couru tout droit vers Nam-gi et je l'ai ceinturé de mes bras en le poussant jusqu'à la rambarde du toit.

— Nam-gi, je te ferai la peau si tu le dis encore une fois. Je te jure, je te ferai la peau!

— Lâche-moi! Mais lâche-moi!

— Crève, salaud!

Alors que je voulais le pousser contre le muret, c'est moi qui me suis fait repousser quand il s'est défendu et qui suis tombé par-dessus la rambarde. Ensuite, je n'ai plus aucun souvenir de rien. Seul le visage éploré de ma mère à mon réveil me revient à l'esprit...

Seong-ho revient à la réalité. Nam-gi qui observait son visage éclate d'un rire moqueur.

— Ça commence à te revenir? Tu t'es blessé au lobe frontal ou un truc comme ça et tu as perdu la mémoire, on dirait, non? Tu avais toujours peur que je sache que ta mère n'était jamais là; et comme j'habitais à côté de chez toi depuis l'école maternelle, je te voyais te précipiter dehors pour fuir ton père qui te foutait la trouille et je te faisais venir chez moi pour qu'on joue ensemble. Et j'ai gardé en secret pour moi seul: que tu aimais tourmenter un petit chien, que tu as un jour attrapé un rat pour lui crever le ventre, que tu as mis le feu au terrain vague... Tout ça simplement parce que tu me fascinais: tu régnais sur toute la classe alors que moi je n'avais même pas un seul ami. Mais toi, tu sais comment tu m'as traité! Tu m'as harcelé pendant des années. Tu t'es amusé à mes dépens et pour finir tu m'as réduit à un état misérable avec cette histoire de «vermisseau». Nos copains de l'école primaire Jongsun secoueraient tous la tête encore aujourd'hui s'ils entendaient prononcer ton nom de l'époque: «Ce putain de démon!» Tu sais pourquoi ces jours derniers j'ai répété tant de fois le mot «esprit»? Je n'en ai rien à foutre, moi, du folklore ! Mais c'est parce que pour attraper un méchant démon comme toi, j'ai pensé que je devrais devenir un démon encore plus terrible !

Furieux, Nam-gi s'approche et gifle rudement Seong-ho, qui éclate :

— Qu... qu'est-ce que tu racontes là ? Pourquoi donc est-ce que j'aurais tué des animaux et mis le feu je ne sais où ?

— Tu as crevé le ventre du minou que je nourrissais et en plus tu m'as accusé de l'avoir fait !

— Non, ce n'était pas moi ! Je suis sûr que non !

— Tu ne te souviens pas de moi, après avoir été battu à cause de ton accusation mensongère, tendant la main vers mon minou en train de mourir pour le caresser une dernière fois ? Espèce de fumier ! C'est pour te rappeler ce détail du chat que j'ai évoqué la légende bouddhique où apparaissent le moine Joju et un chat ! Le chat qui est le symbole de l'illumination... Et toi, foutu con, tu n'as rien compris du tout !

Il le frappe de nouveau. À la poitrine. Un grand coup de poing. Seong-ho gémit.

— C'était toi, tu dois te rappeler. C'est effectivement toi qui as mis le feu chez moi. En rentrant j'ai aperçu de la fumée qui s'élevait peu à peu : tout étonné, je me suis caché derrière le mur et j'ai observé – parce que je commençais toujours par me cacher s'il arrivait une chose quelconque ; au cas où tu m'aurais cherché, automatiquement je me trouvais une cachette car tu me faisais peur. Voyant cette fumée, j'ai d'abord pensé que ma mère devait être en train de préparer le dîner. Alors je suis ressorti de derrière mon coin de mur et tu es apparu : nos regards se sont croisés. En t'enfuyant, tu as laissé tomber une bouteille de diluant – la même bouteille de diluant qui a servi à brûler les deux petits chiens de Jindo, Gangsul et Namgul, mais tu ne te rappelles toujours pas ça non plus, espèce de saloperie !

Il ramasse un bâton qui traîne par là et l'abat rudement sur les cuisses de Seong-ho.

Aaarh !

La voix de Seong-ho se fraie péniblement un chemin à travers sa gorge serrée :

— Mais ce n'était pas moi ! Tout ça était l'œuvre de Hong Tae-gi, ne me confonds pas avec lui ! Cherche Hong Tae-gi ! Tu veux que je t'aide ? Il est sûrement devenu délinquant, je dois pouvoir t'aider à le retrouver.

Le policier a complètement perdu le contrôle de lui-même. Il débite sans la moindre hésitation des choses qu'un policier ne devrait jamais dire. Peu importe que ce soit un combat psychologique ou n'importe quoi d'autre, il faut absolument qu'il se sorte de cette situation critique. L'urgence devient cruciale. Devant une crise comme celle-ci, le savoir ne sert plus à rien, Seong-ho est redevenu un petit enfant impuissant.

— Quoi ? Foutu salaud ! Ce serait « Hong Tae-gi » le criminel qui m'a tourmenté et qui a foutu le feu chez moi ? Ce serait lui aussi qui a fini par tomber tout seul du toit-terrasse en essayant de me pousser ? Mais la réalité, connard, tu la veux ? C'est toi qui étais Kim Hong-taek avant de changer ton prénom pour devenir Kim Seong-ho ! Kim, Hong, Taek ! L'enfant qu'on appelait familièrement Hong-tae-gi*... C'est sans doute resté gravé dans ta mémoire sous la forme Hong Tae-gi** ?

Aaarh !

Seong-ho souffre d'un atroce mal de tête, il sent son crâne sur le point d'exploser. Il ferme les yeux. Peu à peu, son esprit finit par redevenir tout à fait clair. L'hôpital où il s'était réveillé la tête entourée de pansement ; ses yeux étonnés en rencontrant ceux de sa mère ; la bouche de celle-ci émettant des sons incompréhensibles : il perçoit le mouvement de ses lèvres mais il entend très mal sa voix. Et puis soudain, il l'entend nettement :

— Hong-tae-ga ! Mon petit, ça va ?

---

* Transformer la terminaison rude d'un prénom comme *-taek* en *tae-gi* est en coréen un marqueur de familiarité usuel dans la langue parlée. Pour *tae-ga*, ci-après, c'est la même chose en encore plus adouci.

** Comprenons que la forme familière du prénom est modifiée selon le schéma normal du nom « X Y-z ».

Ses forces le quittent, il n'a plus d'énergie, il a des frissons, son dos se courbe en arrière, ses bras et ses jambes tremblent violemment comme les feuilles d'un arbre sous la tempête. La peur envahit toute sa personne.

En face, devant ce visage qui se crispe de douleur, des images résiduelles remontent dans l'esprit de Han Nam-gi.

Son père disparu, il en avait eu assez de s'occuper de sa mère malade et il avait fugué. À force de passer ses nuits dans la rue en sympathisant avec des petits voyous, il s'était retrouvé enfermé dans un établissement pénitentiaire pour mineurs après s'être adonné au chapardage, à la violence, jusqu'au cambriolage. Il revoit toujours sa mère malade venant le voir là-bas durant cette période. Elle se tourmentait et n'arrêtait pas de tousser tout le long de sa visite. Au bout d'un certain temps, il s'était ressaisi et avait réussi l'examen de fin d'études secondaires, mais son casier judiciaire lui faisait souvent obstacle pour trouver ne fût-ce qu'un petit job à mi-temps. Il devait vivre avec la subvention de l'État que recevait sa mère. Ensuite, il y avait eu une période où il passait tout son temps à surfer sur internet en laissant tomber son boulot...

Il s'était décidé à la mettre à l'hôpital à cause de ses crises de suffocation, mais assez vite, ne pouvant assumer les frais d'hospitalisation, il avait dû la reprendre à la maison. Et pendant qu'elle attendait la mort, il s'était absorbé dans internet. Il passait sa vie cloîtré jour et nuit dans sa chambre, se contentant de la débarrasser de sa pisse et du reste. On leur avait coupé le gaz, puis l'électricité. Ce n'était plus vivable... Et pourtant, quelques années s'étaient écoulées ainsi.

— Nam-gi, mon petit, n'oublie pas : tu ne dois jamais haïr les autres.

Tels avaient été les derniers mots de sa mère en expirant par un jour d'hiver dans cette petite chambre sombre et misérable.

Il lui avait fermé les yeux avant d'appeler le 119, numéro des services médicaux d'urgence. Le jour de ses funérailles, son père ne s'était même pas dérangé, alors que dans les autres familles des dizaines de membres viennent se lamenter. Comme il n'avait pas les moyens de placer l'urne contenant ses restes dans un columbarium, il était allé dans les collines répandre ses cendres au pied des arbres.

Au lendemain de ce décès dramatique, il avait essayé de commencer une nouvelle vie. Parfaitement métamorphosé sur le Web en Yu Jeong-yeol, il avait aidé les autres et avait reçu de certains des mots de remerciement. Une fois, il avait rencontré une jeune femme pour lui apporter son aide ; mais par malheur, un soir il avait picolé avec elle et cela lui avait valu de graves ennuis : une accusation de viol. Accusation non méritée. Heureusement, avec l'aide d'un avocat et après une longue enquête de la police, il avait été reconnu non coupable. Mais au cours des investigations son casier judiciaire avait refait surface, ce qui lui avait causé une grande humiliation. Il avait passé quelques mois avec un sentiment pénible de déchéance.

De nouveau allongé sur son lit sans même allumer l'ordinateur, s'abstenant presque de manger et de boire, il était resté des jours et des jours confiné dans sa chambre, le regard fixé sur le papier peint du plafond. Le motif du papier lui apparaissait comme des visages, des mains et des pieds de personnes vivantes. Parfois, ça se combinait pour représenter le visage d'un homme affreux, un visage de monstre. Et parfois aussi le visage tourmenté de sa mère ou celui, très doux, d'une femme. Ayant le sentiment qu'il allait mourir s'il continuait à vivoter comme ça, il s'est remis à grand-peine à absorber de l'eau et de la nourriture au point d'arriver à tenir assis ; il a allumé son ordinateur, le seul lien qui le reliait au monde extérieur, et il a commencé à regarder sur internet ce qui se passait dehors. Il a retrouvé petit à petit ses esprits. Et puis un beau jour, il a découvert sur internet l'interview d'un homme :

Disséquer un profileur de la police: interview-surprise du lieutenant Kim Seong-ho

Au moment où il a lu cet article, un choc électrique lui a traversé la tête, suivi d'une sensation de picotement qui ne s'est plus arrêtée. Il a ressenti une douleur mortelle, comme si quelqu'un lui avait tiré dessus à bout portant. Il s'est informé plus en détail sur tous les sites, portails et réseaux sociaux : son visage avait changé, mais à coup sûr c'était le Kim Hong-taek de vingt ans auparavant ! Ainsi, le criminel qui l'avait conduit au seuil de la mort, qui avait fait mourir sa mère, était devenu policier... À partir de ce jour, Han Nam-gi n'a eu d'autre souci chaque soir que d'imaginer sa vengeance.

Il secoue un bon coup la tête pour s'arracher au défilé des souvenirs du passé. Revenu à la réalité, il regarde son Kim Hong-taek dans les yeux.

L'immobilisation de ses poignets et de ses chevilles fait souffrir celui qui est aujourd'hui Kim Seong-ho. Un souvenir lui revient à l'esprit. Un jour, en fouillant dans les rayons de la bibliothèque pour retrouver sa console de jeu vidéo que sa mère avait cachée, il avait déniché un dossier et l'avait ouvert. Là-dedans étaient rassemblés des papiers concernant l'autorisation de changer de prénom aussi bien que, entre autres, la copie de ses attestations de domicile et le livret de famille. Même si avant cette date on l'appelait déjà par son nouveau prénom, il était écrit que le tribunal des affaires familiales autorisait à partir de l'année 1995 monsieur Kim à changer son prénom de Hong-taek en Seong-ho. Il avait remis le dossier dans l'enveloppe, enfoncé celle-ci au fond du rayon comme s'il s'agissait d'une chose portant malheur. Et il n'avait plus jamais voulu le revoir...

— Tu comprends, maintenant, pourquoi je te traite comme ça ?

— Je... je t'en prie, tout ça s'est passé il y a vingt ans, qu'est-ce que ça va changer que tu te venges ?

Voilà ce que la douleur fait crier au pauvre Seong-ho.

— Toi, tu as dû oublier, oui, mais moi, de toute ma vie jamais je ne pourrai oublier.

— Ah !... Je souffre trop, j'ai très mal, s'il te plaît, détache-moi... Un peu de pitié, s'il te plaît... Si tu me libères, je te demanderai pardon dans les règles... Je t'en prie, je t'en supplie...

Nam-gi hésite un moment.

— Jamais de la vie je n'aurais pu imaginer qu'un jour tu me demanderais d'avoir pitié !

D'un léger coup de couteau, il coupe le ruban d'emballage adhésif qu'il a enroulé plusieurs fois autour de la taille de Kim Seong-ho, lequel fait le dos rond en se soulevant et en se laissant retomber.

— Ah !... Ça faisait trop mal... Si... s'il te plaît, détache-moi au moins les mains... Comme ça, je pourrai te demander pardon dans les règles...

Avec beaucoup de grimaces, il brandit vers le ciel ses poignets ligotés. Ses poings serrés traduisent sa douleur. Nam-gi passe derrière la chaise et relâche d'un cran le collier de serrage. Aussitôt, les chevilles toujours attachées, Seong-ho se lève d'un bond et assène un grand coup de ses poings réunis dans le visage de Nam-gi qui tombe brutalement sur le sol. Seong-ho se penche et ramasse le couteau afin de couper les liens de ses poignets.

Dans sa précipitation, ayant du mal à trancher le plastique du collier, il s'entaille assez profondément la paume d'une main. Aaarh ! Il pousse un cri aigu, mais réussit à détacher le lien de ses chevilles juste assez pour pouvoir se remettre debout.

Sans lâcher le couteau dont la lame est trempée de sang, il se jette de toutes ses forces sur Nam-gi qui tente de se relever. Celui-ci retombe en arrière dans un grand fracas et Seong-ho s'installe sur lui à califourchon. Il approche le couteau de ce visage qui le regarde dans les yeux et qui lui dit avec un sourire effronté :

— Vas-y ! Tranche !

Seong-ho hésite.

— Vas-y, je te dis, n'hésite pas !

Seong-ho applique la lame contre sa joue, mais Nam-gi réagit violemment et lui fait lâcher le couteau, puis il relève la tête et lui en donne un grand coup en plein sur le nez. Au lieu de reculer, Seong-ho joint les mains autour de son cou et commence à l'étrangler. À moitié asphyxié, Nam-gi écarquille les yeux en le fixant. Les mains toujours autour de son cou, Seong-ho le regarde en face lui aussi, et les voilà grimaces contre grimaces.

— Crève donc, bordel ! Y en a marre de toi ! Pourquoi tu es réapparu tout à coup maintenant et pourquoi tu viens m'emmerder comme ça ? Putain de saloperie ! Crève, mais crève donc !

Il ne relâche pas sa poigne, il force au point que des gouttes de sueur perlent sur son front. À l'instant où toute cette tension extrême se transforme en une sorte de soulagement qui lui rafraîchit la tête, il entend une voix.

Seong-ho-ya ! Seong-ho-ya !

La voix de sa mère, comme quand elle l'appelait jadis… Et d'un seul coup, il retrouve sa pleine conscience.

Han Nam-gi est pris de violents frissons. Il cligne des yeux de plus en plus lentement, n'en laisse plus voir que le blanc, et finit par les fermer. Seong-ho est tellement stupéfait qu'il desserre son étreinte : Han Nam-gi ne bouge plus. Il attrape le col de sa veste et le secoue, mais l'autre ne fait pas le moindre mouvement.

Merde, il est mort, ce con ?

Il promène deux doigts sur la gorge de sa victime : il ne sent pas battre son pouls. Il essaie pendant quelques secondes de se calmer. Plutôt qu'un sentiment de culpabilité pour avoir commis un meurtre, c'est l'idée qu'il s'est tiré d'un mauvais pas qui lui est venue à l'esprit en premier.

Il arrive qu'un meurtrier ôte ses vêtements à sa victime pour dissimuler son crime. Comme ça, il est difficile de trouver l'identité du cadavre puisque les indices comme sa carte d'identité ou la marque des vêtements ont disparu. Kim Seong-ho ouvre le blouson de Han Nam-gi et s'efforce d'en dégager ses bras, mais il n'y arrive pas. Lorsqu'il déboucle sa ceinture et tire d'un coup sec la fermeture Éclair pour lui baisser le pantalon, voilà que soudain Nam-gi ouvre tout grands les yeux et le regarde avec un sourire moqueur.

— Hé-hé, comment tu comptais te débarrasser du corps ?

Seong-ho sursaute tellement qu'il en tombe assis par terre. *Putain, qu'est-ce que j'étais en train de faire ? Pourquoi je n'ai pas commencé par avertir mes collègues ?* L'autre continue à parler d'un ton très calme, comme s'il lisait dans ses pensées.

— Je te reconnais bien là, Kim Hong-taek ! Tu es sûr et certain que tu n'as jamais essayé de tuer quelqu'un depuis l'école primaire ?

Seong-ho reste complètement figé. Chaque mot lancé par Nam-gi lui donne une sensation horrible, comme un grouillement de vers. Il se sent glacé. Il se relève et se met à courir vers la porte de la pièce. Avec sa main blessée, il n'arrive pas à l'ouvrir, alors il donne un coup d'épaule et se rue dans l'escalier. Il monte avec précipitation les marches deux à deux et stoppe devant la porte donnant sur le toit-terrasse ; il la repousse d'un bon coup d'épaule et découvre un espace ouvert à côté de tout un tas de matériel réformé. Tandis qu'il continue à courir, la porte grince derrière lui et Nam-gi refait son apparition. Seong-ho se penche et regarde en bas, impressionné par la profondeur de l'abîme.

— Arrête-toi !

Il doit absolument s'enfuir et repousser Nam-gi. Celui-ci n'a rien entre les mains qui ressemble à une arme. Pourtant, non seulement Seong-ho a l'esprit encore tout embrumé, mais en plus il n'est pas sûr de pouvoir résister à l'assaut de Nam-gi qui se jette sur lui comme un possédé. Plutôt que de se battre, ce serait le moment de parvenir à le convaincre avec des mots... La lune s'est cachée derrière les nuages ; le ciel noir tacheté ici ou là de nuages gris cendré observe de là-haut en silence le combat fratricide des deux anciens copains d'école...

Au commissariat de Sambo, Kang Dae-su et Oh Yeong-shik sont dans leur bureau en train de rédiger un rapport sur l'affaire. Le capitaine passe le document qu'il a finalisé à son adjoint, qui l'enregistre dans l'ordinateur. À un moment donné, en relisant le fichier de l'interview d'un des suspects, il demande :

— Où on en est dans l'affaire des petits chiens brûlés, Gangsul et Namsul ? Ça a un peu avancé ? Aujourd'hui encore, le propriétaire m'a harcelé au téléphone, faut voir sur quel ton !

— Oui, capitaine, la police scientifique a promis de nous envoyer le résultat des analyses dans la journée.

— Va voir dans les courriels, peut-être que le fichier est arrivé ?

— Oui, tiens, ça y est, il est là.

Oh Yeong-shik ouvre le fichier des empreintes digitales expédié par la police scientifique.

— Mets-le dans le système d'identification automatique des empreintes digitales, catégorie « hommes, entre dix et cinquante ans ».

Oh Yeong-shik entre le fichier dans le Siaed en précisant le sexe et l'âge. Au bout de quatre minutes apparaît l'image d'un majeur parfaitement identique à celui du fichier.

— Nom : Kim Seong-ho. Numéro national d'identité : 820702-105XXXX. Hein ? L'âge et le nom sont ceux du lieutenant Kim Seong-ho...

— Quoi ? Ça voudrait dire qu'on s'est complètement plantés dans notre enquête préliminaire ? Ce jour-là, c'est pourtant bien le lieutenant Kim qui a ramassé la bouteille de diluant, non ?

— Selon mes souvenirs, il l'a attrapée en se servant d'une branche d'arbuste en guise de baguettes. Aucune chance d'y retrouver ses empreintes.

— Alors là, nous sommes mal. Il va falloir tout vérifier une nouvelle fois. Appelle-le vite sur son mobile, il est temps qu'il revienne à l'île après avoir raccompagné le conservateur de musée Yeo.

— C'est comme si c'était fait !

Oh Yeong-shik lance l'appel avec son smartphone ; il entend la tonalité de connexion, mais l'autre bout reste muet.

— Bizarre... Je n'arrive pas à le joindre...

Kang Dae-su est troublé par cette identité des empreintes digitales. Il claque la langue avec une grimace d'amertume :

— Ts ! Ça alors... !

Juste à ce moment-là, son propre smartphone sonne :
— Tiens ! C'est mon ami Kwon Yeo-il... Allo ?
Au bout d'un petit moment, après avoir raccroché, il prend un air grave.
— Qu'est-ce qu'il y a ?
— À Séoul, on vient de retrouver le cadavre de Yeo Do-yun chez un certain Yu Jeong-yeol. Il paraît que ça fait déjà au moins cinq jours qu'il a été assassiné.
— Quoi ? Mais alors, qui était celui que nous avons pris pour le conservateur de musée, Yeo Do-yun ?
— Tout à l'heure, dis-moi, c'était quelle heure quand le lieutenant Kim est parti au terminal de Mokpo avec Yeo Do-yun ? Il nous a quittés aux alentours de 17 heures, c'est bien ça ? Puisqu'on est en train de géolocaliser son smartphone, si on attend un petit moment on saura sa position. Monte dans la voiture, prépare-toi à démarrer, il va falloir filer à Mokpo.
Oh Yeong-shik ramasse en vitesse la clé du véhicule avant de sortir du bureau. Il lance le moteur, met en marche la sirène et le gyrophare. Kang Dae-su surgit du bâtiment tel un tigre volant et se jette dans le siège avant. La berline s'arrache de la cour du commissariat de Sambo et en quelques minutes elle fonce sur la route de la côte en direction de Mokpo.

— Nam-gi, ça suffit, maintenant on arrête !
Han Nam-gi hurle de rire à pleins poumons. Ces éclats insolites pénètrent dans les oreilles de Seong-ho en lui causant une douleur aiguë.
— Tu dis stop ?
— Nam-gi, pard...
Mais finalement, il n'arrive pas à prononcer le mot « pardon ». Somme toute, il n'a jamais demandé pardon à Nam-gi. *Moi, Kim Seong-ho, quelle personne est-ce que j'étais, en fin de compte ?*
— Nam-gi, je t'en supplie. Je sollicite ta pitié. Je vais t'aider pour tout. Si tu te rends à la police, je t'aiderai à bénéficier des circonstances atténuantes et même à payer ton avocat. Je te

demanderai pardon jusqu'à ma dernière seconde. Je vais avouer à la police toutes les fautes que j'ai commises dans le passé. S'il te plaît, je t'en prie, allons ensemble au commissariat...

L'autre éclate de rire bruyamment. C'est un rire très complexe, où se mélangent toutes sortes de réactions : ricanements, colère, remords, rancune, résolution...

— Pff ! Ha ha ha ! Quoi ? Tu prétends que tu vas m'aider ? C'est vraiment pas la peine. Ou alors, bon, baisse ton pantalon ici tout de suite et essaie de faire gicler les vers comme tu me l'as fait subir cette nuit-là !

— Quoi... ? Mais... ?

— Maintenant, on va voir comment un vermisseau se métamorphose et effectue sa mue. Allez hop ! Exécution !

Seong-ho est pétrifié. Nam-gi lui adresse un sourire railleur.

— Si tu enlèves ton pantalon et me montres ton putain de vermisseau, je te jure que je ferai en sorte que tout ça n'ait jamais eu lieu. Désormais, je resterai loin de toi et je te foutrai la paix.

Sur le moment, Seong-ho hésite. *Si Nam-gi disparaissait gentiment pour de bon, c'est vrai que je pourrais me libérer de cette entrave surgie du passé.*

— Allez, vas-y. Je te promets que je te pardonnerai et que tu n'entendras plus jamais parler de moi. Alors, tu cours le risque ?

Seong-ho saisit son pantalon, déboucle sa ceinture d'une main tremblante, défait le bouton et tire la fermeture Éclair – mais n'a pas de courage d'aller plus loin...

— Qu'est-ce qu'il y a ? Tu n'y arrives pas ? Mais moi, pourtant, je l'ai fait ! Ce serait dommage que tu perdes ta si brillante carrière et ton statut de fonctionnaire, non ? Tu crois que tu t'en foutrais de voir ton vrai passé complètement dévoilé ?

Seong-ho cache dans ses mains les traits de son visage qui se révulsent, puis il se met à baisser son caleçon. Au moment où, en serrant les dents, il va porter une main à son sexe, Nam-gi éclate d'un rire strident.

— Eh, n'oublie pas, tu dois encore bouffer ton caleçon ! Allez, zou, tout doit être exactement comme tu me l'as fait subir par la main de nos copains de classe...

Le ton de Nam-gi est ferme. Seong-ho hésite de nouveau. *Là, c'est trop demander, merde… Après tout, pourquoi pas, à la fin, puisque c'est la seule façon d'annuler la faute d'il y a vingt ans ?* Il finit lentement d'enlever son pantalon, puis son sous-vêtement. Il sent le froid sur ses jambes, un vent glacé qui transperce sa peau. Avant de se mettre le caleçon dans la bouche, il dit :

— Si vraiment ça te soulage…

En le prenant entre ses lèvres, il ferme les yeux et serre bien fort les paupières.

— Ah ! Regardez-moi ça comme il est dégueu, Kim Seong-ho la Glandouille ! Kim Seong-ho le Détraqué ! Le Roi des pervers ! Hi-hi-hi !

La voix de Han Nam-gi ressemble à des sanglots. Seong-ho rouvre les yeux : l'autre se tient là, debout, le visage décomposé à tel point que Seong-ho ne sait plus s'il est en train de rire ou de pleurer.

— Mais finalement, je dois avouer que je suis désolé : quelle que soit la façon dont tu te conduis, quels que soient les gestes que tu fais, rien ne réussira à racheter ta faute, hi-hi-hi ! Jamais je n'arriverai à te pardonner…

Il s'exprime d'un ton ironique, mais on dirait plutôt que c'est de lui-même qu'il se moque. Ses yeux ne reflètent qu'un désert de noirceur. Et c'est à ce moment que la sirène de la police se fait entendre au loin et que Seong-ho se ressaisit d'un coup.

Le hurlement de la sirène se répercute partout entre les bâtiments de la zone à réhabiliter. Le policier remonte en vitesse son caleçon, renfile son pantalon et va regarder au-delà de la rambarde du toit-terrasse. Puis il se retourne vers Nam-gi. Leurs yeux se rencontrent. En une seconde, il retrouve tous ses esprits.

— Han Nam-gi, tu ne peux plus aller nulle part. Si c'est toi qui as tué Ha Na-ri et Yeo Do-yun, il ne te reste qu'à avouer tes crimes à la police.

Han Nam-gi fait un sourire amer en regardant son vis-à-vis d'un œil apitoyé.

— Tu me parles à moi de racheter mes crimes ? Mais toi, alors, les tiens ? Tu vas également te retrouver en taule, non ?

Seong-ho ne sait que répondre. L'autre reprend :

— Ah oui ! C'est vrai, les délais de prescription sont dépassés... Mais est-ce qu'il existe une date limite pour engager des poursuites contre le crime d'avoir horriblement détruit la vie d'un être humain ?

La sirène s'est arrêtée. *Est-ce qu'ils sont là juste en dessous ?* Kim Seong-ho brûle de savoir.

— Alors, comme ça, tu imagines qu'on est venu te sauver ?

— Han Nam-gi, arrête tout de suite !

— Crève, plutôt !

Et en poussant ce cri, Nam-gi bondit vers Seong-ho qui tourne le dos à la rambarde. Fendant l'air glacé, il se jette sur lui et le fait tomber tandis que lui-même passe tête la première par-dessus le muret.

Quand il a été jeté à terre, Kim Seong-ho s'est cogné le crâne sur le sol en béton. Il est à demi inconscient, incapable de se relever. Il a l'impression d'avoir perdu toutes ses forces. À ce moment-là, il entend se rapprocher des claquements de chaussures qui grimpent les marches de l'escalier ; la porte en fer du toit-terrasse s'ouvre à grand bruit, deux hommes entrent et se précipitent :

— Mais qu'est-ce qui s'est passé ?

Kang Dae-su et Oh Yeong-shik ramassent Kim Seong-ho effondré par terre. Dès qu'il a un peu récupéré, celui-ci demande :

— Han Nam-gi ? Où est passé Han Nam-gi ?

— Qui ça ? Celui qui se faisait passer pour le conservateur de musée Yeo Do-yun ? Il n'est nulle part. On ne voit personne d'autre que toi, ici !

— Alors, c'est qu'il s'est jeté du haut du toit !

— Lieutenant Oh, passe un message radio pour qu'on cherche quelqu'un qui viendrait de sauter là en dessous !

— OK.

— Et toi, comment tu vas ? On a retrouvé ton smartphone en bas : l'écran est cassé mais comme heureusement l'appareil n'est pas complètement foutu, on a pu venir jusqu'ici grâce à la géolocalisation.

Aussitôt que Kang Dae-su se tait, Oh Yeong-shik demande à Seong-ho tout en épongeant le sang qui coule de sa main :

— Qu'est-ce que ça veut dire, tout ça ?

— Han Nam-gi, c'est l'homme qui a tué Ha Na-ri. Pour surveiller comment se déroulait l'enquête, après avoir tué le conservateur de musée Yeo Do-yun, il m'a suivi de près en se faisant passer pour celui-ci. Et il s'était déjà rapproché de la mère de Yi Jun-hi, le jeune suspect de l'affaire Ha Na-ri, sous le nom de Yu Jeong-yeol.

Ce sont là des réponses adaptées aux circonstances, sans même qu'il ait eu besoin d'ouvrir les yeux. Il peut finalement redescendre l'escalier grâce à l'aide de ses deux collègues. Dans la voiture de police qui se dirige vers l'hôpital, Kang Dae-su lui donne alors quelques détails.

— La gardienne de la paix Yi Ju-yeong, de la surveillance du cyberespace au commissariat de Gangnam, est allée faire une patrouille imprévue chez Yu Jeong-yeol. Elle y a trouvé le cadavre de Yeo Do-yun. Elle a essayé de te contacter, sans y arriver, alors on t'a cherché en hâte par géolocalisation.

— J'ai compris, mais il faut qu'on se dépêche : j'ai obtenu un indice important concernant l'affaire des disparitions. Yu Jeong-yeol et le criminel de cette affaire ont préparé leurs coups en échangeant une série de courriels. Le vrai nom de Yu Jeong-yeol est Han Nam-gi, il a trente et un ans révolus d'après sa carte d'identité ; Han Nam-gi et le Yu Jeong-yeol qui se met au service des gens en se présentant comme « ami supporteur de la Justice » sont une seule et même personne. Il faut absolument qu'on retrouve sur son compte internet les courriels qu'il a échangés avec le suspect de l'affaire des disparitions sur l'île de Sambo. S'il les a effacés, il faut les restaurer. Et donc commencer par récupérer son ordinateur chez lui.

En achevant ces mots, Kim Seong-ho perd tout à fait conscience et sombre dans un sommeil comateux. Après l'avoir fait hospitaliser à l'hôpital catholique de Mokpo, Kang Dae-su et Oh Yeong-shik font part de l'état actuel de l'enquête au commissaire de Gangnam. Ils téléphonent à la gardienne de la paix

Yi Ju-yeong pour savoir où elle en est dans l'examen de l'ordinateur de Yu Jeong-yeol ; elle est en train de faire une inspection détaillée des courriels qu'elle a restaurés. Quant au corps de Yeo Do-yun, il a été confié à la police scientifique pour qu'on connaisse la cause et l'heure de sa mort. On a par ailleurs obtenu les enregistrements des caméras de vidéosurveillance installées aux environs de son studio et de son lieu de travail ; elle est en train de les examiner.

Le lendemain, tôt le matin, Kang Dae-su se dirige en minibus vers Geumgap-ri, lieu de la disparition de Ko Hi-jeong, avec les inspecteurs de la brigade criminelle, Oh Yeong-shik en tête. Ils se garent au bord de la mer et se mettent en embuscade. Ils envisagent d'arrêter l'homme sans discuter aussitôt qu'il mettra le nez dehors, deux inspecteurs lui barrant le chemin, deux autres lui coupant la retraite. Ils demanderont le mandat d'arrêt après coup. De toute façon, les preuves sont déjà déposées au commissariat de Gangnam.

Au bout d'une heure d'embuscade, un homme apparaît à l'entrée du sentier, en tenue de randonneur avec la capuche rabattue sur les yeux. Il était sorti se promener en traînant son gros chien de Jindo. Kang Dae-su, la casquette de chasseur enfoncée sur la tête, lui barre le chemin.

— Hé ! Victor, tu viens avec nous gentiment, on a quelques points à examiner avec toi.

Victor regarde Kang Dae-su d'un œil très surpris. Mais aussitôt qu'il voit deux policiers venir se placer derrière lui, il lâche la laisse et s'élance comme un fou dans le sentier menant au bord de mer. Le chien se jette sur Kang Dae-su pour le mordre : il se prend un grand coup de pied dans le ventre et s'enfuit en glapissant.

— Vite ! Rattrapez-le !

Les quatre policiers se mettent à courir tous en même temps après Victor. Celui-ci saute de la jetée et court jusqu'au banc de sable. Kang Dae-su et Oh Yeong-shik franchissent aussi la jetée et le suivent de près.

— Arrête-toi !

Victor indécis, tournant le dos à une mer terriblement agitée, se tient debout face à Kang Dae-su.

— Pourquoi… pourquoi vous me faites ça ?

— Allons, Victor, ne sois pas ridicule ! Bon, allons-y dans les formes : monsieur Ko Du-nam, on vous arrête pour avoir assassiné Bak Min-suk, Ko Hi-jeong et Kim Hi-jin, ainsi que pour avoir dissimulé leurs cadavres ; vous avez le droit de garder le silence et de faire appel à un avocat.

— Ha-ha ! C'est vous qui êtes ridicules, là : où sont les cadavres ? Est-il bien vrai que ces femmes sont mortes ?

— On a entre les mains les courriels que tu as échangés avec un certain Yu Jeong-yeol et qui prouvent que tu es impliqué dans cette affaire de disparitions. C'est ça, nos preuves.

Ko Du-nam fait un sourire moqueur en agitant les mains en l'air avec légèreté.

— Mais allons, tout ça on l'a fait histoire de rigoler. Quand on a entendu parler de cette affaire, on a un peu blagué en brodant sur ce thème…

— Après la première exécution, vous avez conspiré tous les deux, et tu as même envoyé un remerciement pour le message de Yu Jeong-yeol qui disait qu'une lettre non identifiée allait semer la pagaille dans les investigations de la police.

— N'empêche que de toute façon vous n'avez aucune preuve matérielle… Qu'est-ce que vous allez dire quand vous m'aurez arrêté et qu'on retrouvera Bak Min-suk en train de se balader dans les rues de Séoul ?

— Empoignez-moi cette pourriture ! s'écrie alors Kang Dae-su, pris de rage. Les policiers se précipitent sur Ko Du-nam qui se jette dans les vagues. Le capitaine les suit en pataugeant dans l'eau. Tandis que le fuyard brandit désespérément les poings contre eux, Kang Dae-su l'attrape en le ceinturant par derrière. Puis il se jette dans l'eau avec lui pour lui faire boire deux ou trois bonnes tasses. Ko Du-nam vomit l'eau salée en toussant à plusieurs reprises. Les policiers bondissent alors sur lui, le menottent et le sortent de l'eau en le tirant par les jambes.

Pendant qu'on le laisse s'agiter un moment sur la plage comme un fou furieux, Oh Yeong-shik part et revient au bord de l'eau avec le minibus. Entre-temps, l'énergumène s'est calmé. Il monte dans le véhicule sans résister. Kang Dae-su pousse un profond soupir : il se voit enfin à deux doigts de résoudre l'affaire qui l'a tellement tourmenté pendant tant de semaines, mais il sait bien par ailleurs que tant qu'ils n'ont pas retrouvé les corps, le gars pourrait bien d'une manière ou d'une autre, telle une anguille, trouver moyen d'échapper à une inculpation.

Tandis que le minibus de la police roule à toute vitesse vers le commissariat de Sambo, Kim Seong-ho téléphone et c'est Kang Dae-su qui répond.

— Allo, oui ? Tu commences à aller mieux ?

— Vous avez arrêté Ko Du-nam ?

— Oui.

— J'ai un indice, qui m'a été suggéré par Han Nam-gi lui-même. *Byeon-sok-pal-jo* désigne des règles qui concernent la bonne conduite des femmes ; durant toute la période de Joseon, on punissait les débauchées en les enroulant dans une natte. Monsieur Ko Gyeong-shin, le père de Ko Du-nam, celui dont vous avez dit qu'il avait été torturé par la Sécurité, est un riziculteur ; vous savez ce que c'est qu'un ensilage ? Un rouleau de paille de riz ou de fourrage enveloppé dans un film et qui ressemble à une natte roulée, vous voyez de quoi je parle ?

Le regard de Kang Dae-tu pétille aussitôt d'un éclat vif. À peine a-t-il entendu les mots du profileur, qu'il raccroche et donne des ordres :

— Bon. Demi-tour, on repart, direction Geumgap-ri. Tu nous déposes là-bas, le lieutenant Oh et moi. C'est ultra-important.

— À vos ordres !

Les deux policiers arrivent à Geumgap-ri. Comme Ko Du-nam est retenu dans la voiture, Kang Dae-su saisit du coin de l'œil ses regards inquiets qui suivent leurs mouvements ; il lui adresse un signe de tête avec un large sourire :

— Attends un peu, on va te les trouver, tes preuves !

— Mais commissaire… !

Ignorant les protestations de Ko Du-nam, Kang Dae-su claque la portière de la voiture et sans se retourner se dirige vers la vaste rizière qui s'étend devant la maison. Au bout de quelques petites minutes, il se trouve face à cinq rouleaux d'ensilage. Ko Gyeong-shin, qui a entendu au loin ce qui se passait, accourt sans perdre une minute.

— Qu'est-ce qui se passe encore, monsieur le commissaire ? Quelle faute il a commise, mon fils ?

— Allons, vous étiez au courant, monsieur Ko Gyeong-shin, pas vrai ?

Le vieil homme fond en sanglots et se laisse tomber les fesses par terre.

— J'ai fait ça parce que j'ai raté l'éducation de mon fils. On s'est retrouvés dans cette situation parce que je ne faisais qu'en vouloir au monde entier au lieu de songer à lui donner une bonne éducation... Il faut pardonner au père défaillant, je vous en supplie, monsieur le commissaire, dit-il d'une voix entrecoupée de sanglots.

Kang Dae-su attrape la faucille que vient de lui apporter son adjoint. Tout son corps tremble, ce qui lui donne une étrange sensation. Il se dit intuitivement qu'il ne s'est accroché à cette enquête jusqu'ici que pour parvenir à ce moment précis... Au bout de quatre mois... Une enquête qui a failli être abandonnée... Pour peu qu'il découvre une preuve incontestable, ce sera un triomphe ! Face à son gibier, le Pitbull sent se hérisser jusqu'au moindre poil de son corps. Dans sa main, la faucille brille au soleil. Il la lève aussi haut que possible avant de l'abattre d'un grand coup en plein milieu d'un rouleau d'ensilage qu'il essaie de toutes ses forces de défoncer en perçant l'enveloppe de vinyle blanc. Le vinyle ne se déchire pas facilement. Au bout de quelques minutes, l'enveloppe est enfin déchiquetée, la paille s'échappe en masse. Elle s'est ramollie en fermentant grâce aux micro-organismes. Les policiers viennent creuser dans ce magma avec des râteaux et des pelles. Une odeur aigre se répand bientôt, on croirait la puanteur d'un poisson en putréfaction. Kang Dae-su fronce instinctivement les sourcils, puis il se concentre et écarte la paille à un endroit d'où émerge tout à coup un doigt détaché de sa main. Vu les ongles vernis en rouge qu'on entrevoit derrière à travers la paille, c'est manifestement une main de femme, même si on ne distingue pas tout clairement. Une main réduite à quelques lambeaux, devenue toute noire et gonflée par la décomposition. Le visage d'Oh Yeong-shik s'empreint de gravité. Avec un air convaincu, Kang Dae-su se tourne vers Ko Gyeong-shin. Celui-ci, déjà à genoux, se met à raconter :

— Lorsqu'il m'a demandé de cacher un cadavre, j'ai eu beau essayer de creuser dans la terre gelée, je n'y suis pas arrivé. Mais d'un autre côté, si on l'avait abandonné dans la mer, il était sûr que la marée allait le ramener... À cette époque-là, j'étais justement en train de fabriquer mes ensilages de paille de riz après la récolte. J'ai dit à mes ouvriers de ne pas venir travailler le lendemain, et pendant la nuit j'ai emprunté des outils et un équipement lourd pour faire ce travail tout seul. Et puis, ça s'est répété deux autres fois... Sincèrement, monsieur le commissaire, je me sens plein de honte.

Oh Yeong-shik marque avec un coup de faucille les deux autres ensilages empaquetés que lui indique l'agriculteur. Désormais, la police scientifique n'aura qu'à venir sur les lieux finir de dégager les cadavres et prélever directement les preuves.

Les corps de Ko Hi-jeong, Kim Hi-jin et Bak Min-suk sont donc retrouvés dans trois ensilages empaquetés, et après les aveux de Ko Gyeong-shin, son fils, Ko Du-nam, est arrêté. Quoique mis en accusation et en dépit de toutes les preuves, le prévenu n'avoue pas ses crimes. Il continue à répéter que cette affaire n'a rien à voir avec lui et ajoute même que ça doit être son père qui a commis ces crimes. Mais lorsque le sac à main de Bak Min-suk, une bague de Kim Hi-jin et des vêtements de Ko Hi-jeong sont découverts dans sa chambre, il commence à reconnaître peu à peu sa responsabilité.

Le 14 septembre 2012, à 3 heures de l'après-midi, il est sorti avec son taxi et a rencontré Ko Hi-jeong qui allait chercher des objets rituels nécessaires pour un *gut*. Elle voulait aller à Mokpo, mais elle s'est trouvée en désaccord avec lui sur le tarif : à peine parti, il est revenu à Geumgap-ri, leur discussion a dégénéré et il l'a tuée. Il prétend n'avoir pas touché à son argent, mais la police dispose du témoignage de quelques-uns de ses copains affirmant que depuis cette époque l'argent lui a coulé entre les doigts, qu'il est devenu un vrai panier percé.

Bak Min-suk, elle, répétait partout qu'elle voulait aller à Séoul à l'insu de tous pour réussir comme mannequin ou vedette de cinéma. Ko Du-nam lui avait promis de l'emmener à la capitale le jour où elle déciderait d'y partir. Le 27 septembre aux alentours de 10 heures du matin, il l'a kidnappée à la plateforme des taxis du terminal de Mokpo. Comme elle résistait, il lui a mis sur le nez un mouchoir imprégné d'anesthésique. D'après lui, c'était un produit qu'il avait volé dans un hôpital de Séoul où il avait travaillé comme agent d'entretien à mi-temps avant de redescendre vivre à Sambo.

La troisième victime, Kim Hi-jin, c'est dans les premiers jours de septembre qu'il l'a rencontrée. Il était en attente au terminal de Mokpo et il l'avait récupérée comme cliente alors qu'elle revenait de la capitale où elle était allée traiter une affaire. Ayant appris qu'elle gérait toute seule sa pension, il s'y était rendu le 8 octobre avant le lever du soleil et l'avait enlevée.

Il a d'abord enfermé les corps des trois femmes dans le hangar où l'on range les outils agricoles. À ce point de son récit, Ko Du-nam revient sur ses dires et déclare qu'il les a kidnappées, c'est vrai, mais qu'ensuite il leur a rendu la liberté. Or, ce que raconte Ko Gyeong-shin est très différent : c'est lui qui a caché les cadavres à la demande de son fils. Les circonstances vérifiées, les dépouilles des victimes ainsi que le couteau retrouvé dans la chambre du prévenu et censé avoir été l'instrument qui avait infligé des blessures aux corps des victimes, tout cela a valeur de preuves. En plus, ledit couteau porte les empreintes digitales et l'ADN de Ko Du-nam.

L'ADN de l'inculpé découvert sous un ongle de Bak Min-suk est également adopté comme preuve déterminante. Bien que le cadavre soit tombé en putréfaction, la décomposition a été ralentie par des micro-organismes propres à l'ensilage, de telle sorte qu'une miette de l'épiderme de l'agresseur est restée sous les ongles de la victime.

Une mise en examen est donc demandée contre Ko Du-nam. Lors de la reconstitution du crime, c'est Kang Dae-su qui l'accompagne sur les lieux. Devant la presse et les journalistes de télévision descendus de Séoul, le capitaine doit même protéger le criminel de son propre corps face aux protestations et aux menaces de lynchage lancées par les familles des victimes.

Kim Seong-ho regarde cette scène aux infos de la télé depuis l'hôpital où on le traite depuis une semaine.

Il n'a eu que des blessures sans gravité – coupure de couteau dans la paume et meurtrissures de coups de poing ou pied un peu partout –, sans parler d'une migraine incessante. Mais ce qui l'empêche en vérité de quitter l'hôpital, c'est une douleur indéfinissable qui l'étreint de partout. Il est dans un état de complète exténuation. Il n'a plus ni la force ni la volonté de lever le petit doigt. Ayant quand même au moins les yeux ouverts, il ne fait rien d'autre que regarder les infos.

Sa mère résidant à l'étranger, il ne lui fait pas part de son hospitalisation. On le passe au scanner, mais on ne trouve aucune anomalie notable dans son cerveau. Un détail seulement, déclare le radiologue : la partie du lobe frontal qui gère les sentiments est enflée à un degré assez considérable par rapport à la moyenne des gens, mais il paraît que c'est là un phénomène caractéristique observé chez ceux qui ont connu un stress très intense à la suite d'une blessure externe, alors c'est plutôt normal dans son cas à lui, qui s'est trouvé à deux doigts de perdre la vie.

La télévision diffuse les mêmes scènes en boucle. On y explique que c'est la toute première fois que sur l'île de Sambo s'est produite une affaire criminelle qui attire à ce point l'attention du pays entier. La scène où Kang Dae-su intercepte de toute sa masse les œufs lancés par la foule sur Ko Du-nam repasse cent fois. Assez impressionnante, en particulier, est l'expression triomphale du capitaine quand il développe le récit de l'affaire devant les journalistes en montrant les rouleaux d'ensilage.

Désormais Ko Du-nam et Kang Dae-su sont embarqués dans la même galère. À supposer que l'inculpé maintienne ses déclarations et subisse son procès sans complications, l'enquête sera déclarée résolue et une sentence sera prononcée par le juge. Une fois qu'on a attrapé un criminel après une si longue traque, aussi haïssable soit-il, on s'identifie parfois à son histoire d'enfant maltraité ou aux aléas psychologiques qui l'ont conduit au crime et on s'attendrit sur lui avec humanité ; quand vient le jour où il passe en jugement, on le ressent quasiment comme une sorte de camarade ; après sa condamnation, on peut même devenir son compagnon de vie en lui rendant visite en prison. En cas de peine capitale, on a encore la possibilité de pleurer sur son destin misérable.

Kim Hae-jeong, la femme qui a aidé Han Nam-gi, a été une actrice débutante avant d'être actuellement employée dans un bar à hôtesses. Une fois qu'elle a expliqué que ça a été pour elle juste un petit boulot en dehors de son vrai job, sans qu'elle ait connu les détails de la chose, elle est inculpée sans être incarcérée.

Quant à Han Nam-gi, on a complètement perdu sa trace. Mais sur une réclamation spéciale du profileur, l'ordre de recherche le concernant est prolongé : l'individu est toujours soupçonné des meurtres de Ha Na-ri et de Yeo Do-yun.

Kim Seong-ho, quant à lui, a pu au bout d'une semaine se lever et se rétablir sans problème. Il a fini par quitter l'hôpital tout seul dans la plus grande discrétion. La voiture de location qui était restée au parking du terminal de Mokpo a été ramenée à la pension par un gardien de la paix. Après avoir récupéré sa valise à la réception de la résidence, il passe au commissariat de Sambo, mais Kang Dae-su et Oh Yeong-shik sont absents. On lui dit qu'ils sont allés à la police provinciale de Jeonnam pour faire leur rapport sur l'affaire.

En quittant le commissariat, il conduit sa voiture en direction du Grand Pont de Samboseom. Tout en accélérant, il jette sur la route du littoral un regard plein de tendresse. Cette mer paisible et solitaire, il ne la reverra sans doute plus avant un bon moment. Elle reste cachée sous un voile de brume, mais au moment où il arrive au Grand Pont, elle se révèle dans toute sa splendeur. Le ciel d'une limpidité apaisante a une profondeur qui impressionne ; au-dessous de lui, enveloppant l'île d'un mouvement onduleux et caressant, l'eau bleue de la mer lance à Kim Seong-ho un bel au revoir.

Après avoir quitté le Grand Pont, il traverse le centre-ville d'où on aperçoit le mont Yudal avant d'arriver à la gare de Mokpo. Il va rendre la voiture et bien sûr il doit acquitter un supplément.

— On dirait que vous avez aimé l'île de Sambo, puisque vous nous rendez la voiture une semaine plus tard que prévu.

— Eh oui, on dirait bien.

— Vous rentrez à Séoul ?

Il évite de prolonger la conversation. À aucun moment dans l'affaire résolue par Kang Dae-su il n'a été question de lui : c'est ça le destin des profileurs. Car même quand ce sont eux qui ont fourni les indices décisifs, l'arrestation est mise au compte des policiers qui ont conduit l'enquête sur le terrain.

Avec juste un petit signe de la tête, Kim Seong-ho salue le gérant et entre dans la gare de Mokpo pour monter dans un KTX pour Séoul. Trois heures et trente minutes plus tard, il sera à Séoul. Le paysage enneigé qu'il voyait par la fenêtre en descendant a maintenant disparu, la neige a fondu, on sera bientôt en février. À la mi-février, il fera peut-être un temps printanier, et pourtant dans le cœur de Kim Seong-ho, c'est toujours un ciel d'hiver qui continue à s'inscrire dans sa mémoire.

Jusqu'à ce que l'histoire de Han Nam-gi ait trouvé une conclusion définitive...

11

COMMENT CESSER DE SE RESSOUVENIR ?

Descendu à la station Hapjeong, Kim Seong-ho se dirige vers son studio. Après avoir traversé la rue des cafés en empruntant la ruelle derrière l'appartement témoin peint en beige, il trouve bientôt Noble White House, bâtiment de briques peint en blanc. Il s'arrête un moment devant le 101 ceint d'un ruban de balisage portant la mention « ZONE INTERDITE – ENQUÊTE DE POLICE ». Une équipe de la police scientifique est donc intervenue. La porte est solidement verrouillée. Il ressent un grand embarras. Et même, il se demande s'il ne va pas devoir déménager de là.

Dès son arrivée à Séoul, il est passé au bureau pour avoir un entretien avec le commandant Kwon Yeo-il. Après avoir fait un bref rapport sur l'affaire, il lui a demandé s'il pourrait demander un arrêt de travail temporaire. Kwon Yeo-il a refusé en expliquant :

— Le type appelé Han Nam-gi, celui qui a tué Yeo Do-yun et qui s'est fait passer pour lui, s'est rapproché de toi pour suivre l'enquête concernant l'affaire Ha Na-ri. Tu n'as que faire d'un congé. Pour ce qui est des dangers que tu as courus, ça fait partie de la vie d'un policier. Un avis de recherche a été lancé contre Han Nam-gi, il ne va pas tarder à être arrêté.

Kim Seong-ho est ressorti du commissariat sur ce refus de son supérieur. Sentant qu'il n'avait même pas l'esprit assez disponible pour prendre le volant, il a décidé de laisser sa voiture dans le parking de la police et de prendre le métro.

Une fois chez lui, il a l'impression que son studio est couvert de poussière. Il n'a pas été entretenu pendant deux semaines et il ne remarque aucune trace d'intrusion. *Han Nam-gi a habité au 101, à l'étage au-dessous, durant trois mois il a tendu l'oreille au bruit de mes pas, c'est ça le plus horripilant!*

Il dépose ses bagages et s'installe devant son ordinateur sans même passer par la salle de bains. Il vérifie ses courriels. Il en ouvre un intitulé «Des nouvelles d'amis de Seong-ho», qui contient des messages récents de diverses personnes, et parmi elles une demande d'«ami» depuis le compte Facebook de Yu Jeong-yeol. Il supprime ce courriel, puis se passe longuement les mains sur le visage.

Le plus ennuyeux, c'est qu'on n'a toujours pas retrouvé la trace de Han Nam-gi... Ce Nam-gi qui connaît mon domicile et mon lieu de travail... Et s'il tentait une nouvelle fois de m'agresser?

Il repense à la décision qu'il a prise dans le bâtiment délabré où Han Nam-gi lui a révélé son identité: il doit découvrir pourquoi il a une mémoire pleine de trous et comment il a pu tomber dans cette amnésie. Il y a juste un point qu'il devine à peu près... Soudain, sur l'écran fendillé de son smartphone s'affiche le signal d'arrivée d'un message. C'est Kwon Yeo-il:

Si c'est vraiment trop dur, admettons que tu bénéficies d'une semaine de repos pour finir de soigner tes blessures, après quoi tu reprendras tes fonctions.

Au moment où il va déposer son smartphone sur son bureau, son regard bute sur l'aquarium. Les alevins de guppys sont tous morts sauf un, et parmi les adultes seuls celui à taches écarlates et celui entièrement blanc ont survécu. Il se sent tout confus. Il n'y a rien d'autre à faire que de leur jeter quelques miettes de la nourriture qui reste dans la boîte : le tacheté se démène vivement en avalant la nourriture saupoudrée au-dessus du bocal.

Le lendemain Kim Seong-ho part à la recherche d'une clinique au carrefour de la station de métro Jamshil. Il observe les tours qui s'élèvent aux alentours.

À coup sûr, d'après les informations qu'il a trouvées sur internet, la doctoresse Yu Jin-mi dirige toujours une clinique de psychiatrie pédiatrique proche de ce carrefour Jamshil dans l'arrondissement Songpa. Tenant à la main un papier avec l'adresse copiée sur internet, il finit par trouver un vieux bâtiment de trois étages situé entre plusieurs tours sur la diagonale du grand magasin *Lotte*. Parmi les plaques indiquant des cabinets médicaux se trouve une : « YU JIN-MI, PÉDOPSYCHIATRE ». Il grimpe l'escalier lentement, d'un pas mal assuré.

Il ouvre la porte de la clinique. Sonnerie de clochette. Il se rappelle : chaque fois qu'il franchissait cette porte conduit par sa mère qui lui tenait la main, il entendait la même clochette, du type de celles qu'on trouve dans les temples bouddhistes. Dans la salle d'attente, il y a des femmes d'âge moyen, un adolescent, une petite écolière et un garçonnet qui doit encore aller à la maternelle. Ce dernier agace sa mère en se roulant par terre et en s'agitant tout le temps. L'adolescent, qui frise l'obésité, va et vient sans arrêt ou tourne en rond en grommelant on ne sait quoi.

Au-delà de toute cette agitation, Kim Seong-ho aperçoit la porte sur laquelle est accrochée la pancarte « SALLE DE SOINS ». Une porte qui autrefois était toujours bien fermée. Lorsqu'elle s'ouvrait, on entrevoyait une machine mesurant l'activité électrique du cerveau, derrière laquelle était installé un paravent. Lorsqu'il entrait, une fois dépassé le paravent, il trouvait des étagères remplies de jouets de toutes sortes. Et là, une spécialiste de thérapie par le jeu l'accueillait avec bienveillance. À la fin de la séance, la doctoresse Yu Jin-mi venait mesurer l'activité électrique de son cerveau, puis ils se déplaçaient ensemble jusqu'à son bureau pour la consultation proprement dite.

— Et vous, monsieur, pourquoi êtes-vous là?

L'infirmière qui, à la réception, distribue aux parents des petits patients les questionnaires de psychothérapie interroge le dernier arrivé, qui est en train de fouiller dans sa mémoire en regardant autour de lui.

— Je viens voir la doctoresse Yu Jin-mi.

— Vous représentez un laboratoire pharmaceutique?

— Pas du tout, je viens pour une consultation.

— Pour une consultation, il faut prendre rendez-vous avant de venir. Comme vous voyez, il y a beaucoup de patients qui attendent.

— J'ai été soigné ici il y a très longtemps et j'aurais quelques questions à poser à Mme Yu en consultant mon dossier.

L'infirmière d'âge moyen qui se trouve à côté de l'autre et qui a les cheveux en chignon sur la nuque penche la tête sur le côté.

— Certaines fiches de consultation peuvent avoir été détruites, mais à tout hasard donnez-moi vos nom et prénom, je vais demander à la docteure.

Seong-ho donne son nom et son prénom ainsi que le numéro de sa carte d'identité et va s'asseoir pour attendre. Toutes les vingt minutes, de nouveaux patients pénètrent dans le bureau de la spécialiste. Pendant ce temps, la porte de la salle de soins s'ouvre de temps à autre et des enfants ou adolescents s'y rendent pour leur séance.

— Madame Yu a un petit moment de liberté, elle va vous recevoir. Vous pouvez y aller.

Il se dirige vers le bureau. Il a beaucoup de mal à contrôler le tremblement de ses jambes. Il se souvient du moment où il est entré là-dedans pour la première fois, il y a si longtemps. *Est-ce qu'elle a changé?* Il ouvre la porte lentement.

Une odeur agréable, un parfum à base de lavande... Il lui revient à l'esprit qu'il a entendu dire il y a des années que l'odeur de cette plante apaisait le corps et l'âme.

— Ah! Kim Seong-ho, je reconnais ton visage, tu n'as pas du tout changé! Je suis très contente de te revoir.

Sa chevelure blanche soigneusement coiffée en chignon, vêtue d'une jupe et d'un chemisier en dentelle sous sa blouse blanche de médecin, Yu Jin-mi l'accueille avec une joie manifeste. Son visage a pris quelques rides, mais si elle n'avait pas les cheveux blancs, sa peau est restée si fraîche qu'elle a l'air encore assez jeune.

— Bonjour, docteure, et merci de me recevoir.

Il se souvient bien d'elle. Elle donnait une impression totalement différente de sa mère, qui avait toujours un air mélancolique. Sa tenue élégante, son ton confiant, son allure amicale... Après lui avoir tapoté le dos, elle lui indique le fauteuil devant son bureau avant d'aller se rasseoir dans le sien.

Le purificateur d'air produit un bruit fort, on dirait le vent qui souffle. Et quand il entend le bruit du vent comme ça, il sent que son cœur s'apaise. Le voilà revenu vingt ans en arrière.

— J'ai lu un article en ligne qui parlait de toi. C'est vraiment extraordinaire... Alors comme ça, tu travailles dans la police ? De temps en temps, en y repensant, je me sens fière de toi. Et tout à coup, voilà que tu viens me voir : imagine mon étonnement quand l'infirmière m'a transmis ton nom. Mais vraiment, ça me fait très plaisir de te revoir après si longtemps.

Seong-ho retrouve peu à peu son calme. *Il faut absolument que je sache ce qu'il en est vraiment.*

— Pourquoi es-tu venu me voir au juste ? Il paraît que tu voudrais me consulter sur un point particulier ?

— Pour être tout à fait précis, j'avais envie de savoir quels étaient les soins que j'ai reçus ici, quand j'étais en cinquième année de primaire. Ce qui s'est passé ici il y a vingt ans.

— Pour être tout à fait précise, c'est plutôt ce qui s'est passé quand tu étais en sixième année, dans la nouvelle école où on t'avait transféré. Mais quelque chose me chiffonne : pourquoi est-ce maintenant que tu t'interroges sur le traitement en question ? Est-ce que par hasard tu aurais des maux de tête, ou une altération de la mémoire, ou quelque chose de ce genre ?

Le visage de Yu Jin-mi affiche réellement des traces d'inquiétude.

— Oui, c'est quelque chose comme ça. Pour remettre ma mémoire en bon état, j'ai besoin de vérifier quelques faits de mon passé. Si vous voulez bien m'aider, je vous en serai très reconnaissant.

Yu Jin-mi réfléchit un petit moment. On entend sa respiration. Puis elle prend la parole d'un ton résolu :

— Vu que tu es maintenant adulte et dans une situation stable… et que surtout tu as l'air d'avoir une bonne santé physique et mentale, hum… Bon, d'accord. Je vais t'en parler, parce que j'ai l'intuition que ça ne créera pas de problème. Qu'est-ce que tu veux savoir exactement ?

Seong-ho demande sans hésiter :

— Docteure, pourquoi est-ce que j'avais perdu la mémoire à ce moment-là ?

Après avoir respiré profondément, elle répond :

— Ton père fréquentait notre clinique en tant que visiteur médical. Un jour, il s'est présenté avec toi en disant que son fils s'était blessé à la tête dans un accident. Il se trouve que de mon côté j'étais en train de préparer un article en collaboration avec un hôpital universitaire : je faisais des recherches sur les méthodes thérapeutiques permettant de surmonter le stress post-traumatique en mesurant l'activité électrique du cerveau dans le lobe préfrontal dorsolatéral. C'est la partie supérieure du lobe, elle est située dans la région du cerveau au-dessus des yeux et est étroitement liée à la fonction chargée de surmonter les troubles émotionnels. On avait constaté que les patients qui souffrent de stress après un grave accident ont le lobe préfrontal dorsolatéral plus épais de 5 à 6 % que les gens normaux. Nous mesurions alors l'activité électrique de cette partie et établissions les conditions psychologiques susceptibles de falsifier ou d'effacer certains souvenirs. Ensuite, nous observions les changements de l'activité électrique dans cette partie du cerveau. D'après ton père, tu avais un trouble de la mémoire à cause de ta blessure à la tête, mais il souhaitait que tu oublies ta nature sauvage et ta vie d'autrefois pour vivre désormais avec une nouvelle mémoire. C'était là un cas qui concordait parfaitement avec nos essais cliniques.

« Tu envisageais de demander à la justice le droit de changer de prénom en passant de Kim Hong-taek à Kim Seong-ho, et d'ailleurs on t'appelait déjà par ce prénom chez toi ainsi que dans ta nouvelle école. Tu avais horreur de la violence qui avait marqué l'époque où tu vivais avec le prénom Hong-taek. Tu étais tourmenté par ton passé d'avant l'accident.

« Alors nous avons fait en sorte que Kim Hong-taek – la mauvaise personne en toi – renaisse dans une autre personne appelée Hong Tae-gi. Durant une interminable thérapie par le jeu, nous avons réprimandé durement le méchant Hong Tae-gi. Dans le même temps, nous te suggérions qu'ayant changé d'école tu ne risquais plus de rencontrer ce vilain personnage. Toi, de ton côté, tu imaginais comme une autre personne ton ancien moi – Hong Tae-gi. Tu avais pris comme patronyme le prénom de Kim Hong-taek... Tu te souvenais seulement que Hong Tae-gi avait maltraité un camarade, un certain Han Nam-gi... Au fil de cette cure, la partie de ton cerveau qui avait enflé est petit à petit redevenue normale, semblable à celle des autres enfants et préadolescents de ton âge. C'est ainsi que, en passant par ce système associant erreurs, troubles de mémoire-reconnaissance et amnésie, tu es pour ainsi dire né à nouveau, en une autre personne : Kim Seong-ho. Un Kim Seong-ho ayant bon cœur est né en fabriquant dans sa tête un méchant garçon imaginaire appelé Hong Tae-gi. Kim Seong-ho est devenu aujourd'hui une bonne personne, parfaitement intégrée dans la société. Selon ta fiche médicale, avant cette métamorphose tu étais un sociopathe incapable de s'adapter à la vie en société.

Lorsqu'elle a fini ce récit, elle se tait. Le silence dure un moment.

— Allez-y. Continuez ! dit Seong-ho, l'air abattu.

— Oh ! Désolée si j'ai tenu des propos choquants. Mais j'étais tellement contente de t'avoir revu après tant d'années que je me suis conduite avec toi sans trop de manières. Je suis fière de te retrouver aujourd'hui policier, prêt justement à maîtriser ce genre d'individus.

Seong-ho ne supporte pas d'en entendre davantage.

— Pardon, je suis désolé, j'ai une chose urgente à faire.

Il se lève d'un bond et quitte le bureau pour se précipiter dans la salle d'attente. Les patients le regardent passer d'un air ahuri. Sorti de la clinique, il court comme un fou en poussant un hurlement qu'il avait réussi à étouffer dans sa gorge jusque-là. Il s'arrête pour reprendre haleine, son regard croise les yeux curieux des passants. Il ne peut plus rester dans la rue, il a honte et sa présence à cet endroit lui paraît scandaleuse. Il imagine que ces gens-là se souviennent de son passé de malfaiteur et qu'ils savent tout de lui. Il se remet à courir en réprimant de toutes ses forces les pleurs qui explosent brusquement.

Un sociopathe incapable de s'adapter à la société.

Les mots de Yu Jin-mi lui déchirent l'esprit. À peine a-t-il parcouru quelques blocs qu'il s'accroupit près d'un poteau électrique avec une forte envie de vomir. *Dans quel merdier je me suis foutu ?* Sa vie vient de s'écrouler, comme un château de sable effacé par la marée montante.

Il tombe assis par terre. Quelques passants s'arrêtent un instant pour l'observer, puis reprennent leur chemin. Il ne fait que promener son regard sur la chaussée où circulent des voitures. Il doit donner l'impression d'avoir l'esprit égaré, mais ça lui est égal. Il n'est plus que confusion.

Et tout à coup, il retrouve un goût amer et doux sur le bout de sa langue... *Quel est ce goût ? Nouilles de sarrasin épicées ? De Chuncheon ?*

Un souvenir remonte doucement qui vient envahir son cerveau. Lorsqu'il avait entendu dire que la cadette du département se mariait il avait ressenti une fureur irrépressible. Il avait pris la décision de la punir de lui avoir infligé un affreux chagrin d'amour en foutant le camp avec un autre homme. Ayant appris qu'elle était chez ses parents l'avant-veille du mariage, il avait quitté le commissariat en prétextant un voyage d'affaires urgent et avait pris le train pour Chuncheon. En regardant de loin la maison de ses parents située près du centre-ville, il caressait et tripotait doucement du bout des doigts dans sa poche une lame de rasoir bien tranchante.

Elle était sortie un petit moment. Lui qui surveillait la maison l'avait suivie à son insu. Elle avait rencontré ses copines de lycée pour recevoir leur cadeau de mariage et était revenue chez elle. Il l'avait filée jusqu'à sa porte. Au moment où derrière elle il retirait de sa poche la lame de rasoir, sa mère était sortie lui ouvrir la porte. Il n'avait eu que le temps de se détourner et de repartir. C'est alors qu'il avait cherché un restaurant de nouilles de sarrasin. Le goût doux-amer des nouilles épicées dont il s'était régalé s'était infiltré sur le bout de sa langue. Et puis, ayant retrouvé sa bonne humeur, il avait repris le train pour Séoul.

Pourquoi avais-je été soudain de meilleure humeur comme ça ? Parce que j'avais tenté de commettre un meurtre ? Ou bien parce que je n'avais pas oublié que j'étais policier et que j'avais réussi à réprimer mon envie de tuer ?

Écœuré, se tenant la gorge, il pousse des cris de dégoût. Il frappe le trottoir avec ses poings serrés, puis il ferme les yeux, prend appui sur le sol avec les mains et arrive, péniblement, à se relever. Encore chancelant, il s'efforce de retourner chez lui par un moyen ou un autre.

À la fin de cette journée, une fois chez lui, assis par terre les genoux entre les bras, il se tourmente à cause du rire et des paroles de la doctoresse Yu Jin-mi qui hantent encore ses oreilles.

Il ressasse le mot « sociopathe ». Il n'arrête pas de le prononcer à haute voix. Il ne s'attendait pas à ce qu'advienne un jour où ce mot le désignerait lui-même. C'est un mot qu'il a appris comme terme de psychologie et il l'a appliqué avec précaution à certains prévenus qu'il a rencontrés en tant que policier, au terme d'une enquête sur leur profil psychologique conduite avec la plus grande exigence.

Il se dirige vers son lit en tenant dans les mains sa tête qu'il sent sur le point d'exploser. Cette souffrance est littéralement insupportable. Ça lui fait tellement mal qu'il se demande s'il ne devrait pas se préparer un somnifère.

Lorsqu'il rouvre les yeux, il se retrouve seul dans l'obscurité, le corps enroulé en position fœtale. Ses mains et ses pieds ont l'air aussi petits que ceux d'un bébé. Il est complètement nu. Et c'est bizarre, mais il a beau essayer de s'étirer, il n'y arrive pas. Il ne peut pas non plus émettre le moindre son, comme s'il était paralysé en plein cauchemar. À ce moment-là, le sol se fend en deux et s'ouvre en claquant comme une porte par laquelle il bascule dans l'abîme. Il tombe sans fin, au cœur d'un orage démentiel de vent, de pluie et même de neige. Au milieu de sa chute, il trouve quelque chose à quoi s'agripper et s'empresse de le saisir à pleines mains : c'est un miroir. Tandis que celui-ci bouge subrepticement, il s'étale sur la surface de la glace et grimpe dessus pour se regarder de haut. Le miroir reflète le visage de quelqu'un qui est en train de se moquer de lui sans retenue : Kim Hong-taek ! Ou plutôt non : Kim Seong-ho doté d'un ignoble sourire cruel. Pris d'une pressante envie de vomir, il desserre ses mains agrippées au miroir. Depuis ses paumes entaillées par la lame de la glace, le sang dégouline en abondance.

Bam ! Il reprend soudain conscience avec la sensation d'être tombé par terre. C'est le matin, le téléphone sonne. Il entend la voix du capitaine Bak Min-cheol, du commissariat de Gangnam :

– Madame Yi Sang-hi va venir au commissariat pour retirer sa plainte. Je sais que vous êtes hors circuit à la suite de l'enquête sur les disparitions de Sambo, mais vous devriez tout de même vous présenter.

– D'accord... J'arrive dans un moment.

Après avoir répondu mollement, il entre dans la salle de bains pour se doucher. Même après avoir mis une heure à se préparer à sortir, il hésite toujours. C'est la première fois de sa vie qu'il a peur de rencontrer des gens.

Il se présente au commissariat de Gangnam et rédige une déclaration qui devrait le disculper. De son côté, Yi sang-hi annule sa plainte en rédigeant une déclaration écrite de désistement d'action. Bak Min-cheol règle la question d'une manière impeccable et fait sur lui, cette fois, une excellente impression.

En esquissant un sourire, le capitaine ajoute :

— C'était un aléa faisant partie de l'enquête. Hum, il ne s'est absolument rien passé qui évoque une pression tyrannique exercée sur le mineur. Ça va être un réel plaisir de voir Jun-hi retrouver son bon sens et reprendre ses études.

D'après sa mère, Jun-hi attend dans la salle de repos. Pendant que Bak Min-cheol et Yi Sang-hi continuent à discuter de l'annulation de la plainte, Kim Seong-ho va dans la salle de repos. Yi Ju-yeong assise face à Yi Jun-hi est en train de converser avec lui. En voyant apparaître le profileur, elle lui adresse la parole :

— Bonjour, lieutenant. C'est votre dernière occasion de parler avec Jun-hi. Je vous cède la place.

Kim Seong-ho va prendre un soda au distributeur et le tend à l'ado. Du thé citron sucré au miel. Le policier hésite une seconde, puis il prend la parole. Il a une chose à lui transmettre.

— Tu as eu beaucoup d'ennuis ces derniers temps, n'est-ce pas ? Tu te souviendras de cette histoire comme d'un moment très pénible… Mais dans un avenir lointain, tu pourras aussi considérer ça comme une occasion qui t'a été offerte de corriger ton comportement. Pour l'instant, tout ça doit être très dur à encaisser, mais essaie de le surmonter. Après la pluie vient le beau temps ! Je te présente au nom de tous les policiers des excuses très sincères. Je suis désolé.

Tenant dans ses mains la boisson réconfortante, Jun-hi reste silencieux pendant un moment, puis il prend à son tour la parole :

— Comme maman n'était jamais là, à la maison je ne faisais que de l'ordinateur. Quand j'étais écolier, je jouais seulement à des jeux, mais lorsque je suis devenu collégien, en plus des réseaux sociaux je me suis mis à fréquenter des communautés sur internet et à visiter le site Hebdo-pop. Je ne connaissais personne. Tout le monde ne parlait qu'avec des inconnus. En tout cas, sur internet il y avait au moins quelqu'un qui prêtait l'oreille à ce que je disais et qui y postait parfois un commentaire.

Il fait une petite pause, puis continue :

– Euh, en fait, j'avais envie d'être reconnu par ces gens-là. J'avais envie d'attirer leur attention et de recevoir leurs compliments en attaquant les filles qui aiment dépenser leur fric en faisant des chichis ou celles qui avaient recours à la chirurgie esthétique... J'avais envie de renaître sur internet comme quelqu'un de cool. Mais vous imaginez ça ? Mes copains de classe m'invitent dans leur tchat sur le Web et puis, une fois que j'ai répondu à leur invitation et que je me mêle à leurs conversations, ils font comme si je n'existais pas ! Personne ne me répond, personne ne me pose de question. Vous avez déjà connu une situation aussi humiliante que celle-là ?

Jun-hi fixe Seong-ho avec des yeux qui palpitent. Seong-ho, lui, les mains humides de transpiration, prend l'air d'un criminel terrorisé à l'idée qu'on puisse découvrir son crime. Les yeux voilés de larmes, il répond lentement :

– J'ai été harceleur quand j'étais écolier... Ça fait vingt ans de ça.

Les yeux de Jun-hi s'écarquillent d'étonnement.

– Aujourd'hui, ça me tourmente toujours, j'en souffre encore. Comme je ne pouvais avouer mes fautes à personne, je les ai enfouies au fond de mon cœur, pour pouvoir continuer à vivre. Tu vas voir, tes copains de classe, il leur arrivera sans doute aussi un jour d'éprouver une grande peine suivie de longs regrets pour leurs erreurs. Si une fois il leur tombe dessus une mauvaise affaire, ils se repentiront en disant qu'ils se retrouvent dans ces ennuis parce qu'ils ont fait du mal à quelqu'un il y a longtemps.

Lorsqu'il a fini de dire ça, des larmes perlent à ses yeux et roulent sur ses joues. Après s'être essuyé avec le dos de la main, il regarde Jun-hi en lui faisant un sourire.

— Ne t'en fais pas, tu vas surmonter cette épreuve. Et te faire de nouveaux copains. Si tu as des soucis, je suis prêt à t'aider.

Le visage de l'adolescent s'éclaire encore davantage.

— Il y a même pas eu un seul copain qui m'a demandé ce qui m'était arrivé. Tout le monde a dû me prendre pour l'assassin... J'ai entendu dire que vous aviez été le seul à croire à mon innocence. Je vous remercie, vraiment.

On ressent une réelle sincérité dans ses paroles. Ayant exprimé son sentiment, Jun-hi le salue de la tête puis quitte la salle de repos. Seong-ho a le cœur lourd, une boule de plomb. Il se demande s'il mérite d'entendre des mots de remerciement de la part de qui que ce soit. Et il pense aussi à Han Nam-gi, qui connaît ses côtés déshonorants.

Quand il se fera arrêter, est-ce que les motifs directs de ses crimes devront être révélés dans le détail ?

Assis dans un état proche de la stupeur, il réfléchit jusqu'à en avoir mal au crâne, sans trouver de solution. En lui se déroule une lutte acharnée entre le devoir de révéler la vérité et l'envie de tout garder dans le secret de son cœur.

Un instant plus tard, par la fenêtre de la salle de repos, il regarde Yi Jun-hi et sa mère s'en retourner chez eux. Le garçon pose doucement la tête sur l'épaule de sa mère, qui, elle, lui tient la main bien serrée.

Yi Ju-yeong vient à côté de lui et lui adresse la parole :

— Ça va aller, pour lui, j'espère...

— Oui... Au fait, j'ai une chose à vous dire : vous vous êtes donné beaucoup de mal à cause de moi, vous avez même pris des risques sérieux, je vous en suis très reconnaissant, sincèrement. C'est en grande partie grâce à vous si j'ai pu avoir la vie sauve, vous avez pris très rapidement les mesures appropriées.

Yi Ju-yeong rougit.

— Non, j'ai seulement fait ce que je devais faire. Au contraire, même, je me suis fait vertement sermonner par le chef de la surveillance du cyberespace et par celui de la brigade criminelle pour mon imprudence d'être sortie procéder à des investigations chez un suspect sans avoir demandé à être assistée. Merci mille fois de vous en être sorti sain et sauf ! Mais au fait, qu'est-ce que vous lui avez dit, à Jun-hi ? Il avait une mine lumineuse en partant. Signe d'un grand changement…

Seong-ho se contente de regarder par la fenêtre en silence. C'est un secret que, pour le moment, il ne peut confier à personne.

Une fois rentré, après avoir fini sa journée, il reste un instant assis dans un état qui rappelle la stupeur, puis il regarde ses guppys – en l'occurrence le très petit nombre de poissons qui naviguent encore entre les plantes aquatiques. Après un instant de réflexion, il plonge la main dans le bocal. À mesure que sa chemise bleue à carreaux se mouille, l'eau du bocal donne l'impression d'être colorée en bleu. Il regarde l'alevin dont la queue semble avoir une tache écarlate et empêche sa main de descendre davantage. Il tâtonne avec le pouce et l'index la boîte à moulin dans laquelle le petit poisson est en train de se promener : là, il y a quelque part une petite porte qui s'ouvre sur le reste du bocal. Finalement, il arrive à l'ouvrir avec un petit clic. Au début, le minuscule poisson se rétracte et reste immobile. Mais il finit par sortir et vient dans le coin où se trouvent les gros, le tout blanc et celui qui a des taches écarlates. Après avoir tournoyé dans ce vaste espace, l'alevin veut retourner vers la boîte à moulin, mais l'adulte tacheté d'écarlate se précipite sur lui la gueule béante. Le grand mord plusieurs fois le petit, probablement son petit, dont le cadavre déchiqueté remonte à la surface de l'eau. De nouveau, il ne reste que le tacheté d'écarlate et le blanc dans l'aquarium – cet aquarium où, étant les deux seuls survivants, ils devraient ressentir un sentiment de vide tel que plus jamais ils n'auraient envie de tuer un membre de leur espèce…

Kim Seong-ho saupoudre le bocal de nourriture. Et il en retire la boîte à moulin, qu'il dépose sur un rayonnage à côté.

Le premier jour où il revient au bureau après sa semaine de congés, le commandant Kwon Yeo-il, un gentil sourire silencieux sur les lèvres, se contente de déposer un document sur son bureau en lui donnant au passage une petite tape sur l'épaule. Sa journée se passe comme autrefois, sans rien de changé.

Il reçoit d'un de ses collègues un rapport concernant une nouvelle affaire. Il rassemble les documents et les parcourt. Pour oublier ses problèmes personnels, il n'y a pas de meilleur moyen que de s'absorber dans le travail.

Cette fois, il s'agit de la disparition d'une employée d'un club de golf faisant suite à l'assassinat d'une caddie retrouvée morte dans des collines de la province de Chungcheong. Il y a un laps de trois mois entre les deux affaires. Le suspect est un garçon chargé à temps partiel d'entretenir les voiturettes électriques. Âgé de dix-huit ans, étudiant à l'université, il a fait connaissance avec les victimes en travaillant dans ces golfs pendant les vacances. Actuellement, il n'est pas en prison, mais comme les circonstances indiquent qu'il a de fortes chances d'être le criminel, et qu'en plus le gérant du club l'a dénoncé pour des détournements de fonds, on l'a mis en cellule le temps de mener l'enquête. Et on confie à Kim Seong-ho le soin d'établir son profil psychologique. En outre, il avait été décidé que ce serait lui qui mettrait au point le programme du séminaire prévu en avril pour l'Association de criminologie et qui prendrait contact avec les éventuels participants. Concernant ce projet, il faut d'abord achever l'organisation et la soumettre à l'accord du comité de l'association pour débloquer des fonds. Il sent que ça devient urgent.

Alors qu'il est absorbé dans ce travail, sa collègue l'officier Shim Jae-yeon, vêtue d'un tailleur-pantalon noir et portant des boucles d'oreilles à grosses perles, s'approche de lui et dépose un mug de café sur son bureau. Puis elle attrape une chaise pour s'asseoir près de lui.

— Bonjour. Comment vous portez-vous ? Ça va ?

— Pas de problème.

— Super. J'ai un service à vous demander.

Shim Jae-yeon n'est pas le genre de personne à demander un service à quelqu'un, elle préfère donner des ordres et des instructions.

— Euh, le suspect de cette affaire, le nommé Han Nam-gi, à l'instant où il sera attrapé, je vais demander à avoir avec lui le premier entretien : est-ce que ça vous gêne ?

— Comment ça ?

Les yeux écarquillés de surprise, Kim Seong-ho la dévisage.

— Oui, parce qu'il me semble que c'est indispensable pour la recherche du criminel et, en plus, que concernant les délits utilisant le cyberespace, ça ferait un bon exemple. Moi aussi, tout ça m'a beaucoup étonnée. On rencontre là une affaire avec des circonstances dignes d'un film de Hollywood. Et par ailleurs, ce type, ce Han Nam-gi, est-ce que vous-même vous ne l'avez pas déjà connu dans le passé ?

Elle attend sa réponse ; il secoue la tête après un moment de silence.

— Non, je ne le connaissais pas.

— C'est donc qu'il a piraté les informations personnelles de quelqu'un de particulier en relation avec le crime que lui-même a commis et ce quelqu'un il l'a même pris pour cible en se faisant lui-même passer pour un autre... Voilà un cas très spécial qui mérite d'être étudié. Donnez-moi un coup de main, c'est une chance que nous puissions collaborer, non ?

— J'ai du mal à vous suivre...

— Je me sens un peu culottée de vous demander comme ça une faveur concernant une affaire en cours alors que vous êtes à peine sorti de l'hôpital, mais de mon côté je me suis beaucoup inquiétée pour vous. En réalité, le commandant Kwon et moi étions déjà au courant que vous aviez suivi une psychothérapie dans votre enfance. C'est pour ça que je n'étais pas tranquille à l'idée de vous laisser partir tout seul faire ce profilage à Sambo.

Le visage de Kim Seong-ho devient de plus en plus pâle, mais il la regarde en s'efforçant de conserver un air calme.

— Vous savez, lorsque, tout juste devenu policier, vous avez été affecté à notre bureau, votre mère est venue s'entretenir avec le commandant et moi.

Les poings de Seong-ho se serrent de plus en plus fort en même temps que ses épaules se contractent.

— Elle nous a raconté que vous aviez eu des problèmes dans votre enfance et que donc, si vous vous retrouviez plongé dans une situation trop stressante au point de vue émotionnel, il se pouvait que vous soyez perturbé, ou même que vous laissiez tout tomber d'un coup. En nous confiant ses coordonnées, elle nous a demandé de la tenir au courant si jamais cela vous arrivait.

— Ah bon !

Première nouvelle !

— Rétablissez-vous vite. Je me suis quand même fait beaucoup de bile pour vous.

Pendant qu'elle se relève pour repartir en lui tapotant l'épaule d'un geste plein de sympathie, il ne peut s'empêcher de laisser transparaître son mécontentement sur son visage. Ce qui remonte en lui comme une marée, c'est un sentiment mêlé de soucis, de remords et d'une inquiétude vague au cas où tout serait dévoilé en remontant aux origines. Et soudain, tout se transforme en une violente fureur – qui ne dure qu'un instant… Il se jette de nouveau à corps perdu dans son travail. Il se connecte au réseau interne de la police nationale, télécharge le procès-verbal de la nouvelle affaire et rassemble les documents la concernant pour en établir un rapport aisé à lire.

Cette journée chargée se déroule sans événement notable, quand au milieu de l'après-midi l'interphone sonne. C'est le poste de garde à l'entrée principale.

— On a là un individu qui voudrait se dénoncer au CIS. Il précise qu'il tient à se rendre au lieutenant Kim Seong-ho. Qu'est-ce qu'on fait de lui ?

Ses mains sont prises de tremblements. Est-ce que ce à quoi il s'attend se produit enfin ? Les mots que Han Nam-gi lui a lancés au visage – « Si je dois me livrer un jour à la police, je te jure que c'est à toi que je me rendrai » – résonnent dans ses oreilles comme une sorte d'image résiduelle. Ça lui donne la chair de poule.

Une dizaine de minutes plus tard, un homme entre dans le bureau en poussant la porte : c'est Han Nam-gi, qui s'avance à pas lents en s'appuyant sur une béquille et en traînant sa jambe droite plâtrée. Il est accompagné d'un gardien de la paix en tenue qui s'efforce de le retenir.

Devant ce spectacle étrange, un officier se lève et s'approche des deux hommes :

— Qu'est-ce qui se passe ?

— Ce type-là s'entête à venir ici en répétant qu'il veut se rendre au lieutenant Kim Seong-ho.

Han Nam-gi promène son regard dans cette salle du département des recherches sur les comportements criminels. Kim Seong-ho se lève en silence tandis que ses collègues qui étaient occupés de leur côté se rassemblent un à un autour de l'individu. Lorsque les yeux des deux anciens copains se croisent, Nam-gi esquisse un sourire moqueur. Il s'approche de Seong-ho et se tient debout, là, sans rien dire. Le profileur a les jambes qui tremblent et ses poings se serrent tout seuls. Ses mains sont moites de transpiration.

Soudain, Han Nam-gi laisse tomber par terre ses lunettes à grosse monture plastique qu'il vient d'enlever et tire du sac accroché à son épaule gauche une grosse enveloppe transparente qu'il lève pour que tous la voient.

— Vous trouverez là-dedans comme pièces à conviction le tee-shirt taché du sang de Ha Na-ri et la lame de rasoir qui a servi à l'exécuter ; mes empreintes digitales doivent toujours être dessus. J'ai accompli cet acte le 24 décembre 2012 à 22 h 45 précises. J'étais entré dans son appartement en me faisant passer pour un livreur à domicile. Je lui ai attaché les mains et les chevilles avec des colliers de serrage et scotché la bouche avec du ruban d'emballage. J'ai taillé dans ses joues sept fois avec cette lame avant de la tuer par strangulation. J'avais mis des gants, mais sur la face intérieure de la plaque de verre couvrant la table de chevet à côté de son lit doit subsister une empreinte digitale de mon majeur ; si vous ne l'avez pas trouvée, je vous conseille d'aller essayer encore une fois de la relever.

Il poursuit :

— Quant au conservateur de musée Yeo Do-yun, je l'ai pris en filature et l'ai kidnappé en lui faisant inhaler un somnifère. Après l'avoir transporté chez moi dans ma voiture, je l'ai étranglé. J'ai entendu dire que son cadavre avait déjà été retrouvé. L'enlèvement a eu lieu le 13 janvier à 21 heures dans la ruelle derrière le musée où il travaillait, et le meurtre a été commis dans mon appartement. Il est mort à 22 h 10. Je me livre à vous pour les meurtres de Ha Na-ri et de Yeo Do-yun.

Le commandant Kwon Yeo-il, qui a déjà reçu un coup de fil concernant tout ça, déboule dans le bureau. Après avoir écouté Han Nam-gi jusqu'à la fin sans l'interrompre, il ordonne qu'on lui mette les menottes et ajoute :

— Qu'on prenne contact avec le commissariat compétent et qu'on le conduise là-bas immédiatement.

Médusée, Shim Jae-yeon regarde la scène avec des yeux ronds tout en guettant les réactions de Kim Seong-ho.

Après avoir donné ses ordres, le commandant demande à Han Nam-gi en le regardant dans les yeux :

— Peut-on savoir pourquoi vous avez commis ces actes criminels ?

Han Nam-gi répond sans la moindre hésitation :

— Je ressentais à un tel point le vide de l'existence…

Kwon Yeo-il regarde tour à tour Kim Seong-ho et Han Nam-gi.

— Et pourquoi avez-vous voulu vous rendre spécialement ici ?

— Je tenais à ce que ce soit au lieutenant Kim Seong-ho.

— Soit… mais vous devrez d'abord être interrogé au commissariat compétent. Alors remettez-nous vos pièces à conviction et suivez le protocole sans faire d'histoires.

Lorsqu'un gardien de la paix veut l'emmener, Han Nam-gi reste ferme sur ses pieds et dit à voix basse :

— Un instant, s'il vous plaît !

Le gardien de la paix s'étant arrêté une seconde, il s'approche aussi près que possible de Seong-ho et lui chuchote à l'oreille :

— Moi, je vais payer pour mes fautes, mais toi ? Hi-hi... Ha-ha-ha !

Il s'esclaffe. Seong-ho n'a plus aucune force dans les jambes, il se laisse tomber sur le sol comme s'il s'agenouillait. Ses collègues, à commencer par Shim Jae-yeon, le regardent faire d'un œil débordant d'incompréhension, mais il est manifeste qu'il n'est plus capable de se tenir debout.

— Pardon, Nam-gi ! Pardon...

LES PERSONNAGES

Chamanistes et folkloristes

AN Chang-sun, professeur d'histoire de la peinture classique à l'UNS, Séoul.

YEO Do-yun, conservateur de musée et folkloriste, Séoul.

Gens de Sambo

BAK Heung-bok, employé à la supérette de Sambo.

HAN Min-dong, service du tourisme, mairie de Sambo.

KIM Hae-jeong, danseuse de bar à Mopko, sous le nom de Ko Yu-ri à Sambo.

YI Hoe-nam, tambourinaire assistant chamane, Sambo.

*** **Seong-min**, copain de Bak Heung-bok.

Police de Séoul

BAK Min-cheol, capitaine, commissariat de Gangnam, police métropolitaine de Séoul.

KWON Yeo-il, commandant, police nationale, supérieur de Kim Seong-ho, Séoul.

YI Ju-yeong, gardienne de la paix, commissariat de Gangnam, Séoul.

SHIM Jae-yeon, femme lieutenant, police nationale, profileuse à Séoul.

KIM Seong-ho, lieutenant, police nationale, profileur à Séoul.

Police de Sambo

KANG Dae-su, capitaine, police provinciale de Jeonnam, commissariat de Sambo.

OH Yeong-shik, lieutenant, police provinciale de Jeonnam, commissariat de Sambo.

Victimes de Sambo

BAK Min-suk, fonctionnaire, deuxième femme disparue à Sambo.

KIM Hi-jin, hôtelière, troisième femme disparue à Sambo.

KO Hi-jeong, chamane, première femme disparue à Sambo.

Victime de Séoul

HA Na-ri, victime d'assassinat, Séoul.

Suspects dans les meurtres de Sambo

CHOE Gu-yeong, taxi de Sambo, suspect possible.

KIM Cheong-gyu, taxi de Sambo, suspect possible.

KO Du-nam, surnommé Victor, taxi de Sambo, suspect possible.

YI Jin-su, taxi de Sambo, suspect possible.

KO Gyeong-shin, père de Ko Du-nam, agriculteur, Sambo.

Affaire du collège

HAN Dong-ju, professeur de collège, Séoul.

HAN Nam-gi, condisciple victimisé de Kim Seong-ho à l'école primaire.

HONG Tae-gi, condisciple pervers de Kim Seong-ho à l'école primaire.

YI Jun-hi, adolescent cyberaddict, Séoul.

YI Sang-hi, mère de Yi Jun-hi, Séoul.

YU Jin-mi, doctoresse, pédopsychiatre, Séoul.

Autres personnages

KANG Ye-mo, directrice d'Hebdo-pop et d'une boutique de mode en ligne à Séoul.

KO Yu-ri, petite sœur ou cousine supposée (voir Kim Hae-jeong) de la précédente.

OH Sun-bun, domestique reconnue meurtrière grâce à Kim Seong-ho à Geumsan.

YU Jeong-yeol, juriste se présentant comme justicier, Séoul.

N.B.: Prononciation: en coréen, « ae » se prononce comme notre *è*; « e » = *é*; « eo » = le *o* de sol et donc « o » = *ô*; « eu » = notre */e/* dit muet; « u » = *ou*; « ch » et « j » = *tch* et *dj*; « g » = toujours le *g* de go; enfin, « w » et « y », « h- » à l'initiale et « -ng » en finale: comme en anglais.

TABLE

1. Meurtre par www.hebdo-pop *(jeudi 10 janvier)* 7
2. Retour sur le garçon *(vendredi 11 janvier)* 45
3. Avalanche d'informations personnelles *(samedi 12 janvier)* ... 55
4. Première nuit sur l'île de Sambo *(lundi 14 janvier)* 73
5. Le noyau obscur de l'affaire *(mardi 15 janvier)* 99
6. On commence à entrevoir le bout du tunnel *(mercredi 16 janvier)* 151
7. Débauches d'énergie *(jeudi 17 janvier)* 189
8. Menaces sur la dignité humaine : souvenirs... *(vendredi 18 janvier)* 211
9. L'heure des révélations approche *(samedi 19 janvier)* 249
10. L'assassin confondu 271
11. Comment cesser de se ressouvenir ? 305

Les personnages 325

PUBLIÉS CHEZ MATIN CALME

2020

Sang chaud de Kim Un-su
Traduit par Kyungran Choi et Lise Charrin

Bonne nuit maman de Seo Mi-ae
Traduit par Kwon Jihyun et Rémi Delmas

Le Portrait de la Traviata de Do Jinki
Traduit par Kyungran Choi et Delphine Bourgoin

Carnets d'enquête d'un Beau Gosse nécromant de Jung Jaehan
Traduit par Han Yumi et Hervé Péjaudier

Le Jour du chien noir de Song Si-woo
Traduit par Lee Hyonhee et Isabelle Ribadeau Dumas

Séoul Copycat de Lee Jong-kwan
Traduit par Koo Moduk et Claude Murcia

Parle-moi de ton crime de Ban Si-yeon
Traduit par Patrick Maurus et Marion Gilbert

2021

Été, quelque part, des cadavres de Park Yeon-seon
Traduit par Lim Yeong-hee et Mathilde Colo

L'Île des chamanes de Kim Jay
Traduit par Choe Ae-young et Jean Bellemin-Noël

pca
cmb
édition pré-presse
livres numériques
44400 Rezé

Cet ouvrage a été achevé d'imprimer sur Roto-Page en décembre 2020
par l'Imprimerie Floch à Mayenne
pour le compte de Matin Calme éditions.
Dépôt légal : février 2021 – N° d'édition : 01 – N° d'impression : 97447
Imprimé en France